JANUS
十八世纪研究
主 编
韩加明
顾 问
迈克尔·麦基恩

新开端
18世纪英国小说实验

［美］帕特里夏·迈耶·斯帕克斯 著
苏勇 译

Novel Beginnings,
Experiments in Eighteenth-Century English Fiction

Patricia Meyer Spacks

华东师范大学出版社

华东师范大学出版社六点分社 **策划**

主编的话

韩加明

南美洲的蝴蝶偶尔扇动几次翅膀,不久,远方山呼海啸。这已为世人皆知的蝴蝶效应道出了世界万物的密切联系,虽有时诸事看似相隔万里,泾渭分明,但探赜索隐,却是丝丝入扣。作为万物之灵的人类,我们的存在也依据自然的规律不仅在个人与他人,及至群体之间建立交错互动的关系,而且置身于一个由往昔、当下与未来织起的网中。生活在当下的世人往往着想于未来,效力于当前,有时不免忽略如此事实:未来之新是以往昔之旧为基,借助当下的中介促就。因此,了解这个世界的历史与过去,方能知晓时下的来龙去脉,也就能洞悉未来的风云变幻。基于此,我们推出以"雅努斯(Janus)"为命名的译丛。

雅努斯(Janus)是古罗马元初与转折之神,亦称双面神。他有两张脸,一面追思往昔,另一面放眼未来。英语中的一月(January)即源自于此。双面神同时也主宰冲突的萌发与终结,主司战争与和平。在他的神殿中,门若开启就意味着战争,门若闭合则意味着和平。在跨文化语境中,我们又赋予此神新的寓意,希望此套译丛以史为鉴,探究西方文明发轫之渊,而目之所及,关怀所至正是当下中国,乃至中华文明的未来。

当下中国已取得令世人瞩目的成就,走出了一条具有自己特色的发展道路。然而,今日之伟工源自三十多年前的改革开放,源自封闭多年后我们开始了解世界这一事实。中国在历史上曾扮演过重要角色,复兴中华文明,一如当年汉唐之于世界文明,这一使命感激荡在无数国人心中,也促使众多国内学者著书立传,为当下及未来的国运力陈个人洞见。在汗牛充栋的学术贡献中,系统迻译剖析西方现代文明起源动因的学术名著是我们掌握当前世界智识成果的捷径,有着不可忽视的作用,是鲁迅先生所言的,从别国窃得火来,本意煮自己之肉的盗火者心血之作。

西方现代文明的发轫源于18世纪的欧洲,英国则是火车头。这个孤悬亚欧大陆之外的岛国开现代文明之先。君主立宪制的逐渐成型为困扰人类历史的专制王权与国家治理权对立冲突提供了切实可行,效果颇佳的解决方案,奠定了现代政治文明基础;工业革命及重商主义不仅引领整个人类进入全新时代,而且以贸易、商业为主导的国家政策短期内让小小岛国有雄心与实力成为日不落帝国,此间订立的种种工商业行为操守成为现代经济文明指南;国民的富裕与时代的发展催生了文化需求,阅读时政期刊掌握咨询,学习得体举止;阅读小说感受审美愉悦,领悟诸多作家苦心孤诣力求塑就的时代意识,现代文化起源可以追溯至此。由此可见,18世纪英国提供了政治、经济、文化有机互动,彼此构建的样本,而此时的中国正是国人称道的康乾盛世,永延帝祚随后证明只是皇室呓语,探究两国国运的此消彼长内在原因能让我们明白现代文明发展的肌理,为当下与未来作出明智的选择。

自18世纪以降,世界文明几经跌宕,有太多值得关注之处。然而,纵览古今,放眼中外,不难看到文明的活力在于开放,在于兼容并包,由此才会有创新与发展。作为拥有五千年华夏文明的中国,一度习惯于"中央之国"这种封闭的状态,对外国文化与文明吸纳、借鉴方面存在不足,且总有循环复合的趋势。时至今日,新时代不仅要求我们融于世界,而且要求我们保持民族的个性,在此两者之间保持恰当的平衡实属不易。此番努力中最难之处是破除一个个有形与无形思想禁囿,超越当前诱惑与困顿,把握未来发展趋势的思想启蒙。这是我们学人应尽的本份,也是我们应肩负起的开启民智之担当。

有鉴于此,本系列译丛从大量外国研究 18 世纪学术专著中遴选优秀佳作,以期在为国内学者提供学术参考的同时也为普通读者提供高质量,促使人思辨的读物。这些学术专著虽然涉及面不同,但有共同的特点,即从万花筒中选择一个精妙点着手,通过细致周密的分析将具有变革意义的文化现象发展脉络清晰且令人信服地呈现给读者,构思缜密,论证有力,而且才情具备,读来口有余香,是国内学者学术论述的极佳学习范本。

古人云,开卷有益,我们在此恭请读者通过相关研读获得所需学识,同时寄语此译丛能成为一座跨越时空,跨越族群与文化的思想之桥,让每一位在此憩息、行进的游人得以远眺与俯瞰世间的万般风景,也愿此桥如一道彩虹映落于历史长河,虽波光潋滟,但永存恒在。

谨此为序。

献给奥布里·威廉姆斯
品味雅而博;
览群书,人性亦能揣摩;
谈吐不凡,为人卑谦;
于人多溢美之词,于己理智当先。

目　　录

第一章　激动人心的开端 / 1
第二章　冒险小说 / 27
第三章　发展小说 / 57
第四章　意识小说 / 89
第五章　感伤小说 / 123
第六章　社会风俗小说 / 156
第七章　哥特小说 / 186
第八章　政治小说 / 218
第九章　《项狄传》和小说的发展 / 250
后记:接下来发生了什么 / 273

推荐书目 / 282
引　　文 / 288
索　　引 / 293

致 谢

相较于我所写过的其他书,本书更应感谢我的学生——尤其是与我探讨18世纪小说,并给我以启发、使我茅塞顿开的那几届研究生。我同样非常感激麦拉·耶勒,她反复阅读了重要的章节,并总能使我更加准确明了、促我产生新的想法。如同过去的15年间我的其他作品一样,本书得益于我和杰罗姆·麦甘恩每周午餐时关于文学的讨论。布鲁斯·雷德福在构思初期提出了宝贵的建议;而奥布里·威廉姆斯则同往常一样,以其生动有趣的谈话给我以帮助,谨以此书敬献给他。

第一章　激动人心的开端

1719年,英国出现了两本畅销的虚构文学作品:丹尼尔·笛福的《鲁滨逊·克鲁索》和艾丽莎·海伍德的《过度的爱》。随着识字人数的增多,一个日渐扩大的读者群正迫不及待地尽享各类虚构文学作品。而就在20多年后,塞缪尔·理查逊将会发表《帕米拉》。该书引起轰动,也引发争议,仿写,续写,以及其他的成文的回应更是纷沓而至。这些显著的例子证明,小说——那时它还不知道自己将被称作"小说"——已然引起了越来越广泛的注意。

像许多孩子仍熟知的一样,《鲁滨逊·克鲁索》讲述的是一个失事船只上的海员在一座荒岛上的身世沉浮。《过度的爱》包含了一系列半情色故事,由彼此认识的参与者串联起来,并以其中一个经历了多次情色体验的男人的幸福婚姻为结局。《帕米拉》讲述了一个15岁女仆的故事:她打破主人诱奸、强奸的企图,直至他迎娶自己,而后不得不直面她丈夫的贵族姐姐的强烈反对。这些例子表明,早期小说探讨了许多主题。如果这些小说家们只是在敷衍经典所坚持的文学必须起到愉悦和教诲作用的理想,他们在声称拥护后者时,却日趋强调着前者的作用。同时,他们也常坚称自己作品的真实性。理查逊就声明自己仅仅是帕米拉书信的"编订者";笛福在他好几部小说前面加上了关于其真实性的详细声明。

但把笛福、海伍德、理查逊的作品称作"早期小说"的例子使文学史比实际情况更简洁了。小说的起始点和定义都存在着争议。当然,散文式虚构文学(prose fiction)从古典时期就存在。2世纪时,朗戈斯笔下,达佛涅斯就追逐着克洛伊。甚至更早一些,在阿普列乌斯的想像中,卢西恩就变成了一头驴,踏上精彩的冒险之旅。古希腊人创造了传奇故事,中世纪的欧洲和亚洲也是一样。到了16、17世纪,翻译过来的精巧构思的法国传奇故事在英国有着广大的读者群。这些传奇故事——道德家们认为,因为它们突出爱情,故而威胁了年轻女性的道德健康——以上流社会美丽的少女为中心,她们众多的追求者们为效力于自己所爱的人面临严峻的、无尽的磨难。传奇故事以精巧的散文、闲适的笔调、繁复的细节讲述着与读者生活没有直接联系的故事。它们属于幻想的范畴,因此——像我们这个时期流行的爱情小说一样——满足的是想像的需要。

从18世纪的开端开始讲述关于小说的故事是一个主观的选择。之前写就的很多作品为1700到1800年间将要出现的作品做好了准备与铺垫,但这一主观设定的时间段见证了新的活力的爆发和一系列小说尝试,因此值得特别关注。本世纪早期出现的一个创新本身就引发了其后大部分的变化。像丹尼尔·笛福这样的作家开始围绕着想像中的工人阶级或是中产阶级人物的生平组织小说——不是每个男人或是每个女人,或是像约翰·班扬在《天路历程》中的基督徒;也不是像阿弗拉·贝恩在《奥鲁诺克》中有着超常能力的异邦"野人";而是有着个性化特点、个性化生命轨迹的船长和女仆。这种发展的影响仍继续存在。

将新小说中的"普通人"当成中心人物并不是说18世纪小说一定是"现实主义的"。恰恰相反:我要讲述的故事重点在于对现实主义的偏离。主要因为小说刻画的人物有着物质需求,普通的职业,相对常见的背景,所以它们才常常被描述成是现实主义的。另外,我很快会更全面地展示,这一时期的小说常常以可识别的方式反映它们所植根的社会思想和动荡。我们所处的世界用事实为我们中的大多数人衡量现实,而18世纪小说常常依赖现实经验,但因为这些原因就把它称为"现实主义"则需要忽视其他许多:例如,它对明显的技巧的依赖程度、涉及到的得遂所欲,以及依赖太简洁而不符合现实生活轨迹的情节发展。这一章里除却其他,我还准备开始探究对现实主义的期待掩盖了的早期小说的方方面面,并让人们关注18世纪小说中幻想的复杂作用。我会从不同角度讨论这一主题。

在我们关注的这一时期,有些小说家对刻画细致的心理活动表现出了新的兴趣。其他作家则提供了社交界的大量细节。因此,他们的作品从有限的意义上符合现实主义的传统标准,即为现实提供了貌似真实的一个假象。但很多作品严重依赖夸张的技法,这是讽刺常使用的,也是感伤文学常用的;而且几乎全部作品展示的情节都是按需要而不是可能性发展的。小说的现实因素很重要:它们对社会问题的关注及反映、它们对社会阶层含义的兴趣,以及它们在调查深层次心理方面的努力。但那些方面并不是全部的重点。将18世纪小说看成是由现实主义主导的,会让我们更难看清它的复杂性和广度,更难体验它的丰富多彩。

从一个角度来说,不讲述妖怪和巫师的故事都属于现实主义的范畴,但泛泛的名称掩盖了18世纪叙事在形式上的多样性,其探索技法的种种可能性,从高到低可信度之广,这些都是这一时期小说的特点。1957年,伊恩·沃特宣称"形式上的现实主义"是18世纪英国小说的重要特点,他选用笛福、理查逊和菲尔丁作为主要例子,忽视了一大批名声不那么显赫的小说家。差不多在50年之后,一定程度上因为沃特之后的几代评论家的努力,我们能看到更复杂、更令人困惑、更引人入胜的一副图景,考察更大一批有着种种抱负的作家们。从一个新的角度研究这些小说,我希望从一定程度上抛开现实主义的问题,一切重新开始,努力再现18世纪小说的多样性。

换句话说,我打算讲述一个关于18世纪小说的全新故事,一个争论的要点是,很多故事尚未被发掘。像其他文学史上划分的各个时期一样,18世纪可谓多姿多彩。如同其他文学史的叙述一样——实际上,如同所有的故事一样——我的故事将不得不为其连贯、为其简约而将事实化繁就简,但它会努力呈现出一个见证激进的文学尝试时代所有的躁动与力量,整个18世纪就是这样的一个时代。活力是它的标志,是新势力的首要证据——小说的命名本身就体现了它的"新"。到这一世纪末,小说已成为主导文体。亨利·菲尔丁早在1740年间就曾半真半假地试着将他的新文体与史诗结合,声称《约瑟夫·安德鲁斯》是"以散文写就的喜剧性史诗"(4)。尽管它不及史诗宏大,但小说确实是通过宣扬民族的价值及其自身在巨变时期的复杂的自我定位方面起到了传统上史诗所起的作用。

我把本世纪的小说首先当作文学,而不是社会文献或单一运动的实例来考量,将注意力不仅放在了其时著名的作家和作品上,也放在了几乎已被遗忘的作家的作品中所展现出的叙事技巧,我所讲述的本世纪小说的故事同样也会竭力使21世纪的读者感受到面对陌生的观点以及陌生的刻画人物、活动手法时的喜悦,这也是本书对阅读行为及阅读过程的致敬。

本书旨在研究文学上的因与果,而非探求社会缘由;关注阅读体验,而非写作理论。沃特的著作《小说的起源》论述了新兴社会阶层及日趋增强的个人主义对小说的重要性,开创了一系列对小说发展中社会影响因素的重要研究,和之后其他的研究——比如,迈克尔·麦肯恩、保罗·亨特、南希·阿姆斯特朗和凯瑟琳·加拉赫所做的工作(参见"推荐书目")——一起,沃特的著作为了解18世纪对于社会和文学的解读奠定了基础。我的研究重点在于了解另一个至关重要的方面,即对文本的关注。我的故事依靠并贴近小说本身,目的在于一方面刻画它们的个体性,另一方面展示它们之间的联系。为此目的,我对男性和女性作家一视同仁。一些近期的颇有价值的工作因女性作家的特殊贡献而将其作为一类作家去研究。这些评论成就了思考男性和女性作家如何共同促进了英国小说发展的状况。

但首先,我们还是来看一下这些小说所处的文化环境。在小说发展之前,英国日趋扩大的识字人群在传奇故事之外还能找到各种散文以满足其想像力的需求。舞台上,或是印刷的剧本,以口语化的机智的且与社会事件相关的语言,演出着一幕幕熟悉却富有想像力的复杂剧情。像在文艺复兴时期一样,复辟时期和18世纪初期,戏剧都极为繁荣,但其主要模式却已发生了变化。流于淫秽或是色情的喜剧占据了舞台。复辟时期的喜剧中,爱情常以游戏、战役,或是两者兼备的形式出现。观众习惯于快速推进的剧情和连珠的妙语,而后者进一步推快了剧情,并同时娱乐了演员与观众。同样地,这一时期的悲剧注重修辞,彰显语言的力量。在喜剧与悲剧中,类型人物都一样深入人心:鲁莽的武士,单纯的村妇,带些匪气的英雄。这些角色在继踵复辟时期戏剧的小说中都会再度出现。这一时期蜂拥到剧院的观众在不自觉中为即将到来的愈加复杂的小说形成做好了准备。

为即将出场的小说铺平道路的还不仅仅是各类充满活力的散文,社会变迁也影响、甚至塑造了正在发展中的小说。毋庸置疑,所有的时代都会历经变迁,但18世纪的英国经历了极为剧烈的变迁。在这一世纪的大部分时间之中,这个国家是和平的。标志着西班牙王位继承战争结束的乌得勒支和约1714年签订之后和美国的殖民者们造反之前的这段时间,英国(1707年与苏格兰达成政治意义上的联合)再没有卷入任何战争。然而,在这战事平静的背景下却是暗流涌动。

整个世纪城市化运动都无可抗拒地推进着,甚至是加速地推进着。城市化大都意味着向伦敦的进发,因为对那些生活在农村、为贫穷所迫的人来说,伦敦代表着无限的机遇。农村的圈地运动扩大了大地主们的私有财产,却加剧了农业人口的贫困,甚至使他们丧失了生计。到1800年时,华斯华绥将"城市中日趋增加的人口"当作是国家病的一个病症。男人、女人们涌入伦敦,却通常是奔向了苦难与潦倒。创业才能与精力可能会有合法的或是不合法的丰厚回报,但这城市却会一直是——像许多小说提醒读者的那样——一个让人陷入人身危险与道德陷阱的地方,其居民或是堕落成罪犯,或是面临犯罪行为的诱惑。

18 世纪的伦敦犯罪行为猖獗,惩处极为严酷:因为偷了一块布,小说中的摩尔·弗兰德斯和现实中的她的同行都会冒着被绞死的风险。针对财产的犯罪量刑很重,因为财产——不只是土地这种传统意义上的财富,还有金钱和物品——越来越重要。金钱(和爱情)是小说至关重要的主题,也是这一时期人人关注的焦点。

我们现在对金钱习以为常——不是对它的拥有,而是对它的存在。当 18 世纪开始时,金钱已经存在了很长时间,但它所代表的权力却是到这一时期才引起特别重视。金钱在新的文化背景下有了新的含义,成为一种全新的存在。文学现实总体来说反映的是社会现实。早先诗作者和散文作者得益于恩主制度:有钱的男女——通常是贵族——对其喜欢的作者赠予礼物或是闲差,为他们提供了不甚稳定的生计;而作家们则因仰人鼻息,为生计可能会去歌功颂德。多数作家缺乏社会地位,和这一点也有关系。

旧式的恩主制度开始逐渐缓慢地被更为直接的卖文方式所取代。"订阅"是一个流行的方式。通常一个出版商(也有时直接就是作者本人)会为一个将要出版的书征集预订,有钱人有时可能一订就是很多本。订阅者增多后,出书前通常会发行一本按等级排序的名单,以证明这一文学冒险的可信度。作家们以此不仅提前得到了报酬,也会从旧的恩主制度得到好处。另外,他们还能保证自己的书有读者。

还有其他的一些方式。当一位作家找不到出版商或是别的办法时,他可以选择自己出钱出版他的书,超出出版费用之外的获利则大部分归他所有。也可以是出版商自己承担出版的财务风险,给作家一定的酬金,而超出出版费用的获利归出版商。尽管没经验的作者常常会接受出版商给出的价格,但更有经验的作者会讨价还价。而随着时间的推移,这个数额也越来越大。

识字人数的增多也使文学市场扩大了。我们很难找到具体的依据,因为缺乏17、18世纪可靠的读者与作家人数统计数据。但历史学者们认为,当时英国社会各阶层的读写能力都增强了,形成了一个新的读者群。因此,到18世纪末,让孩子识字已然成为定式。出版与写作越来越有利可图已是国人尽知。17世纪后期,几乎所有的出版商都在伦敦发展,而100年之后,无数的出版社则在英国的小城镇遍地开花。

现在一小部分人能够以写作为生,尤其是以写小说为生。这一点对女性尤为重要,因为她们所能从事的合法的赚钱职业少之又少。作为职业,写作对女性来说勉强算作体面,仿佛与卖淫有关,但对于一个女性来说,却又没有像,比方说,演戏,那么丢人。很多女性以写著引人入胜的小说养活自己,甚至是家人。尽管这一职业的从业者只占迫于生计的女性的一小部分,但这标志着对女性开放了一个机会,也给了很多人一个真正的谋生手段。本世纪接下来的时间里,有相当数目的序言和题词中宣称女性作家冒险出书只是出于其子女、丈夫,或是年迈父母的生计考虑。

尽管当时女性小说作家人数众多,但到了20世纪,能被记住名字的已经相当少了。直到最近,在多数学生的印象中,简·奥斯汀之前能代表女性小说作家的可能只有弗朗西斯·伯尼。18世纪女性作家相对较低的知名度一部分是因为她们之中很少有人写因笛福、菲尔丁、斯摩莱特而流行起来的角色众多的"写实"小说。像我们将要发现的那样,女性是主要的尝试者,她们在当时有一个很大的读者群。18世纪后期,缴费借书的租借图书馆使这一读者群进一步扩大,其老主顾中有很多女性,而女性和男性也都为其提供作品。

说实话,小说这种文学形式是否体面令人置疑,可能一定程度上是因为女性写的多,读的也多。道德家们坚持认为,小说能使人堕落。18世纪中期称霸文坛的赛谬尔·约翰逊曾为小说的特性作出了严格的规定。如果小说提升了德行,它们会对人类行为有着宝贵的洞悉。但约翰逊认为,除非这种洞悉具有引人向上的态势,否则毫无价值。亦正亦邪的"混合型"角色(如亨利·菲尔丁的汤姆·琼斯),对读者的道德观一定是有危害的。约翰逊自己就积极地参与到一个文学社团的活动中,其成员写的大多是诗歌、道德文章,或是文艺批评,而不是小说。他以文谋生(老年时,他得到了一笔政府津贴),但他的文章都避开了虚构的东西。对有些人来说,女性与小说写作的联系表明了二者的琐碎无聊。而女性常要靠写作赚钱也抹黑了她们自己:公然宣称文学创作是出于经济动机有悖于传统上赋予文学的崇高的道德作用。值得注意的是,本世纪最为著名的男性小说家们——笛福,身兼数职;菲尔丁,地方法官;理查逊,印刷商;斯摩莱特,医生;斯坦恩,神职人员——都在小说写作之外有赚钱的营生。

文学可以,也确实可以被当作其他商品一样,是商业的组成部分。其交易涉及到无数人。文学与商业的密切关系伴随着商业在其他领域的拓展。英国正成为一个商业国家,这一事实有着极大的反响。

这不仅仅事关国内市场的买卖。或通过谈判,或通过征服,这个国家正变成一个帝国,拥有无限的贸易机会。本世纪初,亚历山大·蒲伯在诗中还赞美了万木成舟入海,使国家富庶强大的图景。随之而来的是对奢华的追求(为道德家们所诟病)。英国女性要的是中国的茶和瓷器,印度的羊绒和香料,加勒比地区的糖、咖啡和珠宝,以及世界各地的丝绸。奴隶贸易的扩大促进了繁荣。英国国内不允许奴隶制度的存在,但它的商人们却自由地从事着人口的贩卖与运输。

赏玩瓷器和珠宝的上流社会女性在做女红、逛街、访客以及掌握应酬的技能之外,几乎无法从事任何职业。她们闲适的生活是对其丈夫财富的很好注脚。如果没有丈夫,她们属于自己的父亲。很少女性有可由自己支配的钱。从某种意义上说,她们甚至无权拥有自己的孩子:如果离婚或是分居,男孩女孩都归父亲所有。尽管很多社会因素妨碍她们的机遇,但还是有一些女性不仅赚了钱,还赢得了名声;通过写小说、诗歌、道德文章、莎士比亚论述,她们在文坛赢得了一席之地。另外,到本世纪的后 50 年,至少有为数不多的知识女性建立了法国沙龙一样的场所,出色的女性们在那里接待她们的仰慕者。这些所谓的才女们鼓励彼此写作,提倡自尊自爱,开创了崭新的女性活动之风。

乔治三世(1760—1820)时代,大不列颠的人口几乎翻番,从 750 万涨至 1400 多万。人口增长的原因可能是成活率的提高。我们现在所说的工业革命带来的制造业快速发展已然成为常态,医学的进步也与工业的发展同步了。从劫掠印度到制造陶器,人们发现了更多的致富途径。私人手中越来越多的财富打破了传统的权力平衡。托利党的地主们曾经掌控着这个国家,而 18 世纪的大部分时间里,辉格党寡头们得势。金钱能转化为政治势力,以及对外界事物的掌控。

金钱不仅仅对于那些积聚了大量财富的人极为重要,对于越来越多的以后要被称作中产阶级的人来说也同样重要。随着男性承担起没有配偶的援手、独自在外打拼的责任,男性和女性的职业差距越来越大。他们的工作包括制造业和贸易,涉及股票,也涉及商品。投身到投机活动中的人越来越多。1720 年,南海泡沫的崩盘造成了影响深远的金融灾难。(垄断着英国与南太平洋及南美贸易的南海公司发行了国债,吸引了很多人争相购买其股票。在价值急剧上升之后,股价突然暴跌,上万人血本无归)。其后立法预先阻断了未来类似灾难的发生,本世纪后期的金融市场才得以蓬勃发展。

更多的人手中有了钱,婚姻的格局也因此受到了影响。一直以来,贵族们安排子女婚姻都出于财产利益的考虑,目的是为了巩固或扩大其家财。而现在,有人在扩充财富的过程中发现有可能利用女儿的婚姻提高家庭的社会地位,而社会地位高却财源有限的人则想通过女儿的婚姻间接地改善他们的财务状况。甚至是青年男女也会考虑金钱婚姻的可能性。

本世纪的小说常写家事,因而金钱与婚姻关系的问题也大量出现其中。甚至在像托比亚斯·斯摩莱特这种兴趣在于写冒险经历而非婚姻或传奇故事的作家的作品中,男主角迎娶富家女琴瑟和鸣的婚姻远比只有浪漫爱情的婚姻更让人神往。但这些男主角还是为了爱情,而不是为金钱而结婚的,金钱与浪漫爱情和谐共存。在很多小说中,"向钱看"的婚姻代表着陈旧的错误的价值观:年轻人蔑视为爱情之外的原因而结婚的老一辈的精明算计。两代人之间的权力之争常围绕着年轻人争取婚姻自主的权利展开,但任何一对年轻人会在没有资金的情况下打算结婚的情形几乎不可想象。

而在婚姻之外,钱的问题也在小说中以多种形式出现。18 世纪的小说,无论是关于卖淫还是政治,监禁还是冒险,肆意的违法行为还是拘束的家庭生活——这些都是这一时期小说的关注点——金钱无一例外都是情节的一个重要组成部分。与早先的戏剧和传奇故事相比,18 世纪的小说一定程度上因执著于在小说世界中体现金钱的作用而表明了它与现实的契合。

到了本世纪末期,关于金钱分配的社会问题变得越来越迫切。繁荣,富庶,奢华并没有惠及各方。在两次战争的背景下,讨论公平问题有着越来越明显的必要性。美洲殖民地的革命不仅挫败了英国的军事力量,还挑战了关于英国人与美国人之间"自然的"情感共同体以及英国"自然的"统治地位的臆断。推而广之,它质疑了一切曾经被不自觉地认作是自然的事物。等到了本世纪末,法国大革命煽动了关于人人平等的激进思想,并滋生了采取行动的极端可能性。局势可能像法国那样发展的前景使一些人兴奋,却使另一些人害怕。

早在法国大革命之前,许多富裕的英国人注意到了周围人的困顿并有所担心。一方面,国家的富庶很大程度上建立在奴隶贸易上,而另一方面,国内却禁止拥有奴隶。这种虚伪实在经不起推敲。这种贸易的残酷引起了公众的不安。监狱中的苦难与冤屈也使改革者们担忧,他们向以前毫不知情的中产阶级和上流社会的人们宣传其长期所接受的体制的不公正。对人权的新认识引发了对教育的关注:教育男孩子们最好的体制是什么?女孩子们该受到多少教育?她们从哪儿接受这样的教育?到本世纪末,"女性问题"已然引起了公众的关注,像玛丽·沃斯通克拉夫特那样刻意反传统的女性的生活也引发了讨论。

围绕着上述问题的喧嚣公开反映在了小说中。在《阿米莉亚》中,亨利·菲尔丁对知识女性的问题表达了保守的意见;而他的妹妹莎拉在《大卫·辛普尔》中采取了相反的立场。威廉·戈德温的《卡莱布·威廉姆斯》描述了监狱的恐怖之处。《老庄园上的宅子》(夏洛特·史密斯所著)从一个参战英国士兵的角度介绍了美国独立战争。弗朗西斯·伯尼的几部小说中也都用细微而有力的笔触讨论了金钱的力量。早期的小说关注了激发种种问题的那个社会。

但本书的兴趣在于文学现象而非社会原因,旨在关注其他问题。新小说是什么样子的?它有着多到让人吃惊的面目。小说包括了亨利·菲尔丁的天意叙事,赛谬尔·理查逊的心理描写,艾丽莎·海伍德的情色小说,黛拉瑞韦尔·曼丽的(隐去真名的)真人真事小说,简·巴克繁琐的情节,弗朗西斯·伯尼几近疯癫的社会图景,劳伦斯·斯特恩的奇思狂想,莎拉·菲尔丁和亨利·麦肯齐伤感的寓言故事,贺拉斯·沃普尔,安·雷德克里夫,和马修·刘易斯对哥特体的痴迷,罗伯特·贝奇的政治寓言。很难想像出适用于所有这些作品的一个总结性的描述。

我在此处提到的小说家们只是单纯的一些名字;在接下来的章节中,他们有更为全面的定义,他们叙事尝试的多样性也会有更为全面的展示。尽管他们有不同的方法,但这里将要讨论的大部分小说家对于什么会使一个故事引人入胜都有新的想法,这一点在他们以"普通人"为角色的倾向中得以体现。如果作曲家和史诗编纂者们认为读者看重的是英雄式的行为理想,如果传奇故事作家基于读者希冀在想像中邂逅一个未知的虚构世界的信念而写作,那么新的小说家们则心照不宣地认为读者们喜欢的是他们或多或少熟悉的吸引人的情景与人物。

  这个问题说到底是社会地位问题。史诗里的主人公们实际上都拥有很高的社会地位,处在领袖的位置上。传奇故事的主人公们不是王子,就是骑士,都生活在时空相距现实甚远的一个世界,居民都是出类拔萃的人。相形之下,摩尔·弗兰德斯在纽盖特监狱出生,最初属于社会的最低层,后来爬到了类似中产的位置。汤姆·琼斯是个弃儿,虽然最终继承了财产并成为地主阶级的一员,但他不是王子,也不是贵族,而是个私生子。我们将要看到的简·巴克,描述一个具体身份不明的"尊贵"的太太干的是洗碗的活计。理查逊的第一个女主角是个女仆。斯摩莱特的主角大都是水手。这些角色与读者有着一样的职业,一样的社会地位。

  不过,这些虚构的角色并非总是坚定地体现着他们的英国特色。《过度的爱》中的情节发生在法国和意大利;简·巴克的很多小故事经常在欧洲大陆展开;黛拉瑞韦尔·曼丽声称翻译的是一篇意大利手稿——像本世纪晚些时候的贺拉斯·沃普尔和再晚一些的安·雷德克里夫一样。而早期小说作家如佩内洛普·奥宾常将她的角色置身法国。总体上说,作家们通过避开英国背景、总是讲述想像中的欧洲大陆某地发生的虚构事件,表明他们与17世纪法国传奇故事的密切关系。但同时,这些作家也表现了文学活动的跨国界性。

  18世纪小说中的人物需要钱。他们的钱或得,或失,或继承,或挣,或偷,或讨,或借,或受赠。与之对应的传奇故事中的人物不需要钱,很明显,他们也不需要食物。小说中的人物雇车马,而车马可能会漏水,会翻车,会撞上障碍。他们关注爱情,也关注生存。他们犯小错,也犯大错。他们不常决斗或是打仗,而会住店或是参加舞会。简而言之,他们做的都是普通读者知道的、了解的事。

他们在小说中的前身有时也会做些普通的事，但却是在一个极为不同的背景下。宗教寓言的传统，其中最为人们所熟悉的一个例子是约翰·班扬的《天路历程》，其就为普通事传递大道理的叙述留有一席之地。班扬的寓言(1678—1684)之所以拥有广大的读者群（仅次于圣经），表面看来是因其宗教作用，但实际上也因其想像力。它讲述了一个基督徒的原型——名字就叫基督徒——历经艰难救赎灵魂的经历。他背负着罪恶的重担而无力卸去。沿途他面临种种困难：绝望巨人的地牢，危险的绝望沼泽，充满了世俗诱惑的名利场的吸引。可以预料地，而且很快地，他一个个战胜了它们（有时是在有着诸如"帮助"一类名字的人物协助下），成功地走到了和平、圆满的天堂。

尽管新教传统实际上预先设定了基督徒旅程的轨迹与结果，叙述本身通过人物常见经历的即时性与说服力造成了其时其地的紧张感和累积的兴奋感。在通往救赎的"窄路小门"刚开始的地方，当基督徒来到阐释者之屋时，主人带他进了一间满布灰尘的厅里。一个男人进来清扫，扬起了阵阵呛人的尘土。阐释者接着叫来一个女仆在地上洒了水，这样她扫地时就不会使室内的人不适。阐释者随即解释说，那个厅就是未洗清罪孽的人的心；男仆是法律，而女仆是福音书。这个片段表现的是掌握了福音书能制服罪恶，而法律只能激起罪恶。

这个故事在寓言的整体结构中并不是太重要，但它反映了班扬所拥有的在普通生活的琐碎细节中发现潜含深意的能力。没有人不能理解普通家庭除尘的便利方法。将这一常见的经历赋予深意，强化了寓言所传递的基本信息：生活的一切皆重要。在展开的故事中，在基督徒（与他的同乡"虔诚"）面临真正的困难与危险的系列事件中，不断对日常生活的提及不仅增加了寓言的可信性，而且进一步使人认识到故事尽管暗指的是"所有男人"与"所有女人"，但却和读者有直接的关系。

比如，旅行者们在名利场找到了各种待售的商品："市场上出售的商品有房子,土地,买卖,地方,荣誉,晋升机会,头衔,国家,王国,欲望,享乐,各式娱乐,妓女,老鸨,妻子,丈夫,孩子,主人,仆人,生命,鲜血,躯体,灵魂,银子,金子,珍珠,宝石,等等"(78)。本就是谋划着要使读者大跌眼镜的这个单子将中产阶级和工人阶级的日常所有与富人的专属并列在了一起。晋升机会与欲望可能因其引人向恶而被指责——但房子和土地,夫与妻,躯体与灵魂呢？一旦想到这个序列的联系与含义,我们就越发感到不安。一个劳动者可能仅仅因为他有了孩子,并且重视他们远甚于他重视自己的基督教责任而使其灵魂涉险。"基督徒"和"虔诚"这两个虔诚读者的替身,在这表面上满是欢愉的地方经受了苦难与耻辱,提醒着读者,救赎来之不易。他们因其不幸被嘲弄,被鞭挞,被关入笼子,被责难。在对他们的审判中,嫉妒、迷信、马屁精指证着他们;法官宣布他们应被即刻处死。腐败的陪审团判定他们被以可想见的最残酷的死刑处死,这一命运很快落到了"虔诚"的头上。"基督徒"则从监狱逃了出来,并有了个新伙伴——"希望"。

故事情节的发展运用了班扬典型的技巧。他以人物所起的名字、文本间的插补,以及对圣经的参考点明寓意。他重复强调教义的要点。因此,"基督徒"和"虔诚"对着不同的听众,一再重复他们的故事,尤其是他们的过失。但班扬同时还运用了奇遇、悬念、难以克服的困难,以及类似"虔诚"的死那样的意外(当然,那个好人直接就升入了天堂)。

尽管《天路历程》清晰的叙事结构看起来不太可能是作家自己的构想,但它很大程度上、且极富逻辑性地承载了故事,以至于结构本身就有着累积效应。作品的主角踏上了一段旅程,作品的结构只是一个地方接着一个地方、一个问题接着一个问题地记录着这段旅程。当"基督徒"到达其历程的终点时,书也结束了,而书的结构则有力地强化了——事实上,是有力地创造了——寓言的含义。一个接一个事件的发生,没有渐趋复杂或是因果的关联,与人类生活的模式一致;其中的事实背后可能有错综复杂的关系,但日常的经历则恰恰包含着没有明显逻辑关系的一个又一个事件。它的叙述之所以能构建出悬念是因为故事发生的顺序没有任何可预见性。我们期待皆大欢喜的结局(像我之前说的那样,结局如何在开局时已有暗示),但我们并不知晓"基督徒"是如何走至旅程的终点的。读者与角色之间有效的认同很大程度上取决于叙事的安排。

读者可以在很多层次上对班扬的文本作出回应。他们可以对新教教义得以体现的匠心作出反应;他们也可以仅仅阅读一个简单而又刺激的故事;他们可以因其大量平实的参照而选择相信;他们可以在角色身上看到他们自己。班扬讲述神学寓言所采用的方法在18世纪小说中会再次出现,并因为它的目的性没有那么强而赢得了读者的喜爱,而它看上去很简单的事件排序在小说中也同样产生了效果。

对传奇故事的英语改编,尽管它们都与日常生活没有太大关系,却在其他方面为一种与读者经历有密切关系的小说奠定了基础。阿弗拉·贝恩的《奥鲁诺克》(1688)像班扬广为流传的作品一样,以一个非洲王子作为传奇故事的主角,在背景与角色方面加以尝试,并展示了全新的政治与道德见解。而18世纪小说也将以贝恩为榜样,以间接的方式评判社会与政治机制。

《奥鲁诺克》提供了一个女性叙事者、一个异域背景,以及一种新的、扣人心弦的故事。它的意图和方式都与班扬的作品不同。在很多方面,它都称得上是一部成熟的小说。它从一个英国女性的视角讲述了一个被卖到苏里南为奴的非洲王子的故事。讲述者自称她记录的都是她亲眼目睹的事,并强调说,她的话都是事实。在她口中,奥鲁诺克极其英俊,极其英勇,极其"文明",能说英语,法语,对欧洲和非洲的政治问题都很了解。他的荣誉感远远超过他所碰到的大部分英国人,叙事一再强调了这一事实。从所有方面来看——身体的力量与美感,无可挑剔的行为,骑士的荣誉——他都是传奇故事主角的化身。

因为他的地位高,也终究因为他的才能高,当地所有的奴隶都听命于奥鲁诺克的领导。事实上,他们简直就是崇拜他。最终,他领着他们逃亡,以期重获自由,返回自己的国家。被捕、被出卖之后,他极为英勇,被折磨致死。叙述的结尾这样说道:"这个伟人就这样死了。他的命运本应更好,他也本应有远高于我的智慧去书写他的赞歌。但我希望,我有足够大的名气,能以我的笔,让他和勇敢、美丽、忠贞的伊莫茵达(奥卢诺克的妻子)的英名流芳百世"(224)。

英雄在勇敢抗争,并激发起他人的勇气之后,与妻子慷慨赴死,这成了传奇故事男主人公标志性的英勇行为。英国读者们极为熟悉的法国传奇故事常常会以婚姻而不是以死亡为结局,但《奥鲁诺克》与他们一样,弘扬了"勇敢"、"美丽"、"忠贞"的女性以及真爱的力量。它对于一个黑皮肤的——非常黑,这一点是强调了的——非洲英雄的颂扬令人吃惊。然而,更让人吃惊的是,女性叙述者一再暗示,奥鲁诺克的美德超越了她经常含蓄地提到的他的英国同侪。表面上,故事是关于一个"伟大的人"的高贵品质与成就;潜文本则包括女性(英国女性)的处境及女性视角的重要性。换句话说,贝恩的小说有着后期小说中更为常见的复杂的暗示性。它的活力一定程度上源自一个不断强调叙述者处境的结构,提醒我们(许多后期小说也是如此)故事取决于视角,叙述者看到的不仅仅是她在何处、也由她是谁来决定。它满足了读者想像力的需求,也暗含了道德与社会层面的反思。它预示了18世纪的发展。

为小说做准备的不仅仅是寓言与传奇故事。17世纪晚期和18世纪早期,"事实"与"虚构"之间的界限一直摇摆不定,因此造成的界限的模糊无论对文学评论家还是伦理学者们都几乎没有形成困扰。比如流行甚广的罪犯的"忏悔录",一贯声称是在其作者行刑的前夜写就,却通常出自其他人而不是所谓的忏悔者之手,并且事实依据并不充分。罪犯的传记同样基于贫乏的事实依据进行大胆的推测。写给年轻人的劝诫书包含的说教故事自称是真实的,而事实上并非如此,是为了劝诱读者提升道德水准而作。流行杂志与宣传册中想像与真实报道混杂。宣称记录了在遥远的地方旅行的作品为相当不羁的创造性提供了一个机会。这些纷繁的体裁训练出的读者期待一种想像的刺激,它将逐渐被当作公认的小说的范畴。

因此,18世纪的小说有很多可辨识的先祖,但它发展它们所暗含的一些因素的方式却是无法预料的。如果像我所言,18世纪自始至终都在进行着小说的尝试,这一事实则指向一个振奋人心的可能性,尽管其时仍没有既定的规则。萌芽期的小说几乎没有创作规则。它的先例可能源自虚构的故事、报纸杂志、戏剧、道德文章等诸多体裁可能。实际上,它一路发展形成,不断创造出新的场面与角色,也由此给自己创造出新的先例。这个世纪早期小说中的多重故事,最后几年哥特小说中的排场,无一不显示出小说自我想像空间的广阔。

首先有必要简单介绍一下小说家们分化的两极。先来说说小说的节奏。直至今天,没有什么明确的典范可以决定小说家对节奏的选择,每个作品都按其目的选择或快或慢的节奏。在这一点和其他方面一样,可能出现的两极在18世纪大概分化得更为严重。在简·巴克的《拼布屏风的内衬》(1726)发表了仅仅20年之后,理查逊就发表了《克拉丽莎》(1747—1748)。这部伟大的小说节奏如此缓慢,几近沉闷。赛谬尔·约翰逊声称,如果你想知道它的故事情节,你会急得上吊。现代的缩写本可能删掉了原著的一半到三分之二,去除了很多使故事发展太过冗长的东西,以一种不至于鼓励自杀的方式保留了情节;理查逊小说的热爱者们认为,这样的缩写破坏或是大大减弱了作品的冲击力。比如,缩写本通常删掉布兰德牧师一系列冗长的信件——这些信件服务于细小的情节,暴露了可鄙的人格,干扰了对克拉丽莎垂死之时的叙述。然而,这些无趣的书信很关键地使读者置身于克拉丽莎输给死亡的游戏时所感受到的绝望:布兰德贬损她的说法一再挫败了她同家人和解的努力,尽管这些说法并非出于自觉的恶意,而是出于自大与道德缺失。

很少后来的作家(卢梭的《新爱洛伊丝》可能是一个例子,他有意模仿了理查逊,当然,还有普鲁斯特的作品)尝试类似的拖沓。相比之下,巴克以同样几乎无与伦比的狂奔的速度推进情节。她的三部曲小说每部都有一个大概的框架,但小说的内容包含了很长一系列穿插的故事,极尽压缩,快速推进,几乎每个故事本身都蕴含了可以自成一部小说的内容。这两部作品叙述速度的巨大差别使人注意到关于小说目的的观点的极大不同。到了世纪末,小说有了"正常化"的节奏,介于巴克极速的快与理查逊折磨人的慢之间。小说家们能够、也确实偏离了这个常态,如今也继续如此,但一部小说与另一部小说之间的偏差却几乎再也没有那么大,那么出乎意料。

同样令人吃惊的还有缺乏细节的小说与如同《鲁滨逊·克鲁索》一样充斥着繁琐细节的作品之间的差距,在这本书中,物体与现象推动情节的发展。我们仍然选择上文提到的两位作家来分析:从她叙述的快节奏可以预料,巴克的很多故事从不说明房间什么样,人们穿什么衣服,有多高,四周有什么,他们漫步的风景或是城市是什么面貌。然而,在个别时候,她可能放慢节奏,加上些明显的细节。比如巴克三部曲中间的一部,《女士们的拼布屏风》就描述了一个女仆带的手套和蕾丝花边。衣服的每处细节都含有深意,仆人所坐椅子的天鹅绒椅套也是如此。很明显,小说家如果愿意,《克拉丽莎》中还可以加入很多的描述性信息——这也使完全没有细节描写的一些场景更让人吃惊。当然,理查逊也会停下来,以远比巴克详尽的笔触进行描绘。比如,克拉丽莎因欠债而被关押的警卫室房间里肮脏的一切。小说家关注的主要是人们脑子里的想法,但他们房间内部的布局也一样让他极为关注。

这些例子表明,小说家不太可能完全回避细节,而会吝于笔墨,并会有的放矢。即便在人物众多的《汤姆·琼斯》,或是充斥着琐事的《项狄传》这类小说中,能让其人物所处的背景在想像中生动起来的具体信息也极少大量出现。最全面的细节出现在像笛福这样的小说家的小说里。对笛福而言,角色的外部环境有重要的决定性作用;对弗朗西斯·伯尼的作品而言,社会环境的细枝末节能解释很多心理现象。摩尔·弗兰德斯穿了什么,偷了什么,在监狱里见到了什么——这些因素对笛福的效果极为重要。这一点也解释了为什么很多读者认为他的小说是现实主义的。尽管,比方说,它们大量取材于生活中通常不会有的、罕见的巧合。现实主义小说所宣扬的目的性对读者有着强有力的作用:笛福满足了他们的期待,但他也满足了更为折中的一些人的期望。

这一时期关于情节最为重要的两极分化发生在单一化与多样化之间。在节奏与细节方面,本世纪发展到最后采取了中间路线。而情节的发展则不同:它决然地从多样走向了统一。到 18 世纪 90 年代间,伊丽莎白·英奇鲍尔德发表的《一个简单的故事》仍是拥有两个情节的小说,但很明显,作者使它的两个情节统一在了一起。但直到、甚至是到了本世纪中期之后,作为情节构成的基础,统一是否优于多样化都无法成为定论。甚至在重要的小说家——如亨利·菲尔丁和托比亚斯·斯摩莱特——的作品中都常用到所谓的穿插故事,后来的评论家们通常认为这些次要角色的故事打乱了主线。但如果我们放弃优秀小说要有情节的统一这一假设,我们就能看出大量的表面上毫无关联的故事证明了对叙述本身的普遍需求。尤其是感伤小说,直至本世纪后期采用的结构都由一个接一个的故事构建。故事由各种不幸的主角向一个中心人物讲述,而他本身(这些人物通常是男性)则是统一情节的最重要因素。

但有着亚里士多德范例的统一性的观点却随着小说开始更大力宣传其重要性而逐渐得以加强。18 世纪 90 年代,戈德温讲述了他对《卡莱布·威廉姆斯》情节的构思。他说,因为对结局有了清楚的展望,所以他先写的结尾。然后,他反向推进情节,构建小说的事件,使他们全部导向结局。甚至安·雷德克里夫冗长、松垮的哥特小说也细致处理了因果与顺序。如果这类小说中的人物讲了一个故事,我们可以断定该故事会直接与一系列复杂事件如何引向结局有关。小说结构中情节有着意义,而统一的情节与早期的多个情节相比,能够以更清楚、直接的方式强化情节的意义——我们会看到,这也并不意味着多个情节自身不能起到显著作用。

当然,从彻底的现实主义到彻底的虚构之间的跨度提供了重要的选择范围。对大部分读者来说,现实主义这一概念至少意味着小说表现形式与现实之间保有可能存在的一致。一部小说中的人物与活动并不是要确确实实的真实,但人物的活动,他们做了什么,与我们认知的人以及他们的行为要有可识别的联系。像我已经指出的那样,在一个现实主义小说里,背景、社会环境以及人物的细节刻画出一个看起来真实的世界。(实际上,我们这个时期的历史学家还常常认为他们可以从18世纪小说文本中发掘出当时真实情况的数据)。现实主义小说中构成情节的一连串因与果在读者看来也是可信的——像可想见的一连串发生的事情一样。这种小说中人物所面临的问题在听说过或是经历过类似问题的读者中引起共鸣,由此而来的认同感通常会消除推动情节发展上同样起到作用的强烈的虚构因素。

关于现实主义的本质或从哪种程度上某个特定的小说可被称为"现实主义的"争议不仅反映了看待文学作品的不同方式,也反映了对现实主义含义完全不同的观点。比如说,如果有人认为大脑的潜意识里包含了混乱的彼此矛盾的冲动与观念,他就可能辩解说,一部回避有序发展的小说远比一部追求连贯情节的小说要更为贴近现实。然而,在平常的用法中,现实主义通常是和繁杂的细节与可信的活动联系在一起的。

不管每个人对现实主义的定义是什么,18世纪小说追求现实主义这一假设会因掩盖了小说重要的特点而使读者误入歧途。我们会乐于承认《汤姆·琼斯》中翔实的社会结构使这部小说拥有了我们赋予现实主义的可信度。然而，将这部小说当作根本就是现实主义的，其作用却有很大疑问。它的情节可能会让我们想起《贵在真诚》中普利思姆小姐所说：小说的最后，好人会有好报，坏人会有恶报。她解释说，这就是小说的意义。《汤姆·琼斯》也是如此。一个纯洁的少女被诱骗；害她的男人被劝说娶了她。一个勤劳的家庭在贫困中挣扎；一个救星出现了。布利菲尔得到了应有的惩罚；汤姆得到了遗产和他的女孩。另外，从一开始人们就知道结局会皆大欢喜。

《汤姆·琼斯》带来的所谓乐趣主要源自其技巧。19世纪诗人赛谬尔·泰勒·柯勒律芝和20世纪评论家罗纳德·克莱恩都认为菲尔丁的小说有一个完美的情节。也就是说，其技法的运用和谐得无懈可击；各部分糅合成连贯的整体；事件之间有因果；一切都是有的放矢。叙述者毫不掩饰对自己巧妙安排的自豪，并不时让大家注意到这一点，尤其是那些他故意隐瞒、以期真相大白时达到最好效果的信息。作者这些精心的构建炫耀着叙述者的技巧及其对读者的掌控——他卖弄地运用着这种掌控，有时看起来只是为了运用而运用。

在接下来的一章，我会更详细地研读《汤姆·琼斯》，而现在要做的仅仅是注意，必须承认在制造出小说效果方面技巧起到了重大作用的以求理解作品的成就。注意到这一点会让人认识到给这一时期大部分小说分类的难度。小说在描述现实方面的相关作用与为了娱乐或是启迪读者而刻画、或是依赖不切实际的虚构这一可能性之间过去（现在也一直是）在一竞高下。纵贯这一世纪，这两个情节与意象的主要来源一直在互相竞争。19世纪小说常在人物刻画、细节、有时甚至是情节上追求真实性。从这种意义上说，现实主义胜出了。但19世纪至今，竞争在继续，与现实差之甚远的虚构因素融入了小说中，有时几乎完全掌控了结构与内容。

直到最近，至少在"严肃"小说中现实主义的相对优势意味着从20、21世纪角度回顾18世纪的评论家与历史学家们开始清楚地看到与后来主要文学思潮有着最密切关系的发展路线。也就是说,他们将19世纪带入了18世纪去阅读。18世纪诸多的其他创新因此被湮没了。而本书的目的就是关注从未被全面研究过的这一时期的新趋势。

我将要讲述的关于一个世纪的小说的故事没有连贯的情节发展。事实上,尽管我们在回顾时会强加上,但小说的发展没有目的性。一方面,渴望成功的小说家能够利用许多文学形式中发展起来的传统;另一方面,他们还有创立新标准的自由。可以推断,在这种情况下,作家们可能会想像、或者或多或少想像进化中的形式可能采取的不同的发展方向。他们的小说画出了许多可能的发展轨迹。可以想像,选择不止于与虚构相反的被称作现实主义的东西。首先,这两个类别没有一个是绝对的、纯粹的。假设有那么一个轴,其两端是现实主义与虚构,而我们在想像中的两个端点之间可以看到很多可能性。这些可能性包括:在靠近现实主义那端,有从出生到死亡,或者至少从孩提时代到成人时期的一个虚构主角一生的故事。这种故事可以或是着眼于外部事物,或是关注内心世界——这一事实也指明了小说的另一个方向,即意识叙述。许多早期小说大量采用的多重情节也可以利用多个传统,将现实主义与虚构、外部事物与心理活动的叙述相结合。感伤小说在直接参考社会现实的同时,可能会沉溺于超人类的美德或是超人类的困顿。传奇故事的传统中,情节的讲述可能完全围绕着爱情(这是道德家所关注的小说的另一方面),以执注于种种浪漫关系的形式避开了真实经历中所有的障碍。

当然,小说的很多可能性,包括18世纪未知的发展轨迹,直至21世纪也依然存在,出版商的目录上也显示了不同方向的尝试仍在继续。而现在的小说家们则或是依据某一传统,或是违背某一传统而写作。读者也因此可以依据先例来定位他们所读的东西。18世纪的读者有时甚至都没意识到他们是在读小说,所能参照的不是他们亲身经历过或是听说过的先例更是少之又少。在阅读过程中,小说读起来总给人全新的感觉。如果它们听起来很熟悉——例如,通过比对真正海员的实际叙述,鲁滨逊·克鲁索的叙述听起来就很熟悉——这种熟悉感可能会通过忽略新形式虚构性的方式,给人以错觉。

但我们只能推测出当小说仍处在刚开始塑造其形式阶段时读起来是一种什么体验。尽管推定《汤姆·琼斯》和《项狄传》道德失范的讨论流传了下来,尽管有时一些私人信件见证了某人对一部新小说最初的反应,但对于发展中的这个体裁详尽的个人反响却几无留存。然而,这些小说是如何被阅读的,以及将如何被阅读与他们是如何被写出来的一样重要——现在想来甚至是更为重要。21世纪读者的境况是我们这个时期小说故事的一部分。我们这里考虑的很多作品本意旨在娱乐、教化,从一开始就吸引了很多读者。直至今日,它们仍拥有带来乐趣与启迪的力量,尽管它们带来的启迪与第一批读者所发现的已有了不同,乐趣的性质也发生了变化。但重要的是要记住,这些小说对我们作出的要求不仅仅是历史上的。这些书依然值得读。实际上,它们极大地回馈着有心的读者,而这些读者将会被直接或间接、以虚构的形式,纳入到随后的讨论之中。

为追求连贯性,文学史,如同其他历史一样,谋求组织原则。社会理论或是文学理论通常提供了理解大量口头创作的原则,提供了研究大量文本的有利角度。当然,单个作品的特色找不到了,因为被概括化的主题覆盖了。一切听起来可能都一样。一部部作品展现的都是对女性的压迫,或是金钱的霸权。我自己的组织方式是建立在多样化这一理念的基础上——更重要的是,阅读的理念。要想把18世纪不同的小说归于一个标题,就只能采用一刀切的方式,或拉长,或截短,或干脆舍弃。更精确地对一系列小说模式及其影响单个去阅读并作出反应,恰当地体现了极具创造力的多样性。这种方法不能够,也不奢望能全"覆盖",或者读遍具体的文本。但它能让人们关注18世纪英国许多小说作品中涉及的问题,采用的技巧,以及带接下来的叙述中会讲到创造小说过程中接触到的不同问题。它的重点不在于小说从哪里来,而在于小说在它各种早期表现形式中是什么;不在于小说如何反映或评价社会状况,而在于它如何塑造自己以引起人们的兴趣并给人启迪。我准备足够细致地研读一些小说,以期至少勾勒出每一本的特色、主要结构,以及它带来的独特的乐趣。我希望这一过程会提升对这一时期各种各样小说的全面理解与欣赏。

为便于组织,我把要考察的小说(广为人知的和不那么有名的)泛泛分成几个类别,这样比较起来会容易些。这些分类揭示了所选作品内容和形式上的一些特点。有些类别是故意为违背通常对18世纪小说"亲属关系"的假定而划分的。曼丽、海伍德及贝恩习惯上被当作女性情色小说家。将曼丽和海伍德与丹尼尔·笛福和查尔斯·约翰斯通(《克里索尔:或一畿尼历险记》这部奇特作品的作家)归入一类展现了两位女性作为作家的新的特点,使她们不会像往常一样被划入女性作家的"隔离区"。将《感伤之旅》与莎拉·菲尔丁无端被忽视的《喊叫》归入书信体小说加深了对书信体小说一个重要特点的理解,并展示了一些出乎意料的联系。

其他分类本身则几乎不在意料之外。比如,关于感伤小说和哥特小说的两章总体上选取的都是意料内的文本。这些不超出意料的分类提供了区分的机会,使我们能够研究那些会被概括化标签模糊了的不同的过程与结果。索菲亚·李的《隐蔽的地方》(另一部出色却又默默无闻的作品)和马修·刘易斯的《修道士》除了都使用了洞穴内部作为不可预料的事件发生地之外,并无太多相似之处,但却都有理由属于哥特体的范畴。

必须承认,从某种意义上说,我最主要的目的是为了挽救像《隐蔽的地方》、《叫声》及《西德尼·比道尔夫小姐回忆录》这些以第一人称讲述女性苦难的小说。阅读它们实际就是在挽救它们:关注它们各自不同的特点使人立刻发现其他读者会如何同样受益于对它们的关注。但我同样也想展示众人耳熟能详的小说——《帕米拉》、《项狄传》《汤姆·琼斯》——是多么丰富多彩。而且,像我已经说过的,我渴望讲述一个关于18世纪小说整体创造力的故事。

接下来的章节主要是以一些大的标签为基础(通常包含内容与形式)组织分类。形式与内容密切相关已不是一个新的观点。它们紧密配合,方能使小说将经历转化为艺术。发展小说的创作与人生轨迹契合,冒险小说则有着缀段性的结构。在这一点上,它与感伤小说相似,即用缀段性结构服务于不同的目的,从而使这类小说与众不同。在冒险小说中,许多单个的插曲构成完整的有着高潮和结局的微叙述。感伤小说以情感为主体,以不完整的结构构建情绪效果,其插曲通常不会有结局。这种不完整性可以决定小说的主题与形式。而"情感"与"冒险",像"发展"一样,点明了结构安排和主题内容。

我整理章节的标签也不过是权宜之计——不是要将这一时期划分为死板的几个类型。这一世纪的很多小说借鉴了不止一种次文类。我划分的类型几乎不能算是唯一的分类;它们只在本书中有用。《汤姆·琼斯》是一部发展小说,我在关于这类小说的章节中介绍到了它。但它还是一部流浪汉小说,同时还具有感伤小说的一些特点。没有任何一种形式上的分类法能够涵盖这一时期小说的丰富与多样性。形式上的不一定就是指形式上的;分类不是不可更改的。这里所提供的宽松的分类构建了处理小说彼此间关系以及正视它们是什么的方法。这样做——思考每部小说不同的基调与内容,以及小说间彼此的相似之处——有助于重新发现早期小说事业的活力与勇气,揭示18世纪小说对现代与后现代读者的回馈。像其他文类一样,小说的故事一定要有对发展中的规则的关注。我已经提到过,小说一方面借鉴了其他文类,一方面创造了自己的标准。当然,标准甫一出现时看起来并不像是标准;它们代表了对叙事问题的即时反应。由于对这些问题给出了答案,它们为后来的小说家们提供了可借鉴的方法。我提到的那些次文类就包含了许多的标准,从第一次出现就逐渐发展起来的或是采纳过来的。比如,小说中写信的人有着无限的时间与机会去与人书信往来这一标准,对书信体小说就极为重要。早期法国传奇故事作家无需解释沦落荒野经年的男主人公何以果腹。同样,书信体小说作者也不用考虑如何解释小说中的这种情形。然而,无需赘言解释的东西和文本中详述的内容同样重要。

接下来的大部分章节会关注一系列通常在时间上有密切联系的小说家。而这一不严格的时序性的安排有时会遵从其他局部编排的原则。因此,为考量小说家如何将完全不同的小说标准糅合在一起,主要讨论《项狄传》的那个章节,也借鉴了这一世纪的其他作品——这使我们意识到,将《帕米拉》主观地定为书信体而不是传奇故事的必要性。

我们将要讲述的故事主题:从早期小说家的煽情,到本世纪的侧重政治,而形式则随主题变化而变化。先说说早期的冒险叙事。

第二章 冒险小说

约翰逊博士曾对博斯维尔说,要不是需要钱,除了白痴,没有一个男人会去写作。他应该再加上,也没有一个女人会去写作。早期的小说家,男性也好,女性也好,被迫以文谋生,因而需要去吸引购书的读者。很多小说家在探寻非韵文虚构文学的新方向时,认定冒险经历显然会是一个兴趣点。在 1754 年出版的小说《喊叫》的开篇,莎拉·菲尔丁表明,她认为她的读者想要"一些让人吃惊的事件与冒险"(11)。尽管她没打算去满足这一愿望,但承认冒险极易引起读者的兴趣。如果一个主人公历尽艰辛,"读者会为她的安全担惊受怕;见她从狮子口中或是猛虎的利爪下逃生,他会感到高兴;如果他牵挂那善良的受难者,当她逃脱囚徒的命运时,他会充满喜悦"(12)。

菲尔丁所指的想像中的情节应该源自她所阅读的 17 世纪传奇故事,它们充斥着冗长的爱情故事。男主人公为了他们频繁涉险的爱人而无所畏惧——与无数的对手战斗,在荒野中漂泊求生——但这些传奇故事采用的均为固定的、可预见的模式。到了 18 世纪,小说作家中潜在的对冒险的定义扩大了,不仅仅局限于骑士、巨人、狮子、老虎。有些作家开发爱情故事中的情色暗示;有些让女性成了主角;有些用政治博人眼球;有些陷旅人于荒岛;有些展现妓女讨生活的艰辛；还有些作家以冒险的结构掩饰其作品的前言不搭后语。对这一世纪早期出版物的抽样调查展现了这一时期小说逐步发展的形式和扩展的内容。而后期，即便是从单个的例子都能看出，虽然回归了早期小说的技法，但冒险理念已有了新的用途。

归入一类的作品并不总是因彼此的联系而受到关注。曼丽和海伍德常常被归入"情色小说"作家；玛丽·戴维斯和佩内洛普·奥本，公认的成熟小说的先驱，得到的是俯就式的一瞥；笛福在许多文类上都极其多产，一人独占一个类别。这使我们注意到文学分类的多种可能性。对文本分类的本质决定了人们能从中发现什么。将这些作家放在一起研究可以帮助我们发现克服形式上困境的一个常见的解决方案，这一方案决定了英国早期小说的结构。

1709年，黛拉瑞韦尔·曼丽出版了一部作品，扉页上写的是：几个重要人物（有男有女）的私人回忆录及其社交行为，写自新亚特兰蒂斯，一个地中海小岛，原文以意大利语写就。曼丽及其印刷商和出版商因此被突然逮捕，在其后的审判中又被判无罪开释。而她短暂的牢狱之灾却使她的书臭名昭著，使其读者甚众，并不时再版。尽管《新亚特兰蒂斯》采用的是神话的框架、虚构的姓名、大量的夸张与失真的描写，它的重点其实在于当代宫廷丑闻，并以此作为攻击辉格党的政治武器。在这一点上，为了避免引起困惑，曼丽单独出版了一个该书中出现的姓名对照表（后来的版本即附上了对照表）。

因此，为吸引读者，曼丽利用起其作品与现实的联系。通过使用神话中的人物，她公开否认了其文字的真实性；而通过公布一个人名对照表，她又承认了她所否认的。毫无疑问，人们是抱着从有关大人物的消息中得到刺激或是震惊的期待去阅读《新亚特兰蒂斯》的。而他们也从中得到了阅读小说的满足感。书中的故事提到了诱惑（成功了的或是差点成功了的），强奸，一夫多妻，以及许多实施了的罪诫；通常是阴森恐怖但却饶有兴趣地讲述的故事。

《新亚特兰蒂斯》的神话框架中有三个女性人物：阿斯特莱雅，

公正女神;她的拟人化形象的母亲,美德,在游历世界的途中显然屡屡受到伤害;三人中的第三个象征情报,或是消息,假定的信息来源。情报负责知会另外两个人现代社会的情况。她热心地收集她所不知道的消息,以详尽的例子展现一幅充斥着肉欲、贪欲和权利欲望的堕落世界的图景。

为强化这种社会的概念,她和其他人一起讲述了很多故事:有滑稽的,有悲哀的;有详尽的,有简略的;有些将女性描述成受害人,有些则是害人精。曼丽也因此确保了其作品的多样性:一个故事迅速衔接了另一个故事,她的读者几乎没有时间感到厌倦。本世纪早期的许多小说的特点都是叙述多样性,而不是细致地展开,这显然是因为预料到读者对单一的一系列人物和或是困境不会维持很长时间的兴趣。《新亚特兰蒂斯》几乎说不上有"一个情节"。叙事框架勾勒了一个情节的开头,由阿斯特莱雅解释说她正到处搜寻信息,以帮助她引导一个年轻王子——可能是乔治·奥古斯都,未来的乔治二世——变成真正的伟人。表面上看来,她需要了解当下的礼仪与习俗,这也是其后三位女性展开调查的动机。而这一仅留下一点痕迹的情节并没有真正地展开,并且在不确定性中结束。阿斯特莱雅和她的同伴们,以及读者一起,一路上获取了很多信息,其间一个个插曲层出不穷,而小说也在插曲之一的中间走向了结局。

曼丽不止有一个情节,而是有很多个。比如,一个叫夏洛特的女孩,父亲死后将她托付给一个大公爵抚养。他决定将她培养成道德的典范,教育她所有的美德标准,并使她远离一切堕落的根源。这一做法许多年来都很有效。然而,当夏洛特步入青春,出落成一个漂亮的少女后,公爵发现自己无法控制对她的渴望。他很清楚她的原则会使其拒绝所有的性挑逗,于是就像他当初悉心对她进行美德教育一样,他开始不遗余力地悉心教她堕落。他告诉她,她已是成人了,让她看他以前绝不会让她看的色情书,给她披金戴银,还在宫廷里给她谋了个差事。她刚去宫里没多久,他就去打仗了;他不在的时候,她向一个好心肠却又玩世不恭的女伯爵倾诉说自己喜欢上了他。尽管如此,在公爵回来后,她还是一再拒绝了他,而他则强暴了夏洛特。随后他把她偷偷安置到了乡下的一个宅子里,当了他的情妇,还让她邀请女伯爵来陪伴她。后来,他爱上了女伯爵并勾引了她。夏洛特逃走了,在痛苦中度过了她的余生。

这一系列错综复杂的活动中的每一个环节的动机和行动都需要、也得到了分析,上述活动之错综复杂不是一个简单的梗概就能涵盖的,而整个故事的讲述也不过只用了17页(实际上,这个故事算是长的了:有些几乎一样复杂的故事也只用了三四页)。但是,如梗概所示,它包含了我们后来称作"小说"的原始素材。因为曼丽对其小说所持的观点和现代的预期不同,她只满足于基本的人物刻画——考虑到她庞大的人物群,这几乎是必须的。通常,她不会完成她的叙事,而是在达到其政治或道德目的后戛然而止。尽管她的故事一贯以当下社会状况的恶化为单一背景,但显然她并不担心故事的合理性。她给人最深的印象是其强大的叙事能量,常通过数量惊人的独特故事展现。当这些微小故事不断增多,尽管其主题都是衰败的社会,但因新的例证不断被发掘,读者间接体验到生活中丰富的可能性。

这些可能性的大部分都是危险的。在第二卷快结束时,情报说道:"人类在艺术、科学、邪恶以及洞察力方面已然达到了完美,以至于没有什么法律,不管其原意或是表面上多么有约束力,是他们所不能藐视的。"(229)人类将自己斐然的成就用于邪恶,即使法律的保障也全然无用。但由于作品中的活力与创造性,这可怕的一切读来并不使人绝望,却使人激动,这激动源于想像世界所展示的丰富的人物与活动,以及所谓窥视到公众生活背后隐藏的东西之后的兴奋。

从政治介入的角度,曼丽的写作明确表明了女性的权威。她作品中三个主要人物均为女性;当然,作者本人就是女性。她的修饰、曲解、虚构使她偏离了社会丑闻的本来事实,但作品重点探讨的仍是关于对政党的选定事关善恶的问题。《新亚特兰蒂斯》不仅例证了女性持有政治见解的权利,而且从人际关系——传统上女性擅长的领域——的角度阐释了政治。爱与欲、贪婪与妒嫉在想像的人物身上展现得淋漓尽致。如果男性仍是主要的政治角力者的话,他们的思想和动力则倚靠女性。女性作为施爱者与被爱者,塑造了一个个爱情故事。尽管她们经常以男性肉欲或是贪欲的受害者的面目出现,她们同样是一个大舞台上的表演者。

然而,对于她们的描写缺乏丰富的内心或是极为细致的人物刻画,小说中的男性角色也是一样。曼丽倚重许多小故事的堆砌,表明她重情节而轻人物,重多样化而轻细节性的事实。她的政治意图在大量的事例展示中得以实现,这也形成了对一种特殊叙事的期待。其他小说作家会采用同样大而化之的叙事结构,以达到他们不同的目的。

匿名作者的《琳达米拉,一位贵妇的冒险》(佐·布郎先生改编、校正)是本世纪刚开始几年更为常见的冒险故事模式的例子。曼丽采用的是一个虚构的模拟神话的框架,以免故事有所指;相反,《琳达米拉》的作者则声明,其小说贵在"有分量的真相,和重要的真正的事实"(前言,n. p.)。尽管书名宣称这是一个冒险故事,但女主角的"冒险"读来相对平淡,全是爱情中的幸与不幸。小说采用了书信体,构建在琳达米拉写给一个女友的信件上。当然,虚构作者的重点落在她自己的爱情冒险上,包括她行为上的过失带给她的挫败。她很早就遇到了自己心仪的人,但却花了很长时间才学会如何赢得他的心。琳达米拉的信中还包括她遇到的其他年轻女性的故事,她们每个人都有各自的爱情故事。

早期的这部小说唤起了人们对于以女性为中心的叙事中一个问题的关注。尽管极力想要证实作品的真实性(不管这种想法随小说的展开而变得多么不可行),雄心勃勃的小说家原本打算讲述女性经历的故事,却局限在了爱情以及由它引发的误解与意外这一主题。

多重的故事减少了单调性。尽管女性故事依然是些爱情故事,但不管有多少女性叙述者,作者至少能够变换场景和人物。即使读者因其缺乏合理性而拒绝法国式传奇,他们也依然期待冒险,这一假设贯穿着当时惯常的(几乎是普遍的)做法,即讲述多个有着不同主角的故事,而绝不在其中任何一个故事上着色太多。因此,早期不像曼丽那样含政治意图的小说采用的结构大都不如曼丽的结构那样表现力强。

本章将曼丽的小说与简·巴克、艾丽莎·海伍德及丹尼尔·笛福的小说都归入冒险小说,其实利用了"冒险"一词的丰富含义。小说作家们也利用了这些丰富的含义。《牛津英语词典》表明,"冒险"一词有相反的两层含义。它指可能发生在某人身上的事,也指某人可能引发的事。说到可能发生的事,它指的是(或曾经是)"自然发生的、没有设计过的事";"偶然发生的事,一个事件或问题,一个意外";"危险或损失的可能性;风险,危险的境地,极大的危险。"但它也可以是"考验人的机会……;冒险的事,冒险行动,或是实验";"一个冒险或是有风险的事业或行动;一个大胆的壮举";"遭遇险境或是身陷新奇而刺激的事件;历险活动、事业。"也就是说,或是自愿,或是被迫,某人遭遇或是参与到冒险中,它需要行动与毅力或是二者兼具。鲁宾逊·克鲁索刻意踏上航程寻求刺激:他是去试运气。他被动地被抛到了一个荒岛上:这是一个偶然事件,一个意外。他有意走到一艘破船上,在它的残骸中攀爬:这是他遭遇了风险。如此种种。将发生在某人身上的与某人引发的冒险结合在一起,笛福的故事就能够展示人类巨大的可能性。

实际上,"冒险"一词的不同含义大致与人生经历的可能性相吻合。无论是在行动,还是在经受磨难,男性也好,女性也好,人们都能将自己的工作当成冒险。女性——至少在现实中——不会像克鲁索那样选择出海谋生,但即使作为男性统治的受害者,她依然可能有冒险经历。18世纪早期的小说向读者,可能也向实际经历过类似命运的人们,决然地展示了多种生活经历的刺激性。这并不是说它是、或努力做到了"现实主义",尽管它兼顾事实。相反,像阅读夏洛特的一生,或者琳达米拉的一生所带来的满足感却是与它们的不真实有着极大的关系,而这种满足感会随着叙事的加速而增加。这些故事并不反映真实的生活;他们有效地替代了生活。他们对事物有所指,但却没有让读者真的相信他们。他们给出的只是大概的轮廓,而不是 19 世纪小说家惯于浓墨重彩描述的景致、对话及肖像。

尽管《新亚特兰蒂斯》和《琳达米拉》有着不同之处,但他们与本章中所讨论的其他作品在结构的安排上有着共同的特点。他们都强调了《牛津英语词典》所定义的术语,例如:"新奇而刺激的事件","事业"。事件和事业可以以很多不同的形式出现,但不管以哪种形式出现,他们都是冒险模式中永恒存在的。这些冒险故事都绝对重视多样性。他们所特有的叙事进度的一个作用是让诸多事件有足够的时间积累、发展、开花结果。

我所描述的这一模式并不一定就不给人以思考的余地。外界和内心的活动都可以成为新奇而刺激的事情。我们将会发现,在笛福的作品中,自我想像的冒险与在社会上打拼的冒险是同时存在的。而更常见的是,读者会有机会、也有兴趣,思考按时间顺序发生而非按逻辑发生的一系列事情,并为事情本身感到兴奋。

简·巴克声称她的故事没有政治指向,也不影射大人物的生活,但她的叙事方式与曼丽相同,只是主题上比曼丽的要丰富一些,即将小故事串连到一个松散的、开放的大框架故事里。而这一框架故事由三个相关连的故事组成,它们是 1713 至 1726 年间出版的《爱情谋略》、《女士们的拼布屏风》和《拼布屏风的内衬》。框架故事有些自传性质,其人物是一个叫盖勒希尔的女子,声称讲述的是自己浪漫的一生。《爱情谋略》明显比它的后继者更加连贯(也比他们短了不少),它整个情节都是关于盖勒希尔对一个叫鲍斯威尔的男人的爱,他引诱了她,最终又把她抛弃了。在这个三部曲的第二部,浪漫史有了新的可能性,最后却也是无疾而终。盖勒希尔一直没有结婚,到第三部的时候,这一点已经不重要了。她逐渐把自己定义为文艺女性,诗歌与散文作家,以及社会思想家。

随着三部曲的推进,巴克在叙事中穿插了大量的感伤诗歌,无数的次叙事和不期而至的来客转述给她的快速发展的故事。有些听起来哀怨、冗长、杂乱,永远没有结局。其他的结局则在预料之中,但最刺激的是发展和结局都出人意料。

一个突出的例子是一个关于妻子和情妇的故事,它也表明了巴克的作品是很难归类的。一个年轻人娶了个很不一般的女子,她相貌平平,但却有着足够的财产能满足他的需求。他和她生了几个孩子,却都早夭了。很快,他也开始和他的女仆有了孩子,而且是一年一个。不知出于什么原因,这一点小说的其他人物也一无所知,妻子就成了这仆人的"彻彻底底的奴隶",做着本该她做的家务,从每晚三人共寝的床上早起干活。因为她活下来的三个孩子拖累了他的财务,丈夫想要除掉女仆。尽管他极力想说服妻子,但她坚持如果女仆走,她也走。丈夫依法试探,她真的那么做了。两个女人后来都回到了丈夫身边,而丈夫则很快死了。成为寡妇的女子为了养活那情妇沿街乞讨。即使女王说,只要她离开,那个女人就可以给她一笔养老金,但寡妇还是拒绝了,依旧乞讨为生。

盖勒希尔的母亲一度作为丈夫的中间人,去说服他的妻子与女仆分手。她到了他家里,发现"女仆坐在一把漂亮的天鹅绒椅子上,穿着蕾丝镶边的极好的亚麻衣服,手上戴着干净的手套,而妻子则在洗着碗"(145—146)。在18世纪小说中,极少会读到什么人在洗碗,因为这通常都是仆人做的事,所以是见不到的。这一场景的细节——天鹅绒椅子,蕾丝镶边的衣服,透着闲适劲儿的手套以及洗碗——有着一种直到很久以后才变得常见的文学现实主义的精准性。然而,这一场景背后令人好奇的心理溯源却没有任何分析。甚至没有一个旁观者哪怕去猜测一下妻子甘愿成为情妇奴隶的动机。

实际上,没有明确动机几乎变成了故事的特点。读者可以随意进行阐释。

具体细节的精准与缺乏解释同样也是许多穿插故事的特点。偶尔一个故事中的人物会试图解释一个奇怪的现象,而最终却会宣告这么做是不可能的。一群人进入一座尘封已久的叫作"魔鬼"之塔的楼里。他们在里面发现了一大锅沸腾着的血,各种魑魅魍魉,一台用来研磨人的巨大磨粉机。叙述者声称,许多"奇怪而可怕的现象","不容易记得住,更不容易描述"(209)。游客们想得到解释,却无法得到满足:"尽管每个人都在猜测,没人能猜出这些产物的自然起因,没人能断定是不是一股地火加热了看起来像血的红色液体(而这液体可能仅仅是水,经由红色的土被染了色)"(209)。很自然地,有人就解释说,这明显是一个超自然的现象,但不管是叙述者,还是现场的参与者,都没法证实这一解释。它与具体细节一样,可信度都值得怀疑。故事本身主要是对游客们目睹的各种现象极为细致的描写,但是没有结局。在最里面的房间,这群人在一座雕像上看到了威胁性的铭文;他们离开了这座楼,把它又重新锁了起来;它很神奇地沉入了地下。结尾写道:"就这样,这个小故事就结束了,没人知道在其后统治这个国家很多年的摩尔人手上,国王和王国遭遇了什么样悲惨的命运"(210)。摩尔人的入侵是侵犯了魔鬼的领地造成的吗?读者必须再次作出判断。

实际上,巴克小说的读者必须非常活跃,不得不时常改换预期。有一段时间,盖勒希尔读了一本带有插画故事的谚语书。这使她反思人类共同的弱点,以及个人自身的弱点与不幸。她总结说,当我们放眼望去,"我们只看到了忧虑、错乱、争吵、怒气、债务、决斗、官司、欺诈、骗局、税务、喧嚣、暴徒、骚乱、哗变、叛乱、战事等等,成千上万的人被杀戮;不,我们将杀戮变成一门学问,将战争变成一种艺术"(273)。我们可能会期望这一斯威夫特式的目录带来更深的关于人类经历的思考,讽刺的也好,忧伤的也好,但接下来却是一个很长的梦,梦中,盖勒希尔在穿越了一个人间仙境之后,来到了精灵女王治下的一处所在,那里的蚱蜢有着金子做成的翅膀,夜莺合唱着一曲赞歌。从现实世界迅速转移到奇幻之境,此处所勾画出的这种模式总体说来是巴克作品的突出特点。

文中一处解释了一再规避详尽的现实主义的原因,那是当盖勒希尔思考过去的传奇故事时。她说道,在她看来,他们的特点是有着"善行与荣耀",相反,"我们这个时代的故事",却"是如此的黑暗,以至于作者们在触碰这黑暗时,几乎都难逃近墨者黑的下场"(253)。可能这就是为什么巴克关于通奸的故事会有梦幻式的结局,她的故事只关虚构,无关其他,大量借鉴过去的作家,故事发展极快且没有结局。她以情节而非人物吸引读者,在人物发展方面毫无作为,但却常常在情节上也只讲半截。盖勒希尔在三部书中都存在,也比其他任何人得到的人物刻画更多,但她讲述的故事通常比她的个人境遇更让人关注。读者被督促——事实上是被要求——享受叙事的方方面面。机敏灵活成了阅读最不可或缺的,因为文本凸显了构建的虚构性。巴克的叙述者没有炫耀她促成事情发生的能力,但她操纵着场景、情节、人物,丝毫不在意可能性、可信度,或是一致性。充满了活力的、变化多端的、丰富多样的叙事构成了她的小说,彰显着小说的力量,不是为了终止读者的怀疑,而是为了使怀疑变得无关紧要。阅读这些故事的乐趣在于承认了虚构、操纵、改换立场,以及读者多种角色的可能性。最重要的是,这些故事承认了自身的虚构性。

艾丽莎·海伍德在这一点上也是一样,只是没那么明显,她早期的小说(与巴克的不同)吸引了大量的读者。他们也同样充斥着大量事件,但缺乏详尽的解释。尽管他们的着重点已有明显的变化,但与之前几个世纪讲述王子公主们私事的传奇故事一样,给人类似的享受。这里的"私事"一词在此处用的就是其字面的意思。这些故事大都是中篇小说的长度,总是以两性之事为重点。在这种小说中,男性和女性不仅仅都有欲望;他们的欲望还时常得以满足。未婚恋人们定期结合在一起,以宣泄他们的爱情。甚至是女性,也不总是因为她们性的诉求而受到惩罚,或者只是受到含糊的惩罚。因此,在可能是海伍德诸多叙述性事的尝试中最露骨的一部小说《范脱米娜》中,一位出身高贵的女性看到一出戏里的一群妓女时,认为她们看起来很陶醉其中。她自己假扮成一个妓女,结果被一个年轻男子强奸,而他认为他只是做了她想让他做的事。范脱米娜,她自称这是她的名字(读者一直不知道她的真名),也就成了他的情妇。当她意识到他开始厌倦她了,就离开了他,成功地乔装打扮,以至于他没有认出她来,再次"引诱"了她。范脱米娜又两次重复了这一程序,即乔装打扮,重新开始性关系。但她怀了孕,被其母发现,母亲去质问惊诧莫名的情夫。小产之后,范脱米娜被转交到一所女修道院;故事也在这儿结束了。考虑到女主角所表现出来的目的性与足智多谋,我们无法相信修道院的戒律能阻止她逃离。读者也不一定想让她终止她的罪过:他们不伤害任何人,他们宣扬了女性的自由和力量。

  曼丽和巴克有时都会将女性描绘成拥有能力与意志的人,可以在智力上比男性更胜一筹,比男性更强,但这种描绘成了海伍德小说的主体。尽管男性也时常迫害女性——强奸她们,诱骗她们,抛弃出卖她们——在她早期的中篇小说中,女性很少将被迫害当成她们生活的意义,或是她们故事的结局。她们找寻自己抵抗与报复的方式。一个极端的例子是在《城市负心汉》中,一个年轻女性被她的未婚夫抛弃了,因为他要娶一个更有钱的女子,而他选择的这女子却只能通过争夺才能得到她的财富。他想得到那笔钱,去打官司,却输了。另外,他的妻子却原来出身低下,脾气还差,又挥霍光了他的钱。也就是说,上天为遭到背叛的女子,格丽斯拉,复了仇。但她要的更多。她成功地操纵了一系列男人,积聚了巨大的财富(她看起来也极为享受这一过程)。她购买了前未婚夫的财产抵押,而他则不得不请她仁慈地给他些钱,能让他在军中买个前程。她同意了他的乞求,但坚持不见他。他第一次上战场就死了;她则因为有了足够后半生花费的钱,公开宣称她厌恶男人,只见她认定对她没有性企图的男人,自足地一个人过活。

这些例子可以看出,海伍德设计的情节新颖,引人入胜,女性角色通常活跃在中心舞台。她的故事比曼丽和巴克作品中的小插曲要长些,与其他小说在叙事速度,人物刻画匮乏,活动丰富方面一致。海伍德同样主要以刺激的事件为基础,组织她的中长篇小说——他们多半是情色小说。曼丽的人物大都源自宫廷成员;巴克触及很多社会阶层;而海伍德则表明她在其小说中可以将王公平民一并操纵。因为没有社会背景的细节,阶层也就没那么重要了。《过度的爱》的中心人物是一个伯爵;其他作品则围绕着情色场所里的王子公主们。而许多中篇小说则是关于商人阶层,甚至是一些更低的阶层也时不时出现。不管一个人物的社会地位如何,海伍德的关注点不变。她所感兴趣的主要是女性的境遇和爱对于女性和男性——尤其是对于女性——的含义。

《过度的爱》全面探讨了这些含义。书名的意义一直含混不清。"过度"指的是多样性——太多的人陷入情网?或是指程度太过:太多的爱?或是太多的错爱?每种可能性都有可信度,但小说(这确实是部长篇而不是中篇小说,尽管篇幅短:最近一次印刷版本是183页)宣扬爱是美德的主旨与源泉。经由它最为可敬的人物的话,它承认一种旨在满足迫切欲望的爱的存在,但它也认定相对理性的、平等的人之间的爱,这种爱使"感性上升为理智"(224),使人为对方着想。戴尔蒙特和麦丽奥拉这对情人所经历的艰辛是情节的主线,俩人的忠诚使其最终圆满地结合,生了不少孩子,都很有出息,也使其以爱情、信念、希望克服了许多困难,得到了回报。

但尽管这对情人是情节主线的说法没有问题,但却忽视了无数关于其他情人,以及其他种类爱情的次要情节(海伍德只在其更短篇幅的故事中才会局限于唯一一个主角)。尽管戴尔蒙特是作为一个典范出现,但在他意识到自己对麦丽奥拉的爱之前,有过一次不成功的恋爱经历和一场误入歧途的婚姻。另外，许多女子痴迷于他。有的企图去引诱他；有一个叫维奥莱塔的女子，将自己化装成一个年轻男子，做了他的仆从，为了自己无望的爱，抛弃了自己的父亲，这使她更为伤心，心碎而死。道德判断的主要标准看起来是忠贞——对爱的忠贞，即便当爱的对象可望而不可及。探讨忠贞及其可选择项需要多重情境与人物，这所营造的多样性几乎可以与巴克取得的成就相媲美。

我所说的次要情节通常与主要情节有着至少是间接的关联。即便他们有些是通过次要人物的叙事呈现出来的，像巴克的三部曲所表现的那样，这些人物所讲述的故事通常也只涉及到他们自身，因此也只是与主要的活动有松散的关系，但多样性与叙事速度对小说来说是极为重要的。即使是在这篇较长的叙事中，海伍德提供的细节也少之又少。我们知道戴尔蒙特英俊、迷人、勇敢，但不知道他长什么样；我们看不到他如何有魅力；我们也没有读到任何能证明他勇气的具体行为。对于人物追求爱情之余都干了些什么，叙述者什么都没说。

本章到目前为止所讨论的三位作家的小说在很多方面有着明显的不同——也包括他们暗含的对"冒险"一词的定义。对曼丽来说，冒险源于对抱负或是欲望的追求；有时满足欲望是为了实现抱负。对巴克来说，冒险有多种方式，从魔鬼塔探险到女子与人私奔。对海伍德和《琳达米拉》的匿名作者来说，唯一重要的冒险事关爱情，他们也同样有多种方式。即使是在没有反映爱情的《城市负心汉》中，爱情也作为背景出现，用作评判离经叛道行为的标准。

最显而易见的是，曼丽、巴克和海伍德的作品都对于形式上的要求有着相同的看法。三位作家都以情节为重，叙事速度飞快，以在现代读者看来极为精简的方式讲述他们的故事。他们不希冀有说服力；他们也不要求读者"认同"人物。相反，他们的小说构建是所见情境对应的语言反映，纯属娱乐（尽管也并非没有严肃的目的）。在历史仍被当作间接体验经历的一种方式的年代,这种小说可谓经历的一份速记。他们的精简并非取决于含意之复杂,而在于实例的多样化。

几乎恰恰与艾丽莎·海伍德同时代的丹尼尔·笛福在语言材料的大量堆砌上与她很是相像。像海伍德一样,他以文谋生。像她一样,他尝试不同的文类。但是在一个重要的方面——一个方面意味着还有其他方面——笛福的叙事与他同时代或稍早时代的作家不同。小说开始之前都会有详尽而执注的真实性宣言,而故事模仿自传及新闻的方式,因此看起来则印证了这种宣言。曼丽、巴克和海伍德希望其读者享受虚构性;《琳达米拉》的匿名作者宣称了作品的真实性,但却不愿尝试兑现;笛福则不仅有承诺,还给了读者真实所带来的满足感。

笛福最为著名的小说——《鲁滨逊·克鲁索》(1719)、《摩尔·弗兰德斯》(1722)、《洛克珊娜》(1724)都以每位第一人称叙事者出生时的所在地及其境况开篇,继而逐年或多或少坦白陈述接下来发生了什么。很自然的,发生了很多事。在叙事构建中,时续性远比因果性重要,但重要的结果总会给出原因。笛福以主笔的口吻,坚称自己关注道德,也关注事实,他的叙述者们至少在名义上(有时还是很认真地)对他们自己所做的事进行道德反思。在这些方面,笛福也与本章到目前为止提及的其他作家的小说模式不同。

那么,为什么我们要将曼丽、巴克、海伍德和笛福一起考虑呢?我会说,那是因为将他们的叙事联系在一起的那些方面比将他们区别开来的那些方面更为重要。笛福与其他人都有的一个主要的兴趣在于我一直说的冒险:在于讲述飞速发生的事情所引起的纯粹的叙事兴奋。他意识到一个人身上可能发生很多事。曼丽和巴克通过增加临时主角,扩充事件,插入无数的小故事;而笛福在一系列的事件中总是只有一个中心人物,不存在与主要人物无关的次要情节。在这一点上,他与海伍德也不同,她在其较长的叙事中习惯加入次要人物,展开他们自己的故事。但是像其他三位一样,他的兴趣主要在事件上——他们可能有时(像在海伍德的作品中一样)是内在的,有时是外在的,但总是一个接着一个快速地发生。

《鲁宾逊·克鲁索》是个很有趣的例子,因为故事的大部分发生在一个荒岛上,它本身就缺乏发生什么事情的条件。小说讲述主人公一生的经历,从孩提时代,到他沉船之前的一系列不幸,直至他回到欧洲,及其后穿越阿尔卑斯山的旅行。它所包含的事件只与主题有微弱的联系,但都与克鲁索有关,而他们之中即使是最不紧要的也让人激动,如找到件上衣,做一把伞,看起来怎么都——对,就像是一场冒险。

与海伍德所讨论的主要问题不同,笛福的主人公所面临的问题主要并不是爱情或是性欲的满足。最重要的问题是关于人生的塑造。尽管第一人称叙事明显难以从生至死刻画一个人物,但笛福的叙述者讲述的是漫长的一生经历,从他们的出生开始回顾,直至他们成年,而此时他们身上所经历的重要事件都已经发生过了。在笛福看来,人生的故事是围绕着社会阶层展开的——以现代的思维来看,可能是一个含糊而抽象的问题,但对于像克鲁索和洛克珊娜这样的人物来说,却是至关紧要。

比如说克鲁索,他点明自己出身于一个"很好的家庭",他的父亲得到了一处"好宅子"。他的父亲希望他学习法律,但却和他解释说,出海对于没钱的人而言是个不错的选择,他们可以借此挣些钱,而对于那些有钱人来说,则可以挣得与他们的钱财相符的名声。父亲将自己与儿子归入一个"中间阶层",在他看来是最好命的。在其任性离家之后所发生的所有冒险中,克鲁索都回忆起这段话,并开始意识到中间阶层确是幸福之所在。在他能够重得这幸福之前,他必须要经历许多,包括将自己当成一个"国王"。而他确实总是宣称他渴望重新得到中间阶层的安全感。

相比较克鲁索来说,摩尔·弗兰德斯和洛克珊娜却存在更多的可变性。摩尔是个私生女,出生在监狱,有个因犯母亲,历经种种困苦,不得不乞讨偷窃度日。在她人生的最低点,她再次入狱,被判了死刑,但她最终取得了富足的财源、可靠的感情,以及中产阶级的地位。洛克珊娜开篇时有钱有地位,一场失败的婚姻使她丢掉了二者,成为了大人物(包括一个王子和一个国王)的情妇风光无限,嫁了一个深爱她的富裕商人,但却以困顿和未经言明的厄运告终。

这些人的冒险不单在所发生的事情本身,还在之前的自我想像。当然,笛福的所有人物都利用了所发生的与他们的自我想像完全无关的事情。洛克珊娜通过她的地主摆脱了贫穷,他提议俩人像夫妻一样一起生活,她以前从来没想到过这个主意。他以一大笔财产引诱她,并长篇大论为违背道德准则辩护;尽管意识到按照她自己的标准,她通奸的行为是错误的(她的丈夫抛弃了她,但可能还活着),洛克珊娜依然接受了他的提议。鲁宾逊·克鲁索碰巧遇到并救下了一个从其他食人生番处逃离的食人生番。尽管他以前并不认为自己需要一个仆人(再或者,就此而言,任何人的陪伴——他渴望有人陪伴,但认为在岛上永远无法找到),他还是把这人变成了自己忠诚的仆人,并因此而改变了对他自己和他的地位的看法。小说中的这些男男女女发掘种种可能性的能力表明他们适应一个不确定的世界。

而这种能力也证明了他们心思的灵动,他们更换角色与预期的能力,简单地说,使他们能够绘制、重新绘制生活的能力。人们总是记着鲁宾逊·克鲁索放逐荒岛数年,但在这主要经历之前和之后,他还有一个故事。他第一次尝试远洋航行,船在一场风暴中沉没,但他乘一艘小船脱险。一位朋友的父亲警告他,上天不眷顾他,除非他遵从父亲的意志,否则会连遭厄运,但他充耳不闻。他做买卖为生,被海盗捉住,成了一个摩尔人的仆人。一次随同另一个摩尔人为他的主人出海捕鱼时,他把同伴抛下了船,决定逃跑。一个叫苏里的男孩跟了他。无数次历险之后,他们被一艘葡萄牙的船只所救。克鲁索把苏里卖给船长当了一个契约仆人,而自己则到巴西开创事业,成了一个种植园主。

　　这里所列的单子无法涵盖最后沉船前发生的一切。克鲁索不遗余力地尝试可能的生活方式，灵活处理对自己的期许，对前途的期待。同样的灵活态度使他在一个荒岛上过上了舒适的、甚至可以说是相当满意的生活，并且适应了随人口的增长而带来的新的可能性。在一群西班牙人来到荒岛，加入他和礼拜五之后，他和他的仆人抓住机会，回到了欧洲。他在失事船只上发现的、随后又谨慎地藏起来的钱这时有了用处，他计划用来做生意。在回英国的路上，翻越阿尔卑斯山时，他几度遇到狼，礼拜五也与一头熊一起嬉戏。对这些事实的记录表明，不管是克鲁索，还是他的创造者，都没有忘记讲述快速发生的事件以娱乐读者。叙述者甚至简短地提到回到荒岛的一次航行，暗示他可能在一个续篇中讲述更多的冒险故事。同曼丽一样，笛福也有着不寻常的、起到不同作用的叙事能力。

　　在《鲁宾逊·克鲁索》中，多重事件的讲述则有着新的特点，因为重点落在了一个单一的主要人物身上。像身份鉴别这样的想法开始显得更为可信了。克鲁索被描绘成既有物质生活，又有精神生活，还有一个相当基本却又连贯的心理。从他自己的角度来看，他一生最重要的事情就是由在荒岛上发生的许多事情带来的他宗教信仰的转变；他将之前的经历重新阐释，认定就是他们带来了这一结果。他的这种自我想像有力地左右着他对接下来发生的一切的解读。在为其他许多不相干的事情所娱乐的同时，读者还可以自由地分享他的解读——或者，当然也可以自由地忽视他的解读。在《摩尔·弗兰德斯》和《洛克珊娜》中，同时发生的物质生活、精神生活以及发展愈发完善的心理活动的结合变得更加复杂，以至到了《洛克珊娜》中，出现了物质生活象征心理活动的现象。

　　尽管笛福看重快速推进的情节，但他的小说变更了冒险的概念，含蓄地证明：想像的、亲历的生活，才是最本质的冒险。笛福小说的"纪实"跨越数年这一事实对它们的构思极为重要。洛克珊娜的生活本身就是伟大的冒险。这个说法同样适用于鲁宾逊·克鲁索和摩尔·弗兰德斯，即便他们的境遇不同。像我已经指出的那样，这些生活很大程度上取决于他们的想像。

摩尔·弗兰德斯是个突出的例子，她很早就模糊但坚定地想像自己是个淑女。作为一个私生子和孤儿，她与吉普赛人四处游荡，然后被他们抛弃或是抛弃了他们。3岁的时候，她被教区收留，由一个仁慈的护士抚养。摩尔8岁的时候，有人传说她要去当佣人了——在什么人的家里干点儿粗活。这个念头让她哭得极为伤心，她坚称自己现在或是将来都不愿去当佣人。相反，她想要成为一名淑女。我们很快发现她所谓的淑女不过是能自食其力的女性，而且，她心里的一个特定目标是一个有着两个私生子、名声不甚清白的女子。不过，这都没关系。摩尔想成为一名淑女的决心使她有别于其他女性，引起了有钱人的关注，并画定了她日后的生活轨迹。

接下来她不断地、戏剧性地变换角色，变换多种社会地位。她之所以能够这样做全在于她能一再发挥想像力，将自己置于社会等级的不同端点，乞丐，小偷，直至有钱的寡妇。而她一生经历给人的刺激主要就在于这种社会地位的变化，这种一切皆有可能的感觉。摩尔不受命运的安排。实际上，她不接受任何安排。几乎从一出生，她就是个脱身术大师，根本就意识不到英国阶级体系所固有的一成不变。

摩尔的自我想像有一个重要的特点，与鲁宾逊·克鲁索和洛克珊娜一样，她为自己设想出的不是一种生活，而是一系列生活，她所承担的各种角色都有其特有的关系、危险与机遇。同样地，克鲁索将自己看作是巴西种植园主，而后是奴隶，再后是奴隶主和奴隶贩子时，明显没有任何困难。他并非是有意选择这些角色，他们是自己找上门来的，但他仍投入地担当起来。甚至是被放逐到一个荒岛上时——这看起来是毫无机会可言的境遇了——他都能以不同的方式去理解他的境况：倒霉的漂泊者，生产者，觅食者，庄园主，恶行的惩罚者,无助的人们的救星,奴隶主,国王。可以说,这些不同的自我阐释就是他的消遣。

摩尔和克鲁索看起来都不是特别有想像力的一类人。他俩在处事方式上都明显地讲求实效。他们存留在人们脑海中的印象并不是有着丰富复杂心理活动的人物,因为对他们来说,想像即行动(有时几乎是相反的命题也成立:完成想像之前,已然开始行动),而笛福作为讲故事的人最大的成就之一就是展示想像与行动之间的联系。他一贯以来对于单一主人公生活历程的关注使他有机会研究这些事情。至少在他的早期小说中,尽管从来不把心理活动当作重点,但他承认内心经历的存在及其重要性。克鲁索在他发现海滩上一个脚印(这一现象从未得以解释)之后焦虑的心理和他逐步形成的宗教感使他比海伍德小说中的同类更显丰满。摩尔自己宣称的在纽盖特监狱中的忏悔让很多读者心存疑虑:究竟这一忏悔和她别的道德声明有多少是真的? 真也好,假也好,声明表现出她意识到忏悔的必要性,从而使她这个人物变得丰满。

笛福最后一部、也是最阴郁的一部小说的主人公,洛克珊娜,被赋予了极为详尽的内心活动,其方式使人质疑将想像与行动紧密结合的危险性。太善于想像的她耽于幻想自己是众目的焦点,为所有人艳羡。甚至在她年过五旬之后,她依然对自己的容貌和玩弄男人于股掌的本事沾沾自喜。她日趋贪婪,积聚了大量的财富——罪恶的收入——并幻想攫取更多。她坚持将自己想像成有钱有势男人的情人。她两次实现,从未放弃过这一幻想,它极具魅力,使她一再拒绝能给她体面、安定生活的富裕商人的求婚。对财富与万众瞩目的渴望也让她解释了听起来像现代女权主义的信条。她宣称自己不想结婚,因为妻子是丈夫治下的奴隶;她更愿意自己管理自己的钱财与生活。

在《鲁宾逊·克鲁索》中,通过运用一个想像的技法,笛福把日常生活的常规化事物调至一个荒岛上,从而使他们看起来有了冒险的味道(他也提供了食人生番、沉船、野狼这些更为传统的冒险因素,但读者记得最真切的还是荒岛部分)。《摩尔·弗兰德斯》展现的是生存冒险,佐以性、犯罪、来自于法律或是来自于罪犯的危险。《洛克珊娜》表现的是可能性的冒险。第一人称的叙事鼓励读者分享故事主人公对一次接着一次成功的不断期待,并对洛克珊娜刺激的经历作出反应。之后,洛克珊娜突然发现自己陷入了道德泥潭;而读者因为一直想像自己参与在她的幻想中,也同样在道德问题上无法心安。

冒险的生活——洛克珊娜最是字面意义上的女冒险家——几乎从没有给它的经历者准备任何道德洞察力。当洛克珊娜面对一个可能曝光她不堪的过去,并因此毁了她成功的现在的麻烦女儿时,她无能为力,迟疑不决。相反,她忠实的仆人与伙伴,艾米,却基于实用而非道德的考量,轻松决定了何去何从。因为无法应对,洛克珊娜让艾米替她行动。尽管她从来不确定究竟发生了什么(她怀疑艾米谋害了她女儿),她将其后发生的一系列"可怕的灾难"当成因伤害女儿而导致的上天的惩罚(这些灾难的性质没有明说,却也降到了艾米的头上)。她说,像灾难接踵恶行一样,悔恨也接踵了灾难,但作者对她的悔恨没有任何细致的描写,读者只能自己猜测其本质与性质。

评论界对于笛福著名小说中反讽程度的推测从一开始就很多,而所谓编者声明的道德意图与主人公对恶行明白无误的喜好之间存在的明显矛盾则尤其鼓励了这种推测。在《洛克珊娜》中,笛福比在任何一本书中都更为明白地揭示了传统的道德禁令在处理复杂困境时的无能为力。在其情爱生涯甫一开始时(当她的房东将她的通奸行为解释得与婚姻无异时),她就知道自己在犯罪。也就是说,她知道自己违背了教堂的禁令。她知道自己的罪过,却一直是口惠而实不至。而这样的认识看起来几乎都算不上是口头的,从本质上是社会问题,而非道德问题。洛克珊娜的想象力并非那么容易就能延伸到道德领域。当她需要在维系同女儿的纽带与维持自己舒适的生活之间作出选择时,除了一直遵从的利己原则之外,找不到别的行事原则。披露她极大的局限性,以及作为从未困惑过的女子的一筹莫展,使她有了辛酸的味道,并暴露了她的某种缺失。她道德想象力的匮乏使读者重新严肃地思索她对自己生活的想象。缺乏鲁宾逊·克鲁索和摩尔·弗兰德斯那种重新自我想象的能力,她把自己的一生看成一场由玩弄男性而获取财富的冒险。其间她可能会乔装打扮(她最具欺骗性的角色是以一个土耳其舞者的身份出现;很长一段时间,她还是个教友派信徒),但她从未改变过对自我的看法,这在最后被证明是一个悲剧性的不足。

从人物塑造的角度来看,描写女冒险家——再或者,我们将之扩充到包括男冒险家在内——的生活是不够的。更为重要的事实是,像《洛克珊娜》这样的小说训练了读者,让他们感受到了这种生活的不足。在像曼丽、巴克,甚至是海伍德的短篇叙事中,人们几乎不可能读到道德分析或是感悟(尽管不乏道德断言),但更长些篇幅的故事会使其涉及面更广。《洛克珊娜》为除冒险之外的主题点明了方向。

因为笛福关注的是从事普通行业的人物,探讨的是他们对生活大事小情的反应,他的小说与现代读者很熟悉的后期小说有着可以理解的关系。然而,在1720年间写长篇小说的不止笛福一人,海伍德也并非他唯一的同行。其他的小说作家发掘了不同的领域。佩内洛普·奥本作品的性质从她1721年(即《鲁宾逊·克鲁索》出版后的两年)的一部作品的全名可见一斑:《德·布芒太太,一位法国贵妇的一生。她因宗教原因被迫逃离法国,住在威尔士的一个山洞里14年以上而未被发现;她在那里被残酷地对待。她的丈夫在俄国数年为俘的历险。另附他返回法国,她被一位威尔士绅士发现并将其丈夫带到威尔士的故事:以及他们身上所发生的种种奇奇怪怪的事,被人偷走的俩人的女儿贝琳达,及俩人在1718年重返法国的故事》。

最后提到的日期接近出版时间,这就在一系列匪夷所思历险的总结之后出人意料地增添了现实性。尽管它用一定的套路"解释"了其间的故事,但小说本身在可信性方面并没有作出努力。因此,举例来说,德·布芒太太居住了14年的山洞竟然有好几个装饰得很好的房间。贵妇解释说,她和陪着她的船员"找到了这个山洞,它一定是古时候的某个隐士建造的,属于过去的东西;它破败不堪,荒草丛生,但船员很快把它清理整饬成你现在看到的样子"(35)。至于他们如何做到这一切的,就得靠想像才能知道了。

然而,可信性几乎算不得是什么大事。快速推进的冒险所带来的刺激——爱情冒险,同时也是生存冒险,以及家庭动力论冒险——主导了叙事。如果说威尔士,法国,俄国,这些场景都缺乏地理准确度的话,那么,德·布芒太太和她丈夫这些主要人物则代表着有可理解的动机的人。奥本在序言里为其写作事业所做的辩解中强调,美德胜于真实性。她说,她的故事与时下人们所喜爱的仙女、精怪故事相比,"不是那么地不可信";她接着说,它最奇怪的一点是,女主人公和她的女儿"非常虔诚,德行非常好,而且在同一时期有两个诚实的神职人员。在德·布芒先生的故事里,还有更令人吃惊的;他对失踪妻子的爱如此之深,以至于固执地拒绝了一位漂亮的女士"(vi—vii)。人们可能会质疑故事的真实性,"但人们原本就爱怀疑,甚至是在与他们最息息相关的事情上,所以我不想麻烦去澄清他们的疑虑"(vii)。奥本认为她写作的时代是个堕落的时代,而她的小说努力呈现一个能有所改变的模式。如果它在时下盛行的德行涣散背景下看起来"不真实",那这本身就是对当下风俗的谴责。

不过,人物的正直并没有被夸大到使他们索然无趣的地步。德·布芒太太的公公是个天主教徒,他决心让她改教(她本是英国新教教徒,嫁了个法国天主教徒)。她被关到一座"破败的老城堡"中,像"巢穴中的一个野兽"(40)被锁了起来。在这个关键时刻,她求助了上帝。像她解释的那样,她这样做的原因,是因为她没有别的求助方式。"独自一人被关在狱中,饥饿无力,无所慰藉,像大多数无法依靠自己的深谋远虑的人一样,我也求助了上帝"(44)。在当时的情境下,这是个理性的选择,丝毫不代表女主人公的被动性。有行动的机会时,她是有魄力的。

然而,在强调快速推进的意外之事而非人物的心理活动方面,这部小说与我们讨论过的其他小说还是相似的。该书也有一众小角色和他们的故事,尽管主人公身上发生的故事已经足够多了,即便没有别的爱情问题和祸事,读者也会心满意足的。叙事的地理跨度本身就能获得痴迷于冒险故事的读者的关注。对于21世纪的读者来说,众多的故事足够吸引眼球,快节奏的情节与不同的故事也足够有吸引力。奥本自诩的教化目的与她能讲好故事的能力并不冲突。

从多重故事、快速的节奏、有着详尽总结的扉页,以及对教化作用的宣称这些倾向来看,奥本所有的小说都是一样的。有关真实性的问题也一再出现。在与《德·布芒太太》同年出版的另一本书——《德·维尼威尔伯爵及其家人的奇怪冒险》的前言中,奥本声明,是《鲁宾逊·克鲁索》让她意识到真实性对小说读者来说是有吸引力的。"至于这篇叙事的真实性",她写道,"既然《鲁宾逊·克鲁索》看起来更不可能,但却反响那么好,我没理由把这当成是虚构的故事。我希望世人还没有堕落到相信宁死也不可不贞的女士根本就不存在"(6—7)。尽管她含蓄地将其道德观点与真实性问题联系到了一起,从而避免直接宣称其作品的真实,她确实激励读者去相信她所说。她还暗示,《鲁宾逊·克鲁索》在大众之中取得的成功表明读者认可它讲的是真事。她的语气表现出她对他的成功的怨怼:笛福的小说比她的小说"更不可能",但读者却把它当真了。

之所以难以把奥本当真至少有一部分是因为她对传奇故事传统的依赖。看一段她对女主角的典型描述:"她身材高挑,凹凸有致;发如墨玉,明眸善睐,顾盼生姿;肌肤洁白无瑕,像初雪新落;鹅蛋脸上五官甜美,十足的一个美人。她的法语、拉丁语和母语都说得极好;她能歌善舞,会弹奏鲁特琴和竖琴,在针线活上也是心灵手巧,仿佛她是智慧女神最喜爱的学生。"(《贵妇露西》,2)从语言到实质,这段描述完全是模式化的。凹凸有致的身材,善睐的明眸,如雪的肌肤,女性的才华,这些都是传奇女主角的特点。如果说笛福竭尽全力力证其作品的真实性,我们到目前为止讨论的其他小说家在试图摈弃早期传奇故事的特点——离奇的故事和传统的叙事——这一方面与笛福是一致的。在曼丽、巴克和海伍德的一些故事中,我们可以发现与传奇故事相似的情节,但他们在大的格局上却与前任作家们完全不同。奥本的格局也不相同:从她对道德的关注,从她快速推进的故事,从她的多重情节来说,但很明显,她仍借鉴了前期的方法与关注点。对一个当代的读者来说,她的小说并不足够新颖。

与奥本同时期的玛丽·戴维斯在对爱情与道德的关注方面与奥本相似。她最有名的小说,《改过的调情者》,在扉页用大写字母明白地宣称自己是"一部小说"。第一版的订阅者包括重量级诗人约翰·盖依和亚历山大·蒲伯。小说主要讲述的是爱情历险,女主人公叫阿缪兰达,"貌美的小天使"(5),但这些爱情历险却有着非典型的背景。阿缪兰达像其他小说中的主人公一样,年轻,美貌,有才华,应叔父之邀请一个年长的家庭教师到家中给自己道德指教。但到了结局才发现,这个家庭教师年轻帅气,并且爱上了自己的学生。还发现他出现在她的几次历险的幕后,包括最危险的那次,她置身一个荒凉的地方,绝无获救的希望,险些被人强奸。在关键时刻,她大喊道:"为什么老天不给我们改过自新的力量?"(III)。当表达对自身抵抗能力而非对一个男性拯救者的渴求时,她显出了与众不同:几乎所有同时期小说的女主人公渴求、期待的都是男性的帮助。诚然,阿缪兰达有同样的渴求;但她在那一刻意识到、并且对自己的性别与生俱来的无能为力感到怨怼。

与18世纪早期大部分"冒险"小说不同,《改过的调情者》靠的不是多重情节。它满足于讲述阿缪兰达一个人的艰辛,展现的是其本质上的不同与实际的教育意义。因其风格活泼,故事有新意,它至今都有着娱乐性。同样更为淡然却不失其吸引力的还有《一位绅士与淑女间的私密信笺》(1725)，它以崭新的方式讲述了冒险故事。这部作品几乎没有情节，只包含了两个不同性别的年轻人之间传递着友情而不是爱情的一系列书信往来。这一前提本身就让人震惊，因为在那个年代无法想见这种书信往来，它严重违反了礼仪。写信人在信中时常反复声明他们无意婚姻，但主要内容有时是以令人吃惊的即视感展现的日常小历险。阿坦达就是这样叙述他对附近一位老太太的拜访的。其间最有戏剧性的也不过是他踩上了一块火腿，滑倒了，摔到了老太太的腿上，她觉得很有趣，但他极为详尽地描述了这个情景的每一个细节。"我刚进去的时候，发现女子坐在她客厅的一把安乐椅上，双脚架在了一把木凳上，膝盖几乎遮住了嘴；她穿着一件黑布长袍，外面又罩了件脏兮兮的宽松睡袍，一块质地粗糙的餐巾掖在前胸"(275)等等，接下来几行都是这种描述，然后是对环境同样细致入微的描写。

对细枝末节的关注达到了让人吃惊的地步，与之相对应的，是同样让人吃惊的推断：这些材料不仅会让其中的人物感兴趣，还会让未来的读者感兴趣。一个男子娶了个年轻的妻子，她没能给他生孩子。3年后，他绝望了，开始酗酒。一天夜里，他醉醺醺地回到家，他妻子说她想跳河自杀，而他则说，去吧。酒醒后，他发现妻子不见了，就去池塘中寻找，却在他们的房客怀里找到了她。故事就这样结束了。阿坦达讲这故事就为博贝瑞拉一笑。

含有这种叙事的信件不断增加；然后，忽然之间，阿坦达宣布他爱上了贝瑞拉，想要娶她。尽管她反对这个主意，但在小说结尾，他要去找她，想来是准备去说服她。这一传奇故事奏响的是一系列日常生活的叙事。它替代了其他小说讲述的耳熟能详的爱情历险，给了小说刺激和传奇式劝导一种崭新的定义，揭示了事情是否有意义取决于如何去利用他们，以及他们在个人生活中的功用。在一个偏远森林中险些发生的强奸案可能看起来远比拜访一个老太太更富有戏剧性,但这两件事所起的叙事作用是不相上下的:二者都是达到传奇式和谐的步骤。

《私密信笺》这一打破常规的例子表明18世纪早期对叙事的构成是不固定的。纵观这个世纪,有许多以《……的历险》或是《……的冒险与一生》为题的小说。待小说有了更为全面的定义——在菲尔丁与理查逊之后——这类题目常指向无生命的物体:瓶塞钻子的历险,脱靴器的历险,针垫的历险。这些叙事的原型是查尔斯·约翰斯通的《克里索尔:或依畿尼历险记》,由据说是附身在一枚金币上的一个精灵以第一人称讲述的。它在公众之中取得了巨大的成功,到19世纪初已经再版20次,被人争相模仿。

在小说开篇,精灵宣称,它能知道任何拥有它所附身的这枚金币的人心里在想着什么。然后,它就向不经意间把它召唤出来的"高手"讲述了它过往主人的历史。这事占了整整4卷:有太多故事要说啦。尽管它们涉及不同职业的男男女女,先是挖到这枚金币的可怜矿工,然后是一个妓女,淑女,男仆,贵族,不同军阶的士兵,赌徒,还有其他种种,但这些不同的故事都有一个相同的主题。金币精灵发现,身处所有社会阶层的男女都被对财富的渴望驱动——有时是被吞噬,而这正是社会堕落的根源。

作者在前言中竭力否认了讽刺意图。它声称讲述的是发现克里索尔故事的手稿的过程:它在一个船用杂货商的店里搁置,变得残缺不全,它的"哲理部分"已经丢失,使"作品看起来像是个小说或是个传奇故事"。因此,其潜台词就是,作品没有严肃的意图。"因为,至于读者想将其中的任何事情适用于现时社会中,只要稍稍注意下作者在此说的话,就会发现这种努力是荒谬而且是不公平的;因为它是很久以前写就的,写作者不谙世事,因此其中的所有故事一定是、也只能是想像的产物"(I:xxiii)。而这讽刺性的否认无疑恰恰使读者关注了它所否认的适用性。

第一卷过半时,精灵自己谈到了她的叙述与其含义之间的关系。

"我注意到了你对人类的反复无常、罪恶,与愚蠢感到震惊",她对她的听众说道,"但这是因为你离群索居,不谙世事,对一个敏锐的观察者来说,这些都很正常;而且,如果画面让人不舒服,那也是错在主题,而不是在画家,他只是如实地反映自然罢了"(I:99)。像他之前的亨利·菲尔丁一样,约翰斯通声称他反映的是人性——对他而言,总的说来,它毫无吸引力。而对于本章节来说,这大量的故事内容却不及其表现方式重要。通过利用一个能参透内心的超自然观察者的虚构与想像,约翰斯通找到了一个使他回归到一如曼丽那样充满活力、丰富多彩的途径。像曼丽一样,他也时常指向现实生活中的人物与情境;据约翰斯通自己说,其中一些是有参照的。

冒险越多越好:这看起来是这部小说及其他类似小说的一种设想,也是这种形式在18世纪最早的例子的设想。起初,约翰斯通出版的小说是两卷版的。因其大受欢迎,他后来的版本扩充,并新增了两卷。但这新增的两卷并非仅仅增加一些新的故事。约翰斯通在预备阶段的宣传中说,他们实际是"对原文的补充,而不是增加任何新的东西"(3:广告,n.p.)。他说,最后两卷包含了很早以前就出现过的素材,而他之所以没将其放在合适的地方是因为他不想"引起一丝一毫的怀疑",如果他把已然出版的一本书作了改动,读者就不得不为他们可能已经花了钱的东西再买上一个新的版本,这会使他有牟利的嫌疑。

但对于读者来说,则难以发现新的素材到底"属于"什么地方。尽管各种故事仍是依畿尼从一个主人转手到另一个主人来组织的,但还是看不出来它们为什么被安排在特定的地方。故事都可以无限制地讲下去,因为他们有着娱乐价值和反复强调的道德上的教育意义。约翰斯通将关注点放在故事的安排本身就是为了强调他叙事的这个方面。他总是对之前的两卷摘抄、引用,以强调他们之间的联系,但结果是年代完全混乱,而且给人留下愈来愈强烈的随意安排故事的印象。第四卷在故事的中间以七年战争(1756—1763)中的一个插曲和第二卷的一段摘抄结束了。看起来,故事可以永远讲下去。

它所包含的"历险"混杂了日常琐事与众所周知的大事。第三、第四卷主要关注的是战争行为,讨论的是策略、外交手段问题,以及军营中的日常。前两卷经常会有些有时带有喜剧色彩的小插曲:比如,有个故事讲了一个穷人,他觉得自己最好的出路就是被捕入狱,这样他就可以享受监狱里相对舒适的生活了。在写给外国记者的信中,他转发了在大街上搜集到的新闻。尽管邮局打开了他的信,但官员们觉得他传递的材料没什么要紧,完全可以忽略不管,直到"一些对公众事务的不当处理"使人们大为震惊,这不起眼的男人才被收了监。他装作惊恐万状,装得那么像,以至于抓捕他的人都以为他一定做了比他们知道的更恶劣的事。他被判处绞刑,"但地位和行为的可鄙反倒保护了他,他不值得报复。当他服刑期满,也为当时的人们提供了娱乐,就被宽恕了"(2:52)。

故事尽管与约翰斯通一再提到过的政府的浮华有关,但却与金钱腐败这一流行主题关系不大。当然,它主要还是为自己本身存在,像其他很多插曲——尽管不是所有——一样,为娱乐而存在。克里索尔讲的一些故事看起来像是故意要引起读者的不安。另外,堆砌的故事,各种关于腐败、虚荣、贪婪的例子逐渐加大了令人不安的效果。因为关于真正的邪恶的故事——作过的恶和因为没做而犯下的错——与娱乐性的趣闻逸事穿杂在一起,约翰斯通使他的读者们猝不及防——恐怕也使他们想继续读下去,去发现接下来会发生什么,因为读者无法借助清晰的逻辑去预测。

有了约翰斯通的例子,许多本世纪后期的作者急切地利用这样一个可能的方式,将各式人物毫不相关的短叙事集合在一起。讲述无生命物体历险故事、并籍此类故事叙述男男女女互不相关的冒险的小说大量出现,这表明这一时期对故事本身的兴趣持续增长。以拥有-丧失的过程为行文基础的作品缺乏人物塑造、描写和思考,只有最基本的教化,但他们却指明了小说可能选择的一个方向:小故事的堆砌。

本章并没有追溯我们所知道的"小说"是如何发展的。诚然,在技巧与内容方面,《洛克珊娜》比,例如,《城市负心汉》,更为我们熟悉,但更晚一些出版的《克里索尔》看起来就没那么熟悉了。小说之屋也确实曾经、也依然有很多房间。在其初期和发展最旺盛的阶段,小说都不是一个单一的形式。笛福的小说和海伍德的小说和谐共存,二者同样都有着热情的读者。幸存的传奇故事也还吸引着读者,尽管那些读者也开始对讲述没有像传奇故事的男女主人公离日常经历那么遥远的人的故事产生了兴趣。关于本世纪早期小说的任何泛泛之论都不会有吸引力。

回顾本章所涉及的这组作家,两个事实给我们以深刻的印象:一个是其中大多数都是女性。这个男、女作家的比例从某种意义上来说是偶然的;它并非在本世纪的所有时期都是如此,但女性仍继续写作出版了很大比例的小说。他们针对的读者被公认为以女性为主。作为一类文体,小说并没有很快得到尊重。在很多人看来,小说与传统上以女性为阅读主体的传奇故事有着联系,道德家们担心它可能刺激性幻想并让人疏懒家务。女性与年轻人被当作小说的主要读者,他们也是受小说毒害最大的。那么女性写给女性看,看起来也是说得通的(实际上也写给男性看)。

关于本章涉及的一系列作家第二个给人以深刻印象的事实是,在笛福那里,大量的细节忽然变得重要起来。海伍德早就在情色细节方面作了相当全面的描写;巴克和曼丽对外部细节的描写时常也会让人吃惊。而笛福的真实性声明则表明对逼真的某种关注,这种逼真主要就体现在他的细节中——而且是非常有选择性的细节。因此,我们得知洛克珊娜很多个人物品的细节——她的衣物,她的银盘子——但对她居住的城市则一无所知。我们知道摩尔偷了多少布,值多少钱,但不知道它是什么颜色的。当克鲁索在他的岛上研究如何生存时,笛福详细叙述了他的木匠活,他的缝纫技术,以及他们的成果;这些叙述实际上几乎可以说是故事的全部。但在对这水手在岛上逗留前后所发生的事情的叙述中,却没有只言片语的细节描写。这些小说中提供的细节将虚构的世界与亲身经历的生活联系在一起,但不足以使包含细节的叙事将笛福在前言中提及的"真实"从字面上表现出来。故事很大程度上依赖不太可能的巧合——当然,在现实生活中有些可能性,但可能性没那么大。而且他们都带着一定的目的,明显旨在带来特定的愉悦(其次,还想点明道德和审慎从事的教训)。因为他们的细节,他们看起来比,例如,曼丽的速写式的叙事与现实有更直接的联系,但他们所宣称的事实不过是另一种虚构,是带来愉悦的计划的一部分。

这些冒险小说极为清楚地反映出18世纪小说中形式与内容的密不可分。简·巴克想在可控的范围内讲述许多的故事(另一个构想是:她想尽可能快速有效地装满可出售的一卷书)。再或者是,简·巴克相信大量的短故事能最好地吸引读者,并且,情节远比语言、人物或是主题重要。对故事的兴趣优于对形式的忠诚吗?简化的叙事是否决定了所讲述的故事的性质?这些都无法解答,无法区分。而对于笛福:承诺讲述由许多孤立事件构成的一个人生故事本身就确定了以时间顺序安排,关注单一人物,以及快速叙事的方法,而后一项的那些选择原本是可以优于前一项的。

不管怎么说,叙事速度和对刺激的事件的根本兴趣(或者是像在克鲁索的岛上那些**被变得**刺激的事件,再或者像《私密信件》中被赋予了深意的小事)是很多早期小说的特征,但隐藏其中的关于形式与内容的想法则会在这一世纪的后期以大为不同的形式再次出现。而以不同方式写作的一群小说家首次探索了更为从容、反省性的叙事的可能性,像笛福的叙事一样,关注单一人物,却也纳入了更加丰富的社会背景。

第三章　发展小说

在 18 世纪产生的众多小说中，大部分人在绞尽脑汁搜索一个代表性作品时可能会想到亨利·菲尔丁的《汤姆·琼斯》。这一共识一部分是因为老托尼·理查德森充满活力、性感的电影，那让人难忘的大吃大喝的场景，但《汤姆·琼斯》作为一本书，同样充满活力，性感，而且它只不过是众多生机勃勃小说之一，这些小说都记录了被赋予丰富想像的某一个人在其他人的背景下，经历成长、生命获得意义的发展轨迹。

强调这样的一个过程说明了一定程度上的形式的重要性。对过程的关注意味着比笛福更为闲散的一个叙事节奏：发展故事通常篇幅很长。尽管他们会包含一系列的冒险，但其重点却不在此。很多是以第三人称而不是第一人称讲的故事，给叙述者留有思考的余地。他们不一定总是关注人物的内心活动。还将重点放在看来琐碎，却显然有重大意义的事件上，展示主人公如何借由这些事件增长知识——关于世界及其运行方式的知识。通常，他们设计出众多的人物，因为他们要做的包括展示社会生活如何进行，及如何影响个人。

将这些作品称之为发展小说是说他们关注个人的变化。从某种意义上来说，确实如此——但仅仅是从某种意义上说。成长而非变化才是重点：不是剧烈的变化，而更像是自我发现。汤姆·琼斯学会了谨慎(极为复杂的一个美德),使自己配得上他所爱的人。贝茨·索特雷丝,海伍德小说中与他相似的一个女性,也上了同样的一课,尽管对女性而言,谨慎所具效价略有不同。谨慎教会人物如何处理与世人的关系,以及如何处理世人因其不同的个人利益而对他造成的侵犯。它起到保护和启发的作用,使人与人之间的交流更加方便,但也督促人远离堕落。它永远是经验的产物,使主人公强化、珍惜性格中的优点,抑制缺点。如何获得它是发展小说最爱讲述的故事,而这也是帮助读者探讨生活道路的理想之选。

这一阶段的发展小说通常以婚姻为结局,象征着主人公步入成年,也象征着个人与社会重修旧好,是小说记录下的寓教于经历的过程逻辑上所能达到的顶点。这种传统意义上皆大欢喜的结局决定了这类叙事的喜剧形式,把握了所叙述的异性恋浪漫史的方向。像海伍德早先那样关于私通的叙述在主要人物的故事中不再占据重要地位。尽管汤姆·琼斯也不乏私通的小插曲(这在约翰逊博士这样的道德家看来是及其恐怖的),他必然要因此受到责难,经由教化而放弃这种行为。

从某些方面,我所描述的小说形式听来会很熟悉。甚至在如今,一些类似的小说安排(通常不包含私通)常现于为"年轻的成年人"而写的小说结构中。19世纪很多伟大的小说在相同的主题上作了变化,像《爱玛》、《弗洛斯河上的磨坊》、《远大前程》这些不同的作品却都有着相同的主题,只是对"谨慎"的定义有差异。变化可谓多种多样。甚至在18世纪,这一形式的变体就为数众多。但《汤姆·琼斯》却一直是这种形式最出色的例子,在很多方面可以称得上是典范——尽管它同时又是极为独特的。

在这之前,菲尔丁出版了《约瑟夫·安德鲁斯》,从某种意义上来说,它为《汤姆·琼斯》做了准备,这是篇幅稍短的一段生活叙事,对社会知识的获取定义了男主角的成长。小说源于讽刺模仿的冲动:约瑟夫坚持维护他的童贞,这个角色是对塞缪尔·理查逊小说所设计的女主角帕米拉的评论,我们会在下一章中见到她。然而,小说丰富的内容发展偏离了讽刺模仿,不仅植入了无数插曲,还加入了亚当斯牧师这个有趣的角色。从世俗的角度来看,他是个彻头彻尾的傻瓜,但从他对自己所宣扬的基督教教义的无限忠诚来看,又很崇高。

菲尔丁的叙述者将其形式定义为"喜剧传奇",并将它详解为"以散文写就的喜剧史诗"(3),他也因此得以脱离现实一段距离而展开人物刻画与情节发展。然而,他又在解释自己对"荒谬的东西"——常源于虚饰——的兴趣时,暗示了指称性的作用。他的一个例子尤其显示出这一点:"如果我们进入一个穷人的家里,看到可怜的一家人饥寒交迫,我们决不会想笑,(否则我们就得有着恶魔般的天性),但假如我们在那儿发现了一个装饰有花的炉箅而不是煤球,餐柜里有着瓷质的碗碟,或是他们身上或家具上有着其他假装富贵、华丽的装饰,而去嘲笑这古怪的样子时,就情有可原了"(7)。一个一贫如洗的家庭所面临的困境对读者是会有说服力的,因为 18 世纪的英国会提供很多这样的例子。小说中凭想像虚构出的"古怪的"装腔作势可能与实际经历没有直接关系,但他们展现了日常生活中可能大量存在的自欺欺人。这种可能性一再引起菲尔丁的兴趣。在他讽刺模仿的两个文本——《帕米拉》和也在 1740 年出版的考利·希伯为自己的一生写的《辩解》——中,他最初发现了这些可能性。在这两本书中,菲尔丁明显认为,主人公都表露出与事实不符的夸大的自我意识,自负到荒谬的地步。

小说情节和人物的喜剧性基于一种讽刺欲,这造就了对现实与虚构之间关系的全新理解。和笛福与理查逊不同,菲尔丁小说中出现的人物不是个性化的真实人物,而是直接经历中抽象化、概括化的人物。他庞大的人物表和闹剧式的系列事件不会让人怀疑他们是否是真实生活的写照。我们在文本中见到的小旅店老板、律师和乡绅可以说是滑稽的模仿。然而,《约瑟夫·安德鲁斯》的叙述者明明白白地说,他"看见了什么,就写了什么,绝不多写。律师不仅是实实在在存在的,而且这4000年来一直如此,并且我希望G长命百岁。他其实并没有将自己局限于一个职业、一个宗教,或是一个国家;但当人类的舞台上出现了第一个自私自利、将自己当作万物中心的小人时,他会不遗余力,冒着风险,千金散尽去帮助,去维护他的伙伴;就这样我们的律师诞生了;我刚才描述的这种人一经出现在这世上,就会永远存留下来"(164)。

概括、夸张、简化使小说家能够具有不需要模仿个人性格上的千奇百怪而去评价他们的方法。在《约瑟夫·安德鲁斯》里,菲尔丁丝毫没有尝试我们所说的现实主义写法。在对名义上的主人公约瑟夫和范妮的理想化上,在对不仅仅涉及到一个弄错了的家谱,而是两宗婴儿调包的旧事的情节处理上,他的作品与传奇故事的关系更加紧密。在圣人般的、但优点被更理想化了的人物亚当斯牧师身上,也存在喜剧性的不足(例如,牧师赞美他所做的关于虚荣的布道恰恰反映了他的虚荣),但即使是这些,因其绝对的连贯性,并且不存在与之相关的严重后果(他们只不过是干了些微蠢的事,而非恶行),归入喜剧传奇故事的范畴也是恰如其分。

在菲尔丁的叙述中,约瑟夫、范妮和亚当斯横穿了英国乡村,一路上遇见了各种职业和社会阶层的代表人物,他们中间的许多人体现的是邪恶的利己,同情、怜悯心的缺失,或是乐于把他人当艳遇对象、当笑柄、甚至当猴耍。小说刻画这类"坏"人时,用的也是概括的、简化的方式,但大多数好人的无能与坏人无一例外的强大(在一定程度上)之间系统的对比,对真实的社会状况作了注解,彰显小说家做到了我们所说的道德逼真的事实。他所有的想像都是建立在一丝不苟的道德划分的基础上。

菲尔丁小说和笛福的以一个人一生故事为主线的小说的一个最明显区别在于情节。前一章表明,早期不少作家看重故事而非人物。然而,他们并不刻意强调情节。在笛福和海伍德以及曼丽和巴克作品中融入的小小说中,事情一件接着一件,按时间顺序发生。这些小说不要求读者探究错综复杂的因果结构。

科勒律芝宣称(其后的评论家一致赞同)《汤姆·琼斯》拥有完美的情节。实际上,叙述者的声音不时让人关注精妙的安排:人物的相互误解,在合适的时间遇见或是没能遇见彼此。这些安排尽管都要归功于叙述者的设计,但他们通常都基于巧合。因此,在小说过半时,大部分主要人物碰巧齐聚同一个旅店,但却未能谋面。不过,情节的主线要更复杂些。在小说开始的几页,乡绅奥沃西在他的床上发现了一个婴儿。在做出寻找孩子父母的辛苦努力之后,奥沃西坚定地得出(在他妹妹引导下)了一个结论,而这一结论一度引导着他和读者的想法。随着小说的展开,婴儿长成了汤姆·琼斯,对自己的父母是谁有了新的发现。每个新的发现都决定了接下来的情节,但最重要的发现只是在全书快要结束时才发生(这相当可信)。尽管在情节发展的过程中制造了其他悬念(给读者,也给主要人物),汤姆的身世之谜是贯穿整个情节的扣人心弦的潜台词。

系统性构建的、刻意延后而富有悬念的结局,人数庞大的人物表,叙述者不断地介入——《汤姆·琼斯》中的这些因素表明了对于什么能愉悦读者的全新理解。18世纪作家最想得到的就是愉悦读者。约翰逊博士解释说,他喜欢概括化而不是细节化正是基于愉悦原则。"因对概括性本质的恰当表现而愉悦者人数之众,时间之长,无其他能及"(《约翰逊写莎士比亚》)。愉悦并不能全面解释作者选择的原因,教化也同样重要,但一个广为采纳的(也是明智的)推断是,大部分读者首先是为愉悦而阅读,这也可以是教化的一种手段。

很显然,菲尔丁和他的后继者们认定,读者喜欢各种各样的挑战。尽管18世纪在菲尔丁之后没人能创作出如他一般错综复杂的情节,其他人也设法制造出悬念和交织的主题。菲尔丁还为读者完善了另一类挑战:叙述者不断地评说。这类评说大量出现在《约瑟夫·安德鲁斯》中,尽管形式上没那么复杂。在《汤姆·琼斯》中,菲尔丁在其小说结构中坚持加入了叙述者的评说，并突显这一点：小说十二章中每一章的第一回都是叙述者的评说，通常是关于小说写作的本质，有时是人物的本质。但叙述者的旁白也会在不经意间出现，常常让读者措手不及——比如，在相当高调地赞颂了乡绅奥沃西的美德之后，他宣称，表达了对奥沃西的高山仰止之后，他不知如何才能够归于平淡。他请求读者保持警觉，确切地说，请求读者积极参与到小说的进展中。不同于简·巴克的小说，读者的参与不仅限于敏锐地随相应语气的变化从一个小情节切换到另一个小情节。而是必须与作为小说人物之一鲜活存在的叙述者商定一种不断变换的关系。

因为这个和其他原因，《汤姆·琼斯》成为一种新型的小说，一部极具娱乐性同时又需要严肃对待的作品。菲尔丁的故事展示的是具体而微的生活，人物来自各个社会阶层：伺候人的女仆、猎场看护人、剃头匠、医生、律师、各色乡绅、神职人员、贵族男女、士兵，所有人都各有特点，在情节中充当不同的角色。叙述者声明，人性是他的专长。他指出，读者只要对世人如何行事有直接的了解，就能一眼认出他的人物。所有人或多或少对男主人公都有所影响，而他之于他们也一样。情节的错综复杂一方面显露了作者的才华（这是叙述者公开声称的），而另一方面也勾画出世界的运行法则，显示一切皆在上帝的掌控之中。换句话说，阅读这部小说，就是阅读以象征形式写就的生命读本。

第三人称叙述者还起到了早期小说中不常见的一个效果：与主人公之间变换的距离。有时，叙述者对汤姆道德品行的狂热信念使他摆出一副几乎完全认同汤姆的姿态。叙述者严厉斥责竟不能对汤姆所想感同身受的读者——比如，在对不幸的人感到同情的时刻——几乎就是在暗示，读者对男主人公的态度表露了他们的道德能力，而同一个叙述者却也可以，比如说，离得远远的，声称要冷静评定汤姆被判死罪的可能性。他语气的复杂又常常限定了他的用词，使他的态度难以判断。通过其变换的立场，叙述者质疑了读者对汤姆的推断，并常通过使读者措手不及而掌控了全局。

然而，汤姆是小说的主人公这一事实却不容怀疑，他在小说中的典范作用绝对不像洛克珊娜和摩尔·弗兰德斯那样含混不清，她们俩人身上的缺陷甚至会让对她们兴趣盎然的读者厌弃。当然，汤姆也有缺陷，叙述者也时不时地拿他圈子里盛传的说法——他生下来就注定要被绞死的——来开玩笑，但他的善心，他关心他人的真诚，他人性的温暖，这些品格表明他与其他男男女女的关系是18世纪的典范。这一时期的几位哲学家（沙夫茨伯里伯爵、大卫·休谟、亚当·斯密）认为，情感——而非理性——是道德的根基。他们的观点在汤姆身上体现出来。尽管他犯道德错误，也有实践误区（最臭名昭著的是甘愿出卖色相，被巴勒斯顿夫人包养），但他天性中的易感确保了他会认识到自己的错误。他爱索非亚，而只是利用巴勒斯顿夫人。当索非亚重新出现时，汤姆立刻采取措施，从这一可鄙的关系中脱了身。同时，他从一个险些成为强盗的人手中拯救了一贫如洗的一家人，还成就了他房东太太被诱拐并抛弃的女儿的幸福婚姻：读者毫不怀疑，他行事的动机是因为他信奉人类同情心这一理想。

相反，乡绅奥沃西的侄子、可能成为他继承人的布利菲尔，则例证了以狭隘的私心替代一丝一毫同情的道德后果。他声称他遵从理论上的道德准则，而在大事小情上，他只从自身利益出发。菲尔丁笔下他没有任何救赎品质。在故事情节中，他纯粹就是邪恶的力量，但通过精心装扮的伪善与欺瞒，他成功地得到了（一度）长辈们的好评。布利菲尔通晓人情世故，这一点汤姆永远不会。按叙述者的说法，这个年轻人从自己生来是如何处事的就能感知他人身上最坏的一面。不过，考虑到小说中命运天定的观点，布利菲尔最终的暴露是必然的，从一定程度上是从汤姆同样必然的成功中可以预见的。

这一切都表明，与它之前不久的小说相比，菲尔丁的小说更为关注善与恶的根本问题。曼丽声称，她的动机是揭露宫廷腐败，她讲述的故事展示了人们卑劣的处事原则。巴克称颂说过去的人比现在的人德行好;笛福的主人公痛改前非;海伍德歌颂忠贞的爱情。但菲尔丁之前的18世纪小说作家没有一个像他那样系统研究了人物行为背后的道德含义。

另外,菲尔丁(这一点让约翰逊博士很吃惊)研究了混合型人物:他们是想像中的人物,但同现实中的人物一样有好有坏。汤姆·琼斯就是这种人物的代表。因此,当奥沃西得了医生认定的致命的疾病时,汤姆比周围任何一个人都更悲恸。当得知乡绅脱离了危险,他又及其兴奋,喝了过量的酒——这在菲尔丁看来是小罪过。叙述者解释说酒精放大了人物的天性;因此,汤姆喝醉了之后脾气极好。当然,当布利菲尔羞辱他时,他冲动地揍了他。调解之后,架没打起来。汤姆醉醺醺地在田野树林里游荡。在那里,他开始想起索菲亚。"他任凭自己的想像如脱缰野马一般流连于她种种的美好,他头脑中生动刻画着那迷人的女仆各种动人的姿态,他狂热的心都要化了"(222)。他趴在地上,狂热地说着索菲亚如何彻底俘获了他的心。当他起身在一棵树上刻她的名字时,他的出身低微的旧情人,茉莉·希格利姆,拿着个干草叉,一身汗臭地过来了。不到两分钟,他就和她钻到树丛里去了。

叙述者评论道:"我的一些读者可能会觉得这事儿反常。但这是事实;想一想:汤姆可能觉得有个女人总比没有强,而茉莉可能觉得两个男人比一个强(汤姆知道茉莉还有一个情人),这就有了足够的理由。除了上述对琼斯当下行为动机的解释之外,读者同样会乐于从对他有利的角度记起来,汤姆这时不具备那美好的理性的力量,它会使庄重而智慧的男人克制自己不羁的激情,远离任何此类被禁的欢愉。现在酒精完全挫败了琼斯的这种能力"(223)。

汤姆喝醉了;他揍了另一个年轻人;他发誓忠于索菲亚,却违背誓言和另一个女人做爱。叙述者或直截了当、或暗示了对这些行为的宽恕。酗酒源于他对自己恩主康复的无私喜悦;揍布利菲尔是回应对他的羞辱；对索菲亚不忠——醉酒是个解释，而且，毕竟有个女人总比没有强；叙述者在描述"那美好的理性的力量……会使……男人克制自己不羁的激情"时的语气隐晦地讽刺了理想的行为引导者——理性，暗示了对被理性压制的情感的同情。换句话说，尽管菲尔丁赋予他的男主角缺陷，但他一直在暗示这些缺陷没什么要紧；有时，他甚至指出这些缺陷实际上还可能是美德。

这一事实并不代表着反传统精神：在很多方面，菲尔丁非常传统。相反，它引起对不同层次道德缺失的关注，菲尔丁的技巧使读者意识到我们中间存在的这些层次。通过展示一系列不那么正统的价值观，叙述者让所有读者去质疑熟悉的观点。醉酒到底有多糟糕？在树林子里和一个自觉自愿的女人做爱有罪吗？勇气（紧接着茉莉插曲之后，汤姆拦住了一匹脱缰的马）和肉欲之间有关系吗？什么样的关系？激情一定邪恶？还是仅仅有危害？

在每章的前言中，叙述者就其道德体系及其道德与文学理念之间的关系给出了更全面的线索。第九章第一回（"过了 12 小时"）就是个很好的例子——它比其他章节都要复杂，也因此更给人启发。它一开始就思考了叙述者认定自己所从事的特殊的"历史性写作"的问题。他看来担心有人可能会卑劣地模仿他的作品；他说，基于这种原因，他引入了反思性文章，这比讲故事的章节更难模仿。"编出好故事，并且把它们讲好，可能需要罕见的才华"，他继续说道，"但想要二者兼顾的人中，我没见到有几个有所顾虑的；如果我们仔细研究充斥世间的传奇故事和小说，我想我们大可得出这种结论：大部分作者怕是不敢在其他体裁的写作上一试身手的（如果我能冒昧这么说的话），也是不能围绕其他任何主题编出几句话来的"（423）。

18 世纪的小说家宣称他们鄙视一般的小说与传奇故事，这并不鲜见，他们是在含蓄地宣扬自己比同一体裁的其他写者要高明。创作标准和叙事技巧则没那么符合惯例：多数流行小说体例的评论家关注的是作品中所谓的道德缺失。另外，菲尔丁的叙述者使用了一个暗喻,用他的张牙舞爪(并且用插入的辩解引来关注)揭示,糟糕的小说是攻击性行为,即使不是攻击性的,也是竞争性的。接下来,他以不同寻常的方式将道德教化与叙事技巧紧密结合,编织成一张语言的大网。

一系列无法预料的步骤带来了这样的结合。尽管小说有潜在的用处,却遭到普遍的鄙视,他首先反思了这一点。他认为,蹩脚的作家可能尤其令人生厌,他们掌握的"语言只够让他们骂人,粗鄙不堪"(424)。对这等滥用英语的补救办法是,更广泛传播作为小说作家的必要的条件。首先,一个小说家必须有天才,也就是作者说的"那种能力,或者说,那些心灵的力量,它们能参透我们力所能及的一切及知识,还能区分它们的根本差异"——换句话说,也就是他接下来详细介绍的、创造和判断的能力(424)。确切地说,创造不意味着编造。相反,它意味着发现,"快速并智慧地参透我们思考对象的真正本质"(424)。这种特质与判断力是好搭档,因为判断力发现一个事物与另一个事物之间的不同之处。

小说作家还必须拥有学识,这源于书籍以及——叙述者强调了这一点——交谈。仅靠交谈,作家就能掌握人("人"当然包括女人)的性格。交谈对象须广泛,包括各阶层人士,因为一部分人的愚行与美德会对另一部分人有所启发。

然而,最重要的一点出现在最后一段,它是这么开始的,"除非他有着通常意义下的善心,并且有感情,否则我一直赋予我的史学家的所有特点,都不起任何作用"(426)。也就是说,好的小说家在最重要的一点上必须要和汤姆·琼斯一样。此处菲尔丁又一次阐明了他的道德准则,将其同素来与道德区别考虑的一些品质联系在一起。从最后一段的角度回看小短文,我们可以发现,比如这里建议的交谈取决于与善心和感受力相关的人的能力。如有善心,将来的"史学家"就能恰当地使用通过阅读与直接经验积累的学识。善心造就美文,杜绝了淫词艳调。它是人类卓越最迫切需要的东西,如同菲尔丁借叙述者之口所说,也是文学卓越迫切需要的东西。

像好作家一样,汤姆从交谈、从与所有阶层和境况的男男女女的交流中学习。汤姆的洞察力与分辨力也日渐增长,但显然汤姆不会变成一个小说家。然而,我们会认识到,好的小说家与好男人(或是女人)极为相似:好的小说一定程度上取决于其作者的好品质,或者这部小说中虚构的事实想要表达这一点。读者是这种相互作用的潜在参与者,(像理想的小说家一样)他们加入到阅读的教化过程中,以间接感受的方式参与广泛的交谈,在想象中与汤姆一同去理解、判断,甚至去评判汤姆,被鼓励着去展示一个善良的人的内心感受。换句话说,这部发展小说意图促进读者的成长:不是去传授一套理论,而是促成一个过程的执行。这样的过程对于成长至为重要,并决定了小说的方法和主题。像刚刚描述的前言文章常常明里暗里认定:人物角色、读者和作者之间,往往依附发展故事而产生关系。这部长篇巨著的成就很大意义上取决于,它展示了在一个由人物角色和小说家构建的关于人的作品中,读者所起到的作用。

这样一部作品的构思表达的信念是,人类有着共同的欲望、需求及其他特点。18世纪的许多作家都坚信,人性是单一的、一成不变的,菲尔丁当然也持相同的观点。也因此,他文学作品的重要一点就是避免过多展现人物的个性。像汤姆·琼斯的名字暗示的那样,这部小说的男主人公设想的是一个地道的英国人,他的思想和情感都很容易猜得到。他的思想没那么深刻,情感也超不出可预料的范围。而小说中大量的次要人物则明显地类型化,通常由他们的社会身份定义:酒馆老板,医生,律师,士兵,乡绅,隐士。奥沃西老爷的名字几乎告诉了我们所需要知道的他的一切。索菲亚的名字(源于希腊语"智慧"一词)告诉了我们很多东西。对角色的这种设想并不意味着作者的无能。它传达了一个重要的理念,也是小说的根本,像开篇说的那样,它给人性列了张"菜单"。

菲尔丁希望讲述一个关于人性而不是个人的习性的故事,这一事实决定了情节和人物刻画的方方面面。阅读这部小说的乐趣一部分在于人物和事件的单纯叠加,在于事情一件接着一件,困境,脱险,再困境,在于菲尔丁对所有的人物和困境精巧而机智地作了连贯的、令人满意的安排。尽管人物的所作所为皆从普遍的人性出发,但情节的发展却无法预料。一切都那么可信,因为那些事情都极有可能发生。索菲亚很可能从马上摔下来,丢了那100英镑的支票;汤姆碰巧遇见一队士兵,也有可能决定和他们一起从军,因为他除了离家出走之外,没有任何现成的行动准则。但我们永远没法知道接下来要发生什么。在利用这个词的常见含义和他所例证的特殊含义上,菲尔丁都极具创造性。

然而,事情的结局却完完全全在意料之中,尽管它违背了可能性。在经历了一系列戏剧性的遭遇之后,汤姆和索菲亚走到了一起,长辈们也不再反对他们的婚姻。索菲亚因贝拉斯通夫人的风流事责骂汤姆;汤姆坚持说他现在已经洗心革面了。索菲亚说,实际上,时间会证明一切:她会等一年再看。不一会儿,她便同意第二天早上就嫁给汤姆。曾违背她父亲的意愿,半夜溜出自己家的这个女子现在声称她不能不听他的,而小说结尾的总结则通告了夫妻俩幸福的婚姻,即将到来的孩子,以及田园诗般的乡野生活。

这样结局的可预见性源于一种熟悉的模式:童话与传奇故事的编排。众所周知,童话的编排中,一个年轻人,通常是最小的儿子,要历经一系列的磨难。一旦他凭借人格的力量战胜了一路上的困难,他就能赢得公主的心,从此过上幸福的日子。传奇故事的模式与童话相仿,只是情色的因素得到了更强烈的渲染:男子爱上了一个女子,她要求他忠贞不移,并且多方位展示他的英武神勇。在他全面表现出忠贞与英勇之后,她以身相许。尽管在讲述和细节上有着"非现实主义"的色彩,但两个原型情节都与生活中的普遍模式相符,即年轻一代不可避免地取代老一代,通过展示他们有胜任的能力,代替了他们在社会上的位置。《汤姆·琼斯》确实是一部发展小说,就此而言，它必须赋予他一个女子——他想要的女子——和一个地位，才能宣告男主角走向了成熟。小说为突出对成长的关注（或者更确切地说，是教化），甚至以违背自身情节的逻辑为代价（例如，尽管汤姆已然展示了其他可敬的品质，但索菲亚仍要求他证明自己德行上靠得住），证明了社会发展这一普遍逻辑。

在《汤姆·琼斯》中，诸如类型人物、缺乏心理深度和细节，以及传奇故事结构等特点使其区别于我们通常认定的现实小说的形式。菲尔丁可能会宣称它极具现实主义色彩，超越了细节直达事物本质的那种。这种说法会使人注意到关于现实主义肤浅概念的随意性——甚至通常也存在于复杂概念中。像我前面说过的那样，人们对现实主义的理解取决于人们对现实的理解，而"现实"这一概念绝不是那么简单的。《汤姆·琼斯》的情节明显是经过设计的，在很多细节上可信，但有人为构建的痕迹，时常显得很巧妙。相比之下，小说对人际交往本质的认识则与现实社会中的待人处事完全一致。

《汤姆·琼斯》与年代距其最近的小说前身紧密联系在一起的最后一个特点是它包含了次要角色构建的故事。其中最臭名昭著的是"山上的人"，一个愤世嫉俗的隐士，险些被打劫，汤姆救下了他。他对自己过去生活的讲述与小说中其他事情没有任何直接联系。索菲亚的堂姐菲兹帕特里克太太同样也讲述了自己成年以后的生活故事，帕特里奇则喜欢介绍除却与他自己的想像有关，而与其他都无关的小故事。这种模式与《过度的爱》相似，但在一部像菲尔丁这样情节安排如此缜密的小说中出现就很出人意料了。在每个独立故事的直接含义之外，植入的这些叙事提醒着读者：每个人的生活与故事紧密相连，并在故事中得以体现。他们在此处的存在也再一次提醒我们，作为一个文体，小说并非直接由一个化身过渡到另一个化身。相反，它是像汤姆·琼斯一样发展的：时而前行，时而后退，融入从过去吸取的教训，并尝试崭新的可能。

在《汤姆·琼斯》之后，菲尔丁又写了《阿米莉亚》，这又是一部发展小说,但描画的是全新的领域。与菲尔丁的早期小说不同,它关注的并非是一个十几岁年轻人的经历,故事也并非以婚姻结尾。它的女主角展示的是一个妻子的英雄行为,扶持着一个鲁莽轻率的丈夫,布斯上尉。大部分情节是关于上尉的成长。尽管他已成年,并已成婚,但他仍需得到重要的教训。最紧要的是关于基督教教义的教训。普一开始,布斯是个自由思想者;结局处,他坚定了从小被教化,却被他一再忽视的基督教价值观。他也巩固加强了俗世中给予他救赎的婚姻。

尽管此处的发展模式至关紧要,但它并不像《汤姆·琼斯》那样公开地涉及到读者。叙述者的介入不如以往复杂,主要关注的是情节中涉及的直接的道德问题;而不关注小说本身的行文。《阿米莉亚》中对灰暗世界的刻画展示了学着在夹缝中求生存的巨大困难。尽管天道在上,但男男女女面对的还是无处不在活跃着的恶意——不仅仅是一个布利菲尔的阴谋诡计,而是源自那些身处要位,只想着巩固、展示其权力的人们系统性的破坏。按理说,小说是可以起到警示作用的;像阿米莉亚从化妆舞会上逃离诱惑一事所表明的那样,警示是可以预先阻止灾难发生的。但直接经历的艰辛却是提供了最为有效、也是最为危险的教化可能。

《阿米莉亚》情节的处理也不是那么合理,但使用的不是传奇故事的手法。布斯无意间读了一篇敬神的文章,于是立刻转变了。一个不是那么可信的巧合使阿米莉亚在当铺心急火燎地筹钱时遇到了旁观者;那人揭开了过去对布斯一家所犯的罪行,从而使他们的钱财失而复得。从本质上说,这就是一个宗教的模式,表达了即便在堕落的社会中,上帝也会最终还人公正的信念。换句话说,先前为更有力地展现邪恶之盛行而刻意设计的情节里,布斯不得不获取俗世的知识,但从一定程度上看,这毫无意义:结局表明,布斯需要的是天国的知识,而不是俗世的知识,而布斯一家也得以从堕落的城镇逃到了想象中纯洁的乡村。这部强有力的小说中不够成熟的方面表明,菲尔丁正探索着新的小说发展方向。然而,他的去世截断了可能的出路。

艾丽莎·海伍德的《贝兹·索特莱斯小姐的生平》是关于女性发展的最具野心的一部小说。在从1720年起的10年里发表了大量情色小说之后,海伍德沉寂了一段时间。1740后的10年间,她开始创作一种新的小说,与同时期发表的其他作品相似。之前她创作的小说都是短篇;现在她的小说成了长篇。从某种程度上说,她一直执着于长篇。

如同人物的名字和书名揭示的那样,《贝兹·索特莱斯》比《汤姆·琼斯》的人物更加"典型"。贝兹的名字还点明了她的教化所必须弥补的具体的道德瑕疵。她的没头脑包括在其生活早期形成的、对自己性吸引力的夸大认识;盲目的虚荣;以及危险的、对罗曼史的不计后果,不管它们会带来婚姻(她从未认真考虑过婚姻意味着、或是涉及到什么),还是诱惑(而这会毁掉她过体面生活的机会)。像汤姆一样,她的教化是长期而复杂的;像汤姆的一样,它包含了真正的磨难,只是在贝兹身上时间更长,更加严酷。但这恰恰就是一个女性的故事。因为她是女性,贝兹生活中只可能依靠一个男人。因为她是女性,她必须拥有的最重要的知识是关于男人的,关于她与他们之间关系的。

《贝兹·索特莱斯》人物众多,故事纷杂,但它的情节构建却不如菲尔丁细致,也没有一个无时无处不在介入的叙述者。它的道德目的也没有给予太多解释。表面看来,它教导的是女性对男性必要的服从,以及找到一个好的——即德行好,而不仅仅是性感、富裕,或是好相处的——丈夫的重要性。然而,像这一时期其他女性创作的小说一样,它提供了更为颠覆性阅读的可能。换句话说,对读者而言,这样的发展是模棱两可的:或者它教导读者的是给女性约定俗成的规矩,或者它教导的是装作支持约定俗成规矩的必要性。通过精心安排的情节,将贝兹的困境置于其他女性的生活故事背景下,它两者都做到了。

我已经说过,女性生活故事围绕的是女性与男性间的关系。贝兹所知道的其他女性的生活经历——其中几个还直接影响到了她的生活——各式各样,包括完美的德行和对隐居的热爱(拥有这些品质的女子早逝了);对丈夫错综复杂的背叛,包括通奸(这个妻子结果被流放到了牙买加);淫乱与背叛(牙买加也是这一背叛者的结局);因淫乱而步入卖淫生涯(一个女子一生不确定的结局);以及由自律带来的长久而幸福的婚姻。在每个例子中,美德主要是贞洁,虽然文本表面上否认这是对女性美德的唯一定义。尽管贝兹犯了很多错误,但她成功地保住了自己的贞操,而叙述者也不停地出面提醒读者:虽说她犯的错将她置于危险的两性关系中,但她有一颗纯净的心,本质上仍然是纯洁的。

女性情节如果一定程度上是由18世纪的社会状况定义的话,也只能费力地沿用传统传奇故事的模式,即赋予一个女子掌控她的情人们的巨大力量,并且表现出他们对她的言听计从。贝兹自负地认定自己权力无限,结果却发现它其实有限。追求她的那个典范式的男子之所以离开她就是因为觉得她德行不足,才很快找了品行更端正的一个年轻女子,而贝兹则最终发现自己真的爱他。她嫁的第一个男人在长时间追求她的过程中假装臣服于她,但一旦结了婚就凌驾于她之上。贝兹一再发现男人们在性本质上都是掠夺性的。尽管海伍德的小说在结局处安排了像传统的传奇故事一样的看起来美满的婚姻,但这一结局是在严厉惩戒了贝兹之后才实现的。

总的说来,《贝兹·索特莱斯》在结构上与《汤姆·琼斯》相似:小说追逐着一个年轻人的生涯,即她如何从在社会上的种种遭遇中学会了谨言慎行。他人的诡计和自己的不谙世事阻碍了主人公的进程。叙述者插入,对故事加以评价。小说的目的在于教导读者学习的过程,以及通过学习得到想要的结果。作者也同时希望娱乐读者,在这一点上不如《汤姆·琼斯》来得直接。也就是说,海伍德沿用了菲尔丁为发展小说设定的模式。

然而,她与菲尔丁的不同之处则比相同之处更具指导性。当我们将贝兹的道路与汤姆的对比,我们很难避免一种压抑感。汤姆走出去看世界;贝兹待在同一个地方,伦敦,只短暂去了趟牛津,还是场灾难,直到她选择在伦敦的郊区躲避她粗暴的丈夫。当然,伦敦实际上就代表着"世界"。但贝兹接触它的机会受到约束年轻女性的规矩的限制。她有着复杂而极其不具体的社交生活;她去去裁缝铺,仅此而已。主要因为一些琐碎的原因,她希望能推后婚期,但她的兄弟们和指导者们坚称,只有婚姻可能给予她这样的女人——即一个决心追求她所希望的乐趣与可能性的女人——安全感,于是迫使她接受这一灾难性的婚姻。汤姆能轻易从他和贝拉斯通夫人的关系中脱身;但除了死之外,贝兹无法从一个双方都不满意的婚姻中逃脱。只是在贝兹声称准备日夜守在他的病床前之后,她那可怕的丈夫才及时地死掉了。她强迫自己感到忧伤;她花了一整年去哀悼——与汤姆从悔过到结婚的快速转变形成对比——然后才开始了第二次婚姻,嫁给了自己爱的男人。

不同点还存在于叙述者所扮演的角色上。海伍德显然想复制菲尔丁对读者随心所欲的掌控,至少做到给每章起个名字,显示对读者身份的时刻关注。因此,第一部,第三章:"根据读者所处的情绪,包含了能引起同情或嘲弄的事情",或是 I:17:"没上一章重要,但一定不能略去",但她从未能创建一个完整的叙事人物,而且她就记录的事件所插入的评价反映了一定的焦虑。叙述者的观察都围绕着典型性的几个主题。他们对一个人物的动机或是深层思想表现出不确定;或是坚信——一再坚信——贝兹本质上有着美好的品德,尽管处事鲁莽;再或者,他们提出道德反思。比如:"人性中有种无法解释的骄傲,它在公正面前常常占了上风,使我们支持我们内心认定是错误的东西,而不是用除却我们自己的理性之外的任何一种理性去纠正它。不幸的是,贝兹小姐性格中就有太大的这种倾向"(294)。而不确定的语气时时出现,甚至是在道德反思时:"毫无疑问,我的一些读者会认为芒顿夫人完全有理由不让她丈夫知道上面提到的那封信,她是为了不打碎他的平静;但其他读者会坚称关系那么密切的两个人之间不该有保留,会因此谴责她;——至于我,则会对此事不加评论"(543)。在一而再再而三宣称贝兹本质纯洁时,这一点更加明显,表现得像是叙述者生怕读者不再同情主人公了。海伍德的叙述者从不会差点儿就宣称她绝对的权威,而菲尔丁的叙述者则很乐意这么做。她与她想像中读者的关系是更加试探性的,更加谨慎的。实际上,她时不时地评价说她不理解人物的动机,好像人物都有自己的头脑。

更麻烦的是,她明显意识到读者有自己的头脑。《贝兹·索特莱斯》让人感觉形式上很复杂的原因一部分是因为它对读者反应的不确定。当然,小说形式上的复杂还表现在情节层面,巧妙地处理了一系列交织的情节发展,不仅交代了贝兹的命运,还提供了训诫的例子。他们所提供的训诫总的说来对贝兹不是特别有用,或者是因为她用不着,或者是因为很长一段时间她都无法理解他们和她有什么关系。贝兹的监护人,古德曼先生的继女,也因此实际上是贝兹的义姐,芙罗拉的生命轨迹揭示了淫乱和背叛的感情后果;贝兹对两者都没有兴趣。芙罗拉伤害了贝兹,她送了一封诋毁她的信给贝兹所爱的男人,表面上看是因为她对同一个男人的欲望(尽管可能还因为她妒忌贝兹)。后来她成功地满足了她的欲望,但她与特鲁沃兹的恋爱关系则以她的身败名裂告终,因为他发现了她又一次的背叛,就与她断绝了关系,抛弃了她。贝兹则很早就知道不能相信芙罗拉。实际上,在她倒霉的时候,她还一度同情那个年轻女人;但因为她自己对性诱惑和背叛都不感兴趣,她从芙罗拉那里学到的只有谨慎选择信任什么人。

换句话说,此处更重要的教训是为读者而不是为其他人物准备的。芙罗拉和她的母亲,以及贝兹在学校的朋友、后来成了妓女的弗沃德小姐,通过她们滑向深渊的例子一再强调了性欲给女性带来的危险——《过度的爱》的作者传递的一条颇令人吃惊的信息。1750年后的10年间,海伍德将她小说的场景从想像中的巴黎移到了与她周遭环境风俗相同的英国:也因此没给女性性欲留下任何包容的余地。她继续承认着女性欲望的力量,但同时也承认除了在婚姻中满足它,现实中没有其他的可能,以及违背社会规则所带来的道德危害。《贝兹·索特莱斯》没有特别强调,但却明显地对比了弗沃德小姐和,比如,特鲁沃兹的命运——他是小说的男主人公,但很愿意利用芙罗拉的纵欲无度,而且能从这种性关系中安然脱身——或是贝兹的哥哥,他从法国带回了一个情妇(另一个欲望无度的角色),公开与她同居;而在她远走高飞之后,立刻不费力地成就了一桩好姻缘。女性为开放的性行为买单,男性却不用。贝兹知道这一点;读者们则受到了教育。

如果说几个女性人物给读者提供了道德上的教训,另外几个则给贝兹提供了正面的典范。从她们那里她有很多需要学习的,结果她确实学了很多。特拉斯蒂夫人传递的是社交智慧和道德智慧的声音;特鲁沃兹的第一任妻子哈利奥特和贝兹的朋友梅贝尔代表的是矜持、谦逊和年轻女性的智慧。贝兹自己明显不一具备这些品质,但经验告诉了她,它们有多重要,而梅贝尔则帮她充实了她新的道德承诺。看来读者又一次受教于这些女性的人品促使她们获得现世的幸福这样的事实。(哈利奥特却早逝了——她必须得这样,唯有如此,贝兹最后才能嫁给她一直爱着的男人。)

上述段落中提到的每个人物都有着自己丰富的生活故事,但海伍德对故事的安排使他们全都很大地影响着贝兹。换句话说,通过构思、操纵一个意味深长的情节结构,她展示的是一个宏大的计划。她与读者的错综复杂的关系也增加了小说刺激的紧张气氛。

表面的叙事提供了从当时的行为手册中都能找到的一系列道德规范。因被虚荣所蒙蔽,贝兹愚蠢地嫁给了一个根本不在意她的男人。他很快表现出了他的跋扈、不择手段、贪婪和残酷无情。贝兹请教了特拉斯蒂夫人该怎么办,并被告知她必须逆来顺受,同时设法维护她自己的权利。她努力地照办:从不说她丈夫的坏话,而且尽力压制自己的思想、感情和行为。然而,当芒顿先生与被她哥哥抛弃的情人通奸时,贝兹离开了,她咨询了一个律师,开始了独居生活。但很快,她丈夫重病,她又回到了他身边,尽职尽责地侍候,直到他死去。她在不幸婚姻中的善行,她尽心的照料,她真诚的哀悼,另外,很明显地,她选择隐居乡野,而不是堕落的城市——这些都使她最终足以配得上品德高尚的特鲁沃兹先生。

然而,一些潜在的倾向传递了不同的信息。在和她哥哥弗朗西斯的一段给人深刻印象的对话中,贝兹因其责备她浪费了嫁给特鲁沃兹的机会而为自己辩解。她理由充分地宣称自己德行无缺。弗兰西斯觉得这一辩解不着边际。"'你有德行有什么好处呢?'弗兰西斯说道:'我希望——我也相信你确实如此,但你的名声对你的家人更重要——德行的缺失能被遮盖,但名声有损会给你及与你有关的一切带来恶名和耻辱'"。贝兹听了这话看起来像现代读者一样吃惊。她问她哥哥是不是他宁愿"做出了卑劣的事"而不愿有卑劣的嫌疑。他说,当然不是,并继续道:"但美德对于我们所属的性别和对你所属的性别是两回事;——对女人来说,所谓失德是一个蠢行,而不是恶行——而对男人来说,美德是勇气,忠贞,正直;他一旦失去,于己于人,他都会变得一钱不值"(384)。也就是说,与勇气、忠贞、正直相比,女性的贞洁真的不算什么;而另一方面,它又极为重要。尽管贝兹继续辩驳她哥哥的观点,弗朗西斯坚持说女性"因草率而公开犯下的一个罪过"比私底下犯的20项罪行对她的家庭伤害更大。

这种将女性看作是她们家庭靠不住的财产的看法贯穿了所有索特莱斯兄弟的决定,也说明了他们为什么要急着把贝兹嫁出去——当然,这样就可以把她变成她丈夫的财产。她口头上认可了这种角色:"我这个人的一切不都是芒顿先生的财产吗?"(557)。对她自己的发问则发生在当她因完全认识到自己过去干的事有多蠢而强烈自责的背景下。对一个女人来说,将自己当作财产是对自己恰当的自我认识。

在贝兹生涯的更早一个节点,她玩弄几个情人于股掌,并以此为乐。甚至是古德曼先生都对她的花招着迷。他评价说:"真可惜她不是个男人,否则她会成为优秀的国务大臣"(136)。对这一无法实现的可能性的认可点明了小说强调的女性所处的困难境地:她们的才能被禁止公开运用,只给了她们很短的一段时间,让她们形成拥有权力的假象(但即使是在那段时间内,她们也受到对她们有着财产所有权的家庭的限制),然后就成了某个丈夫的财产,无法摆脱他的统治。

无怨无悔地忍受着来自于她丈夫的、让人说不出口的侮辱的贝什特·格丽泽尔达的故事(乔叟在克拉克的故事中讲到的),只是在宗教意义上才说得通。如果一个丈夫能被当作一种神来看的话,那么他的妻子的屈辱和忍耐就成了基督教行为的准则。而芒顿先生根本就不是一种神。在小说最让人震惊(也是最令人难忘)的一个时刻,他把贝兹的宠物松鼠摔得脑浆迸裂,还宣称这样就少了一张嘴吃饭。这一恶劣的暴力行为体现了他的权力,以及他行使权力时的野蛮。贝兹在婚姻中的忍耐和顺从证明了她成熟的控制自我的能力——然而,我们可能会问,读者到底该从中得到什么样的教导。

文本中很多地方鼓励读者将行为准则书所传递的信息当成必要的建议而不是道德建议来读。甚至是特拉斯蒂夫人,在写给婚前的贝兹的信中,也强调了世上的种种危险,"男男女女中有太多的坏人,他们一心给毫无戒备、天真无邪的人下套,满口漂亮话,干的却都是最恶毒的事儿"(206)。她接着说,贝兹能独善其身真是个奇迹。"除了嫁个好丈夫之外,你没法真的保全你自己,"(207)这就是她的结论——尽管她强烈反对过早结婚。当然,她原话的重点落在了形容词上。一个**好**丈夫可能确实会给身处险境的贝兹真正的保护,但是就特拉斯蒂夫人所描绘的世界的本质而言,我们很容易得出结论:好男人不好找。

表面上,这部小说所接受的一些既定规则使得女人成为男人的财产,将女人置于危险之中,剥夺了女人的道德尊严和自主权,强加给女人一系列不可能履行的责任,却允许男人肆意妄为。然而,该书将这种状况明白、深刻地展示出来,让读者怀疑,至少,它并不赞成它所描述的规则。另外,在贝兹和她哥哥的重要谈话中,她试图驳斥男性中心论,这也算是女性对现存规则发出了哪怕是委婉的抗议。《贝兹·索特莱斯》的紧张气氛源于显然想要摈弃一个能清楚看出是专制的制度而做出的努力,以及显然要接受它的冲动两者之间的矛盾。

当然,对文本中暗示女性的不满的警觉可能是21世纪而非18世纪意识的产物。贝兹对怨怼的公开表达(然而,这从她一贯的、很不可取的叛逆可以得到解释)以及展示这一制度的谨慎方式使我不这么认为,但考虑到缺乏18世纪人们都是如何阅读小说的直接记录,这还真是无从得知。无论如何,海伍德对特定女性境遇的翔实记录显然使她与菲尔丁全然不同。汤姆·琼斯的故事是作为一个英国生活故事来讲述的,意欲涵盖社会的方方面面。贝兹·索特莱斯的故事自知讲述的是一个**女人**的一生,是建立在理解男女经历之间有着巨大区别的基础上的。它对那些区别的强调使它有了活力与意义,并且决定了它的技巧。

《贝兹·索特莱斯》发表后的一年,出现了另一部女性叙事。乍一看,它与海伍德的小说极为不同,但它与稍早些时候作品的相同之处能更清楚地定义女性发展小说。夏洛特·伦诺克斯的《女吉诃德》(1752)作为一个广泛的讽刺作品出现,它的道德观为菲尔丁、理查逊和约翰逊所赞许。讲述的是一个年轻女子的故事,她远离人群长大,阅读过的法国传奇故事使她认定自己就是其中的女主人公,并决定了她如何解读自己遭遇的人和事。受到一个博学的牧师的教导后,她终于醒悟,最终安定下来,嫁给了由她父亲安排、并在小说中一直追求她的男人,拥有了实实在在、看起来很幸福的婚姻。

小说符合发展小说的一般框架,从阿拉贝拉的出生讲到出嫁,标志着她长大成人,开始遵循她身处社会的规范。与《汤姆·琼斯》和《贝兹·索特莱斯》相比,它的情节更加直接:阿拉贝拉没碰上任何一个有完整的独立故事的人物,尽管乔治爵士给自己编了一个浪漫却沉闷的故事。但《女吉诃德》与笛福的叙事不同,即使仅仅是因为不时出现的与传奇故事间的互文参引。它同样延续了在《汤姆·琼斯》和《贝兹·索特莱斯》中常见的对个人在社会中所起作用的关注,尽管伦诺克斯是以非常不同的方式研究这一主题。在一个发展叙事的宽泛背景下,她颠覆了对约定俗成的传统理解。

像贝兹和汤姆一样,阿拉贝拉必须学会人情世故,显然也就是懂得公认的社会规则的意思。然而,与小说中她的先行者们不同,她学习的过程是弃学的过程。《女吉诃德》的结构安排也因此是一个年轻女子逐步摈弃书本教给她的一切的过程。

从她的书中,阿拉贝拉知道了女性拥有的权力。可以想像,它主要指求爱期控制男人的权力,但她研读过的传奇故事无限延长了这一时期。阿拉贝拉还获得了对女性"美德"的一种幻像,不仅仅包括纯洁,还包括传统上属于男性的一些特质,例如勇敢、自尊和英雄主义。她认为,对于可敬的行为,女人给予了最根本的支持,时时评价着男性行为,她们的赞同还是否定意味着天差地别。她觉得女人们有义务彼此帮助,互为朋友,她愿意以她们能在"历史"上占据的地位来定义自己和他人。

这里的"历史"是加了引号的,因为阿拉贝拉所说的历史从本质上就是别人眼中的传奇故事。当然,她并没有忽视真与假之间的区别:她珍惜在传奇故事中发现的记录,正是因为她相信它们是真的——真实地记录了世上所发生的事情,有效地引导着行为。

她必须弃学这一切。相反,她必须学习的是,女性在这个世界上没什么权力,也不重要,她们在有历史意义的行动中也极少出现。她必须知道,女性不仅在历史上没地位,她们自己都说不上有历史:好女人身上什么事都不会发生。她们没有能力做出英勇的举动,没有权利制定规则。她们只能希冀一桩好姻缘——嫁一个合适的男人,能保护、陪伴自己,能够的话,不多不少再有些钱。

阿拉贝拉自己并不需要钱。她已然有钱了,又漂亮,又聪明——除了能使她对一个男人有吸引力之外,这些都不重要。当抛弃了所学的虚假的知识之后,她谦卑地问一直追求她的男人是否还要她,继而便在她赢得的婚姻中安定地生活。

不仅是阿拉贝拉在人情世故方面受到的教育,而且她和社会之间的关系也不同于,例如,贝兹的。我描述的《女吉诃德》的情节很直接,但语气之错综使它看起来远比它的情节显示的要繁复得多。尽管约翰逊和理查逊认为它很正统,尽管女主人公最后看起来接受了社会规则,但她大部分错误的信仰体系在她对她所遭遇的社会的深刻评价中体现出来。在《贝兹·索特莱斯》中,特拉斯蒂夫人尖刻地批评了伺机猎取年轻女子的男人们;贝兹自己则抗议了针对男性和女性不一致的标准。但从根本上说,海伍德的小说认为现存的社会制度是约定俗成的——即便不完全公正。阿拉贝拉受她所读小说的影响,将一切社会机制看成是堕落的。在她看来,男男女女都把时间浪费在无聊的事情上——访客、打牌、跳舞,一类的事情。没人有、或是看起来相信英雄行为。所谓的谈话中充斥着诽谤和恶意的流言。社会地位而不是德行决定了能否出人头地。尽管这些评论的确如实描述了18世纪的生活状况,阿拉贝拉的控诉却普遍被当成一种疯癫。当她在小说的最后选择了在社会中从众,可能她是忘了,或是抑制了它。尽管她嫁的男人并非八面玲珑,但他也并没有置身于传统的社交圈子之外。对阿拉贝拉婚前在社会上的离经叛道,他感到尴尬、丢脸、愤怒。我们能想像他会要求他太太服从。

但会要求读者干什么呢?《女吉诃德》比《贝兹·索特莱斯》更

反复提出了期待中的或是希冀中的读者反应这一棘手的问题。构建这一问题的一种方式是探究小说提供了何种乐趣。答案当然一定是多样性的。首先,该书的乐趣在于它的荒唐之处:由阿拉贝拉建立在传奇故事基础上的幻像所造成的荒谬境况。一个园丁因为企图从花园的池塘里偷鲤鱼而受到了严惩;阿拉贝拉出面干涉,因为她相信他是因为爱上了她才乔装打扮的一个王子。阿拉贝拉让她那毫无想象力的(而且头脑相当简单的)女仆露西讲述她自己的故事,结果又被迫解释如何去凭空捏造。她的情人的父亲企图替自己的儿子左右她;她认定这父亲是想要引诱她。她给了她的情人一大摞对开本的传奇故事——很多的书——命令他去读,而当他没能做到时就大发雷霆。类似的插曲——还有更多——应该会引起所有读者的兴趣,这也正是小说的魅力所在。

除却这一点显而易见之外,其他的就开始变得模糊不清了。我们该怎样感受如下的这段评价:"查尔斯爵士(阿拉贝拉情人的父亲)以自己的方式表达了对她聪明才智的敬佩,告诉她,假使她是个男人,她会成为议会中的大人物,她的演讲可能有一天会印出来"(311)?这与《贝兹·索特莱斯》中古德曼先生所说的话相仿:换作是个男人,贝兹本可以成为一个国务大臣的,只是古德曼先生的话更加详尽也因此更为突出。再或者,读者该如何回应精明的伯爵夫人呢?她试图改造阿拉贝拉,说当"**冒险**"一词用到女人身上时会有失体统,因为好女人身上从来不会有事。"她微笑地接着说,我跟你讲,我从出生受洗,接受适当而实用的教育,到得到我夫家的姓氏——这一切都是在我父母的建议下做的,我嫁给他也是得到父母的许可,自己心甘情愿的,而且因为我们生活得很和谐,我把自己生活中具体的一切都告诉了你,你打听打听就会发现这一切与跟我有着同样地位、多少有些理性、谨慎并有德行的女人的一切没什么不同"(327)。这一总结确实点明了很多女性经历的特征。它描述的可能是宁静自足的生活,或者是寂寥失败的生活。就好像关于阿拉贝拉能当议会议员的说法,可以被当作至少传递了些许对女性处境不满的信息。这种片段所提供的乐趣可以被定义为是另一种喜剧,或者它就是私底下抗议的乐趣。

伦诺克斯每章的标题表明她意识到读者反应是不明确的。例如,"包含了一个明智的读者不太可能赞同的东西";"两个女士很有见地的争辩,读者可以自行站队";"包含了继续讲述的先前错误中的一个,澄清的另一个,这让两个人大为满意,我们希望读者能成为第三个满意的人"。这样的标题的主要笑料在于阿拉贝拉对鸡毛蒜皮的小事的重视和读者可能的反应之间存在的出入,但它们同样也表现了对构建以琐事为中心的小说之潜在问题的关注。在阿拉贝拉对历史的理解中,女性很重要,但任何18世纪的作家都会知道,认真的读者是不会把一个女人的浪漫史当回事的。

在如何回应阿拉贝拉对社会的评价上,读者还面临了另一个问题。"我认为",阿拉贝拉对她表妹格兰维尔说,"把时间像你那样分配可真不怎么样:要是有人把功夫花在这种无聊的娱乐上,那他一辈子过得也没什么意义"(279)。她认为,上流社会的人没有动力,也没有能力做出英雄的举动;而且,他们看起来什么动力都没有。他们什么都无所谓。读者是应该严肃看待这些指控呢,还是应该像阿拉贝拉的同伴那样不加理会呢?同样,阿拉贝拉在从《伊利亚特》中挑出萨耳珀冬的那篇宏论,想让她的女伴们照做之后,跳入河中险些淹死,她追求的是英雄行为或是牺牲。她使自己看起来很愚蠢,而且,像那个睿智的医生说的,如此不珍惜自己的生命,简直就是罪过。但不管有多么地误入歧途,她的动机所反映的依照自己的意愿做有意义的事的愿望还是值得称颂的。尽管她认定每个陌生的男人都是潜在的强奸犯的想法可能很愚蠢,但她更加愚蠢的认定女性能有英雄经历的想法则至少会赢得读者的一些同情。在很多地方,阿拉贝拉的肆意妄为的意义含糊不清,它折射的是被所读的书蒙蔽的一个女孩的错误判断,也反映了对事物本来面目的尖刻批评。

换言之,小说从结构上来说就是披着传奇故事外衣的讽刺文。这是一个不同寻常的安排。在现代社会充当传奇故事中角色的不可能性摆明了是对传奇故事进行批判,但私底下恐怕也是对留给女性如此逼仄心理空间的现代社会的批判。在18世纪50年代,发展小说已然确立为一种形式,做出些改变也成为可能。《女吉诃德》讽刺模仿了形式(将阅读作为致人困惑的方式,把弃学作为重要情节),却又认真地采用了这种形式(讲述了从孤独到合群,从独身到婚姻的进程。这是一个成长的过程)。尽管它的叙事方式看起来相对粗糙,有时甚至沉闷(尤其是当阿拉贝拉一再详尽地讲述她最喜欢的传奇故事的情节时),但它的构思却非常精密。

在伦诺克斯的小说出现之前,模仿发展小说的可能性已经非常明显。约翰·克莱兰的《一个享乐女子的回忆录》(更广为人知的名字是《范尼·黑尔》)在1748至1749年间出现,它直接模仿《帕米拉》,并明确使用其典故。《帕米拉》于1740年出版,讲述的是灰姑娘式的故事:一个女仆因为她的美貌与德行而嫁给了一个出身高贵的富人。《范尼·黑尔》讲述的是同样的故事,但基调不同。尽管语言并不淫秽,但内容却很色情(早先有一桩针对作者的指控没能成功,因为书中找不出一个下流字),小说讲述的也是一个贫穷却漂亮的女孩最后嫁了好人家的经历。第一人称叙事强调了发展的主题,尤其是到了小说结尾处。范尼的最后一个情人年龄比较大,教了她很多东西。在关键的一段中,她总结道:"从他那里,我第一次很高兴地知道,我身上竟然有着值得关注的方面;从他那里,我第一次得到实实在在的鼓励,被教导着如何去培养它,你也看到了,我在那方面取得的小小进步:是他教我认识到思想上的乐趣高于身体的享乐,同时,也认识到二者并非彼此对立,无法相容,除却其变化转换之妙以外,一个提升完善另一个的品味,这是感官难以独立完成的"(174—175)。

当然,这一段并不具代表性。《范尼·黑尔》的大部分直接而详细地渲染了性事的乐趣。范尼对修身养性乐趣的颂扬暗示了脑、体之间的和谐共进，但小说总体来说称道的是体，而非脑，对"美德"这一概念的定义也与帕米拉更为传统的定义出入很大。（范尼的美德在于忠贞，而不是贞洁。）但克莱兰在构建其色情小说时仍很大程度上遵循了发展小说的文学传统。

《范尼·黑尔》通常不会与像本章所讨论的体面的作品一起出现。但哪怕是顺带的，它也属于18世纪小说的历史，不仅因为它开创了一连串类似的（尽管可能没那么淫秽）、对误入歧途的女人的小说记载，还因为它相对粗简的结构反倒清楚地展示了发展小说的叙事规则。特别是它还引起了对发展叙事中常藏在暗处的性元素的关注。天主教显然赞同菲尔丁关于帕米拉利用性谋利的观点：理查逊的小说多年来一直名列禁书名单。汤姆·琼斯的风流韵事，贝兹·索特莱斯无意间与名声狼藉的女人之过从甚密，阿拉贝拉之喜欢认定男人们都可能强奸她：这一切都表明性行为是人类成长必然的一部分。《范尼·黑尔》使这一点变得无可逃避。

成长小说的另一个变化出现在流浪汉作品中。按定义来看，流浪汉文学展示的是一个无赖的一生。托比亚斯·斯摩莱特的《佩雷格林·皮克尔传》（1751）是这一形式的例子，对书名中的人物从出生到结婚全程关注，他无可救药的肉欲、虚荣，以及施虐狂式的对他人的嘲讽。恶作剧，尤其是粗鲁的恶作剧，是佩雷格林惯用的伎俩。他特别喜欢用夜壶恶作剧。他还喜欢折磨淫荡的女人，尽管——或者就是因为——他自己就性欲超强。他挥霍掉了一大笔遗产，用于享乐和博取名声，尽管他也会为不幸的人做善事。实际上，当他后来因为欠债入狱，在狱中，他还将自己的所有分给比他还惨的人：像汤姆·琼斯一样，他的热心肠最终成就了他的美德。

然而，这一美德在之前一直很难发现。叙事在讲述贯穿佩雷格林大半生的"恶作剧"时，流露的是实实在在的喜悦，而且它对惩罚他的轻率与恶行也不是一直看重。当然，他在负债人监狱里的日子不好过，但他被按时释放了，继承了比他挥霍掉了的更大的一笔遗产。他因为自恋、粗鲁，得罪了艾米莉亚，他真心爱着的女人，但她后来原谅了他，在同意结婚之后，立刻就嫁给了他。（他还得罪了无数其他人，但他的冒犯对自己毫发无损。）有时，他充当的是社会批评家的角色，惩罚着那些虚荣的、肤浅的、轻信的、放荡的人们，也有时，他自己就是他所惩罚的大部分恶行的化身。总的来说，对他所有的恣意妄为，他都能逃脱处罚。当然，最终，他承认自己错了，到结婚时，他至少已经清楚地认识到了明智管理财产的重要性：这也算是一种深谋远虑。我们可能可以相信正直的艾米莉亚会让他走正道的。

小说的吸引力主要在于它像佩雷格林那样的喧嚣热闹，以及它纷乱的故事情节。有很多篇幅讲述的不是佩雷格林的生活。插入其他人的故事突出了人类经历的巨大多样性，并赋予该书无穷的活力。在两个重要的例子中，这一技法就现实与虚构之间的关系提出了关键的问题。

在 781 页的世界经典丛书版的《佩雷格林·皮克尔传》中，有 100 多页是一个未知姓名的"贵妇人"讲述的她自己的故事——她在性行为方面的不检点，尽管她早就结婚了。对这妇人的渴望"开始在（佩雷格林）胸中升腾起来"（432）；正是因为这个原因，他恳请听这故事。听完之后，他决定不再追求这位妇人，一方面是因为他意识到她不会愿意与艾米莉亚分享他的感情，另一方面是因为她提到的她之前的情人们经历的"令人心醉神迷的激情"（539）让他感到紧张。他认为与她还是只做朋友的好。

这段回忆与整篇叙事的联系仅限于此。这里提到的妇人实际上真有其人。威廉·霍利斯，范恩二世子爵的妻子，范恩夫人。她讲述的经历与她已知的生活境遇部分契合，她的回忆录也被同时代的读者认定是真实的。事实上，她有可能自己写下来之后又让斯摩莱特加到了他的小说当中。这几乎是她不检点性行为的辩解书，理由就是她丈夫所谓的性无能和她自己的热心肠（意指即兴发善心和对性事的易感)。

佩雷格林故事的后面我们还读到另一个关于真人的长篇叙事,叫作丹尼尔·麦克彻,文中称"麦先生"的。这则故事有40多页,由一个牧师以第三人称讲述。它的细节也与史实吻合,记叙了一个堪为典范的积极行善的事迹,包括主人公在尽力助人的过程中的一系列冒险经历。与范恩夫人的讲述不同,它与佩雷格林的经历几乎没有任何可能的相同之处,除了一点,即这位慷慨、勇敢的人最后也进了负债人监狱——不是因为他自己挥霍无度,而是因为别人的阴谋诡计。

这部小说对不同的虚构人物也有简明的小篇幅描述。总的来说,斯摩莱特的《佩雷格林·皮克尔传》中充斥着无数的故事,无数的人物。在一个层面上,他们看起来是佩雷格林和他的缔造者热爱生活的产物;但插入的真实人物的长篇故事反映出更多:可能是要着重表达菲尔丁所说的即使在写小说时,他也在写"历史"的愿望。如果在纸上无法区分现实生活中的故事和虚构的故事,小说家反映人性的说法证实是对的。尽管斯摩莱特从没明说,但他和菲尔丁一直关注着人性,对他来说,去表现真实生活可以同小说一样离谱,小说和传记或是自传无法区分是有用处的。

这一点尤为重要,因为《佩雷格林·皮克尔传》明显没有要尝试现实主义。它的人物根据能从本质上定义他们的疯狂的特性区分:只能使用船舶术语的船长,像安排船上事务一样安排家庭事务,为了听到能坚定他厌世信念的流言蜚语而装聋子的男人,母老虎式的妻子。从它的故事情节的多种多样,他们的相互关联,以及他们惯常的匪夷所思,都与普通的经历几乎没有共同之处。无耻的恶行不用承担严重后果,这样的世界与多数人知道的世界太不相同。甚至是佩雷格林结合了博爱和虐待狂式的冲动都不甚可能。然而,"现实生活"故事大量存在于有可比性的不可能之中。与大多数需要作者努力营造可信性的现实主义概念不同,斯摩莱特关于如何构建小说的设想是基于小说应该反过来展示生活本身的不可信性的理念。

到了 18 世纪 60 年代,发展故事的传统已然确立,小说家有了足够的空间去考虑这些传统。莎拉·司各特的《千年厅》(1762)采用了一个松散的叙事框架,一系列女性"生平"在其中展开。单个的故事讲述的是现在聚集在女性乌托邦一样的千年厅的女人们以前的生活。尽管叙事不长,但每一段都在几页之间装进了一部小说的内容。他们为用在女性身上的"发展"这一概念作了讽刺性的注解。那些故事揭示,不管一个女人行为有多么端正,她对世界的认识都会包括苦难教育,让她发现现存的社会秩序无法满足她的需要。

司各特就这一主题成功展示了数目惊人的不同故事。然而,作为梅纳德夫人(她在框架故事中向男叙述者讲述了所有故事)第一个叙事一部分的摩根太太的故事,是其他故事的代表,它们都强调了关于女性正统观念的话题(所有女人都是、或是成为了行为手册的典范),列举了诸多男人给女人设置麻烦的办法。出生在梅尔文家族,未来的摩根太太的成长由母亲指导,充满了关爱。梅尔文夫人聪颖善良,致力于使她优柔寡断、意志薄弱的丈夫看起来更加坚强、能干。但她却死了,像很多其他 18 世纪的女主角一样,梅尔文小姐在后妈手里遭了罪,她让梅尔文爵爷相信自己的女儿与当地一个年轻农户有了私情,要马上把她嫁给令人讨厌的摩根先生。女孩只能选择颜面扫地,被逐出家门,或是嫁给一个她无法爱慕、也无法敬重的男人。在思考、祈祷良久之后,她决定自己丢不起这个脸,因为她所谓的不端行为会给其他女人树立坏榜样,而她认为为其他人树立典范是她的道德责任。因此,她嫁了个老迈、贪婪、残暴、多疑的男人,他强迫她抛弃了她最亲密的女性朋友,使她身陷窘境,不仅让她处于他的、还处于他妹妹的暴虐控制之下。她从没说过他的坏话;服从他的一切命令;当他中风卧床之后,她全心全意照料他。最终,他死了,她成为他的财产继承人。她得以用他的钱买下了后来成为千年厅的宅子。

从形式到内容,《千年厅》都巧妙地采用了前辈作者的手法。像《过度的爱》一样,它的叙事速度极快,大量使用概述,而不是细致的描述。像《女吉诃德》一样,它想像用一个局外人的视角看社会,秉持与菲尔丁小说一样的清晰的道德观,坚持道德原则应该掌控社会和个人事务的安排。框架叙事中碰巧出现了两个男性旅者,他们逐渐转向并接受了千年厅的行为准则,从中我们可以看到这些女人的制造、理财、管理方式,以及她们各种实际的慈善工作。男人能做的任何事情,女人能做得更好、更为有效、更合乎道德:这看来是该书的寓意。不过,它所刻画的女人一直都对男人毕恭毕敬,而我们听到她们故事的那些女人在从社会退隐之前也都得到了教训。

通过以不同形式一再讲述关于女性发展的沮丧故事,司各特愉悦了读者,还传递了一个残酷的信息。浓缩生动的故事讲述了女人们渴望却又无法得到婚姻;女人们嫁了人,却发现不过是场灾难;一个次要的故事(对一个已经死去女人的回忆)中,甚至讲述了一个女人的婚外性行为——这种举动会使女性参与者之后不可能与任何男人联姻,包括她起初的性伙伴。它们以其速度、多样性以及常常是可怕的内容吸引了甚至是 21 世纪读者的注意力,并且还为令人吃惊的从现世退隐的政治行为找到了理由。司各特的小说作品显示,传统形式能极大地服务于个人目的。

发展小说从不同的方向延续了 18 世纪最早的这一体裁作品的叙事实验。发展小说和这个世纪出现的任何其他子体裁都不只是一种东西。相反,一切都继续彰显着拥有无限可能的多样性。

第四章　意识小说

产生了像《汤姆·琼斯》和《佩雷格林·皮克尔传》这类小说的年代使兴趣点集中在了世上所发生的事,同时,小说作家们也创作了更热切关注内心而不是外部事件的作品。世界(而"世界"在18世纪人的想像中是一个无聊的,通常是堕落的,却又是极爱评头论足的社会)在这类小说中地位仍很重要,但一个个体,或是与之相关的个体所拥有并感受的意识则成为小说情节的关键。

在一个旅行又慢又困难的时代,相距甚远的朋友和情人们依靠大量的书信往来保持联络。小说家们利用私人信件作为表达意识的可信工具,很多——当然不是全部——本世纪的意识小说采用的都是书信体。换句话说,书信小说形成了意识小说的一个亚种,因为个人书信被认为是用来进行私密交流的,能可信地传递写信人隐蔽的想法和感情。小说读者和作者能够得知上层社会的年轻女性彼此间常保持长期的通信,异性间的书信往来充斥着强烈的性挑逗,男男女女常常以他们的写信技巧为荣,有时还会把自己的书信结集出版。因此,大量书信往来包含私密信息可谓人所共知。赛谬尔·理查逊,和像他之后法国的卢梭,才能让人信服地以他编造出来的书信的"编辑"面目出现。书信给人真实的感觉。

尽管使用它作为小说手法限制了叙事的自由,书信体为揭示心理和情感过程,深挖隐私的根源提供了现成的借口。在手法最高超的作者笔下,小说中的书信这种技巧成了精妙有力的工具。书信体小说被欣然用来讲述爱情故事,展示心理感悟,或给予社会评判。它需要读者对个人观点的含意和含混不清保持清醒。它帮助了小说的发展。

小说中书信的堆砌可能会集中在一个人所写的书信(《帕米拉》),通信双方的书信(《亲昵的来信》、《一位绅士与淑女的书信往来》、《朱莉娅·曼德维尔夫人的生平》),或是几个不同通信者的书信(《汉弗莱·克林克》)。男女都在其中。他们的范围从极度幽闭(《克拉丽莎》)到极为广阔(《汉弗莱·克林克》又是一个最好的例子)。他们通常让人强烈感觉到他们的即时性,而这源于私密信件的概念。

书信体小说对读者而言意味着特殊的挑战。首先是可靠性的问题。传统上认为真实的个人之间的书信往来反映出通信者的灵魂,可以说是一扇通往心灵的窗户。亚历山大·蒲伯发表了自己的书信(尽管对事实有所混淆),夸口说其中尽是自我暴露。然而,本世纪后期,赛谬尔·约翰逊在写蒲伯的一生时,以他惯有的、令人振奋的现实主义笔触指出,所有人都对自己隐瞒了许多;而他们对自己隐瞒的,也不太可能透露给别人。约翰逊还指出,人们设法向他们亲密的朋友展示颇具魅力的自己,几乎所有人想到这一点都会赞同。

真实的书信中隐含着同样的意图,这一认识自然而然地反映到阅读虚构的书信中去。从中可以看出对以书信作为载体的叙事可靠性的疑虑。例如,帕米拉真的是她所表现出的好女孩吗?甚至是理查逊第一部小说的最早一批读者都会有这样的疑问,他们其中的一些人还不禁去讽刺挖苦。不能相信书信体小说的叙述者这种结论并非确定无疑。但是,读者却警惕着他们可能具有的欺骗性。

另外,在阅读甚至是编造出来的私人信件时,也会有些许的不安。书信体小说将读者放在了偷窥狂的位置上,按小说的说法,他们读了本不该给最初的收件人之外的人看的东西。甚至是全然了解信件的虚构性的读者在阅读的过程中也能感受到弦外之音中的忌讳。越过别人的肩膀偷看的乐趣赋予了小说不可抗拒的想像力。同时，它还可能让读者从小尴尬变得更加难为情。

书信体小说能使人产生对阅读和写作过程的特殊认识。小说从其定义是写作的产物，但我们并不总是思考这一事实。阅读以书信往来形式写就的小说时，我们几乎没法不这么做。想像中的书信作者被明确当成在写，通常也在读。书信几乎是当着我们的面写成的。我们可能由此更充分地意识到自己是读者，也生动地意识到小说的人物就是书信作者——可能还会意识到人物背后有小说家本人。

像我所提到的其他分类（冒险小说、发展小说）一样，书信体小说并非定义一个独立的类别，意识小说也不是。《帕米拉》是一个显著的例子，它是书信体的意识小说、发展小说和传奇故事。但作为意识小说，一个亚种的书信体小说与其他类别的不同在于，它设定了存在于形式与主题之间、并源于形式的一个身份。在冒险小说和发展小说中，主题松散地设定了形式：一件事紧接着另一件事，勾勒出了冒险；因果关系的结构展示出发展的过程。因为私人信件的形式暗示了亲密关系，要求重视语气（写信人下笔时的特殊腔调）和意识（语气下的事实），它暗示了对意识的强调：形式因此引出了主题。

在 1740 年《帕米拉》出版并大受欢迎的时候，早已有了很多书信体小说，而《帕米拉》本身则是直接从作者早前出版的一本典范书信的小册子发展来的。赛谬尔·约翰逊本是一个印刷商，对商业机会有着独到的眼光。他的典范书信不仅指导其读者如何求职或是向上级道歉；它们还时常勾勒出适合于完整的小说发展的叙事。其中一则典范书信就是这样的一篇叙事草图，讲到遭受主人性胁迫的一个女仆。它被扩展成了一个有些含混却引人入胜的叙事，开启了理查逊的小说生涯，引来了无数的模仿者。

读小说《帕米拉》从一开始就意味着读人物帕米拉这是一项费

力且令人费解的工作。菲尔丁模仿的是理查逊在《莎米拉》,更微妙地,在《约瑟夫·安德鲁斯》中的创作,他眼中的帕米拉——一个15岁的女仆,规避她主人的性企图,最终嫁给了他——是一个彻头彻尾的伪君子,以她的贞操为诱饵求得社会地位的提升和财产保障。艾丽莎·海伍德也是这群数目可观的作者中的一员,他们都觉得有必要去讽刺理查逊的作品;她1742年出版了《反帕米拉》,是对原故事的下流改编。其他人则基本上按帕米拉的自我评价看待她:一个虔诚、明智的年轻女子,最终名至实归地得到了广泛的赞美。还有很多人则在这两个极端中摇摆不定。理查逊提供了大量有关女主角的信息,但如何解读那些事实却具有挑战性。

理查逊小说中社会阶层问题的重要性在更为民主的时期是难以理解的。普一开始,帕米拉就强烈感受到存在于她和她的主人之间的社会差别意味着什么。事实上,她用她对这一差别的理解当作对付他的武器,一再直接向他、并在她的信中向她父母指出,他俯就接近一个仆人是自"贬"身份。但她也因无法拥有与 B 先生对等的社会优势而日渐苦恼。他在林肯郡的女管家朱克斯太太坚信,她的主人让她干什么她都该从命。不仅仅是他的佃户和仆人,和他社会地位相当的人也认为社会地位高的人理所应当地有无上的权威。当威廉姆斯先生替帕米拉向邻居们求助时,西蒙·达恩福德爵士觉得他的担心无法理解。"唉,这都怎么回事?我们的乡绅邻居看上了他母亲的女仆?如果他确保她啥都不缺,我倒不认为她会有什么损失。他这么做不会伤害到任何家庭"(134)。在西蒙爵士看来,帕米拉的家庭啥都不是:有社会地位和财产的家庭才叫"家庭"。B 先生对其家庭完全的掌控几乎是不容置疑的。他的大权在握也是完全应当的。当帕米拉的父亲竟敢质疑 B 先生跟他说的一连串谎话时,出身高贵的撒谎者怒不可遏:"拜托,先生,想想我是谁;如果连我都不能相信,说话还有什么意义?"(96)。在他看来,地位决定、保证了真实性。要么必须相信他——甚至在他撒谎时——要么就什么都别谈。

然而,女仆挑战了贵族老爷的权威。帕米拉声称,而且显然坚信她有着和一个公主一样重要的灵魂。她设计争取帮手,打开交流的途径,以求逃脱。在她被困林肯郡时写的信和日记中,她冒险批评了富人和出身高贵的人们——不仅仅是她的主人,还有主人的朋友们。甚至当小说的主要危机出现时,在依稀看到婚姻的希望之后,她(在纸上)喊出对"位高权重者的权势"的反对。她想,这就是我如果嫁给他会出现的情况。起初,他母亲就宠坏了他,他才会为所欲为。在她看来,对出身和财富的骄傲的结果是"使他们以及和他们相关的所有人更加烦恼"(242)。小说中关于看似荒谬的婚姻既成事实后发生的事印证了此处帕米拉的预见,尽管她对于"权势"本质的说法可能源于一时的恼怒。

尽管她对于 B 先生和他朋友们的问题有着深刻的认识,帕米拉将她未来的、其后确实发生的社会地位的提升看作是实实在在的好处。她很清楚地认识到一味为了钱财而牺牲贞操可能带来的危险,但她并不担心为钱而嫁会给她带来什么。她把自己看成数字零(后来的克拉丽莎和伊芙琳娜在描述自己时也沿用了这个意象),放在一个数字的左边没有任何意义,但放在右边却会大大增值,这以令人吃惊的直白反映出帕米拉坚信地位和财富的力量。如果通过婚姻增加了这些价值,她可以想像自己在更为广阔的天地里,以及在亲密的关系中都会挥洒自如。

对于一代代的读者来说,帕米拉吸引力的关键就在于她自我想像、再想像的能力,她在信中的自我塑造成功地赋予了她想像的力量。如果书信体小说几乎都不可避免地关注意识,它允许所体现的意识有无限的可能,而个体意识的变化在书信体形式所创造出的戏剧性事件中起到了相当重要的作用。考虑到写信人有详细讲述她经历的义务,理查逊巧妙地展现了帕米拉的情绪变化,它们不但出现在一封信和另一封信之间,还出现在对一件事的记录过程中。

关于这一技巧的很好的例子是帕米拉讲述她如何考虑自杀的问

题。女孩从窗户里钻了出来,跳到了地上,从关她的房间逃了出来,但接下来她想要逃出高墙围着的林肯郡宅子时摔坏了脚踝。身上青一块紫一块,垂头丧气的她想到了投湖自尽。为了给找她的人留下错误的线索,她已经把外衣都扔进了湖里。现在,当她考虑到逃跑是不可能的,而抓她的人找到她之后一定会接着折磨她,死就成了她唯一的出路。她记录了自己的犹豫不决:她坚信自己的无辜,决定自杀,求得上帝的宽恕;她想像着当其他仆人和 B 先生看到她的尸体该有多么悔恨不已;她设想她的主人会说些什么("现在我可是看出来了,她爱诚实胜过爱生命,……她不是个虚伪的人,也不是骗子;她就是她一直表现出的纯真的人啊!"[172]);她臆想的为她所作的"民谣和挽歌"(173),尽管她宣称不希望有这样的臭名声。这些自我毁灭的动机先是让位于这样一个梦想:如果她继续活下去,她的主人会比他的仆人们要更为仁慈,继而让位于幻想上帝触动他心灵的力量,由此又展开宗教思考:使上帝为她的一生所作的安排无法实现是多么的恶毒,而父母知道她自杀会多么痛苦。最后,她把自己叫作"**自以为是的帕米拉**"(174),彻底认识到自杀乃宗教禁律,离开了诱惑她的"罪恶的河岸"(174)。

《帕米拉》与这一时期的许多其他小说一样,随时准备引用宗教教义。鲁宾逊·克鲁索把他生命中的很多事解释成"天缘巧合",揭示了上帝为每个人所做的特殊安排。《汤姆·琼斯》的叙述者不时地暗示天意的介入,并点明小说家在编排小说人物时是在模仿神祇。克拉丽莎在极端痛苦时,全然倚靠上帝。然而,像理查逊的其他宗教暗示一样,在自杀这一幕中最为突出的是女主人公虔诚的思想在多大程度上依托一个心理背景。帕米拉之忆起圣经关于自杀的禁律和她想起为逝去的少女作赋的习俗本质上对她意识的作用是一样的。她能够设想在她身后主人的悔恨,想像她父母的悲痛欲绝,同样都属于对习俗、可能性、每个人都记得的故事的了解——以及在 18 世纪对圣经语言和教诲的生动记忆。坚持以个人信件作为小说结构,必然意味着强调以言语表达意识,这也使宗教自然化。尽管宗教意识有时控制了帕米拉的行动,它并不总是主导着她的反应。这一事实不能说明她虚伪,只表明她是具有矛盾情感的可信的典型。

帕米拉和B先生之间的主要问题关乎欲望与意愿。小说的前面部分,朱克斯太太宣称她对她主人的忠诚时,告诉帕米拉:"如果一旦你的愿望和他的意愿冲突,不管怎样,我会按他说的做"(109)。她设想的冲突是错误的:事实上,起冲突的是B先生的愿望和远比他的意愿强大的帕米拉的意愿,如果我们考虑到他的愿望是多么强烈的话。他的愿望,她的意愿:开始,它们看起来格格不入;最终,它们殊途同归。

尽管帕米拉表现得聪慧、贞洁,在理查逊的笔下,她对于可能吸引一个15岁少女的一些经历同样关注。对着装的痴迷、对性暗示的警觉、对金钱的兴趣(尽管不是着迷);极为在意别人(她所说的"世人")怎么看她,这种在意左右了她的一些决定;迫切地想要做对的事,而且想被人看到做得对;时而自满,时而自我怀疑。帕米拉被描述得捉摸不定,但却又很合理——当然,这也是为什么关于她的性格一直都有争议,而这种争议常常以非左即右、非好即坏的方式表达。这种捉摸不定属于她所处的人生阶段。

小说中间部分过了一点就把她嫁了出去,使她处于所选择的丈夫决定其命运的状况。这时她的思维活动不是那么自由了,尤其是涉及到她的主人时(她时而会继续用这种称谓)。理查逊会允许她就B先生为她做出的行为规范写些有些反抗性的附加评论,但她不会说出来。随着帕米拉的反应愈加符合传统,小说也变得不那么引人入胜了。小说家为她设计了与B先生固执的姐姐达沃斯夫人之间持续很久的滑稽插曲:帕米拉已然有了婚姻的保障,向贵族权力发起了挑战;但总体来说,他在其女主人公弱化成一个妻子之后,在她的言语表达中就找不到太多戏剧性的东西了。换句话说,书信体形式不是很适合一个固定的心理状态。如果帕米拉是一个真人,而不是一个小说中的人物,我们可能会说她明显安稳的状态一定在很大程度上靠的是压抑,但理查逊没有表露出这一点,他只安于用些教科书式的格言。他的小说可能无法作为真正通信的有用的例子,但它最后一部分却是18世纪模范妻子思想行为的典范。

我已经谈过早期帕米拉这一人物刻画的心理准确度,她作为一个十几岁少女的"可信性"。这并不意味着理查逊,或是比他稍晚些的菲尔丁,或是比他稍早些的笛福,写的是一部现实主义小说。他对书信的使用制造出一种看似逼真的氛围,他对帕米拉的想像则利用了青春期女性心理的知识,但他的情节却完全是童话故事:一个新版的"灰姑娘"。单身的帕米拉时刻担心她的马车又变回了南瓜,王子赠与她袜子,而不是珍藏着一只鞋。在小说交代了俩人的婚姻之后,对现实主义的排斥以新的形式表现。理查逊不再倚靠童话和传奇故事的传统,而是采纳了道德理想主义,拒绝承认真实人物的缺陷。因此,婚前婚后,《帕米拉》展示的是美梦成真,而不是一种现实。

这一评价没有贬义:对美梦成真的渴望通常是读小说的动力。重要的是,应该意识到,理查逊多么成功地将对穷人的生活、富人的专横(仆人在主人面前的无助、帕米拉父母的挣扎……)的细致了解与同时迎合穷人和富人的想像力结合在了一起。《帕米拉》在利用这种了解和渴望的同时,又对它们作出解释,对过去和现在的读者都有着复杂的吸引力。

它还例证了书信体的重要来源,尽管在使用过程中有时显得有些别扭。帕米拉明显不可信的、写在她婚礼那天的有名的5封信,以及"编者"突然的介入,总结一系列他无法在信中记述的事件都显露了理查逊间或会有的笨拙。不过,书信确实在小说中起了很大作用。首先,他们使得一个女仆的声音主导了一部小说:这在阶级和美德仍依例被等同的时期是个不小的成就。尽管帕米拉在她所处的世界几乎看不出有什么控制权,但她可以掌控她所讲述的故事。而故事在文本范围内对读者则有很大影响:不仅仅是通常情况下作为收信人的父母,还有差点成为骗子的那人,屈从于它的力量,最终更大范围的读者和听到它的人,也逐渐屈从于它的力量。像我之前所说的那样,书信总是突出了语言的用途与使用。在帕米拉的例子中,它们还构建了情节,在解读事件的同时赋予了它们意义。

书信体加强了帕米拉和她父母之间的联系,父母是几乎所有信件的收信人,也是想像中林肯郡日记的接收者,日记作者当时看不到把它送出去的希望。因为女孩阶层的提升是叙事的要点,理查逊需要强调一个事实,即帕米拉自始至终忠心地爱着养育她的贫穷的父母:她并非处心积虑地向上爬。她向他们坦白一切的事实,这不仅给小说提供了叙事材料,还树立了她纯洁、善良的形象。她毫无隐瞒;她不是拒绝,而是寻求父母的引导。她对书信的使用帮助读者了解了这些事实。

帕米拉毫不隐瞒这一观点使我们注意到书信体形式在这部小说中最重要的作用——因为读者一直怀疑写信人所声称的彻底的自我表露实际上隐藏了他们自己都无从知晓的某些欲望。书信体尤其适用于表达这种模棱两可。理查逊成就中最重要的是,每封私人信件本质上都传达了一个单一的、有限的观点。B 先生是个计谋多端的人。帕米拉无法知道他所有的计谋,也无法知道他心里、脑中都想了些什么。他看得到的,她看不到,她也无法像朱克斯太太或是仆人约翰,甚至是本可成为她的同盟与救星的威廉姆斯先生一样看问题。尽管她的观点决定了读者能够获得的信息,但读者也不能完全赞同她的观点。一旦读者意识到帕米拉觉悟的局限性,文本就有了漏洞。帕米拉并不完全了解她自己的可能性就显而易见了。我们所读的故事包括了言语没有表达出来的故事——至少包括有多种解读的可能。

在他的第二部小说——长篇巨著《克拉丽莎》(1747—1748)中,理查逊详细地展示了这种可能性,他提供了四个主要、若干次要通信者的书信,以便读者能见证不同解读间的交锋,也不可避免地在不同体系的意义间作出选择或是兼顾彼此。小说的情节概括之后听起来简单、可预见,几乎是老生常谈。一个及其不正常的家庭中的掌上明珠克拉丽莎无法忍受被逼婚的危险,被哄骗着与拉夫雷斯——一个熟练的骗子——私奔了。尽管举目无亲,人地生疏,无处可逃(虽说她尝试过),克拉丽莎从没有屈从于拉夫雷斯的诡计或是祈求,但最终她还是被糟蹋了。在半疯半傻了一段时间之后,她恢复了常态,坚定地拒绝了拉夫雷斯的求婚,最终找到了一个避难的地方。她的家人回绝了她和解的努力。她慢慢死去,她的虔诚使拉夫雷斯的朋友贝尔福德洗心革面,也启发了所有遇见她的人。在她死后,拉夫雷斯的神志时好时坏,最后在一次决斗中暴死。

很难立刻发现理查逊为什么要用那么长的篇幅讲述这样一个故事。不同的学者在课堂上采用压缩的版本,删除了重复已有叙事的书信,它们要么没能明显推进情节,要么展示的是与主要情节无关的人物的观点。然而,这些版本没有抓住要领。删节版的《克拉丽莎》成了另一部小说。阅读理查逊这部伟大著作的重要经历不仅仅在于随书信的堆砌而周密安排的结构,书信作者各自迥异的声音(而删节了书信,结构感也就减少了),还在于时常与之相矛盾的缓慢、含蓄的叙事顺序。每封信讲述了一个自己的小故事。如果两个作者分别叙述同样的事情,尽管汇报的事情相同,他们的故事却不一样。读者面对的不是去发现"真正"发生了什么,而是去探求发生了的事意味着什么——它揭示了什么样的人物,传递了什么样的社会和万物的秩序。

在这样一部幽闭的小说中,克拉丽莎一直被封闭在很小的空间:在家被关在她的卧室,囚禁在妓院,因捏造的债务被捕,并被锁在法警的阁楼,太过虚弱而无法离开她缠绵病榻等死的房间。她极少见人。甚至是拉夫雷斯那样见过世面的人也少有同伴,几乎没什么社交。然而,小说以安娜·豪尔对"世人"的祈求开篇,安娜是克拉丽莎的密友及通信对象,宣称克拉丽莎的美德使得她"人人喜欢"

(39),"我妈妈,我们全家,像所有人一样,谈论的都是你"(40)。克拉丽莎个人的故事看起来牵涉到整个社会。没有一个事件的参与者对社会秩序的本质感兴趣,但讲述个人经历及其释义的书信所暴露的体系中,新兴的地产拥有者重视财富甚于情感,而老的贵族阶层则是个人欲望至上,将其放在首位。克拉丽莎家中的混乱源于她的兄弟姐妹们、甚至是其长辈们的贪婪与妒嫉。这种混乱显示出社会体制缺乏重要的权威之所在。教会及其教义对克拉丽莎来说很重要,但对她周围的大部分人来说则明显没什么或是根本没有意义。国王几乎没有被提到过。克拉丽莎一厢情愿地将世界想像成原本是一个家庭,但即便是她,也必须承认现实中的"政治"远比家庭复杂、阴险得多。贵族不是像从前想像的那样代表着美德,对克拉丽莎的哥哥及他的同类来说,他们是令人妒忌的对象,对拉夫雷斯来说,贵族则有着绝对的特权,却不需承担任何责任。理查逊用小说中的书信描述了一个堕落的社会。

然而,像在《帕米拉》中一样——实际上,如书信体所暗示的那样——理查逊首要关注的是他的人物的意识。拉夫雷斯是一个十足的表演者(他夸口说自己是名副其实的普利特斯,能够不停地变换外形),他将书信当作表演,显然感兴趣的是如何维持他所选择的身份:帮助贝尔福德的无动于衷、得意洋洋的流氓;克拉丽莎绝望的爱慕者。他的身份随故事的发展而变化。等到他最终袒露心声,热切希望克拉丽莎嫁给他,坚决否认她会死,而当死亡到来,他又悲痛欲绝时,读者可能会认为他已经被感情左右,他"真实的"感受和他所说的是一样的。然而,对他来说,摆姿态已经成了他完全无法摆脱的宿命而不是才能了。他所说的一切都有着夸张的意味。如果拉夫雷斯有什么真正的情感,一经他的嘴说出来也就变了味。

拉夫雷斯无法停止装腔作势对他自己是个负担。"他每天都出去",他的堂兄介绍,"说是想要逃避他自己"(1049)。拉夫雷斯更直白地对贝尔福特写道:"尽管我活灵活现地装腔作势,我却厌恶自己的灵魂"(1109)。他无法放弃活灵活现的姿态,无法面对丑陋的灵魂。克拉丽莎拥有与她有意识地培养的情感所契合的宗教语言,变得——几乎就是在读者眼皮底下——令人敬畏得正直。早前,安娜指责她隐瞒真情实感或是对危险的感情不够敏感。读者可能也会有安娜一样的怀疑:难道克拉丽莎对拉夫雷斯的感情不比她愿意承认的要多吗?到了结尾,其实远在结尾到来之前,就很难再有任何怀疑了。克拉丽莎变得透明了。不管怎样,她已经让所有的旁观者相信她就是透明的。

然而,在她死前不久,克拉丽莎故意用欺骗手段躲避拉夫雷斯的接近,她特意写了一封含混不清的信,知道他不可能猜出其中的意思。这个插曲会使读者回想起克拉丽莎以前常用欺骗作为自卫的武器。谎言散发着死亡的味道,像很久以后的一个小说人物(康拉德《黑暗的心》中的马洛)说的那样。克拉丽莎的欺骗是普通人必要的工具,却表明了她追求的目标——天国的完美,和现实的可能性之间的距离。将克拉丽莎看作一个"天使"满足了其他人的需求。她自己则必须体验存在于她超越俗世的愿望与尘世经历之间的差距。她的心中满是人类的情感,唯有死亡才能使她放弃属于这个世界的感情。理查逊认为关键的一点是他没把她想像成一个完美的女性:他赋予了她瑕疵。瑕不掩瑜,但瑕疵却很重要,因为其表明神学意义上的原罪是无处不在的。

也就是说,这部小说既有形而上的意义,也有社会意义。《克拉丽莎》运用了私人信件这种私密的形式去委婉地评论重大事件,但评论的同时又不忘反映小说中主要写信人的个人意识。体现基督教责任本质的克拉丽莎是典型的克拉丽莎:她表现得不仅虔诚,还很自我。她的基督教信仰是一种信念,还是防御的工具;她用它来对付世界——通常在18世纪,"世界"指的是人类之堕落,它困扰着品德高尚的女主人公,令她痛苦。在旨在强迫读者接受他对人物的观点而作的小说的修订中,理查逊强调了文本中大量人物对基督教信仰的不同看法以及基督教信仰对他们的作用:不仅有死前深陷对地狱的恐惧之中却又无法忏悔的老鸨母辛克莱夫人,还有,比如,在克拉丽莎逃离拉夫雷斯之后被叫去调查她的行为的牧师布兰德先生,他的虔诚使他总是以最负面的方式解读他看到的一切。

甚至是拉夫雷斯也时不时地想起基督教教义。在一个奇特的梦境中,他看到克拉丽莎升入了天堂而他自己则被拖入了地狱。他对贝尔福德写道——贝尔福德在思考克拉丽莎最后的时刻的过程中已经明显地开始从神学的角度看问题了——他已然信了基督教,并且一直打算洗心革面。他临终的话——"让这赎罪吧"——表明,即使没有洗心革面,他也认识到自己的罪恶并忏悔了。他无法让自己彻底选择一种为神学所认可的生活,这使读者认识到他在心理和道德上的缺陷:他不能像一个基督徒那样生活,一部分是因为他太想被看作是一个成功的流氓。

当然,克拉丽莎和拉夫雷斯是文本的主角。克拉丽莎为像一个基督徒一样生活而做出的努力,以及拉夫雷斯之无法为之做出努力,提供了理解小说许多其他人物的一个语境,他们都声称自己是基督徒,但其中大部分人与基督教实践的观念相距甚远。因此,小说的神学思考背弃了它的社会关注点。18 世纪英国社会声称依基督教原则运作。英国圣公会的教义是官方意义上的国教。然而,社会的一切环节——关注金钱与财产的哈罗们;轻易被拉夫雷斯的甜言蜜语哄骗的房东太太和她的朋友们;拉夫雷斯的同伴,那些妓女和流氓们——都表露出基督教原则无法真正地掌控行为。克拉丽莎所处的是一个世俗社会。她并不是其中唯一的一个:曾经引导过她的管家,诺顿太太,她最终得其庇护的史密斯夫妇,都揭示了相对轻松却也虔诚的生活的可能性。但世俗一直是主调。

理查逊没有把《克拉丽莎》写成一本宗教小册子。在有着众多目的,牵扯了社会的、形而上的,最重要的,个人的方方面面的一部小说中,对被奉行的或是被否认的基督教的调研只是其中的一个方面。

小说家对书信体的选择突出了他对个人、对个人意见和个人意识的细微差别、对自我、对他人的关注。尽管他们有着大量的自我分析,但克拉丽莎和拉夫雷斯都缺乏全面的自我认识。对小说人物下这样的判断可能看起来不很合适,但自我认识的难度——或是不可能性,是《克拉丽莎》的中心议题。理查逊采用详尽的一系列私人信件的办法使他得以跟踪态度细微的渐进式的变化,揭示通信人的观点如何每天都在令人毫无察觉地发生着变化。拉夫雷斯有他自己的自我认识,一再向贝尔福德信心十足地描述着他自己。但他越是自我宣扬,读者越是容易觉察到他面对一个使他着迷而他又无法理解的女人时所日渐增加的不确定。作为一个善良、虔诚女性的克拉丽莎,这一人物挑战了拉夫雷斯对于女性和女性气质的想像。更重要的是,它挑战了他想像中自己一贯主导的、成功的、自信的流氓形象,但他却没法给自己发现或是定义一个其他的身份。他只能坚持声明自己是谁,继续吹嘘。

另一方面,克拉丽莎将新教的自我反省的教规当成责任。她不宣扬什么,不坚称什么,但她把尽可能全面了解自己当作一个重要的道德训练。通过她所写的大量书信,她展示了想法不只是一天天发生着细微的变化,而是每小时都不一样。她想她应该,她又想她不应该嫁给拉夫雷斯。她想着她能,继而她不能,再继而她又能。她的朋友安娜·豪尔告诉她,她其实比自己承认的要对拉夫雷斯更有感情。她更加努力地反省自己,但发现她心里并没有爱情。但读者看到了安娜所看到的一切:克拉丽莎在继续向自己隐瞒她认为值得谴责的感情。她所有的书信放在一起传递了犹豫、困惑、矛盾这一令人信服的模式。只是在她否认了常人身上所有的思想与情感的价值之后,她才对全身心信奉神祇有了清楚的认识。但即使是在那时,读者可能会怀疑,她痴迷于写一些死后才会发出的信(给她的家人和拉夫雷斯),尽管这些信件传递的信息都是虔诚的且明显是顺从的,所表达的是改良版的帕米拉在池塘边的幻想:我死了,他们会后悔的,我会让他们更后悔。思想与情感纠缠于俗世;克拉丽莎没法全面意识到她所佐证的这一事实。甚至在她将死之时,她没有、也不能彻底了解她自己。而读者则可能幻想自己比克拉丽莎还了解她自己,比拉夫雷斯更深刻地洞察她的内心。使这种幻想成为可能的只能是那一大摞书信。

　　简而言之,理查逊充分利用了书信体的潜能:它所创造的亲密感(作为读者,我们比他们自己还"了解"克拉丽莎,拉夫雷斯,甚至是安娜和贝尔福德);含混感(我们生动地体验到观点的多变,理解了个人短视的后果);书信对经历详尽无遗的记录;他们所产生的即视感,使我们感受到与人物时时刻刻的所思所想近在咫尺。读《帕米拉》,我们可能会时不时地发现采用书信体讲故事有着叙事局限。读《克拉丽莎》,我们会认为这种形式没有任何局限:所有的局限看起来都变成了优势。

　　书信所讲述的故事正是克拉丽莎自己想讲的:甚至是这个事实也变成了叙事的一部分。女主人公将死之时请求贝尔福德作为她故事的守护者,保证它能流传后世。她明确表示讲这故事只需把所有的书信加以编辑。贝尔福德承担起了收集、传播他们的责任。到这时,他在克拉丽莎的影响下,已成为一个极具热情的有潜力的编辑。

　　通过在小说中解释这些书信如何得以付梓出版,理查逊在一部拉夫雷斯的话语占据极大篇幅的小说中强调了克拉丽莎的道德优势。尽管单个书信中展示了不少的观点,但克拉丽莎的观点脱颖而出。她之所以放心地把书信托付给贝尔福德,一部分原因是因为基督教立场会使每个读者都信服。但对于多数现实中的读者来说,面对众多不同的观点则是复杂的一种体验。拉夫雷斯尽管品行不端,但从心理上是可信的人物,在文本中举足轻重,他的机智、活力、风度、热情,即便是被他用来做坏事时也显得颇有魅力。在一定程度上,我们为拉夫雷斯所吸引——从他以后的修订看得出这与理查逊自己的意愿相悖——在这种程度上,我们参与并理解了克拉丽莎是如何屈从于他的。书信体将我们带入个人视角的矛盾所引起的戏剧性事件。

理查逊之后,英国没有一个人能以同样的才华与机巧运用书信体形式。(在法国,卢梭及其之后的皮埃尔·肖代洛·德拉克洛创作出了与《克拉丽莎》一样丰富的作品,两者都受到理查逊的极大影响)。《查尔斯·格兰迪森爵士》(1753—1754)是理查逊在《克拉丽莎》之后的作品,不过其是对视角的另一种戏剧性思考。通过审视一个理想化的英国男人的处境,这部书信体小说展示了几个不同的爱情故事,促使读者思考以不同形式呈现的爱情的道德准则。尽管这部小说在18世纪不像《克拉丽莎》那样流行,之后读的人也不多,但它也展示了书信体小说心理、道德及美学的可能性。

随着18世纪向前发展,理查逊一直是书信体小说最具影响力的作家,但可惜的是大部分这种作品都比不上他的。然而,比《克拉丽莎》逊色的小说也可以展示其所采用形式的特殊方法,而远比理查逊逊色的小说家也能够发现书信体小说丰富的可能性。在文学生涯早期,弗朗西斯·布鲁克出版了译自玛丽-让·瑞克伯尼以法语写的《朱莉娅·凯兹比夫人的信》。3年后,在1763年,她创作了《朱莉娅·曼德维尔小姐的生平》,这是一部书信体的原创作品,扉页显示其作者是"凯兹比夫人书信的译者"。到18世纪末,这部小说一共出版了7次。6年后,布鲁克出版了更长但却不那么受欢迎的书信体小说《艾米莉·蒙塔古的生平》。

在《朱莉娅·曼德维尔小姐的生平》中,布鲁克的教化目的比理查逊在《克拉丽莎》中表现得还要明显。她以小说中的书信作为宣扬家庭和国家政治体系的手段,厚颜无耻地奉承其时的国王(乔治三世),将他当作是理想的君主。小说坚称,国家和家庭都受益于鲜明的等级制和父权的仁慈。位高则权重的原则确保社会阶层之间的关系不会因利益之争受损。小说的男主人公,亨利·曼德维尔(他在小说开篇时说:"我亲爱的乔治,我真的是最幸福的人了",结果却命运悲惨)和他的父亲一再重申小说的思想,儿子评说贝尔蒙特爵士庄园中幸福的农民和心满意足的贵族田园诗般的生活,父亲则庆幸自己把他儿子可能继承的遗产花在了教育他而不是纵容他上面。仅以"J. 曼德维尔"名字出现的父亲也时不时地对国事加以评论("幸福的不列颠!法律保护王子,同样也保护人民;自由与君权携手,互为倚重……"[181])他还表达了卢梭式的教育理念:"我总觉得,我们的理解力被制度束缚着,我们的心灵被榜样所腐蚀:对充满善意的心灵来说,唯一需要的是还给他们原有的自由,让他们自己去思考,去行动"(100)。父子俩一再重申的对政治和个人美德的承诺指导着他们的很多行动,并且招致了悲剧性的结局——亨利和他所爱的,与他同名的女主人公一同殉情。

确切地说,亨利之死是因为无端地误解了贝尔蒙特爵士为他的女儿朱莉娅小姐所作的安排。他稀里糊涂与他假想的对手进行了一场决斗,贸然赴死,尽管对手试图避免伤害他。他的误解源于他父亲和朱莉娅的父亲为他选定的道路,他们在孩子们还是婴儿时就密谋了俩人的婚姻,不仅隐瞒了他们的计划,还隐瞒了亨利继承一大笔遗产的权利。认定自己一无所有的亨利觉得配不上朱莉娅。他对她父亲中意之选的猜测使他觉得自己毫无希望。

换句话说,两个父亲所持有的信念:父权等级是最佳统治体系的基础,导致了两个生命的逝去(朱莉娅在她的情人死去之后伤心而死)。在一封又一封信中,他们沾沾自喜地坚信现存社会秩序美好和谐,唯一的瑕疵只是个别人误入歧途,有些自私,他们同情但绝不会与其有任何来往。而父亲的权威毁了一切这一嘲讽却从未在文本中得到强调。

从情节发展的角度来看,构成小说中许多名义上"私人"信件的刻板且常常机械的言论被赋予了新的意义,构成了情感逃避的一种形式。两位父亲高谈阔论他们的教育理念,或是他们对农民利益的关切,或是他们对国王的敬仰;他们对自己子女直接面临的情感困境毫无反应,甚至根本就没意识到。无知导致了最后悲剧性事件的发生,而儿子的无知反映了父亲的无知。父亲如此看重的教育没有考虑现实中的人的需求。

对于这种讲述失败了的可能性的叙事,书信体的运用极为出色。小说极少包含回信,文本中大部分书信的回复都没有记录,这样做很合适,因此证实了不断通信的人们之间常见的沟通不畅的情况。很多信件是关于外界而不是家中事务的,其作用不仅在于宣扬一系列观点,还在于展示通信人对私人事务的不安。同样的不安看起来也存在于甚至是年轻恋人的意识之中,他们只能以极富戏剧性的说法表达他们的感情。

只有一个通信人避免了大部分信件所表现出的直接交流的困难。像其他活力四射的18世纪女性人物一样,安·威尔莫特夫人源于理查逊《克拉丽莎》中的安娜·霍尔,她充满生气的书信逗弄了克拉丽莎,还汇报了写信人对她妈妈及其情人的逗弄。而安夫人则是个富有且年轻的寡妇。她被父母嫁给了一个她不喜欢的男人,不幸的婚姻生活因她丈夫正巧去世而中断。尽管她有着一个她早晚会接受的追求者,但她并不急着再婚。小说的其他人物向她倾诉,而她在给她情人的信中评价他们的所作所为。"天呐!这些拘谨的人——别,别让我伤害了她——这些极端敏感的人,'哆哆嗦嗦地又活过来了'——可怜的哈利只不过亲了下朱莉娅夫人的手,就狼狈不堪,多么迷人的一幕啊,我真是惊诧于他的自我节制"(61)。

像这段节选表明的那样,安夫人与其他人一样都不直接说明含义。她典型的伪装是轻薄浮佻,公开宣称什么都不当回事。像她向自己的情人解释的那样,她早就认识到女人只有两个特性允许她"有一千种无伤大雅的自由,却不会被一群傲慢的老女人责难"(74)她可以当个才女——有智慧、有气质的女子——或者当个卫理公会教徒。当然,安夫人选择的是前者。她和贝尔蒙特夫人之间,老太太问安对她的情人作何打算时的场景是一场绝妙的喜剧:当善良的老太太询问安夫人允许一个情人献殷勤是什么目的时,安的回答巧妙、好笑,以原初女性主义方式维护了"独立的生活",在她看来是"世上最幸福的生活"(133)。但安夫人与她的长辈和小说中主要的恋人们不同,她有着表达感情的直接语言。当她准备接纳她的情人时,她能马上去做,其间仅有最低限度的逗弄。

安夫人的声音汇报着恋人们的死及其余波。必须有人去做这事,而她是活着的唯一一个与死去的恋人没有直接联系的人。不过,还有一点也很重要,即她可以公开地、至少相对真实地谈论她的感情。她在小说的结尾所担当的角色以对比的方式突显了以前主导很多书信往来的语言。它表明布鲁克有意选择了书信体小说作为探讨交流,以及造成自由的人与人之间交流障碍的本质的问题。习俗为书信与交谈提供了现成的方式,但习俗也能使真正的交流不可能实现。安夫人之拒绝沿用无聊的社会习俗——即便当她谨慎地遵循着她所处社会的道德习俗时——代表了小说中其他人物所无法拥有的可能性。

《艾米莉·蒙塔古的生平》可能因为不那么令人揪心,所以也不是很受欢迎。它也包含了一个充满活力的女性人物——阿拉贝拉·弗莫尔,可能是参照了启发蒲伯写下《夺发记》的女子——她对于爱情的态度与女主角更为高尚的情感表达形成了对比,但对比的重要性不如在前一部小说中那么大。不但所涉及的各种浪漫史都有着美满的结局;恋人们所面对的障碍也都降到了最小。书信作为信不那么重要;它们只是提供了讲故事的手段。

从这个角度来说,《艾米莉·蒙塔古的生平》与同时期的其他作品相同。《范尼·黑尔》以两封长信的方式出现;《西德尼·比达尔夫小姐回忆录》也采用同样的方法。这种小说中的书信除了为使用第一人称叙事提供了一个模糊的理由之外,没有实际作用。布鲁克的小说至少有不同的叙事口吻,而书信体使作者有机会详述小说前期事件的发生地——加拿大的社会和地理;有一个人物写信完全是为了介绍新大陆。(要记住的是,小说是在美国独立战争前出现的;加拿大和后来的美国同属于一个地理单位,都是大不列颠遥远的殖民地。)

仅仅在几年之后(1771),托比亚斯·斯摩莱特出版了一部书信体小说,将作为游记的书信变成了揭示心理及政治和道德评说的手段。尽管《汉弗莱·克林克历险记》与我们所研究的其他书信体小说少有明显的相似之处,但它代表了书信体的极高成就。虽然可能缺乏《克拉丽莎》所具有的心理厚度,但它却不仅为关于爱与性的个人问题,也为复杂多样的社会提供了错综复杂个人反应的图画。从一个角度可以说,斯摩莱特对个人意识活动没有任例兴趣;从另一个角度也可以说,意识是他主要的议题。

我们所讨论的意识的形式与帕米拉的或是克拉丽莎的或是艾米莉·蒙太古的几乎毫不相同——或者,就这一点而言,拉夫雷斯的,或是艾米莉的情人瑞福斯的。小说中男男女女一群不同的人物,写出了其中的书信。他们都属于18世纪意义上的一家人——不仅包括有血缘关系的亲属,还包括服侍他们的仆人。实际上,小说标题人物(他几乎在小说过半了才第一次出场)自己就是一个仆人,尽管结局的意外发现使他变成了马修·布兰布尔的私生子,也因此可以说比他一开始的社会地位有所提高。

每个写信人之间的差别存在于性别,社会阶层,年龄,个人兴趣,语言,有个人特色的正字法(常会带来粗鄙的双关语)——这使人意识到他们甚至连交流的基础都没有共同的认识。他们共同参与了一个旅行——或者是标题所说的"历险",指有着特殊目的的旅行。这一特殊旅行的真实原因一直没有说明(马修·布兰布尔声称旅行的目的是带他的侄女丽迪亚看世界),尽管历险在参与者身上所起的作用很明显。写信人的共同点还恰恰在于分裂他们的强大的私心。男男女女,老老少少,仆人也好,主人也好,都一心扑在他们直接关心的问题上,而这通常喜剧性地与他们的同伴关心的不同。因此,马修·布兰布尔的侄子杰瑞最关心的是维持他老练的牛津毕业生的形象;他的妹妹丽迪亚将自己看作是传奇故事的女主角;马修的姐姐特比莎企图同时保住自己爱情和贪婪的希望;仆人文·詹金斯追求浪漫和地位。马修主要关心他的健康;其次是他对所见所闻的愤怒。像在布鲁克的小说中一样,我们读到的书信都没有回信,而题目中提到的中心人物则什么信都不写。

这一概要应该显示出斯摩莱特对于一个传统形式的应用是多么的不传统。题目中的主角在这部书信体小说中什么信都没有写的事实使这种做法变得更加古怪。汉弗莱并不完全是不发声的:其他几个人物所写的信中记录了他的话,显然他给他们都留下了印象——从韦恩热情的迷恋到布兰布尔饶有兴趣的怀疑(对于汉弗莱的虔诚和布道)。然而,不仅他的社会地位不正常(他第一次出现时是一个没穿裤子的马夫,他的半裸冒犯了特比莎),而且他习惯性地自轻自贱,总觉得自己是错的,总是迫切地为别人服务。一开始不容易发现他为什么会在小说的题目中有一席之地。

与比方说帕米拉的信件不同,构成文本的信件的作用不是为了寻求读者对于写信的人物的认同,或甚至是对他们的同情。相反,它们通常暴露了写信人最丑陋的一面:布兰布尔的疑病症和暴躁,杰瑞爱虚荣,韦恩总是向上爬,丽迪亚浅薄,特比莎没善心。确切地说,这些人没一个是恶棍,尽管特比莎有时候算得上,但他们多数都只是傻瓜。没人能称得上是女主角,对于汉弗莱作为标题中主角的想法,读者也不易接受(他确实救过其他人,但常常过于喜感;他传播福音,但效果可疑;他没有任何英雄行为,却因宣称忠实于主人而愉悦众人)。换句话说,这部小说规避了明显具小说魅力的一些形式。它不包含冒险。尽管故事以三个婚姻结尾,但三段罗曼史都不甚有趣。小说的叙事要点极少(narrative thrust)很少,而其中的书信相较于任何可见的叙事目的只是次要的。这到底是怎么回事?

一个是对书信体可能性的重新构建。《帕米拉》和《汉弗莱·克林克》之间的跨度有四分之一个世纪。小说中的私人信件和重视意识之间的联系仍然紧密,但意识的含义已经有所不同。帕米拉和克拉丽莎的意识,甚至是朱莉娅·曼德维尔小姐的意识是坚定地指向内心的,关注的是构成她们对于生活之反应的思想与情感。诱因可能相对比较小,比如,B先生假装不认得穿着乡下人衣服的帕米拉。其反应,以及对这种反应的思考,可能会占据很长的篇幅。通过帕米拉对这种经历的思考,读者逐渐明白——或者至少得以解读——她是谁。相比之下,《汉弗莱·克林克》的结构则表现出对意识对象,以及对自我之外的世界中的压力和含义的更多关注。在一个层面上,小说所呈现的是一个旅行叙事。旅行者们记录了他们的见闻,以及各种情感反应。因此,丽迪亚眼中的伦敦光怪陆离,而布兰布尔看到的则是物质腐化、道德败坏的乱象。

当然,旅行者们还看到了各种各样的其他人:患病的、健康的、骗子、老实人,贪婪的、自负的,幸运的、倒霉的,残暴的、漠然的。我列出的单子显示,道德败坏最为突出。随着"冒险"向北推进,堕落也逐渐减少——相应地,马修相信自己也康复了。与人相关的场景在小说中最有吸引力,它无关景致,也几乎不涉及建筑。社交界才是重点。

这并不意味着书信作者们关注外界而非内心。杰瑞和丽迪亚感兴趣的是他们自己的反应——而且主要是细微的反应——帕米拉也一样,尽管他们并不分析自己的情感。我已经提到自我关注在书信创作,以及同样在书信作者们观察、理解周围一切时起到的作用。甚至是马修·布兰布尔——他对自己在旅途中的不同场景的所见、所听、所闻大加评论——也明确承认,他的"病"(很可能只是想象中的)影响了他的看法:他在外界看到的都印证了他心中事情有点不对劲的想法。但汉弗莱这个角色,这个从不写信的人,则为其他人提供了一个视点。

如果汉弗莱是一个英雄——有理由使一部小说以他命名——他

就是一个新型的英雄。他幼稚,常常有些愚蠢,误入歧途,时不时地惹上麻烦。当旅行者们第一次遇见他时,他因为生病和霉运一贫如洗,连衣服都买不起,他的窘境表明他毫无社会经验。他经常性的营救作业常引起被其慷慨营救的对象身体上的不适,但其慷慨的举措总比失误重要得多。与大部分其他人物不同,他是真正地、完全地关心他人的需求。马修·布兰布尔也和他一样富有同情心,以及帮助不幸的人的能力与愿望,但这一"感性"(小说反复使用这个词)在实现的过程中伴随着极端暴躁的脾气,会让人忽略了善意,有时还会取而代之。

114

布兰布尔对其他人更为复杂的反应可能反映了他在等级制度中所处的位置:他相信自己有权利表达消极的判断与情绪。相反,汉弗莱低下的社会地位无疑禁止他放纵、甚至是体验愤怒。但《汉弗莱·克林克》绝不是要去批判等级制度。汉弗莱因其美德及是一位绅士私生子的关系终得报偿:他得到了一个农场。人物会在社会等级上有所提升,但也只是少许的提升。财富和特权不允许其持有者横行霸道:残暴的乡绅在里斯玛哈古、特比莎奇怪的追求者手中受到了应有的惩罚。地位意味着责任:挥霍钱财的乡绅必须学会财产管理。但社会秩序是既有的、不适合用作批判的主题。汉弗莱是一个"英雄",不是因为他之远离堕落反映了在有些方面穷人天生优于富人——毕竟,另一个仆人韦恩,除了她自己之外,谁都不在乎——而是因为他情感之丰富标志着人类造诣之深。它的来源并不重要。

汉弗莱体现的是被称作"感性"的响应能力,马修·布兰布尔也一样,他有乐善好施的能力,这一点汉弗莱当然没有。但杰瑞,特比莎(她只对自己的小狗有感情),丽迪亚(多愁善感,但是最小限度地关注他人),里斯玛哈古,以及大部分他们遇到的人都没有同情心。这部小说中的"社会"是堕落的,通常很残酷,被个人的私心所控制。小说的中心人物所写的书信以不具明显破坏力的方式展现了私心。私人信件记录的应该是关系。此处小说中收集的书信却反映写信人对他们通信对象的本质和需求毫不知情(马修·布兰布尔有时会反证这一概论:毕竟他拥有感性)。他们为自己而写,不是为别人。看起来书信存在的目的是为了自我展示,而不是为了交流。与在《朱莉娅·曼德维尔小姐》中不同的是,这里不是规避的问题,而是大部分通信者的情感能力有限。

因此,在《汉弗莱·克林克》中,采用书信体的目的几乎与诸如《帕米拉》和《克拉丽莎》这种小说采用书信体的目的截然相反。在那些作品中,书信看似是传递微妙的情感变化的理想媒介;在《汉弗莱·克林克》中,人物就没有这种变化,或者就是他们有这种情感经历,但不去分析它。变化不构成历史的进展,像《帕米拉》这样,主人公们沉浸于自己的情感状况的小说,一直有人在写。但变化使人关注书信体小说可以发掘的深度。

就深度而言,书信体小说没有像意识小说那样穷尽了所有的可能性。最后举两个例子——《多情客游记》(1768)和《叫声》(1754),二者都是匿名作者的作品——可以展示这一形式的其他方向,点明18世纪小说家是如何在尝试中找寻研究意识的方法的。

《多情客游记》当时很流行,但甚至在其时都很难以理解。劳伦斯·斯特恩发展了近乎可以说是早期的意识流。但他的方法与詹姆士·乔伊斯及其追随者们所采用的方法之不同,在于斯特恩看起来总是在想像与他人相关的意识。斯特恩小说中的第一人称叙述者约里克让他的心理活动决定了他故事的走向,但同时他揶揄地记挂着读者,一直清楚自己偏离正题可能对读者带来的影响。

斯特恩有很多模仿者,尽管没人能成功地做到像他那样出色地将各种语调刺激地混合在一起,通篇将喜剧穿插在忧伤之间,讽刺他自己的角色形象和他表达的细腻情感,同时邀读者一起享受一种熟悉的情感美学。尽管与很多感伤小说家(见第五章)不同,斯特恩并不在意他的小说不完整、不连贯的事实。他的故事是在一件事的一半开始,在一句话的中间结束,叙事开始了6页之后才出现前言,从一件事转换到另一件事时不在乎没有解决一个情况就开始讲述下一个。对这种明显不遵循公认形式的做法既不道歉,也不解释,更突显了其不同寻常。斯特恩的不连贯强调了感情和注意力各自活动的本质。他的角色形象约里克(他的语言和态度让人怀疑就是斯特恩自己的,像他的私人信件显示的那样)转换注意力很迅速。他的意识产生、构成、限制了叙事:它是小说的真正主题。

通常在18世纪小说中——例如,在《汉弗莱·克林克》中——"敏感"是值得称赞的词。约里克为"敏感"作了一篇颂词,可以作为斯特恩式叙述的代表。下面是稍有缩减的版本:

> 亲爱的敏感啊! 永无穷尽地给我们带来欢乐时所珍贵的东西,痛苦时要付出高昂代价的东西! 你将自己的殉道者绑缚在稻草铺的床上——也是你将他们带入**天堂**——我们的情感之永恒的源泉!——正是在此处,我发现了你的踪迹——是你的神力使我心潮澎湃。……我感到一些慷慨的欢乐和慷慨的关怀,不能自已——这一切都源自你,世上伟大的**感觉中枢**! 即便在你所创造的最遥远的沙漠中,我们头上的一根头发掉到了地上,你都会颤动。……有时,你会把一份敏感给身处荒山野岭的山野村夫——他发现别人的羊群中一只受伤的羊羔——这一刻,我看见他把头靠在牧羊杖的弯头上,满是怜悯地望着它——唉! 我早来一会儿就好了! 它失血而死——他那温柔的心也在滴血。
>
> [117]

这里所表现的敏感属于天国,等同于基本的创造力,实际上,同上帝是一样的,按圣经的说法,上帝知道我们的头发有多少根。此处和其他与其同一时期的典故中,敏感从本质上说就是一种感情的力量,它的同情心标准左右着作者,使他不由自主地感到身外有些慷慨的欢乐和慷慨的关怀,它的标准也使那农民为流血的羔羊难过伤心。

在这段之后不久,约里克继续想像农民"痛苦地"离开,但生活充满了喜悦,幸福地住在一个农舍里,有一个幸福的同住者,被幸福的羔羊围着与他玩耍。这一幕的虚幻性强调了这一事实,即农民自己和垂死的羔羊都完全出于约里克的想像。

很难得知——像在几乎每一个插曲中都难以得知一样——读者是不是应该把这当真。一方面,同情心的针对性颂扬和对情感能力的全面颂扬表明了这一时期感伤小说暗含的态度。另一方面,我们必须注意到引起感情波澜境况中的人为因素。约里克的想像力控制着农民和羔羊的这一幕。是约里克让农民来晚了一点,没能拯救那濒死的动物。为了满足他的敏感,感伤主义者需要那农民晚来;如果那动物没能死掉,他就不能有那么丰富的感情了。

对敏感的颂词紧接着与艾丽莎有关的一场戏之后,她是特里斯舛·项狄在稍早的小说中遇到并为之哭泣过的年轻的疯女人。约里克把她找出来就是为了流眼泪的。他坐她边上,用他的手帕擦去她的眼泪,然后把手帕"浸泡"到了自己的眼泪里——"然后,浸泡在她的眼泪里——然后,又浸泡在我的眼泪里——然后,我又为她擦去眼泪——我擦泪时,感到心里有一种无以名状的感情,我相信,用物质和运动结合的任何说法,都无法解释"(114)。约里克继续说道,这些情感使他坚信自己拥有灵魂。

关于我们是否该把这当真的问题又一次出现。不可名状的情感以其不可名状性听起来很熟悉;能完全感受,却无法充分表达,这样的暗示充斥了18世纪的小说,但约里克的情感与其他感伤作品中的不同之处在于,他是有意地唤起这些情感。很明显,哭泣对于他是喜悦的源泉。他寻找玛丽亚就是为了为她哭泣;他想像出的农民也是为了同一目的。在小说中,他沉迷于其他类似的想像,例如,想像出一幅详尽的一个巴士底狱中犯人的图景,就是为了为之心伤。至少这种反复的做法一定会让人对敏感的道德力量产生疑问。约里克将之与神祇联系在一起的这种力量使一个想像中的农民为一个想像中的羔羊哭泣,却没能使他拯救那只羔羊,同样,约里克也没能(或是试图)帮助玛丽亚。既然哭泣带来的是情感的满足,这一点小说表现得明明白白,它的目的则毕竟是自私的,而根本不是"慷慨的",除非是在纯理论的意义上。诸如歌颂敏感这样的段落深刻地揭示了这一真理,而使斯特恩对于约里克颂词讽刺意味的认识变得含糊不清。这一半滑稽,一半可悲。很难确定具体的平衡点。

　　18世纪的读者把小说的敏感和它对敏感的颂扬都当真了。许多出版商将《多情客游记》及其上一部小说《项狄传》(1759—1767)中极其伤感的段落收集到了一起。他们可能特别想把两部作品中感伤的部分和下流的部分分开——因为当时的读者也把斯特恩大量的性暗示当真了,对一个牧师沉迷于低俗下流(或是近似低俗下流)而担忧。然而,很难将敏感与性区分开来,尤其是约里克公开宣称二者很相配。《多情客游记》中有很多交织着性暗示与感伤宣言的小片段。约里克为一个店里的女孩把脉时,她丈夫进来了,看起来并不在意。当斯特恩将把脉这段描述完的时候,他的叙述看起来几乎可以说是色情。另一个女孩跟他去了他旅店的房间。当他想要给她整理鞋子的时候,她仰面倒在了床上。他不愿汇报接下来发生了什么,但之后又言之凿凿什么都没有发生,除了一种情感抚慰。在小说结尾处,他发现自己不得不与一个女子及其女仆合住一个旅店的房间。女子要求采取繁琐的措施预防不体面的事情发生,约里克愿意照办。但他接下来伸出手摸了女仆的——在这里,在句子中间,叙事结束了。

　　这样的段落以新的方式唤起了读者的想像力,采用其他感伤小说中常见的情感暗示的技法强调一个事实,即我们想像力的发挥方式可能不像其他小说家设想的那样传统。作者对于我们的想像力会给我们带来什么不会负任何责任,约里克也不会。但《多情客游记》强烈地暗示:性是情感的逻辑性的延伸。

它也因此或是削弱或是加强了更为传统的小说的设想。明面上看,它是在削弱:高雅的18世纪小说不遗余力地将性冲动从"好的"人物身上剔除,他们的心思至少表面上是放在高尚的事情上的。但斯特恩的技法以更微妙的方式加强了正统情感小说的含义,它强调并放大了读者参与创建情感意义活动的必要性,试图将其小说的精细阅读者带入它的情感戏剧性场面中,而这主要关注的是人与自我的关系。

斯特恩一方面对自己故事的进展嘲讽地持续关注,另一方面,又使自己为美学思考提供的格式复杂化。《多情客游记》最鲜明的"格式"是它毫无格式可言。小说随意的顺序根本谈不上次序,书中拒绝给出任何解释,以及它的戛然而止,都使读者颇为沮丧,但小说的成就可不止沮丧。它生动地展现了意识活动。实际上,它称颂心、脑的活动是可以想像得到的最有趣的文学材料。约里克很把自己当回事。他也不时地笑话自己。他暗示读者应该适当地关注自己,不仅仅强烈地感受,并且看重感受——所有感伤作品对读者都有这个要求——而且要发现人类所有的装腔作势有多荒谬。

悖论与模棱两可,这种反结构的因素,构成了《多情客游记》的结构原则。每一章节都蕴含了颠覆它的缘由,或者会有一个颠覆它的评论紧随其后——却并不批驳它。约里克到了法国,吃了晚饭,并为自己有能力感受而喜悦。意识到自己有了做善事的冲动,他想像着赠与一个孤儿钱财。接下来一个贫穷的修道士进了屋。他的面貌显示其品行高尚,这一点是精心强调了的。然而,不知什么原因,约里克在见到他的那一刻就决定什么也不给他。修道士谈起他的穷困,以及修道院的需求。约里克居高临下地回答着他。修道士一走,这英国人就悔恨不已。

关于修道士的章节继续展开,变得越发复杂,但开头这段足以展示斯特恩的技法。约里克性格中具有他无法理解又不愿去分析的矛盾性。他在每一次与人的交往中都表现了出来。他慷慨,自私,几乎控制不了他的冲动。在他洋洋自得于自己的善心之后必然会有一个关于他的自私的章节,而在他意识到自己的自私之后,他也必然会展示他的慷慨。两种特性不会相互抵消,二者都不——所有特性都不——孤立存在。

约里克在巴黎剧院遇到了一个老军官,夸赞了他睿智的评论。他接下来说道:"我原以为我爱这个人,但恐怕我找错了对象,这只是我自己的思考方式而已"(63)。换句话说,原打算爱的是别人,最后又成了爱自己。像与修道士的交集所表现的那样,所有约里克的冲动——去帮,或是不去帮——都可能一样的随意,与法国军官的交流衬托出约里克和其他人之间的所有交流。当他"爱上了"玛丽亚,希望能与她和她的宠物山羊一起生活时,他是真的在表达他的爱,表达自己的情感吗?小说故意引出这些问题,并且坚持其无法下定论——事实上,最后也坚持其毫无意义,因为人类所有的感情都是混杂的,所有的行为,如果仔细探究的话,都模棱两可,都是悖论。这就是人类状况的高尚,这就是人类状况的渺小。

约里克/斯特恩在每件事的叙述中都操控着读者,打乱正常的期待,要求读者不断变换反应,并要求他们在同情的同时予以嘲讽。他看上去希望读者能给予像他痛哭玛丽亚一样的激烈反应,但又貌似会无情地嘲弄这种反应。让读者无法满意的不连贯大量存在,叙事没有完整性,甚至是穿插的故事都会突然中断,但在感伤的狂想中插入讽刺的评论,保证不会有多少读者会以轻易留下同情的眼泪为反响。要想与约里克真正地意气相投,需要读者拥有与主人公一样的心理和情感敏锐度。斯特恩所采用的标记法的密码根本就无法破解:这就是它的关键。一边称颂、一边谴责人类心理的复杂,嘲讽着小说的正统结构与传统意义上旅行的教育意义,玩着文字游戏,斯特恩在《多情客游记》中使主导着这一时期大部分小说的情感美学复杂化,告诉我们:情感与任何其他东西一样复杂——不可预见,并非自然而然地产生,当然,相当有价值,声明(如果我们能相信约里克的话——而这是真正的问题之所在)灵魂是存在的。该书的目的是愉悦,它也确有各式各样令人愉悦的插曲,但它一再使我们思考愉悦的确切成分,即它所提出的关于意识之不可理解性的诸多问题之一。

很多地方在教《多情客游记》,它也因此一直有着读者,但亨利·菲尔丁的妹妹,莎拉·菲尔丁写的《叫声》则几乎没人知道。我说过,斯特恩有很多模仿者,而据我所知,莎拉·菲尔丁一个模仿者都没有。她也发现了一种有创新性的结构,揭示,并且在某种程度上,注释了意识,但她提供的模板没能吸引模仿者。

"叫声"在这部小说中并非指单个的语言发声,而是指一群人,他们对所听到的东西发出的齐声评论。在菲尔丁的故事中,他们所听到的是波西娅表现她的意识在对一系列事情作出反应时发出的声音(其次是塞琳达的声音)。那些事情与许多其他18世纪小说中的事情相仿:一个年轻女子(波西娅自己)爱上了一个年轻人,却不知道他的情感;一个邪恶的弟弟,被过分溺爱他的母亲宠坏了,设计害那个男人;一个邪恶的女人想暗害波西娅;最后,一对璧人结了婚,从此幸福地生活在一起。塞琳达的故事没那么典型,讲述的是一个女子为自己的聪明与世俗教育所误,与一系列伴侣过着性放纵的生活。当然,塞琳达按照18世纪的标准是嫁不掉的,但她在波西娅及其丈夫的陪伴下得到了永久的幸福。

叫声所给出评论的形式是可想而知的,因为那些人确切地说不是普通人,而是坚持错误、反对真理的人。他们不仅喧哗吵闹,而且喧嚣着发出同一种声音:鄙视美好的一切,偏好菲尔丁和她哥哥称作"装腔作势"的东西,即人们在世上立足所用到的个人与社会层面上的矫揉造作。实际上,叫声的成员说出了社会上大部分人的想法。他们的声音其实是"社会"的声音,它的狭隘,自私,刻毒,暴露无遗。

引言清楚地表明作者的目的就是关注意识,并且知道自己准备尝试小说中新的东西:"彻底展现人心理的迷宫是一项艰巨的任务;尽管最优秀的作家们会有巧妙而深刻的技法,但人的心中总会有些隐蔽之处,错综复杂,不为人知。为了深入这些隐蔽之处,将他们清楚明白地展现在读者面前,需要在写作中拥有一定的自由,而不是严格地受限于各种规则"(1:14)。因此,她设计了创新性的叙述方式,使情节与人物(一般意义上的这些术语)服务于一个信息的传递——一个同样创新性的信息。

按她自己的理解,她的叙事问题在于,难以直接交流,以便读者"心理感知"。她引用她哥哥在《汤姆·琼斯》中对创造的定义,"发现,或是找到;……快速并智慧地参透我们思考对象的真正本质"(2:1)她把它简化成:"睁开双眼观察放在我们面前的物体"(2:1—2),接下来她强调了自己对于"想像力"的关注:"为了清楚明白地传递他的意象,诗人不得不使用关于外部物体的寓言,暗喻,图解,从可见的事物推断出不可见事物存在的证据"(2:3)。

因此,《叫声》是一个寓言式的设计:一个由尤娜——史宾塞象征真理的角色——主持的类似审判,叫声是集体原告,波西娅是被告。波西娅讲述她自己的故事,中间包括其他人的故事,其间不时被叫声粗暴地打断。最后,尤娜赞同波西娅的叙事和她的行为。

这样的安排构成了小说的结构,但它没有悬念,也几乎没有叙事的重点。尤娜从一开始就赞同波西娅。她不时地斥责喊叫,喊叫也被她的权威吓坏了。尽管她有时会在特定的时刻对波西娅的行为显露出怀疑,但波西娅讲述的故事几乎立刻消除了所有的疑虑。因为从开始喊叫就是与错误联系在一起的,所以读者不用怀疑应该站在什么立场。

波西娅所讲述的故事也没有明显的叙事意义。他们的道德说教性质如此明显,"好"与"坏"的界限在所有的行为上如此分明,以至于人们不会不能明确区分。波西娅声称怀疑她能否与她所爱的费迪南结合,而读者却无法和她一样不确定:叙事语气与内容的一切都预示了美满的结局。塞琳达的故事叙事速度快得多,没么大的可预见性,制造了更大的悬念,但它叙事上的重要性没那么大。它的存在主要是为了显示波西娅的宽宏大量,展示对女性的正确教育与不正确教育之间的区别。

尽管看起来叙事上有一些大的毛病,《叫声》以其独特的教化任务将读者牵扯其中:不仅像这一时期很多其他作品一样通过正反两方面的例子反复灌输道德上的正直和基督教的虔诚,还从心理上论证为什么要弃恶从善。因此,波西娅的故事内容本来几页就能讲完,却拖了很长的篇幅。不过,这位女主角并不满意于仅仅讲述发生过的事,她还试图传达对每件事的感受:不只是她在某个特定时刻的感受,还有故事其他参与者的情感状态。

波西娅早在试图解释她对费迪南的感情及其发展时就表现出对心理分析的爱好。叫声轮流指责她性欲过低或是过高。要么她就是淫荡,要么就是选择追求"柏拉图式的爱情"。要么费迪南一定是和她热烈地做了爱,要么如果没有的话,他一定是没有兴趣。波西娅平静地作了长篇的回答,宣称不赞同柏拉图式的爱情,那是不现实的想法,会让女性不知不觉就堕落了,她还坚称,性欲总是,也应该是两性之爱的一部分。然后,她解释了费迪南是如何向她示爱的:通过敬重一个贫穷的女子;通过慷慨施善;通过展示他的美德。当然,叫声无法理解,但读者则理解了波西娅不断践行的信念:没有任何一种关系是仅仅事关个人的。

这位女主角被告发明了两个对于她的心理论证很关键的新术语:turba,代表困扰着错误的追随者们——像叫声的成员那样一贯的追随者,以及在某个特定的案子中站错了队的人——的纷乱矛盾的情绪;和dextra,代表着作出正确选择的人内心之和平。通过一则则轶事,波西娅强调着行善与心安之间重要的关系。她从不辩解说人们应该选择美德,因为这种选择带来最大的欢愉,但她诸多的小故事,像她宏大的叙事一样,强调的正是这种论点。她为塞琳达自传式的叙述作注,指出这年轻女子不断作出错误的选择正是因为turba在起作用。在她的叙事和她即时的回复中,波西娅强调的是感情,而不是道德评判。

如果《叫声》相对而言在叙事上的兴奋点较少,那么它却出人意料地提供了心理探索,并同样以出人意料的方式进行了社会评判。菲尔丁为其小说选择的格式相当简单。整本书按照序号一场场推进,每场开始列出人物名单。它没有背景,只有接连不断的讲话。这种安排并不像是为舞台设计的戏剧的安排,因为间歇出现的叙述者常常插入总是针对参与者在特定时刻的感受的评论。随便举个例子:"叫声很想同老处女们开个老套的玩笑,但因为他们没法确定波西娅有可能是其中之一,这就不太能打消他们的怨气,也就不值得去做了;因此,波西娅继续说了下去"(I:66)。

小说不仅仅缺乏背景,还没有社交界。不论是在波西娅受审的情节,如果那可以称为情节的话,还是在口头传记或是自传式的叙述中,我们都见不到社交聚会、生意或是职业背景,甚至连完整展现居家环境的合理叙述都没有。但叫声的存在时刻提醒还有着别人构成的世界,它在运转,而叫声这一角色暗含了现存社会准则的严厉批判。像尤娜一样,叫声将一个抽象概念寓言化:社会的异化压力。如果作为真理的尤娜代表着公正的判决,叫声则代表着被情绪左右的误判。他们身上浓缩了社会对于一个渴求并试图获得内心平静的个人的威压。

外部世界向个人施压,个人必须反抗。汤姆·琼斯和贝兹·索特莱斯这样的人物学到了这个真理,这是他们所学的"精明"的一个重要组成部分。波西娅从一开始就知道这一点。像她对不同人物的刻画一样,萨拉·菲尔丁简化了她对于"世界"的刻画,目的在于强调她的主题中最显著的特点。尽管这一主题关注的首要是心理,但它依靠的是将社会视作在本质上敌视每个不同的自我最深层次的需求。

对于社会的兴趣在小说通篇准确无误地从属于对个人意识的关注,尽管它对于这种关注也很重要。《叫声》是一部意识小说,与本章中讨论的这一形式的其他例子从概念上是不同的——同样也区别于其后对于意识的小说探讨。它的形式封装了它的不同。这一形式的方方面面——寓言式的人物，分散的场景，基于一个法律诉讼的结构，完整叙事发展及作为重要构成的悬念的缺失，频繁的说教式的插话——以几乎是布莱希特的方式使读者远离了文本体验，不仅阻碍了读者与任何人物的认同，还阻碍了读者在想像中全程参与叙事。小说督促读者去思考，而不是去感受：尤其是去思考情感的本质、缘由及价值。

简单地说，菲尔丁根本没有尝试去表现意识，不像理查逊和斯特恩那样以不同方式生动地表现。相反，她思考了意识。通过波西娅对自身经历的叙述及其对他人经历的评论，《叫声》强调了这一观点，即关注意识活动可以使一个女人（或者也可能是一个男人）以一己之身对抗一个充满敌意的世界，借助自我评估得到自治自由。小说展现了对意识重要性的全新认识，以及表现它的全新方式。

萨拉·菲尔丁的小说在形式上和内容上都与众不同；斯特恩业已成为同一类型其他尝试的原型；书信体小说在18世纪以许多化身出现。这些都面对着同样的问题：他人构成的外部世界对个人意识的冲击。他们展示了叙述内心世界的不同方法，并在此过程中开发出重要的小说结构之可能性。

第五章　感伤小说

我们在《多情客游记》中见到的意识的特殊形式在 18 世纪引起了极大的兴趣,以至于它形成了自己特有的一种小说的亚文类。旨在引起同情或是展现同情的感伤小说,或者叫情感小说,在英国(也在欧洲大陆)流行了好几十年。感伤小说认定,对他人烦恼的敏感对于个人和社会都很重要。除了刻画极具响应性的男主人公,偶然也有女主人公,他们还对社会制度加以评论。

这一形式的最有名的例子之一——可能它贴切的题目比它的内容更为人所知——诺顿平装本只有短短的 94 页。在那样短的篇幅中,它涉及了诱惑,卖淫,在印度服兵役,人口的减少,强征入伍,跻身富人之间,以及其他社会和个人的阴暗面。《多情的男人》(1769)是亨利·麦肯齐年轻时的作品,代表了在这种亚文类流行繁荣时期大量出现的各种问题和这类主人公。哈利,书名所指的男主人公,从世俗的角度看,就是一个傻瓜。他对行事之道一无所知,一点儿也不精明,不会为自己的利益谋划。在这些方面,他和情感小说中颂扬的其他人物一模一样。

这种形式并非麦肯齐的原创,早在他写作之前,莎拉·菲尔丁就已经完成了《大卫·辛普尔》(1744)和它的续篇《最后一卷》(1753)。像麦肯齐的哈利一样,大卫·辛普尔是个天真的人,不谙世事，对他发现的堕落行为感到吃惊、恐惧。从世俗的角度，他也可以被叫作一个傻子，因为他不知道如何去照料自己。大卫的姓表明了他的本质。对于18世纪的读者来说，它代表的不仅可能是愚蠢，还是天真，可靠，道德明确，与堕落毫不沾边的性格(simple一词的这种言外之意在威廉·柯林斯的"纯真颂"中表现得清清楚楚)。可能的愚蠢和保有纯真自然共存，因为与堕落毫不沾边的性格在一个道德混乱的社会几乎无法有效地应变。从世故的角度看——至少有些读者会有同样的视角——主人公不成功表明他没脑子。

像之后的哈利一样，大卫也在伦敦游历。哈利缺乏热情的征程包括寻求财务安全和职位；大卫全心全意地扑在寻找一个朋友上——能给予并接受爱和情感支持的人。与哈利不同，大卫得其所愿：不是一个朋友，而是三个，其中一个还成了他的妻子。

在古典讽刺中，天真的人是一个常见的角色，因为他天真的视角使人们由于熟知而泰然处之的邪恶昭然若揭。像麦肯齐的一样，莎拉·菲尔丁的小说包含了诸多讽刺因素，控诉了一个以金钱为中心的社会，抨击了市场上贪婪，虚荣，自私的交易，并且展示了市场理念在异性间的求偶和同性社会关系中的忠诚上有多么普及。

人们不会主动将感伤与讽刺联系到一起。实际上，这两种文学形式可能看起来是源于相反的动机：感伤赞美的是温柔的情怀；讽刺摈弃温情，代之以常带来伤害的批评。然而，讽刺在菲尔丁的文学计划和其他所谓的感伤主义作家的作品中占据了重要的位置，这一事实可能会使我们注意到感伤立场中出人意料的复杂性。对他人的不幸的敏感可能意味着对于不幸的制度性原因及个人原因的关注。同情会——在这部小说中常常就是这样——带来责难。

18世纪感伤小说的当代评论家们提出了一个18世纪道德家们同样关心的问题：这种小说有什么道德意义？麦肯齐自己在晚年公开发表的文字中表达了自己的担忧：感伤小说可能会耗尽它所激发的道德情感。当然，它鼓励恻隐之心，我们会称之为共鸣。但通过刻意刺激情感,它使读者哀叹想像中的苦难,而不是鼓励他们采取行动,减轻真实的人们所遭遇的真实的苦难。感情世界——有人这么指责——仅止于感情世界。小说对它的刻画赚取了读者的眼泪,而不是让人警醒。毕竟(这一点由20世纪批评家提出),感伤小说是支持社会现状的,在它赞许地描述的秩序中,穷人受苦,富人是以善行减轻社会地位低下者的痛苦,而不是思考造成社会不公的原因。像哈利,像亨利·布鲁克的上流社会的傻子,像后来许许多多其他的感伤小说主角一样,大卫·辛普尔向那些故事打动他的人们施予钱财;他的责任感常常仅止于此。而创作出这些人物的小说家们的认识可能更深刻些。不过,在更全面探讨这种可能性之前,我想关注感伤小说有问题的另一个方面。

这些小说典型的结构提出了形式和道德问题。感伤小说一贯采用的是非连贯的模式,其叙事逻辑性不明显。《大卫·辛普尔》在这方面不像其后的许多小说那么糟糕,但因为它的情节主要是由大卫所听说的其他人的故事推进的(大卫被他兄弟出卖;他离家出走寻找一个朋友;一再受挫之后,他找到三个朋友,娶了其中一个;四人和谐地生活在一起),叙事时序通常很随意。尽管有些自传性质的故事相当长,但其他故事只有很短的大意。这引起了大卫的同情,但不一定也引起了读者相似的同情,除非读者像大卫可能做过的那样,运用想像力补充些细节。叙事代码的使用是这样的,比如,一个女子关于她冷酷的丈夫的简短故事代表了许多类似的例子和大量的细节。

这种大量缺乏细节或是情感发展的简短叙事模式从某种意义上让人回想起曼丽在《新亚特兰蒂斯》中的叙事安排,但它的效果与之前的这部小说截然不同,因为故事基本都是重复的。当然,每个故事的人物和场景不同,但所有故事讲述的都是人们的悲苦。像《新亚特兰蒂斯》中讲述的故事一样,这些也提供了理解世界的方法——但他们所描述的世界是狭隘的。曼丽的小故事事关堕落,但其比菲尔丁的故事有着更多样化的情感。而值得注意的是,同样的结构原则一直延续到这一世纪中期之后。

"感伤"一词现代用法的含义包括要求有非凡的情感反应,像《大卫·辛普尔》这样的小说可能正符合这种定义。"不要讲述,要去表现"对于创造性写作的学生是一个基本格言。我们会认为,戏剧化的情节比叙述事实的情节对想像力有更直接的影响。《大卫·辛普尔》更喜欢讲,而不是展示:通常是严重缩减了的事后的叙述。事实上,它显然将展示和讲述基本等同,或者不管怎样,认为讲述的故事与目睹一件事或是一连串事件的效果是一样的。小说让人物讲述自己的故事,并要求其他人物对此有激烈的反应,在消费他人的苦难及其反应上充当读者的替身。彻底放大苦难可能会让人很难把它当真。在《最后一卷》中,大卫从消费者变成了受难者,但苦难的接踵而至(孩子死了,配偶死了,坏人得势,好人贫困交加)却变得越发戏剧化。读者可能会觉得被摆布了,被大量的不幸胁迫着产生了同情之心。不可否认,按照现在的思考方式,感伤的情绪总是善于摆布。

然而,《大卫·辛普尔》,以及更毫无疑问地,《多情的男人》和弗朗西斯·谢里丹的《西德尼·比道夫小姐回忆录》在当时那个年代相当流行,而且没有证据表明谁觉得受摆布了。按当时的标准看待感伤小说,我们必须放弃一些常见的设想。毕竟,有必要再一次放弃甚至是接近现实主义的期待。感伤小说不期冀表现现实世界,而是试图通过创作浓缩了现实含义的意象与活动来阐释那个世界。从这一方面来看,他们的作用与讽刺相同,在这些小说中讽刺与感伤时常结合在一起,这并不令人吃惊。两种模式都依靠夸张并以夸张推进。认识到这一事实意味着找到一种新的方式去看待不像《鲁宾逊·克鲁索》那样让现代人敏感的一类小说。

像任何一部发展小说一样,《大卫·辛普尔》的开篇是主人公的出生,前20页以概要形式叙述了他和弟弟丹尼尔的求学经历,他父亲生病、去世,丹尼尔要阴谋伪造他父亲的遗嘱(包括收买两个仆人作伪证),仆人之后不幸的婚姻,大卫逐渐意识到他弟弟的背信弃义,从弟弟家逃到他叔叔家里,丹尼尔的伪造行为被发现,大卫因此重获继承权,以及他叔叔的死。叙事超凡的速度第一次提醒我们故事并不打算制造悬念,引起怀疑,而只是粗略地让人体会到大卫现在踏上的寻友(一起分享他的钱财)之旅是有理由的。这种技法更像是一则寓言,而不像是模仿《汤姆·琼斯》的小说。

我对小说概要叙述部分的总结表明,这部小说前面的部分强调的是罪恶,而不是苦难。大卫对他父亲的死感到难过,但很快从基督教中找到了慰藉。他叔叔的逝去让他有了短暂的触动,他反思并安慰自己,死了总比年老体弱地捱日子强。他弟弟的冷酷让他相当困扰,发现他弟弟的背叛也让他一下子病倒了,但作者并没有花太长时间强调他的情绪。当他开始了寻友之旅之后,故事继续强调的是德行上的不足,而不是详细的情感变化。证券经纪人,商人,文学评论家,恨嫁的年轻女子,所有人都像丹尼尔一样被私利蒙了心。很快大卫就见识了更多不同的人,但他们都以金钱而不是美德为重,以自己的欲望——尤其是想让自己看上去很重要的欲望——而不是为人的责任为重。(这里所刻画的世界很像《克里索尔》中表现的世界,第二章中讨论过的关于一个畿尼冒险的故事。)

换句话说,讽刺是小说这一部分的主调。大卫在一个聚会上听了一段对话之后忍不住叫道:"如果人类为了毫无意义的、只在论及其用处时方有些价值的东西而争吵不休,却鄙视每个人力所能及的,即守节操、正直行事的意识,我还有什么希望能遇到一个值得我敬重的人呢?"(86)这一通发作传递出小说的讽刺标准及讽刺对象的本质。大概在书的三分之一处,大卫才听到辛西娅的故事——辛西娅是他发现的第一个朋友——当他听着一长串悲伤的自传故事时,讽刺的语气大半消失了。

作为讽刺对象的"坏"人物和受苦受难并讲述其苦难的"好"人物在本质上的单一这一点上是一样的。奥盖尔(骄傲)这样的名字表明,他们常常是接近寓言式的。贝特西·约翰逊这个人,可能看起来温柔,有爱心,在发现她自私自利之前,大卫本打算娶她,但其实她只是为了私利装出来的。奥盖尔先生认为同情心就是软弱,他以嘲笑人类的愚蠢与恶行为乐,除此之外,别无所见。在他的指导下,大卫也一样别无所见,直到他遇见美德的化身辛西娅,然后是卡米拉和她的哥哥,他们遭受了重重苦难却依然心地纯良,举止正派。有时,受难者也会犯错,比如,伊莎贝尔,她除了讲述自己曲折的苦难经历之外,不起到别的叙事作用,而这经历也是关于她判断错误的故事。不过,他们从没做过什么坏事,而邪恶的人物也从没做过什么好事。

简而言之,这部小说中的世界与真实经历的世界几乎没有相似之处,而感伤小说所构建的惯常都是这种不真实的世界。在评价其道德作用时,必须把这一点考虑进去。如果说感伤小说激起的同情心确实仅止于小说本身,读者会为人物哭泣,却不会采取行动,那么哭泣的对象也确实只是表面上与人们可能遇到的受害者相仿而已。像《大卫·辛普尔》这样的小说编造的人物与情节同样也与真实经历相去甚远。人物的历史彻头彻尾就是为了起到说明作用,人物都有共性:一个男人要是自私,他的所作所为就都体现着他的自私;一个女人要是只顾自己,她做的一切都说明了这个事实。甚至是有着最为丰富历史的大卫和他的朋友们,也缺乏心理复杂度。人物所叙述或是实施或是经历过的活动单个看来可能可信,但太多这种活动是在重复一个模式,而非使其有所变化,读者不太可能相信任何一个人会像伊莎贝尔那样遭遇那么多的苦难。

单一人物和单一活动刻画的结果是明显的道德实质的缺失。代表纯粹美德或是纯粹邪恶的人物可能看起来是希望读者有道德反应,但因为他们缺乏复杂的人性,结果使道德问题太过直接,反而变得和真实经历不相干了。我们很容易相信读者不会因为受感动而改过。当然了,激发道德行为的标准可能不太恰当。我们通常不会用这样的标准衡量《鲁宾逊·克鲁索》那样的小说,尽管它有关于教化的章节;为什么非得强求菲尔丁的小说呢?恰当的标准无疑应该是美学的而非道德的标准。

　　感伤小说的美学在很大程度上一直被忽视。如果菲尔丁的道德教化相对简单,我认为,她的美学是复杂的。还可以说,她的主题也是复杂的。我从一个重要的对形式的选择讲起,简单说说感伤小说家如何创造出美学效果的几个方面。最为人所知的感伤修辞,所谓的不可表述性的修辞,在感伤小说中随处可见,《大卫·辛普尔》中有很多,其他书中也同样。它是相当重要的一种形式手法。叙述者一再告诉我们,她无法用言语表达一个特定故事,或是一个特定事件所激发的感情。有时,她补充说,只有和大卫一样具有善良天性的人才能理解他的感受。在诸多的例子中有这样一个:"大卫那会儿所感到的喜悦……无以言表,只有能做出同样事情的人才能想像得出来"(170)。亨利·菲尔丁使用了同样的方法,它带着讽刺性的变化甚至延续到简·奥斯丁的作品中("她说了什么? 当然,就是些她该说的。女士们总这样。")

　　明里暗里的意思就是,合适的读者——也就是适合特定文本、也受过良好训练的读者——交流所依靠的远不止于语言,没有语言,读者也能懂,这一点使我们注意到感伤小说的一个重要动力。《大卫·辛普尔》必须通过语言作用于读者的内心,但语言不应该是通过表达而应该是通过暗示起作用。一再重复的模式——在含义上复制前情的情节,在每一个字词上都重复自己的人物——让人觉得模式与内容有可能同等重要。感伤小说家所创造的那些模式在小说之外极少出现,但像对其他文学和艺术模式一样,敏感的读者会通过感受而不是行动对它们作出反应。这种感受可能围绕着认同感:能经历大卫的"狂喜"的读者大概从某种形式上能感受到那种狂喜,像大卫刚刚听到卡米拉故事时的反应一样。当然,可能有一系列的感受,引发多种情绪:恐惧、厌恶、愤怒、愉悦、赞许,等等。从感伤小说本身来说,直接的情感反应比它可能带来的任何行动都重要。感伤小说中的"好"人物感受良多,好读者享有——"享"有这一点至关重要——类似的感受。这种感受提供了美学乐趣:对人类经历及为之作出反应的感情之间的和谐有认识,有反响,能分享的乐趣。

当然,感伤小说家看来也认为正确的情感必然带来正确的行动。作为恰当的情感反应典范的大卫就时常会有恻隐之心:间接体验到别人痛苦的能力。读者享受的不仅是对苦难,还是对减轻苦难的同情心和行动的美学思考。一个富有的主人公以学习者和参与者的身份步入了充斥着苦难、蠢行、邪恶的世界,我们想像、思考他的境况。由于我们认同大卫,我们就可能间接体验了同情心与仁慈心两者的价值。

对有着同情心的主人公和他所遇到的值得同情的事物的思考会使读者对于别人的需求反应更强烈,推而广之也更易采取行动,这看起来并不是完全不可能。然而,像其他小说家一样,感伤小说的创作者们也未将情节作为其目的。他们创作出的善与恶的寓言会使读者对于自身遭遇的善行和恶行的反应更加敏锐,尽管他们有着道德雄辩,但他们对于感情的兴趣远大于对行动的兴趣。各种不同的情感,从招致含讥带讽的愤懑到充满柔情的恻隐之心,再到对仁心善举的喜悦之情,他们的目的就在于自身。感情的培养在道德层面的理由包括其与仁善或是矫正行为之间的相关性。在美学层面的理由在于有能力感受、并去感受其中所体现的道德美感。这种美感则又来源于刺激因素及其反应之间的和谐关系。

对于21世纪的读者来说,这一美学原理不像实施这种原理的文字系统那么陌生。在它出现之后的两个半世纪,18世纪感伤小说最让人疑惑不解的是,我前面提到过,它出乎寻常地不给出任何解释性或是佐证性的细节,与之相伴的是大量表面上让人伤心欲绝的情节。这种小说一个重要的美学原则是要求在叙述感情时惜字如金。小说家们拒绝告诉我们被勾引的少女到底是什么感受,或是被冤枉乱伦是什么感觉。尽管《大卫·辛普尔》因故事众多而不是因细节繁复而使叙事显得厚重,但每个独立的故事却极为单薄。一个人物在讲述其故事时会汇报她在每个节点的感受，但不会尝试去渲染她的感情。面对面听故事的人和读者都必须自行添加细节。甚至在作者一直关注的重点——大卫身上，我们也找不到任何心理复杂度。叙述者可能会强调他强烈的感情："他的心里充满了焦虑，除了他悲伤的原因之外，他无法去想别的事情"（19）。但是我们不知道他怎么看待让他悲伤的原因，也不知道那悲伤具体是什么样子。他悲伤着去见他的叔叔，叔叔"见到他吓了一跳，因为他一天之内所经受的苦难，让他变了样，好像他病了一年似的"（21）。他到底是怎么变了样？他的苦难究竟是些什么？读者必须编些答案出来。

我们可能会轻易认为合适的答案都是模式化的。如果小说家不给被勾引的少女安排对其悲惨境况的个人反应的话，读者可以根据其他小说对被勾引少女的描述编出一个。大卫因其兄弟的背叛而伤心，就此没有细致的交代，但一定与以前小说中遭遇背叛的人的反应一样。然而，尽管轻描淡写的原则使所有感情都显得老套，但同时也给其他可能性留下了空间。专注的读者可以自由地编造，想像，或是重新认识。他们并非拥有完全的自由：考虑到小说强调的是反应的一致，读者可能会感到自己被引领着按其时认定的恰当的方式去感受。比如，我们不太可能猜测，大卫因其兄的背叛而痛苦是源于他需要认为丹尼尔比自己道德高尚，因为菲尔丁的小说没有证据支持这种看法。另外，我们可以想像，他痛苦是因为他不愿相信人类可能会背叛，或是因为他为自己容易受骗而感到难堪，或是因为他以自己的家庭为耻。他的悲伤可能混杂着羞耻，难堪，或是信念的幻灭。读者常常或是间或可以拒绝在头脑中推敲所产生感情的含蓄请求，但在这部小说中，有大量的机会让他们在想像中参与进来。

在为《大卫·辛普尔》写的引言中，亨利·菲尔丁赞扬他的妹妹深知人心，但莎拉·菲尔丁并不用语言去传递微妙的情感或是心理含义。相反，她认定，有共鸣的读者，有着大卫一样在想像中认同能力的读者，会从个人经历中补充细节。在这一文学作品中，不用语言作详细说明和用大量语言堆砌故事一样重要。两者都决定了美学效果。将大卫定位成具有丰富"共鸣性"的人物应该会鼓励读者于自身找寻与主人公相似的能力,而这种鼓励可能最终会在世上产生效果。更直接的结果是,填补空白的要求使读者更全面地代入文本——这是美学目的。

在早期菲尔丁的努力之后大量出现的感伤小说中,这种目的一直存在。后来的小说进一步完善了形式上的方法,以期得到想要的效果——最重要的是,对表面看来不连贯的叙事结构的依赖。例如,麦肯齐的《多情的男人》增加大量叙述者,尽量缩短故事。小说开始的叙述者汇报说找到了哈利故事的手稿,被他的狩猎伙伴,一个教区牧师用作填弹纸,已经撕得不完整了。那个牧师解释说,手稿的作者是一个沉默寡言的人,村里人都叫他"幽灵"。这个幽灵对多情的男人哈利的叙述,尽管支离破碎,但却包含了哈利碰见的各种各样的人讲给他的许多故事。但像哈利生活中的各个插曲一样,这些故事通常都没有结果,因为手稿不完整。

第一个没名字的叙述者利用了那团纸上想象中的眼泪,但这比菲尔丁拒绝满足读者的方式更明显。因此,哈利在去往伦敦的路上遇见了一个带狗的乞丐。乞丐的自述显示,他可以说是个无赖,但哈利还是给了他一个先令。第十四章在这里就结束了,紧接着就是第十九章。我们不知道乞丐对哈利善心的反应,也不知道哈利如何反思无赖行径与人们求助之间的关系。后来,哈利遇见了一个贫困的妓女,他不仅养活她,倾听她,给她钱,还帮她找到了她的父亲。她父亲讲了他的故事,哈利给予他建议——紧接着第二十九章的是"一个残篇",是关于哈利和他想要他做自己恩主的从男爵的关系。尽管我们可能对哈利和那妓女及其父亲的关系有着更强烈的、直接的兴趣,但我们对此却一无所知。

很明显,在麦肯齐和菲尔丁的小说中,拒绝叙事的完整从一定意义上复制了拒绝心理细节,同样都要求读者有想像行为。小说臭名昭著的结尾是个极其恶劣的例子。哈利从伦敦回来,患上了不知什么病。自始至终,我们只知道他爱上了一个邻居的女儿,但从没表白过自己的爱。现在,他有理由相信她准备嫁给别人了。她来拜访他,他间接地表达了自己的爱意,她暗示她也爱他,然后他突然就死了。对真正的心理意义的一点点指望当然也消失了。

这种蓄意使正常的读者期待泡了汤,此种做法让我们想起,故事毕竟是不需要有开头、中间部分和结尾的——这一教训在《多情客游记》中也很明显,在《项狄传》中甚至更显而易见(见第九章)。《多情的男人》的结局逻辑性很强地以一系列类似的挫折结束。在像遇到妓女的章节中,麦肯齐积聚了叙事兴趣,却没有给出叙事上的解决方案。他维持了一种不稳定的平衡:一方面,他必须要有足够的故事性吸引读者读下去;另一方面,他不愿冒险依靠故事本身带来的满足感。小说内容的极度浓缩取决于它摈弃了正常的叙事发展,以及普通的修辞发展。因此,哈利碰见了一个厌世者,他对于城市的堕落进行了长篇大论式的、给人以深刻印象的嘲讽。然而,这也在有任何结果之前就终止了。小说不断地回避完整性——当然,在结局处除外,它交代了最终的死亡(对于常常给人感觉会有浪漫故事发生却从不使浪漫延续的感伤小说来说,这种结局相较于婚姻要典型得多)。当然,哈利在这个节骨眼上死了,矛盾地表现出另一种拒绝,因为它拒绝了潜在的传奇故事叙事的进一步发展。

从明显的层面上看,麦肯齐构建其小说的方法与莎拉·菲尔丁的方法相反。菲尔丁浓缩了诸多故事,但其通常有各自的结局,情节的不断堆砌最终使读者感到几乎要被叙事淹没。故事的一再复制——苦难的形式不同,但苦难持续存在并蔓延——传递的信息是:人类的典型命运就是受苦受难。麦肯齐的故事远没有那么多,常常是速写式的,而且都不完整。读者经历的不是叙事过度,而是叙事不足。

不过,两种形式的小说构建产生的效果是相似的。过度和不足传递了同样的信息:故事可以一再讲或是几乎不讲,但所有的可能性只是对不公正行为和由其带来的不幸的叙述。《多情的男人》中说,结局并不重要,所有的结局含义一样。如果妓女跟她父亲回了家,父亲可能会死去,她就会有丧亲之痛;也可能他会丢了钱,使她陷入赤贫;还可能她会落到另一个不堪的男人手中;这种可能性远远大于从此后过着幸福生活的可能性。如果哈利死了,他就逃脱了婚姻的模棱两可——这种状态会持续一生,包含了不幸的无数种可能。麦肯齐的小说充斥着简短叙事中许多未实现的可能性,希冀读者对发生了的、没发生的事都有相应的感受。

想像中的读者会有哪些感受呢?最重要的,是没能得到叙事满足的沮丧。大卫和哈利所经历的世界充满了困惑,唯一的补偿是紧密关系。带入叙事紧密关系的读者因角色的情感困境忍受着类似的痛苦,而小说结构则阻碍了读者情感的满足。他们提供的苦难故事与正常的期待不符。在拒绝叙事满足的同时,这些书含蓄地责备了读者对毫不费力得享欢愉的结局的渴望。

叙事的语调,哈利经历的语调,同样给读者以压力。像在《大卫·辛普尔》中一样,其明显地表现为18世纪思想家们称之为"忧郁"的情感氛围。哈利之所以感到忧郁是因为他办不到的事(像许多小说中世纪末的男主人公一样,他总是被动),因为他知道自己没能满足其他人对他的期待,还因为他在旅行中的所见所闻。他和大卫一样目睹并经历了本质上一样的世界。

将这些小说的支配情绪称为"忧郁"可能会就这些书的美学作用提出新的问题。正如我们所知道的,抑郁这种情绪可将整个世界涂抹成毒气缭绕的灰色。如果真像我说的那样,感伤小说追求的是情绪的美学,那并不能轻易看出引入如此晦暗的情绪怎么会有美学或是道德价值。而事实上是,像其他感伤小说作家一样,菲尔丁和麦肯齐通过将语调复杂化,传达出的某种东西远远超越了忧郁,在沮丧之外给出了实验性的、有些希望的可能,从而使问题复杂化了。

离我们时代更近些的塞缪尔·贝克特因对抑郁的描述成就了其出色的事业。他毫不缓和的叙事并没有在读者身上产生相同的情感，因为即便当他的人物否认某种可能性的时候，他充满生机的语言的力量却在宣扬着这种可能性。菲尔丁和麦肯齐没有这样的语言力量，但至少他们以微弱的声音宣扬了挑战的激情。大卫·辛普尔通过构建自己的小社会——他幸福的四人集团——挑战了一个由异化的、自私自利的个人构成的社会。在《最后一章》中，当自然的力量、妒忌以及他人的自私行为攻击那个集团时，大卫和他的朋友们保持着坚强与自信，甚至在悲伤时，也坚信他们尽可能做了最好的选择，即便不能在现世，也能在来世得到认可。哈利缺乏类似的自信，尽管他从没像大卫那般受过苦——或者，就这点来说，像那老兵那般受过苦。

那个士兵受到一个乡绅和他管家的欺压、富人的不公正对待，他为了代替一个被一帮无赖强征入伍的独子而参了军，因为对一个可怜的印度人发了善心而被当众鞭打——那个士兵不像哈利那么爱哭。他在得知自己的儿子死了的时候表现出了他的悲痛，但仍勇敢地继续前行，他的一生都是如此。那个爱算计的乞丐尽管露出了他的无赖嘴脸，却也从哈利那儿得到了一个先令（他给人算命时净说假话，取悦于人，以此谋生），他贫穷，却也总是兴高采烈。"悲伤有什么意义呢，先生？"他问哈利。"会因此变瘦的"（12）。甚至是那个妓女，尽管她都饿晕了，在讲述她的故事和遇见她父亲时也是情绪激动，但为了活路也采用了权宜之计。换句话说，哈利阴沉的腔调并不构成小说唯一的情感基调。它是对一个极度堕落社会的恰当反应，但不是唯一可能的反应。

这些感伤小说一定程度上通过展示情感反应的其他可能来起作用。有时候，像在《多情的男人》中，其他的可能出现在小人物身上所显示出的不同反应模式。有时候，像在《大卫·辛普尔》和《西德尼·比道尔夫小姐回忆录》中，他们是常识性的可能性，与受苦受难的主人公一贯的甘之若素形成对比。在一个极端,我们会发现信念与坚持;在另一个极端,会是忧郁与沮丧。通过要求读者思考并亲身体会情感,这些小说希望读者考量不同情感反应的作用。尽管他们将可能的情感限定在了其所遵循的惯例之内——例如,我们不可能真的希望哈利对他姑妈逼着他安抚富人的做法感到愤怒——但仍让人意识到了可能性的存在。

当然,反应的作用在此并不重要。主导着这些小说的情感美学携手摈弃现实考虑的道德要求,发展得有声有色。在英国,作为感伤小说基础的对于感性的信仰,或者说感性文化,在18世纪后期,尤其是经过后50年的积聚力量之后才蓬勃发展起来。尽管它的一些宣言回头想想有些愚蠢,但它有着颇受人尊敬的哲学前身,包含行为与思考原则。这一时期广受关注的圣经文本命令其信徒像爱自己一样爱他们的邻居。这一命令的两方面都让人深思。我们究竟如何、为何爱自己?什么会使我们以同样的程度,或是以同样的方式爱我们的邻居?大部分思想家们总结说对自我的爱是人性的一项基本原则——实际上是生存的基本动力。但它可能会被讹用;可能会过度爱自己,或是以错误的方式爱自己。

检验是否讹用的重要方式是看对自我的爱在什么程度上影响了对他人的爱。理想的人类状态,即人们应该努力达到的状态,会在对自我的爱和对邻人的爱之间谋求适当的平衡。这种平衡的实现取决于这一事实,即对他人的爱和对自我的爱一样,包含了一种根本的人性的冲动。至少有些哲学家是这样想的。安东尼·阿什利·库伯,沙夫茨伯里伯爵三世在该世纪早期说过,对集体的渴望是人性的根本。他宣称——像大卫·休谟和亚当·斯密那样重要的思想家在这一点上都和他观点一致——我们对他人有着"天生的"同情心。亚当·斯密在《道德情感理论》(1759)一书中,最为全面地发展了这一观点。他对同情心的定义是:因为想像自己处在他人的位置而获得的与他人的认同感。因此,我们同情断头台上的人,因为我们能认识到,如果我们也处在同样的困境中,我们会有何种感受。我们同情那些处于不那么极端境况下的人也是因为同样的能力。

但很明显,人们对于他人的境况与感受的敏感程度不同。那些被认为有着"感性",也可以被大致定义为情感响应性的人的特征是有较高程度的感性。大卫·辛普尔对辛西娅故事中的痛苦或是对有着冷漠丈夫的女人的境况作出反应;哈利对受到不公正待遇的老兵的反应——在此处或是其他片段中都揭示了他们的感性。在《艾米丽·蒙塔古生平》中,弗朗西斯·布鲁克将她的主人公置身于一个没什么感性的未婚夫和一个有着丰富感性的男性朋友之间,以刻画她的情感困境。可以预见,女主角抛弃了未婚夫,选择了更为感性的男人。换句话说,感性于男人或女人都是一种道德上的长处(也是魅力的源泉)。像休谟那样的哲学家认为情感,而不是理性,是一切德行的根本;感性因此为正确的行动提供了合理的开端。

在生活中,在文学中,有些人以哭泣、晕厥、害臊,以及目睹贫穷或疾病时的过激反应谋求展示他们的感性。感性被当作是与神经的物理特性密切相关的一种能力,感性存在的最重要之处在于身体和头脑的作用。因此,害臊或是哭泣的习性会被用来证明感性的哭泣者像爱他们自己一样地爱他们的邻人。

本世纪末对感性的强烈反对一定程度上反映出人们相信情绪的展示能够而且常常替代了真实的情感和行动。玛丽·渥斯通克拉夫特的小说相当倚重感性修辞,她极力反对(尤其是在《为女权辩护》中)明显在她看来女性典型性的依靠感性生活的方式。她认为,这种依靠实际上认定女性天生就软弱,并将之具体化。它鼓励,诸如女性不值得接受像样的教育这种社会观点,以及男性理性、女性感性的说法,而感性的男人同样受到渥斯通克拉夫特的鄙视。然而,她的小说写作表明即使不赞同感性这种习惯,感性的语言和情节对叙事写作却是不可或缺的。例如,在她最后一部未完成的小说《对女性的犯罪,或玛丽亚》中,渥斯通克拉夫特利用杰米玛,一个关押着女主角玛丽亚的疯人院中女仆的悲惨故事,控诉了一系列歧视性的、不公正的社会安排。玛丽亚未讲完的故事中,她被一个男人利用,又因多愁善感而与他显然品行不好的继任者纠缠不清,故事揭示了女性不可能通过法律得到公正,而邪恶的制度给予男人几乎无限的特权,女性却连基本的权利都被剥夺。

在我们一直讨论的小说中,感性代表的是真实的情感,而非社会炫耀行为。由于它激发的不只有同情,还有愤慨,它传递并引发了社会批判。感性对于所见的不公愤怒的回应就是我所说的感伤小说中讽刺的因素,它将展示个人痛苦和情感的故事与对社会缺陷的明察秋毫联系在了一起。在《大卫·辛普尔》、《多情的男人》和《对女性的犯罪》中,这种明察秋毫集中于明显的目标:富人过度的特权,对普通士兵的虐待,对女性的剥削。但感伤小说的社会批判还会延伸到不经常触及的话题。既符合书信体小说又符合感伤小说习惯的《茱莉亚·曼德维尔夫人的生平》就是一个例子:它对于父权的控诉,尽管不是公开的,却存在于它的情节之中。女小说家想实现的是一个大胆的计划,她宣称,不管父亲们的本意有多么好,社会特许他们的权利都带有潜在的不公,像书里暗示的那样,都会有着难言的破坏性。

但更为让人吃惊的是本世纪最有煽动性的感伤小说——弗兰西斯·谢里丹的《西德尼·比道尔夫小姐回忆录》(1761)中暗藏的对母亲的批判。"我不知道,女士",约翰逊博士对作者说,"从道义上讲,您有权使您的读者那么受罪"(博斯维尔,276)。无法估算这一评价中讽刺的程度到底怎样,讽刺的具体目标是什么,但这番话表明,不管怎样,道德和美学可能会有分歧;它还表明,美学是建立在读者和人物的痛苦的基础上的。

西德尼就极为痛苦。她哥哥的一个朋友,奥兰多·福柯兰追求她,她也爱他。然而,粗略读过的一封信使西德尼的母亲相信福柯兰配不上西德尼,因为据说他诱骗并且使一个年轻女子怀了孕,而在比道尔夫夫人看来,他从道义上讲应该娶她。应她母亲的要求,西德尼嫁了一个阿诺德先生,她声称会学着爱他。而他却与杰拉德夫人通奸,杰拉德夫人后来还设计让他赶走了他的妻子。西德尼穷困交加;福柯兰实际上精心设计救了她,曝光了杰拉德夫人的阴谋。西德尼与丈夫重修旧好,与他和两个孩子幸福地生活在一起,直到阿诺德先生意外地死去。之后,她经历了孩子和自己的病痛,以及极度的贫困。福柯兰再次向她求婚,但她坚持让他娶伯切尔小姐,就是那个传说他诱骗了的年轻女子。他最终照办了;西德尼则因为一位富有的叔叔意想不到的到来而得救了。后来,西德尼和福柯兰在悲惨的境遇下确实结了婚,但之后不久,福柯兰就自杀了,因为发现他以前的妻子还活着。

  对一个复杂叙事过程的概述实在是难以表现情节的错综复杂。不仅是西德尼这一线索远比概述要复杂,而且小说本身,像其他感伤小说一样,还包含了其他人物经历故事的穿插。也是像其他感伤小说一样,《西德尼·比道尔夫小姐回忆录》极其不完整,真正就在一句话的中间结束,拒绝完整的满足感。(但它的构建是连贯的——实际上,情节相当紧凑——直至戛然而止的结局。)

  西德尼悲惨遭遇的第一人称叙事不是以我们现在理解的"回忆录"的形式出现,而是以给一个缺席的女性朋友记录并间或寄给她的日记的形式出现的。换句话说——借用理查逊的措辞——它是即时写作的,而不是事后追忆写就的。有时,当西德尼的苦难太过深重时(当她丈夫去世,当她自己病重时),帕蒂·梅恩——西德尼忠诚的仆人/朋友——就代笔。其他人的书信时有穿插。

  像构成《范尼·黑尔》的两封书信一样,这部日记从形式上来说可信度不大,有很多据说是逐字记下的长篇的口头叙述。它只是一个女主人公讲述自己故事的托辞与方法。西德尼比范尼更加深思熟虑,她对自己的叙述有着心理复杂性。不仅仅是主人公自己,她的母亲,凶狠的杰拉德夫人,邪恶的"女无赖"伯切尔小姐,都有不止一面。该书让我们见证了母亲的好意,她那可怜的对权威的主张,以及她极具破坏力的臆想。邪恶的女性也是好坏参半。叙事中最重要的男人——西德尼忠贞不渝的情人福柯兰也是可以深入分析的一个话题。西德尼的丈夫——阿诺德先生、她的哥哥、她富有的叔叔——华纳先生,没有深刻的人物刻画,但他们也作为错综复杂的戏剧中生动的人物出现。从人物刻画的细微程度与深度,语调的宽度,情节的复杂性,以及颇让人吃惊的启示上来看,《西德尼·比道尔夫小姐回忆录》是一部成功的、可读性很强的小说。

我对人物的介绍表明,谢里丹的修辞相比其他感伤作家来说没那么简单。她从很多方面充实了她所讲述的故事。像这一时期的其他小说一样,这部小说也缺乏具体细节,但包含了大量社会、心理、道德反思,比先前所讨论的感伤小说更符合现代人对小说的期待。然而,其多数含义也隐藏在欲言又止中,而且随意使用了不那么雄心勃勃的感伤小说中常见的方法。

考虑到18世纪英国的生活实情,一部包含现实图景而且以女性为中心的小说必须要以明显的方式区别于以男性为中心的小说,这一点我们已然看到了。不管是大卫·辛普尔,还是哈利,在他们各自的小说中,都不是以特别"男性化"的角色出现的,但菲尔丁和麦肯齐可以让人信服地将他们的主人公送到世界各地去游历、去观察、去发现事情的真相。面对世事吃惊得瞪大双眼的天真旁观者被赋予了在不同的背景下经历这些世事的自由。然而,一个女性正常情况下却无法去游历。(弗朗西斯·伯尼在本世纪末找了一个颇有说服力的借口让女主人公独自游历英格兰,但她在那部大部头小说《游历者》中花了相当长的篇幅一再维护她主人公的好名声)。如果那女子结了婚,便按照她丈夫的意志行动;如果没有,她就呆在家里。西德尼·比道尔夫的父亲去世了,她谨遵母亲的意愿,直到嫁了个母亲选择的男人。尽管她在家以外的世界经历甚少,但却不像大卫和哈利那样天真。不过,她哥哥认为她是个傻瓜,小说也让我们看到,在没能认清并维护自己的利益方面,西德尼做得确实很傻。但她同时又能聪明、勇敢地处事,以常识沉着应对意外。她是一个复杂的主人公。

尽管西德尼的境况和围绕着她所发生的故事都与其他感伤小说中的同类人物及其故事大相径庭,但谢里丹很好地处理了一些传统手法。她出人意料地灵活运用了颇为老调的传统主题,展示出老调可以新弹。像其他感伤作家一样,她在大叙事中植入了激起"好"人物、可能还有读者的同情的故事。在《西德尼·比道尔夫小姐回忆录》中,一些此类故事有着出人意料的含义。

有三则相当重要的微叙事穿插在小说中,讲述韦尔夫人的经历(西德尼母亲的一个朋友、格雷姆斯敦夫人的女儿);帕蒂·梅恩的哥哥生命中的一段插曲;以及普莱斯小姐的故事,她是一个穷苦的年轻女子,父亲被关在监狱,西德尼能帮他。三则故事中有两则有着18世纪小说常见的形式。韦尔夫人在西德尼遇见她时守了寡,她是违背母亲意愿嫁人的。因为对其软弱的丈夫在婚事上的纵容感到愤怒,格雷姆斯敦夫人成功地剥夺了她女儿应该继承的父亲的遗产。韦尔夫人生下一个死胎,自己几乎病死。尽管韦尔夫人自己要因此遭受财政损失,但她还是设法使母亲免于一场官司,她的母亲因此感动,表面上原谅了她,但多年后仍表现出冷淡与不满。

这一时期小说中常常有不经父母一方的同意而嫁人的女孩形象。这类女孩难以逃脱的苦难是一类感伤主题。通常,读者被期待着为苦难哭泣,为违抗懊恼,但对浪漫爱情的力量给予感情上的赞许。而这些故事中相关的父母一方通常是父亲。格雷姆斯敦夫人是一个强势的母亲,她没做任何违法的事,但她对家庭的专制统治所带来的灾难与一个父亲可能带来的一样大。西德尼说,她哥哥觉得他们的母亲和格雷姆斯敦夫人相似。尽管她否认了这种相似,但植入的故事支持了这一点:两个女人都认为自己有权利掌控女儿的命运;两人都间接地导致了灾难的发生。故事强调了大叙事中暗含的对母亲的批判。更重要的是,它强化了颠覆性的主旨:现存的社会观点赋予了父母之于女儿的统治权,这不仅不合理,还很危险。

普莱斯小姐的故事也是常见的类型,它围绕的是一个穷苦的乡间牧师家庭的经历。鳏居的牧师普莱斯先生是一个富有的年轻人的家庭教师。在年轻人继承了产业之后,他邀请他以前的家庭教师和家庭教师的女儿去伦敦一游。当他们接受邀请之后,他们的主人(这个年轻人)试图勾引或者实际上就是想强奸那年轻女子。她逃脱了,但愤怒的年轻无赖因此将她的父亲以欠债为名投入监狱。尽管她试图养活他和她自己,但没有成功。她不得不看着她父亲陷入病痛,变得虚弱,并且知道只有她接受了强加给她的性要求,他才能得以解脱。进退维谷中,她被西德尼施以援手,因为她叔叔的慷慨,西德尼有钱了,能花钱把普莱斯先生从监狱里弄出来,并且给那女孩安排了一个合适的婚事。

这一故事在大叙事中的作用明显就是显示西德尼拥有了一个感伤小说女主人公必要的道德要求:同情心和以行动表达它的意愿——当然,这在她有了钱的时候尤其重要。它还给人一种典型的兴奋感,让人激动于性内容,却没有任何真正淫秽的东西。像在《帕米拉》中那样,什么可怕的事情也没真的发生,但叙事以可怕的可能性挑逗着读者。然而,在这些显而易见的印象之外,像韦尔夫人的故事一样,这则故事含蓄地控诉了现存的社会秩序。差点成为年轻女子催花手的人也亵渎了神圣的神职人员,背叛了教师之于学生的恩义。他颠覆现存等级制度的意愿与能力突出了社会秩序在保护其成员上的不稳定性。尽管现有的秩序赋予神职人员和教师权威,但没有给予他们相应的权力。只有金钱才是权力:富有的浪荡子可以随心所欲。只有当西德尼行使她自己金钱的权威(而她不得不依靠她叔叔来实现)时,她才能得到表面的公正。

第二则插入的故事更让我们想把一系列叙事插曲中最后的这则故事看成对社会的批判,尽管在大致的框架上与感伤小说的模式契合,但它和我所读过的任何一个这类故事都没有共同之处。故事是以帕蒂·梅恩的口吻讲述,说的是他哥哥生活中的一段插曲。年轻的梅恩受到的是外科医生的教育,他爱上了一个同样倾心于他的年轻女子,但她的家人因为社会和经济原因表示反对。年轻女子病倒了,被诊断得了乳腺癌。她的医生建议进行乳房切除术,这种手术在当时不作麻醉,而且死亡率很高。病人同意手术,但要求稍作推迟,并希望梅恩到时在场。当着梅恩的面,她跟家人声明,她已经21岁了,因此可以拥有自己的财产,她立下了遗嘱,把一切都留给了自己的情人。面对如此的慷慨,年轻人泪流满面,但他仍能仔细审视为手术而裸露的乳房。在其他医生的抗议下,他宣布,他认为他们的诊断有误,他不用刀就能治好病。更有名望的医生愤然离去,梅恩开始治疗,数周之后,女孩被治愈了,然后得到许可嫁给了挽救她生命的男人。

这种典型的女性疾病让人意识到这则故事是关于女性境况的寓言。然而,权威仍是主要问题。年轻女子的哥哥是于她有着权威的活着的男性亲属,他像父母常做的一样,滥用他的权威,将金钱置于爱情之上。男性医生也是权威的象征,在维护其声望时走了一条破坏性的路。在小说写作时,常识性的知识和文本自身的语言都强烈地暗示,被误导的手术原本是会导致死亡的。爱情的智慧战胜了权威的智慧。

很显然,读者可以在这一过程中为女孩境况之凄楚而哭泣,或是钦佩她的勇气,对真爱路上经历的障碍或泰然,或哀叹——这都是常见的情感反应,但显然谢里丹使用感伤场景的目的不仅仅是为了激发情感。

这并不是说她在写作小说时放弃了感伤的初衷。情节明显是为了激起同情心,尽在不言中的主要手法也常常用到。尽管在人物刻画上有了丰富的心理描写,叙事上也有对细节的持续关注,小说的美学效果还是很大程度上依靠暗示来表达未尽之言。

在《西德尼·比道尔夫小姐回忆录》中,未尽之言的作用不同于它在我所讨论过的其他小说中的作用。一部分因为第一人称叙事,以及她的小说是写给唯一一个关系密切的读者,作者没法声明说不需要去表达一种情感,因为只有有着相同感受能力的人才能理解。相反,未尽之言的无所不在构成了情节的一部分,不是作为一种修辞的不可表达性,而是为通常是灾难性的发展作出解释。有时人物会不说出重要的事实,这是欺骗模式的一部分。因此,杰拉德夫人和她的侄女伯切尔小姐从不提起她们私下里沉溺于性事。她们说的话完全符合社会规范,但她们的欲望却不。私底下的生活以不被接纳的感情为中心,表面的顺从只是伪装一个可被社会接受的情感而已。

当我们意识到在这部小说中表与里的不一致是多么常见时,这一冲突的重要性就显而易见了。在就这个问题发表评论的一段中,福柯兰采取措施,解决因阿诺德先生和杰拉德夫人通奸而引发的问题。像他在极具喜剧色彩的两封信(西德尼为了她朋友的利益及时转述了)中所汇报的那样,他与杰拉德夫人逃到了法国,不停地提到她细腻的感情以安抚她。他声称把她当成一个感性的女人。通过坚持进行这种人物刻画,他诱使她表现出了他赋予她的那些情感。这些与她真实的情感一点关系都没有,但福柯兰知道他能指望长时间的表现会成为习惯。用这种方法,他骗杰拉德夫人给阿诺德写了封信,暴露了她对西德尼造谣中伤的指控毫无根据。

这一情节的转折是一个妙语,引出了重要的事件,但在情节中占据一个显著的位置,一定程度上是凭借它丰富的叙事,这带来的语调的转变效果很好。它还将感性与虚伪结合在杰拉德夫人的身上,警示读者不要想当然地把自称具有的情感当真。它还提供了表里不一的一个显著例子。

里是真实感情的范畴——小说坚称,感情不需要有积极的价值。《西德尼·比道尔夫小姐回忆录》充斥着不被接纳的感情的例子,通常都或多或少是隐瞒着的,有时几乎瞒得密不透风。杰拉德夫人和伯切尔小姐是主要的例子,但还有阿诺德先生,在道貌岸然的外表下(婚前他暗示不赞同西德尼读拉丁语的贺拉斯作品,更希望她完成一朵玫瑰的刺绣),隐藏了他的好色。西德尼的哥哥乔治爵士和他的妻子莎拉夫人在其表面的得体举止之下,隐藏了贪欲和骄傲,但最为复杂的情感隐藏者是西德尼自己,她从不明说对自己母亲一针见血的判断(冲动,不谙世事到了危险的地步,毫无想像力,狭隘)、对福柯兰的爱,或是他对伯切尔小姐直觉的怀疑。

判断与情感不同,但读者可能会强烈怀疑西德尼对她母亲的判断——尽管她从没说出来过,但在日记中写了出来——是掺杂着她在相对私密的文字中都不愿写出来的情感。仔细想一想,我们可以推断西德尼自己甚至都不知道她对于自己的母亲有着不被接受的情感。当然,她对塞西莉亚的声明清楚地表明她不知道自己对于福柯兰的真实情感。尽管她一再否认他的说法,但她的叔叔很快得出结论,说她爱上了福柯兰,而她完全意识到自己的爱时已经太晚了。在她看来,对于福柯兰的情色之爱,和对于她母亲的负面情感一样不能被接受;因此,她坚决不能,一定不能有这种情感。

西德尼应该不能被称作一个伪君子。她对于情感的隐藏不是源于伪装的愿望,而是因为她无法承认她所不认可的情感在她身上存在。她不愿认可对自己母亲的厌恶或是对福柯兰的爱是她所在的社会为女性所设的条条框框的反映,她所严格遵守,并将她引向灾难的条条框框。像谢里丹小说中的其他人物一样,她需要说出来的最重要的事情都没说。谢里丹如此构建自己的人物,不仅利用,还挑战了感伤形式的一种常见传统。她提醒我们,不是所有的情感都是正面的,也不是所有的知而不言都能加强人与人之间的联系。于许多感伤小说中想当然的东西在这部小说中都成了很不确定的了。

然而,像约翰逊博士的评价所说的那样,《西德尼·比道尔夫小姐回忆录》毫无疑问是一部感伤小说。自始至终,它都催人泪下。它邀请读者不仅认同经历苦难的人物——西德尼,还认同闪耀在不仅是福柯兰身上，还有西德尼、她的母亲，以及各式各样的朋友身上的仁慈之光，而且它推定的寓意强调了存在于感伤与虔诚之间的共同联系。

这一寓意使我们关注了这部令人不安的小说所提出的最重要的问题。序言的框架清楚地传递了这个寓意。一个年轻男人和朋友一起去拜访朋友上了年纪的母亲。在其间，三人听了大声朗读的戏剧《道格拉斯》（当时有名的一场悲剧，作者是约翰·霍姆，有时被称作"苏格兰的莎士比亚"），潸然泪下。他们的反应引发了关于善恶有报的讨论，其中，老妇人坚称世上的一切事都是可变的，人们不该对凡世的一切太在意，世上看起来不公平的事是上帝不为人知的安排的一部分。"我们可能希望看到造物主复制给我们的是最让人欣喜的作品，"她说道，"但一个殉道者在折磨中死去，和一个英雄载誉而归一样，都是对她公正的体现，尽管不是同样令人愉快"（7）。她拿出西德尼日记的手稿（后来证实她就是日记写给的那个塞西莉亚），以证实好人在这个世上没好报。

如果《西德尼·比道尔夫小姐回忆录》的寓意是教育读者相信上帝行事的神秘，不要去苛责显而易见的不公，那么这种教育就是在默许读者去间接体验苦难，而不需要担心是否得改变现状。小说以省略号结束："仁慈的上帝啊！你的方式多么让人捉摸不定！她巨额的财富……现在证明是她新的可怕灾难的源泉，这……使她在这世上最后的希望都不复存在，也使她故事的结局更加……"（467）。一行省略号结束了叙述，换作了编者因无法复原更多的手稿而表达的歉意。他将自己所出版的文本叫作"这个片段"，也确实如此：一个拖得很长的片段，可以通过一再复制苦难无限继续下去，从而使故事的结局更加……更加悲惨，或是更加让人激动，或是直接就和现在的差不多。当然，对"仁慈的上帝"的祈祷目的是再次提醒读者，苦难都是可以接受的，因为它是上帝的安排的一部分。

不过，最后提到的上帝有些让人不安，因为此时已是整书的第

467 页了,我们有充足的理由相信,是西德尼的性格直接决定了她的不幸,而不是上帝。她的哥哥暗示——尽管不厚道,但说得很准确——是她自己给自己惹的麻烦。尽管她知道她母亲冲动、爱说教、没心没肺,而且受她自己的过去过度影响,她还是接受了母亲起初对于福柯兰的书信的误读。尽管她觉得阿诺德没有吸引力,但还是同意嫁给他。她不愿告诉丈夫自己知道他的奸情。她对伯切尔小姐有怀疑,但她不说出来,也不采取相应的行动,而在她丈夫死后,她又顾虑重重,拒绝了福柯兰再一次的求婚。这种种行为或是拒绝有着灾难性的后果。一切都源于她想做个**好女孩**的决心:为了给她母亲留下好印象,为了遵循旨在引导 18 世纪女性行为的行为规范书上制定的原则。当格里姆斯顿夫人和她母亲安排她的婚事时,她公开反对被当作一个孩子对待,但又不愿为自己的想法和行动负全责。

穿插故事中暗含的对既定权威的批判因此在主情节中变得复杂起来。我们可以因西德尼的不幸而责怪"权威":以她母亲的形式和以公认的女性行为规范的形式体现的权威,但她对于权威的全盘接受展示出一个更加深刻的问题。考虑到为让任何一个年轻女子顺从而施加给她们的压力,小说没有责怪她。然而,通过展示她的智慧与头脑的清晰,小说暗示她具有、但却没有运用她看穿束缚她的规定的能力,以及遵从自己的选择,而不是服从他人的决定,从而得到不甚糟糕的结果的能力。她并不认为自己有真正选择的权利,但小说暗示其他的选择总是存在的,只是一个一直被教导着女性需要服从的人无法作出这些选择。

约翰逊博士的评论暗含的意思是,《西德尼·比道尔夫小姐回忆录》产生的痛苦构成一种享受;他公开怀疑沉溺于这种享受的道德性。他心里想的可能是这种享受所伴有的道德上消极的方面——读者道德上的消极方面,和西德尼的有些相似。这部小说的美学设计远比大部分感伤小说的要紧凑,这取决于决定命运的一系列因与果,也就是西德尼的一个个决定。在《多情的男人》中,事情的发展是按时间的先后顺序,不是遵从因果关系。相比之下,西德尼拒绝了福柯兰,意味着她接受了她母亲选择的阿诺德先生。她按照最为正统的18世纪的模式,努力做着阿诺德的好太太,意味着她必须装作不知道他通奸的事。每个依传统来看贤德的决定都会带来预料不到、但回想起来却是不可避免的不良后果。那些后果就构建了这部小说,创造出用约翰逊博士的话说,使读者遭罪的设计。像在其他感伤小说中一样,这里的美学原则也试图激发感情,但谢里丹在激发感情之外又增加了发人深省的目的。西德尼受苦受难的原因主要是因为她不愿按自己的判断行事。读者也可能去判断,去透过表象看问题,去思考,去感受。这部小说针对感伤小说提出了重大的问题,并且展示了新的可能性——18世纪没得以全面探讨的可能性。

谢里丹在她一系列凄凄切切的故事中引入了一长段喜剧性的插曲。福柯兰信中描述他如何成功地欺骗了杰拉德夫人,但这一插曲是孤立存在的。在《威克菲尔德的牧师》(1766,比《多情的男人》早3年)中,奥利弗·哥德尔史密斯将喜剧性作为忧郁密不可分的组成部分,邀请读者欣赏常见的感伤美学,但也委婉地讽刺了自己的人物,允许对于作为第一人称叙述者的牧师所宣称的细腻情感质疑。那些情感都无可指责。每当危机来临,普里姆罗斯恳求他的家人算算他们有了多少福祉。他一直很虔诚,不会灰心丧气;不管发生什么,他都理解成一定是上帝的旨意。他是个基督教的英雄,尽管厄运不断,他还是会利用在欠债人监狱的时间给他的狱友们布道。但让人吃惊的是,他无法,或是拒绝领悟他家庭事态发展变化的事实,以至于他的虔诚有时看起来像是逃避的方式,而不是对命运的接受,而他在读者看来有时,至少有那么一会儿,是个滑稽的角色。这种技法预示着狄更斯的到来。它还可能在感伤小说鼎盛时期预示了作为主要叙事模式的感伤体的终结。18世纪小说中常见的讽刺与感伤糅合在一起,两者都得以强化,因为对现状的抨击和对因现状而受苦受难的人的同情总是同时存在的。相比之下,喜剧则总会有削弱感伤的风险:任何平衡都一定是不稳定的。

《威克菲尔德的牧师》宣扬的是虔诚的情感,通过宣称对所支持的信念有着圣经权威而在读者中提高了其重要性。牧师普里姆罗斯相信上帝照管着他的子民,而上帝也确实对他多有照拂——至少从长远来看。然而,首先,他必须遭受一系列可怕的灾难。他从富足堕入赤贫。他的长子离家谋生,3年杳无音信,再次出现已在狱中,看起来是要因为谋杀的罪名被绞死。他的大女儿遭到诱骗与背叛,被父亲解救之后,日渐憔悴,而且据说还死了。家里正住着的不大的房子被大火夷为平地,财物尽毁,牧师也严重受伤,还被送进监狱。然而,最后普里姆罗斯的小女儿嫁给了一个年轻而富有的准男爵,大女儿也被证实一直是结了婚的(嫁了个无赖,但也无关紧要了),儿子没被绞死,女儿也活着,牧师出了狱,他原来的财产也奇迹般地重现了。实际上,所有这一切都或多或少像奇迹一般,但这就是上帝的安排。

哥德尔史密斯和亨利·菲尔丁祈求神助方式上的不同有着教育意义。《汤姆·琼斯》和《威克菲尔德的牧师》中都是上帝决定一切。当汤姆发现自己以谋杀的罪名入了狱,然后得知他与自己的母亲乱伦时,他所处的境地,与普里姆罗斯最绝望时的境地一样,都有着因为知道他应该为自己所有的苦难负责任的额外的痛苦。但巧的是,一个证人透露,他没犯谋杀罪,实际上也没有乱伦。《汤姆·琼斯》皆大欢喜的结局和《威克菲尔德的牧师》的结局有着同样的随意。

然而,这两部小说的阅读经历却完全不同。菲尔丁的小说有着感伤的时刻,但却不像哥德尔史密斯的那样,是一部感伤小说。它没有将苦难作为突出的主题,也没有沉溺于典型的对于痛苦的细致描述。在《大卫·辛普尔》中占据重要位置的假想与情绪在《汤姆·琼斯》中只控制着个别的感伤插曲,例如汤姆帮助过的、险些成为强盗的穷人安德森先生和他饱受折磨的家人的故事,但叙述者轻快的语气让人哪怕是一会儿都不会相信汤姆的厄运会伤害到他,或是会持续很长时间。

上帝创造了给汤姆带来皆大欢喜结局的人和事,但"上帝"听起来总像是叙述者的另一个名字,他不断地提醒我们,他安排了小说的情节,构建了它的人物——当然,对"人性"总是有着应有的关注。小说的安排以及它所提供的美学意义上的满足感,也因此是与宇宙的安排相一致的。在哥德尔史密斯的作品中,这种一致并不存在。第一人称叙述者也是神祇的受害者与受益人,不可能知晓上天的意图,而小说的安排也与掌控着人物命运的安排不一致。作为叙述者的普里姆罗斯边回忆边写,一直没有暗示一切都最终会好起来。尽管我们明显愿意相信普里姆罗斯一家善有善报,皆大欢喜的结局还是取决于一系列快速出现的、令人难以置信的巧合("我们生活中的一喜一忧又何尝不是偶然的事件呢"[188]),但他的说法也不过是强调了《威克菲尔德的牧师》结局处大量的喜事有多么不可能。小说的感伤之处体现在对不幸与苦难的突出,以及清除它们时的轻而易举。

感伤也以其他形式出现。哥德尔史密斯酷爱幸福家庭图景,所有人沉浸在朴实的田园乐趣之中。他的恶棍都能轻易改邪归正:欺骗了牧师和他儿子的骗子最终明白了好人有好运,而他这样的骗子能一再显示自己的小聪明,却从来都赚不到钱(这种说法与大部分读者对这世界的认识不一致)。通过这个骗子,不幸的一家人得到了救赎。甚至是乡村少女摧花手桑黑尔,在最后也有了改过的表现。他学着吹法国号,而他随随便便娶了的奥莉维亚预见到他会改过自新,一旦如此,她就愿意和他一起生活,随意忘却了他对她的邪恶企图。除了几个顽固者之外,狱中冷酷的罪犯也轻易听从了牧师的布道。换句话说,小说所描述的是一个不真实的美好世界。

尽管牧师在布道中坚称不幸的人会在天堂得到回报,哥德尔史密斯在他的情节构建中让有德之人在现世都得到了回报:这是感伤的一种形式。(我们可能会记得,另一种反映布道中的教义的形式是：大卫·辛普尔和哈利在现世中受苦受难，他们故事的读者则能够在为他们哭泣的同时，认识到好人来世会有好报。）

不过，哥德尔史密斯小说中的喜剧力量成就了它的感伤性。像大卫和哈利，甚至是西德尼·比道尔夫一样，牧师像是个傻瓜，他的傻体现在他看不见就在眼前发生的事。牧师的儿子摩西被骗，收下一副粗制滥造不值钱的绿色眼镜作为对家里的奶牛的赔偿，这恰如其分地反映普里姆罗斯自始至终缺乏洞察力。他爱引用自己的话，这反映出他相信自己的洞察力；但像摩西一样，他也容易受骗，他带到集市上去卖的马就什么赔偿都没拿到。他看不出来桑黑尔从伦敦带来拜访他的淑女实际上是妓女，即使威廉爵士（乔装了的）不停地冒出一句"胡扯"来让人注意到她们的胡言乱语。牧师对妻女倒是不摆架子，但对于奥莉维亚遭遇迫在眉睫的性侵危险的提示却无法理解。他误解了伯切尔，也就是乔装的威廉爵士，本应对他充满感激，但却去责备他。

在这些事情上，读者比叙述者看得清楚，因此感觉优越于昏聩的牧师。小说的喜剧性很大程度上源于这种脱节。在其他感伤小说中，主人公傻瓜的身份使他（或者有时候是她）能洞悉作为社会行为根本的虚假表象。普里姆罗斯的"傻"，像其他感伤小说主角一样，源于他没有意识到一些惯常社会行为的存在，这使他不是能透视，而是严重的散光。我们笑话普里姆罗斯（还有他的替身摩西）。傻瓜主人公的天真带来的不是讽刺后的觉悟，而是只有直接的喜剧性。

但普里姆罗斯所起到的英雄作用也比其他感伤小说主人公更有说服力。他感到家长的权威和牧师的权威意味着责任，因此不遗余力地为家人、为会众谋福利。他对"堕落的"女儿的大度印证他践行了他所传授的教义；尽管自己深陷囹圄，但他在狱中的布道正是基督教英雄主义的反映。他的自满有时到了自鸣得意的地步，如果这一点容易使他受到嘲讽，并且使他的动机受到怀疑的话，他的瑕疵也无法让人忽视他所展示的勇气和他的奉献。他在小说中的角色像菲尔丁的《约瑟夫·安德鲁斯》中的牧师亚当——另一个总是看起来很滑稽的神职人员,但他的虔诚与宽宏大量使他免遭诟病。

因为读者不得不承认牧师的纯良,他接踵而至的厄运就让人同情,而小说也期待一种多愁善感的反应:至少象征性地为主人公及其家人的悲苦垂泪;因无忧无虑、皆大欢喜的结局感到宽慰与欣喜。与《西德尼·比道尔夫小姐回忆录》不同,《威克菲尔德的牧师》对现存的社会安排没有批判。它意识到堕落之人的存在,但却把堕落当作个人的问题。西德尼的良善,女性的良善,在于顺从。哥德尔史密斯关于良善的寓言所展示的主人公是上帝积极的代言人——难免犯错,甚至有些滑稽,但因为站在正义的一方,所以会有好报。

这则寓言还将主人公刻画为作者。普里姆罗斯边回顾,边讲故事(这与西德尼不同,她叙述自己生活中发生的事情时,并不知道他们的结果如何),但他并不透露故事的结局。他也没有显露出意识到自己一直表现出的差强人意。尽管事实是,在讨价还价上,他还不如他儿子摩西精明,但他一直觉得自己比儿子强,而且对家中的女性也总显得屈尊俯就。小说的结构本身因此就含有讽刺。故事之所以能如此简洁一部分是因为"作者"的构建,他想以此证明他什么都了然于心。我们又能多大程度上相信这样一个讲故事的人呢?

牧师普里姆罗斯献身于一项崇高的事业,所以才超越了他的缺点——他的虚荣,屈尊俯就,过分自信,以及洋洋自得,但哥德尔史密斯展示其缺点的喜剧方式导致了文本的不稳定性。尽管18世纪的读者欣然认定牧师是个英雄,但后来的评论家常常认为,《威克菲尔德的牧师》这部小说中过多的讽刺甚至削弱了牧师的宗教虔诚程度,把它当作了维护其优势地位的权宜之计。把自己的英雄同时作为喜剧人物是一个危险的策略。狄更斯及其成功地将喜剧和感伤效果融合,却也谨慎地将两者区分开来。尽管奥斯卡·王尔德能嘲笑小奈儿,她和小杜丽以及狄更斯小说中的其他感伤人物并不让人想笑——那些作品的其他地方会引来笑声。哥德尔史密斯的小说无论如何不能标志着纯粹的感伤小说的终结，它一直贯穿了 19 世纪，但可能显示出人们意识到不仅仅只有悲伤这类情绪才能给读者带来满足。

类似的意识几乎总能改变 21 世纪读者对于引发参与性忧郁小说的反应。不满于这类小说的单一语气，我们可能会干脆将其丢到一边，但认真看待这些作品则需要对依旧重要的关键问题加以思考。甚至像《多情的男人》那样简短、刻意未完成的一本书都能挑战我们对自己情感的理解。如果我们拒绝对所述的哈利的经历作出富有同情心的反应的话，这难道不会就我们和文本有所揭示？我们相信同情心是阅读合适的产物吗？我们在理解文学乐趣的来源方面与前人相同还是有差别？我们认为一部作品公开的对我们情感的要求与它的文学价值有关吗？与它文学之外的作用有关吗？在它基于经历及思考情感、激发美学反应的自觉的设计安排上，18 世纪感伤小说宣告了它追求的目标，并希冀得到认真的批判性回应。

人们可能会认为在《威克菲尔德的牧师》之后，纯粹的感伤小说会更难写了，但感伤小说的势头有增无减。鸿篇巨著《高尚的傻瓜，或莫兰德的伯爵，亨利的故事》在 1765 至 1770 出现，分 5 册发行，其作者亨利·布鲁克采用卢梭的理论，想像着教化他的主人公：他从所有书本上和直接的经历中学习，动辄垂泪。书中同名的亨利受到了情感教育，而读者想来也被同样的教育前景吸引。赛谬尔·杰克逊·普拉特，笔名"考特尼·梅尔茅斯"，在《真理之师》(1779) 中以感伤的笔触塑造了一个有德之人，尽管他的其他作品在主题和个人风格上都更加多样化。玛丽·罗宾逊的《沃尔辛厄姆，或自然的学生》出现在世纪末 (1797)，像书名显示的那样，它认为自然有着教化的力量——但带来的却不是好的结果。小说以一封来自同名主人公的信开始："你要我对我的厄运淡然处之……我的痛苦之深重超越了理性所能忍受的范围"(1:1)。它接着以沃尔辛厄姆自怜自爱的语气讲述了一系列奇怪的厄运。与早期的感伤小说不同,《沃尔辛厄姆》有着复杂的(如果不那么可信的)情节。它的结局处发起了一个大型异装活动,在混乱中,作者设计了一个皆大欢喜的结尾。与之前的小说不同,这部小说没有明确的意识形态上的或是美学上的目的。它表现出一种形式的削弱。然而,我们轻易就能找到很多本世纪末期试图复制斯坦恩的情感却无法复制其讽刺的小说,或是试图模仿麦肯齐和莎拉·菲尔丁的小说。

然而,到了该世纪末,评论家和道德家们常常会对感伤小说的趣味与价值产生怀疑。1796年,威廉·贝克福德出版了对其形式进行滑稽模仿的《现代小说写作》,其女主角名叫阿拉贝拉·布鲁姆韦尔,书中对感伤形式进行了喜剧化的处理不仅讽刺了感伤小说可以预料到的、通常荒唐的内容,还讽刺了它对不完整性的过度依赖。一个典型的片段是这样的:"她逐渐恢复了她常有的沉静,懒洋洋地、又带着同情地看了一眼梨花带泪的伯爵夫人。让在场的众人吃惊的是,这时候,莫豪格内勋爵突然站了起来(这也是第一次提到他),皱着眉头宣布,煽动性言行之盛,到了极为糟糕的地步,尤其是在穷人和富人一样受到保护的这片乐土……怒不可遏地说完这一切之后,他把银茶壶打翻在了露西·梅尔维尔最喜欢的巴儿狗身上"(19)。

贝克福德模仿的琐碎的模式与麦肯齐或是斯坦恩的并不太相同,但它使人意识到感伤小说的衰退。曾经达到严肃目的的手法已经成为机械的工具,不再是一个传统的参与者,而只是参照。感伤小说在19世纪还会继续盛行,但像莎拉·菲尔丁、麦肯齐及谢里丹那些作家所具有的复杂的道德含义大都不复存在了。

作为早期感伤作家特色的目的性在后继者身上几乎都看不见了,到了该世纪末期,很多小说家和社会习俗的评论家们大声追问在生活中和小说中培养感性的价值。大部分问题是关于感性的道德性的。它难道不仅仅是自我放纵,或是虚伪,或是时髦的姿态吗?曾经将富有同情心的男男女女定义为标准的有德之人的响应性特质现在看来不是标志着力量，而是标志着软弱。感性也逐渐被理解为关乎风俗，而非道德——而像很多小说揭示的那样，没有道德的风俗实在是华而不实的。

第六章　社会风俗小说

到目前为止,我们所讨论的大部分小说都有一个特点:极其缺乏看得见的细节。《鲁宾逊·克鲁索》是一个罕见的特例,它告诉了我们从船上打捞上来的每一样东西,克鲁索织的每一块布,他的防御工事的方方面面。尽管理查逊的作品详细描述了心理发展的微妙变化,尽管菲尔丁以仿英雄诗体叙述了女人间激烈打斗的各种场面,但总的来说小说家们没能太多讲述人或是事或是地方到底是什么样。《摩尔·弗兰德斯》对摩尔所居住的城市景观少有涉及。《洛克珊娜》相对全面地描述了它的主人公最重要的服装,但围绕着中心人物的大部分物件只有模糊的描述。对于情节和人物有详尽的介绍,但对于外部情况却没有。

18 世纪的最后几十年间,尤其是女作家实验性地写作以社会细节为中心的小说以来,一个新的亚文类发展了起来。外部情况依然模糊(尽管有时会关注看起来有着重要性的小说的社会分析),但社会行为得到精确的描述。风俗成了非常有趣的主题。

前一章讲道,当感性只关乎风俗时,它对社会而言就失去了意义。但风俗又可以说是重要的,反映了重要的价值。Manners 一词的历史揭示了该词表达的活动所涉及的问题,其最根本的意思(《牛津英语字典》引用了 1275 年就有的一个用法)只表示做某件事的方法。但同时,该词还表示一种"个人或是群体的习惯性的行动或行为方式;习惯性的做法;习惯,风俗,风气"。同时(对这两个含义的引用始自 1225 年),复数形式的 manners 一词指的是"一个人习惯性的行为或行动,尤其指的是它的道德层面;道德品质,品行"。到了 16 世纪,一个更加抽象的含义产生了,包括"作为研究对象的道德;体现在普遍习俗或情绪中的道德准则"。其间,早在 14 世纪中期,更为常见的含义出现了:"流行于一国人民中的生活模式,习惯性的行为准则,和社会规定";以及"根据其礼貌程度或是否符合为人接受的礼仪标准判定其好坏的社会交往中的外部行为"。

在这一系列定义中,风俗的理念兼具道德和社会意义,尽管 manner 一词只是中立地指代做事的方式。道德含义先于社会含义。在 21 世纪,我们认为风俗与社会,通常不是与道德有关。在 18 世纪,则使用了两个层面的含义。讨人喜欢的想法将二者联系在一起。像切斯特菲尔德勋爵写给他儿子的著名的——或是臭名昭著的信中明确指出的那样,人们举止有礼是为了让自己讨别人喜欢。对自己周围人的敬重要求我们低声悦耳地交谈,姿态优雅,避开有争议话题,饭桌上为他人奉上美食等等。有无尽的说明,也有大量的规则手册:建议待嫁女性什么该做、什么不该做的书,为想要提高社会地位的男人写的书,为关注礼仪的所有人写的书。

因为从个人对他人的影响来看,甚至是最细枝末节的规矩都是合理的,因此对风俗的关注逐渐轻易变成了道德责任。毕竟道德包含了对男女同胞应该负有的和需要担负的责任。我们习惯性地认为它涵盖的是更重要的事,而不仅是禁止用刀剔牙,但是因为剔牙可能会让你旁边的人感到不舒服,你因为他而不去做这事,也因此表现了最基本的人的责任感。弗朗西斯·伯尼的伊芙琳娜,最早的风俗小说女主角之一(1778),不得不在公开和私人"聚会"中,或是舞会上学习一种深奥的行为规则。这一规则主要包括针对舞伴的一套说明:她必须和此晚约定的男子而不是其他别的男子跳舞;如果她说过不打算跳舞,那就不能和任何人跳;绝不能和她没被正式介绍认识的人跳。当伊芙琳娜极为不妥地嘲笑一个男子,认为他的时髦着装很滑稽时,她在众人眼中成了一个"可怜的、脆弱的女孩"。这一判词流露出对她是否有能力对比嘲笑一个花花公子更重要的事情进行正确判断的怀疑。伯尼小说的大部分内容都是对此类社交行为的关注。

这种关注也解释了该小说和同类其他小说所采用的形式。所有复杂意义上的风俗的理念很大程度上决定了《伊芙琳娜》的情节。在很多方面,那个情节看起来符合传奇文学的传统。尽管不很像灰姑娘,但伊芙琳娜是个无名小卒,却成功嫁给了她社交圈子里的白马王子。《帕米拉》的中心幻想中从默默无闻到声名鹊起的飞跃也主导着伯尼的小说。

不过,《伊芙琳娜》中的人物表与传奇文学中的人物不同。伯尼同时代的人认为小说最吸引人之处在于其中"低下的"人物:吵吵闹闹、虐待狂式的莫凡上尉;伊芙琳娜粗俗、强势的祖母,杜瓦尔夫人;出身低下的布朗通一家人,包括伊芙琳娜的表亲们;还有以自我为中心的、差点成为一个追求者的史密斯先生。这些人物的所作所为使小说在情节上成为一部风俗小说。小说以形式和内容为轴,展示了完整的一系列风俗。作为社会形式,风俗不过是传统,通常都是随意的。作为道德内容,风俗表达的是对他人需求和愿望的认识。小说对风俗的理想结合了道德的认识和对传统的遵从。奥威尔勋爵是这种结合的典型;伊芙琳娜开始就展示了她的认识,逐渐对传统有了足够的了解,也达到了这种理想。布朗通夫妇和杜瓦尔夫人体现了在传统和道德两个层面的失败。莫通爵士和布芒夫人这样出身高贵的男女利用传统达到自己的目的,但缺乏道德实质。其他人物在这种连续统一体的各个不同点找到了自己的位置,而情节则通过展现风俗来展开。

在信中倾诉真心话的那一刻,伊芙琳娜对她的监护人说道:"说真的,我觉得应该有那么一本书,关于流行的规矩与习俗的,在所有年轻人刚步入社会时就交给他们。"(83)那句**说真的**对于伊芙琳娜来说已是异乎寻常的强调语气了,表达了她真诚的愿望,反映了她的渴求。了解社会的规矩与习俗看来是她刚开始伦敦经历时迫切需要的东西。她这样想是对的。因为她明显对这些事一无所知,会被侮辱,忽视,或是被打发走。缺乏她想像中的这本书,她无法设想在一个因其习俗而让人茫然的世界上如何前行。从一个21世纪读者的角度来看,舞会上抱怨闲逛着的男人们看起来把所有女人当成了囊中之物的伊芙琳娜是让人耳目一新的。但对于18世纪的女孩来说,她不仅必须懂得男性至上这种不容置疑的想法主导着多数社会活动,还必须懂得绝不能把它说出来。

  风俗问题决定了许多情节的含义和许多实际发生的事。伊芙琳娜和她真正的父亲之间过于夸张的两次见面与遍布的对风俗的关注没有直接的联系,但它们在揭示社会礼仪及通常由各种社会礼仪造成的一系列事件中是罕见的例外。一个突出的例子是,伊芙琳娜发现自己被迫陪着她粗俗的祖母和布朗通一家人去听歌剧,尽管她本打算与更有教养的同伴一起去。布朗通一家既不知道如何恰当地着装,也不知道他们应该为听歌剧付多少钱。他们从未听过歌剧,对其规则也一无所知。文本中强调这种无知一开始看起来反映的是伊芙琳娜社交上的势利,也可能是她的创作者的势利,但随着叙事的推进,读者开始意识到布朗通一家的无知是特意为之的,而他们的另类势利也是无处不在。伊芙琳娜的表亲们认为他们对经济剥削的警惕,对比他们社会地位高的人的讥讽,对宣称喜欢听用听不懂的语言唱出来、有着荒谬情节的音乐的人的嘲笑表明他们是务实的现实主义者。他们让女主角非常不舒服,不仅仅因为被人看到她和他们在一起的尴尬,还因为他们把她对音乐的喜好看成是装腔作势,并且因为她表现出那种喜好而对她冷嘲热讽。当克莱门特·威洛比出现在伊芙琳娜坐的边座旁时,她将他看成救星,能像她想的那样,带她逃走。事实上,她"逃"到了一个险境,与明摆着想要引诱甚至是强暴她的克莱门特独自逃到了一架马车上。这证明上层阶级的人至少能像比他们社会地位低下的人一样具有威胁性,因为他们的礼貌标准——关注的只是"讨好"与他们社会地位绝对相同的那些人——许可对不受保护的女性的猎食行为。

因为他们自己的社会境况,可以料到布朗通一家对上层社会礼仪缺乏甚至是基本的认识。我们几乎无法因此挑他们的毛病。但伯尼确实挑他们毛病了,而歌剧这一段暗示了原因。布朗通一家可能有理由不知道去听歌剧该如何着装。但伊芙琳娜有着他们缺乏的知识,还准备传授给他们;她的表亲们不想学。他们尤其不想从她那里学。他们觉得比她优越,而且不停地展示他们的优越感,因为她不像他们是城里人,对伦敦的一切了如指掌,她见都没见过。尽管一个爵士也会让他们肃然起敬,但布朗通一家还是更习惯于展示他们的自以为是。像小说中的大部分人物一样,他们赞同自己的礼仪风俗,而且丝毫不愿使其更加高雅。他们"不礼貌",才会不停地谈钱,不仅抱怨歌剧的票价,还抱怨因为要接伊芙琳娜而多花的车费,这都反映了他们没有意识,也不体谅他们表亲的感情。社会控诉——他们不喜欢歌剧,不知道它要花多少钱,还妨碍别人欣赏它——变成了道德控诉:他们不在乎别人。(实际上,他们甚至都不在乎彼此:布朗通兄弟姐妹间几乎争吵不断。)

对于克莱门特·威洛比爵士的道德控诉要严肃得多,尽管——或是因为——他知晓并按贵族礼仪行事。这一控诉本身表明,在小说的道德设计中,涉及到的远远不止是势利。在社会各个层面的准则中,都存在着选择的可能。《伊芙琳娜》揭示的道德评判和个人的选择有关。

上层社会的礼仪顾及到,事实上,依靠了相当多的伪装。在她的第一次聚会上,伊芙琳娜认识到接近她的男人们所言与所思没什么必然的联系。奥威尔勋爵自己说,和她在一起让他感到非常荣幸,而在她看来,这等于表明了他的虚伪:她的陪伴能有什么荣耀可言?然而,克莱门特爵士和花花公子洛弗尔则比奥威尔勋爵更为离谱地滥用了语言。这位贵族利用社会形态达成人们交往时的轻松自在。另两位则用离谱的语言宣称他们的重要性,在个人的社交场合获取支配权。另外,他们的礼仪根据他们对交谈对象的判断发生变化。克莱门特爵士言语上总是不加限制,但他与伊芙琳娜说话时的"随心所欲"主要源于他认定她是个"小人物"。

在不同游乐园遇到的相同处境下,伊芙琳娜发现自己与同伴们走散了,而且处于性和社会两方面的危险——一次是源于吵吵嚷嚷的一群男人,一次是源于她无意间接近的两个妓女。克莱门特爵士将她从第一个困境中解救,奥威尔勋爵在第二个困境中安抚了她,但这两个男人举止大不相同。克莱门特爵士把她从折磨着她的人手中带走,不过是为了将她引到一个黑暗的巷子里,他解释说,他们在那儿不会被人发现。当她坚持回到她原先的同伴们——布朗通一家和杜瓦尔夫人那里去的时候,他对她有现在这样的同伴表示了吃惊,流露出"不加掩饰的好奇心"。伊芙琳娜评说道:"他看起来像是认为,我的同伴的变化使他有权改变他的礼仪。确实,他一直以罕见的随意的方式对我,但却从未如此失礼、唐突"(201)。相比之下,奥威尔勋爵一如既往地待她:"不管他有什么疑惑与怀疑,他绝不让它们影响到他的行为,言语、眼神中还是以与从前一样的礼貌和关切礼遇着我"(238)。

总的说来,克莱门特爵士的礼仪比史密斯先生的礼仪对伊芙琳娜更有吸引力,他结识布朗通一家,看起来也对她起了浪漫的心思。换句话说,尽管他有着猎食的打算,克莱门特爵士在伊芙琳娜的道德等级中并不处于最低的层面,但奥威尔勋爵在礼仪上强过克莱门特,标志着他人品上的优越。奥威尔勋爵将谦恭有礼作为一种道德义务而施之众人——甚至包括年轻的布朗通,他卷入了毁坏其马车一事,之后又为了家里的银器铺找他做生意。如果他的礼貌掩盖了疑惑与怀疑，或甚至是负面的判断，他绝不会让这种令人不安的可能性表现出来。是礼貌，而不是任何有据可查的才智、聪明，或是性格的生动，使奥威尔勋爵成为小说中的白马王子。

克莱门特爵士对于伊芙琳娜需求的一贯忽视——像他自己在与奥威尔勋爵一次关键对话中说的那样，"让安韦尔小姐指望她自己吧"（346）——使他应该受到谴责，尽管他充满了活力。他利用上层阶级传统礼仪的全部，只是为了一己之私利。因为隐藏得更巧妙，他的自私自利没有史密斯先生的明显，但他还是不可避免地流露了出来。"抱歉，先生，您的原则可是有名的"，奥威尔勋爵对他说（346）——"原则"意味着"无原则"。不能一而贯之地彬彬有礼表明在更重要的事情上没有原则。克莱门特爵士不像莫顿勋爵那么浪荡，后者很高的社会地位明显使他能够根本不用考虑掩藏他的放荡。他不像奥威尔勋爵的妹妹，路易莎夫人那样轻佻至极，除非她认为她的同伴有重要的社会地位，否则从不在意哪怕是形式上的礼貌。但他也够糟糕的了。在社会秩序上，礼仪提供了一种道德标准，一种其他形式的美德的指数。

读者也默契地受邀以伊芙琳娜的社交行为评判她，而奥威尔勋爵也以同样的方式评判她。在与克莱门特爵士的交锋中，后者提出奥威尔勋爵早先对伊芙琳娜的判断，"一个贫穷、软弱、无知的女孩"，而勋爵回应说，他当时不知道"她涉世不深"（347）。她的涉世不深是她行为与众不同的原因。随着她在伦敦待的时间越长，她逐渐学会遵循上流社会的标准，即使是和她粗俗的亲戚在一起时也注重礼节。尽管她对自己祖母的评判有些严苛，但也一直对她以礼相待。起初，当她注意到布朗通一家那个悲惨的、一贫如洗的房客马卡特尼先生时，她为他们对他的粗暴无礼而愤怒，也因此执意礼遇他。她的"礼遇"实际上扩大到以金钱资助和情感支持的方式将他从绝望中拯救出来。这种拯救也体现了社交上的优秀与道德上的崇高是有着关联的。伊芙琳娜对其他人的关心与同情表现在她为马卡特尼先生提供的帮助,她为了阻止两个老妇人之间的比赛而做出的努力,她把祖母从一个沟渠里救出来,也表现在她对礼仪的坚守。

奥威尔勋爵和伊芙琳娜之间产生的罗曼史中出现了一个危机,这也因此成为一个重要的情节纽带,即奥威尔勋爵明显地偏离了得体的举止,或者,也就是伊芙琳娜反复提到的"礼仪"。该词正好介于规矩和道德之间,指的是在两个范畴内正确或是恰当的举动。与奥威尔勋爵表面看来的行为失检相对应的是伊芙琳娜一个大胆的选择,当她的亲戚们对奥威尔勋爵举止不当时,她的反应是给他写了封道歉信,尽管社会风俗禁止没有血缘关系的男女、非夫妻关系、非未婚夫妻的男女之间有书信往来。她走这一步是因为个人的责任感超越了社会禁忌。作为回应,她收到了有着奥威尔勋爵签名的一封信,感谢她开启了书信往来,并暗示她坦白了对他的爱慕之情。惊诧于她理想化了的男人的这种行为,伊芙琳娜闷闷不乐。她的监护人维拉斯先生马后炮地指出,她本该不加评价直接把信寄还给其作者。简单地说,社会提供了回应粗鲁的原则,以及拒绝粗鲁的原则,但伊芙琳娜没能在正确的时间想起正确的原则。只有当她得知信件是伪造的时候,才能允许自己对奥威尔勋爵的敬重与好感再次完全显露出来。

奥威尔勋爵社交礼仪的明显缺乏使他其实从浪漫的角度看来不可接受,尽管他地位高,还有钱。但矛盾的是,伊芙琳娜无法在在社会规则下做到游刃有余,却能把这一点变成浪漫的吸引力。奥威尔勋爵无意间听到她与倒霉的马卡特尼相约见面,这打破了年轻女子的又一个社会禁忌。当奥威尔勋爵用**约会**一词时,他使她意识到自己做了什么,而且引出了几段关于她的疏忽大意和常犯的"错误"的话中的一段。像其他类似的话一样,这明显是在请求帮助,奥威尔勋爵就照办了。实际上,伊芙琳娜所宣称的无助和需要引导是她魅力的根本所在。在他向她求婚之前,奥威尔勋爵总结了她的性格,强调了她"谦逊的价值,和不知所措的美德"(347)。形容词和名词至少一样重要:伊芙琳娜宣称她所感到的社交能力的缺乏帮她得到了她的男人。

这些段落足以显示,风俗在《伊芙琳娜》中起到了多么重要的作用。伯尼的小说可以恰如其分地被称作风俗小说,不仅因为它的情节发生在充斥各种礼仪规矩的社交界。更重要的是,风俗成为了动机。当然,他们尤其限定了女性的可能性。奥威尔勋爵可以随心所欲地安排约会。他可以请一个女人跳舞,或者让她嫁给他;伊芙琳娜只有拒绝的权力。但在诗歌传统中,以限制得到许可的创作路径的方式,施加压力,可以丰富一首诗,同样的,社会习俗,即便在限制的同时,也创造了行动的方式——同样,尤其对于女性。要不是她宣称自己缺乏社交能力,伊芙琳娜不会有这么多浪漫的机会。伯尼将社会禁忌与可能性之间复杂而矛盾的关系作为她最重要的主题,因此开创了成熟的社会风俗小说。

在类似《伊芙琳娜》的小说中,风俗起到了重要的作用,同样,小说也表明了他们在社会中起到的重要作用。在社会更高层面的男男女女一定在一种礼仪框架内行事,这些作品提醒了我们这一点,他们还促使我们评价究竟以哪种方式,到何种程度,这一框架作用于牵扯其中的生命。伯尼以小说的方式检验着,却明显不想去颠覆现存的习俗,但她对社会运作方式进行了细致的调查,在探究一个循规蹈矩的等级社会的同时,揭示了可能存在的不公与虚假。

伯尼准确地描述了风俗与习惯,也同样准确描述了她的女主人公面对社交界时半是厌恶,半是渴望的情绪,以及她频繁陷入的难堪与困惑的细微之处。一切都合理地、令人信服地唤起了真实经历。《伊芙琳娜》的心理和社会细节看起来都基于现实——这一事实使伯尼能够在一个坚实的基础上构建其童话故事的情节。现实社会的材料融入了传奇的结构:这一结合是很多社会风俗小说的特色,也是其魅力所在。

《伊芙琳娜》将其对风俗的关注置于情节的显著位置,凸显这一问题的重要性。伯尼后来的小说表面上关注的都是其他主题——在《西西琳娜》(1782)中的金钱及其用途与危险；在《游子》(1814)中女性独立的困难——但一切都符合社会风俗小说的规则，因为不管关注别的什么，他们都明显认定，甚至是小说中的人物，其行事也只能在有时是强求一致的社会礼仪的框架之下，他们也都探讨了年轻女子能够利用风俗达到其目的的方式。"风俗"在这些小说与在大部分风俗小说中一样，不一定指的就是在《伊芙琳娜》中那么重要的礼仪的范畴。更贴切的意思通常是早期的一个含义："习惯，惯例，风尚。"

《卡米拉》是伯尼的第三部小说(1796)，关注的是建立自己对风尚的理解，而不是遵循传统方式意味着什么。它出版于本世纪政治动荡的最后十年，却不涉及任何政治。它不仅通过同名女主人公的经历，还通过其兄弟姐妹、远亲及其男男女女的朋友的不同命运，主要关注了个人成长中遇到的困难与危险。尽管它看起来推荐完全的循规蹈矩与顺从作为一个女性的正确选择，但对于这种行事方式的可行性也提出了质疑。尽管有着几乎像狄更斯那种规模的人物表和相互交叉的多个故事情节，小说仍成功地探究了主人公的内心世界，展示了循规蹈矩所牵扯到的冲突。

尽管在《卡米拉》中，对于风俗的关注相对于更为重要的事情来说只是附属性的，但这种关注也有助于解释伯尼小说不连贯的特性。故事磕磕绊绊着推进，随着卡米拉·逊洛德和她爱恋的对象——埃德加·曼德波特情感的反复而发生突兀的改变。埃德加和卡米拉彼此相爱，也没有外界的障碍干涉他们的婚姻，但埃德加对于卡米拉是否值得他去爱，以及她是否同样爱他举棋不定；而卡米拉在解读埃德加对于她的感情时，一再经历从希望到绝望的折磨。彼此理解上巨大的变化总是对应着社会层面上自我展示的变化——也就是风俗。

复杂的叙事中一个关键的人物叫埃尔伯瑞夫人，我们被一再告知，这个女子有着纯洁无瑕的名声，因为她拒绝遵从社会传统而在上流社会享有很高的地位。比如,她不会允许别人向她道歉,道歉让她感到无聊。她不想让任何人为晚宴而装扮。她为自己,而不是为迎合社会期待而装扮。她更喜欢与男性而不是女性为伴,但却对丑闻绝缘。与她及其相似的男性(也是她忠诚的伙伴)是赛德力·克拉伦戴尔爵士,他那装腔作势的一套包括炫耀式的无礼。换句话说,埃尔伯儒夫人和赛德力爵士都刻意地、高调地摈弃他们那个阶层的人所遵从的繁琐的规则。埃尔伯瑞夫人宣扬她自己的"自由",而且看起来过着惬意的生活。她对涉世不深的年轻女子卡米拉形成了潜在的诱惑。

对后世的读者来说,埃尔伯瑞夫人的吸引力是明摆着的。在如此严格地按规矩行事的社会背景下,她的不拘于传统令人耳目一新。当她穿着随意,边走边做着针线活,在舞会上穿行于人群之中时,我们几乎要为她鼓掌;她的勇气表明了摆脱不可摆脱之事的可能性。她没法不吸引少不经事的卡米拉,即便她表露出的对女孩狂热的兴趣没给自己加什么分。甚至是刻板的埃德加也不能指责她的德行。那么,卡米拉为什么要拒绝她伸出的友谊之手呢?

卡米拉和埃德加之间关于这一点的对话很能说明问题。埃德加承认,埃尔伯瑞夫人的名声无懈可击;卡米拉回答说,道德品质是最重要的。但埃德加暗示其人品和名声还不够,并问卡米拉是不是"风俗、性格、生活方式都不算数"。她回答说,这些特性并不是完全不重要,"但品味可以解决所有这一切,而我的品味是完全赞同她的"(198)。像小说情节所展示的那样,卡米拉把赞同或是不赞同"风俗、性格、生活方式"仅仅看作品味问题的做法是危险的。她对埃尔伯瑞夫人生活方式的暂时顺应,她为沿用埃尔伯瑞夫人的风俗习惯所作的努力,危害了她的幸福,并最终危害了她正直的品德。(她没有变得放荡,却陷入了不诚实的财务交易。)

另一个不同寻常的女性是博林顿夫人,她更直接地挑战了卡米拉有关得体的观点,但仍吸引着她。博林顿夫人漂亮、富有、时髦、年轻,嫁给了一个书中没出现的专横的丈夫,但她认为与其他男人建立起温情的友谊和沉浸在威廉·柯林斯的诗中都是她的权利。这种行为使卡米拉困惑,但却没能使她疏远她——一部分原因是博林顿夫人给了她其他人没给过她的不加评判的爱。卡米拉看起来不像读者那样,对博林顿夫人总是那么热情洋溢、浅薄地自我辩解感到乏味。相反,博林顿夫人对于她来说正是乏味的对立面:"她的思想,她的人,她的风度都最温柔而有魅力,最美丽迷人,最勾人心魄,让人无法抗拒。"她的行为和埃尔伯瑞夫人的一样不受世俗的羁绊,即使卡米拉担心她的新朋友可能会有与性相关的不当举止,或是明显的不当举止,也感到激动不已。叙述者继续着上文引用的对博林顿夫人的描述,"但别人看来最是迷人的,对于她自己来说却不幸是最危险的;最易感的心灵,最浪漫的情感,最脱俗的想像"(486)。她内在的特质使自己身处险境,她的思想,个人,风度,合在一起则对卡米拉构成了危险。

我再重复一遍,卡米拉面对这两个女性感到的兴奋主要源于她们所采用的风度,或者是所创立的风度。她们的超凡脱俗强化了凡俗的含义。风度是自我展示的一种形式,但遵循一套复杂的,对于每种情境规定特定反应的礼仪则会使实施者感到自我在消失。卡米拉就感受到了"消失"的压力,尤其是源于她那强调应该隐瞒一切重要感情的父母。如果她让任何人看出她对一个男人有着浪漫的情感,那就不仅可能听到来自社会的非难,还会被那个男人厌恶。像伊芙琳娜第一次参加舞会直觉感受到的那样,得体原则是虚假的表象:是系统性的隐瞒。

诚然,尽管她们藐视社会对于她们的期待,但埃尔伯瑞夫人和博林顿夫人都存在于她们自己设定的死板框架之中。她们所宣称的自由很大程度上是虚幻的。另外,从伯尼的角度来看,她们摈弃传统习俗所隐含的道德鄙下最终也暴露了出来。博林顿夫人不愿接受任何外界行为准则的约束,成了一名赌徒。在对待卡米拉方面,埃尔伯瑞夫人表现出了道德上的不足,她怂恿她去卖弄风情,并且没能保护好她。拒绝让读者停留在这两个角色的魅力上,小说坚定地,相当粗暴地,评判她们,但这些人物的存在是作者在一部重点关注风俗的小说中采纳的大胆的一步。在《伊芙琳娜》中,伯尼严格区分了让读者钦佩和招致责难的人物。读者和伊芙琳娜都不难判断史密斯先生出身低下、毫无魅力,与完美无缺的奥威尔勋爵形成了对比;或是杜瓦尔夫人俗不可耐,而塞尔文夫人却是刀子嘴豆腐心。(实际上,刀子嘴针对的都是迫害伊芙琳娜的男性,尽管伊芙琳娜把它作为"不像女人的"女人的特征,但它却常常是塞尔文夫人得到赞许的原因。)

吸引卡米拉的两个女性很可能也吸引了读者。她们提供了女性典型的另一种可能,表明尽管有着来自社会的压力,女性还是可以在想像中制定、并依照自己的原则,成功地生活——"成功"至少在于:尽管她们摈弃其原则,社会依然接纳她们。在一部主要讲述关于约束的故事的小说中,她们看起来打开了个口子,许诺人们也有其他的选择。但后来发现这种许诺是假的:伯尼打开了一扇门,目的却是关上它。像其他社会风俗小说一样,《卡米拉》告诉我们,顺应社会是一个年轻女子唯一能被接受的选择。

埃德加将行为准则作为袒露心迹的依据就强调了这一点。当他告诉自己的老师他爱着卡米拉,这位上了年纪的人警告他别过早求婚。玛驰蒙特博士说,他必须先确认卡米拉性格稳重,能成为一个好妻子,而且,她是因为爱,而不是为了钱,才嫁给埃德加。老师解释说,女人会把她们没有的感情说成有的。她们的亲戚们为安稳会让她们作假。埃德加必须长期地仔细观察卡米拉,从她的行为确定她的人品。

按照18世纪上流社会的礼仪,埃德加实际上只有在社交场合才能见到卡米拉,因此,他观察她的举止所见到的也只是她在依一套套规矩行事。在一次对埃尔伯瑞夫人长时间的拜访中,卡米拉按照她的女主人或直接或间接的劝说,变得轻佻起来,看起来水性杨花。与粗俗的弥庭太太在一起(因为她不知道如何脱身出来),她的行为让旁观者断定她和她的同伴要么是疯了,要么是不老实。埃德加在这一插曲快要结束时偶然看到了一切,他对两种结论都不接受,但他看出卡米拉将自己放在了一个尴尬的处境中。换句话说,她的举止缺乏在他看来一个妻子应该有的"优雅"。卡米拉接纳了一个年长贵族,一个浪荡子的殷勤,目的是逃避一个并不吸引她的年轻人的殷勤。而当贵族试图向她求婚时,她拒绝了他:她认为他对她的兴趣从本质上是父亲般的。埃德加无意间听到了她的拒绝。她认为她已经表明她只爱埃德加,而埃德加认为她的行为显示出她渴望引人注意。不管卡米拉的举止如何,都会被误读。在隐瞒真情实感时,礼仪可能看起来反而揭示了它们。因此,卡米拉遭遇了很多不幸。

像卡米拉一样,埃德加也犯了很多错,尽管与她不同,他只受到了很轻的惩罚。他的错误都是依据社交行为的表象去解读而犯下的。像玛驰蒙特向埃德加指出的那样,卡米拉的父亲养育她时,极为注重神学与道德,只教给她最优秀的道德准则。玛驰蒙特接着说,但逊洛德先生自己就不谙世故。他没法教他女儿世故人情;在社交行为方面,他没给女儿足够的教育。而无法理解社会的行为要求在一个妻子身上是难以接受的缺陷——至少在一个像埃德加这样有钱,聪明,有魅力,受过良好教育的人的妻子身上。玛驰蒙特暗示道,埃德加自己几近完美,配得上一个完美的妻子。

因此,玛驰蒙特命令埃德加去观察卡米拉,埃德加照做了。他的情感一再使他想立刻求婚。这部小说将情欲冲动当作情感和情感反应的一种方式。因此,埃德加发现自己总是被卡米拉性格中诸如对需要帮助的人自然流露的善心所感动,而且他控制不住地一再想去引导、保护这女孩。然而,迫于他所了解的理性/情感之对立,他把观察的需求归入可靠无误的"理性"——毕竟,就定义来看,他的老师代表着理性——而把他渴望放弃观察、步入婚姻归入危险的"情感"。

读者可能会倾向于同情埃德加痛苦的内心斗争,但他们也无法不对卡米拉的苦难产生同感,她被埃德加密切关注,也被她不怀好意的表姐印第安纳,还有印第安纳那更不怀好意的家庭教师玛格兰小姐监视。这三人都以文雅举止的传统习俗作为他们评判的标准,并且都展示了背离这些传统习俗的惩罚性后果。

个人监视的无处不在变得看起来像是上流社会风俗的作用的一个暗喻。如果把风俗看成附属于道德,它们反映的是其拥有者对他人的关注和关心,而如果看成附属于社会,它们则是服从的证明。伯尼一再告诉我们,服从是很难做到的一项行为准则。卡米拉只是比伊芙琳娜多了一点点社会经验,很难区分什么是必须要做的,什么只是赶时髦而已。如果不去买套新衣服以遵从一个社交集会的着装要求是不是礼数不周?从一个对她有好感的男人那里借钱有多么不妥当?她努力去适应;她犯下错误;埃德加看到了,通常玛格兰小姐也看到了。对社会的无知带来了糟糕的判断,因此灾难接踵而至。

然而,她绝望的自责和她母亲最后对她的控诉都没把无知考虑进去。卡米拉发现自己处于一种形而上的困境,忍受着她会被宣判有罪的终极审判的幻象。她社交上的过失变成了道德有失,导致她债务缠身,爱情受挫,使家人蒙羞,被他们疏远。埃德加是从外在评价她的——当然,和社会评价每个人一样——也放弃了她。她的母亲也从内在评价她(逖洛德夫人说,她过于被自己的情感左右,放纵她本该受谴责的情感),指责她给家人带来痛苦。卡米拉毫无保留地接受了对她的所有消极判断,决心从此完全听从她的家人;她原生家庭的家人和她快乐地接受作为丈夫的人。社交行为变得既有道德意义,又有社会意义:卡米拉自觉地放弃了探究其要求的努力。其他人可以为她完成这项任务——当然,代价是她放弃对自由的主张,对自由的所有希望。在伯尼的4部小说中,《卡米拉》结局的含义是最黯淡的,因为它比《伊芙琳娜》的结局更加清楚地揭示,女人为了得到安全要放弃多少。

伯尼之后,我们得等到奥斯汀才能再次发现成熟的社会风俗小说,但社会风俗作为形式上的元素却没有从本世纪后期的小说中消失。社会行为以复杂的方式为道德和情感实质做了标志。甚至主要关注浪漫史或是政治而不是社会事务的作品都会将社会风俗作为人物刻画的手段。当社会风俗的主题退出舞台之后,伯尼对这一问题的特殊处理也淡出了。揭示一个人物的本质,揣摩别人对该人物的态度,manners 一词就足够了。

在考虑不以社会风俗为中心的小说是如何表现这一点之前,另一部作品值得思考——它与伯尼的作品完全不同——这部作品中,社会风俗占据中心地位,描述也精确得让人吃惊,尽管有时也只是泛泛提到。伊丽莎白·英奇鲍尔德的《一个简单的故事》(1791)极其微妙又复杂地将社会风俗当作了标志使用,将阐释当成叙事重点,又时常将社会行为作为阐释的依据。对于情节不如对结构重要的一个插曲很能说明问题:女主人公忠实的朋友,伍德雷小姐,和曾是埃尔姆伍德勋爵家庭教师的天主教牧师桑德福德(他不喜欢女主人公)意见不一致,伍德雷小姐准备警告女主人公弥尔娜小姐说,她的情人埃尔姆伍德勋爵宣称,如果他确认她品行不好,就打算永远离开她。桑德福德不希望这一警告被传递出去,说埃尔姆伍德勋爵可能希望在这件事上保密。伍德雷小姐指出,她并没有承诺要保密,如果能保护弥尔娜小姐不受到她自己行为后果的影响,那就是做了好事。"看看,看看!"桑德福德大叫道,"这就是你怎么评价这件事的。——你是根据实情评价,而不是通过构建;那是评价所有事情的唯一方式"(137)。

声明"通过构建"而不是"依实情"判断有着实际、或可能是道德优势的这番评论有些奇怪。尽管看起来可能不太可信,但这一问题将小说完全不同的两部分结合在了一起,而且提供了一个原则,得以理解困惑着读者的人物刻画中的明显变化。文本中的人物和文本外的读者都确实必须通过构建判断——通过每一段中复杂的背景和特殊的环境——以期理解正在发生的事及其重要性。在这一复杂的解读过程中,社交行为提供了一系列重要的线索。

这里值得注意的是,我们对于《伊芙琳娜》、《卡米拉》和伯尼其他的小说也可以有完全相同的说法——而且,像奥斯汀的《爱玛》在这个问题上也一样。当社会风俗在一部小说中占据了重要的结构位置时,它们通常会成为解读的依据。像在《卡米拉》中,它们可能会误导我们;而像在《伊芙琳娜》中,它们可能标志着社交中的虚伪,或是道德实质,或两者兼备。在《一个简单的故事》中,通常是对标准微小的背离点出了个人在完成自己目标时做出的重要"构建"。

小说前面,叙事者的声音介入,宣称与不可靠的语言相比,仪态风度作为性格标记是极为重要的。小说中作为不婚女性美德典范的伍德雷小姐,嘴上说不会宽恕,但样子看起来却传递出了宽恕的意思;豪顿夫人,一个虔诚的女房东,嘴上恳求上帝放过一个罪人,但语调中流露出的意思却是那罪人不值得饶恕。当然,解读不能总是依靠这种简单的对比。小说第一卷的准女主角弥尔娜小姐由年轻而又富有魅力的牧师多里夫斯监护,我们得知,他的风度举止"有时看起来甚至像是源于他自己特有的一套方法,也是他将受自己监护的人束缚在同样的限制之内的唯一方法"(25)。除了"看起来"一词含义模糊之外,这句话对于隐藏在优雅举止之后的是什么也并不确定。至于弥尔娜小姐的总体行为,我们发现她本想轻浮地对待她的监护人,但却因为他的礼貌而控制住了自己。这两个例子里,优雅的举止都向旁观者传递了关于他们的持有人的一些信息,但也隐藏了另外一些。

在俩人公开承认情人关系之后(多里夫斯继承了埃尔姆伍德勋爵的爵位后离开了他的牧师职位),风度举止在对他们的评判方面显得极其重要。以前有过关于细枝末节的社交姿态多么重要的线索:多里夫斯让人把他的帽子拿来,走出屋子以示愤怒;弥尔娜小姐打开窗户探出身去表露了尴尬。因为关心埃尔姆伍德勋爵对她的感情,弥尔娜小姐玩牌时不停地出错;在询问了她的健康状况之后,埃尔姆伍德勋爵热切地劝着她吃东西,甚至喂她吃鸡肉。解读这些点点滴滴的行为还是比较容易。

在弥尔娜小姐和新晋埃尔姆伍德勋爵准备结婚之后,他们寻找着彼此的标识符号。定婚期充斥着紧张气氛,女郎痴迷于考验未婚夫对她的爱情,男人则越来越担心她会不会是个不合适的妻子。他们检验着彼此的行为,想确定感情真相。读者也一如既往地被期待参与在同样的检验之中。有时叙述者为点滴行为提供了明白的线索;有时她不加评论地汇报。在两种情况下,随着标识符号越发含糊,文本吸引着读者敏锐的关注。

甚至当叙述者直接披露弥尔娜小姐的装腔作势时,文本还使读者纠缠于她社交行为的细枝末节。她认定傲慢而非爱会达到她的目的;读者知道她为什么会有如此的举动。同时,我们对于埃尔姆伍德勋爵行为背后隐藏了什么则一无所知:"冷淡,礼貌,极其漠然"(157)。作为对他冷淡的回应,弥尔娜小姐放弃了她装出来的冷冰冰,作出轻浮的样子,四处探亲访友,又唱又笑,看起来兴致很高。我们知道是焦虑支撑着这种行为;但我们不知道任何细节。弥尔娜小姐出了个小事故,但"她的兴高采烈"使埃尔姆伍德勋爵相信什么事都没有(159)。当他未婚妻以前的一个追求者出现时,他流露出恼怒的迹象;她意识到自己一定不要显出注意到了他的关切。欺骗、觉察、谬误、真相交织在一起,制造出叙事的张力,也在所描述的家庭中制造出了紧张气氛。当埃尔姆伍德勋爵决定他们必须分开时,更是加强了这种紧张气氛。相爱的两人都采用了同样完美的风度举止:"绝对礼貌的"举止,但"没有沾染了丝毫的随随便便","礼貌,友善,沉着,坚定的"行为(165)。当弥尔娜小姐在别人而不是埃尔姆伍德勋爵的陪伴下时,她的行为也是一样,尽管她的表情和声音少了些自制。

桑德福德让一对有情人结婚而不是让他们分开的决定完全依靠

他对细微表象的解读,这真是再恰当不过了。在意外的婚礼之前的那夜,当注意到她表情中的痛苦时,他以前所未有的方式称呼弥尔娜小姐为"我亲爱的"。早上,弥尔娜小姐拒绝在埃尔姆伍德勋爵去欧洲大陆之前与他最后一次共进早餐,直到伍德雷小姐向她保证,她"可以不失任何体统地去"(176)。早餐桌边,她的脸红了,埃尔姆伍德勋爵为她搬了把椅子,她差点把茶杯和茶托打碎,桑德福德说他弄丢了手套,最后,她忍不住抽泣,这时,桑德福德要求他们要么立刻结婚,要么永不再见。俩人都没说话。埃尔姆伍德勋爵眼睛直愣愣地"丢了魂儿似的";弥尔娜小姐"欣喜若狂地"叹息;桑德福德发表了一番演说,宣称他能从她的表情看出她愿意遵守她的诺言。当埃尔姆伍德勋爵真的向她求婚时,她"以脸上的表情"(178)给出了答复。

脸上的表情,抖动的茶杯和茶托,脸上的红晕:可能这些线索提供的证据和口头声明提供的证据一样不可靠。不管怎样,在这些不那么真实的情人间的戏剧性场面中,语言起了相对小的作用。他们对彼此的解读主要基于非语言性的证据——无意识间的行为和传统的习惯性的行为。当埃尔姆伍德勋爵起身为他宣布拒绝了的女子搬把椅子时,他完全是在按照礼貌的要求例行公事,但当时的情境和文本赋予了它极大的重要性。世间无小事,这就是《一个简单的故事》的含义。

评论家习惯性地忽略了英奇鲍尔德故事中没有名目的部分,第三卷的前面两章,它总结了埃尔姆伍德夫人生命中的17年,并讲述了她的去世。文本本身看起来鼓励读者去忽略它,或者至少尽快地跳过去。它采用了讲述而非展示的目的性很强的叙事技巧,我们尤其在感伤小说中常会见到。叙事者用置身事外的语调总结汇报充满戏剧性的事件。这对儿有情人结了婚,一起幸福地过了3年;生了个女儿;埃尔姆伍德勋爵去西印度群岛照看他的产业;他因病耽搁在那里;埃尔姆伍德夫人与人通奸;当她丈夫回来后,她逃跑了,留下了他们的女儿;埃尔姆伍德勋爵把孩子送还给她的母亲;埃尔姆伍德夫人

10年间日渐憔悴,在伍德雷小姐、桑德福德及其女儿玛蒂尔达的亲密陪伴下最终死去。

大部分18世纪小说都会用死亡来惩罚在性问题上犯罪的女人。但英奇鲍尔德的故事此处在一些重要的方面与这一模式有所不同。埃尔姆伍德夫人没有因为通奸而怀孕;之后,她还有着亲近的人的陪伴;她将死之时,一个牧师实际上还给了她救赎的希望。另外,叙事者为她的罪行找了借口,如果不是找了理由的话:她的丈夫疏忽了,没告诉她自己病了,因为不希望让她烦恼。相反,他拖延了返回的时间,让她感到他实际上抛弃了她。

这一段呼应了小说开篇的一幕:弥尔娜小姐的父亲在她不在时死了,因为一个朋友出于好意,不想让这年轻女孩痛苦,就向女儿隐瞒了她父亲的病情。两个隐瞒行动都是传统行为,可以说是依"礼"而行,是出于对女性柔弱的尊重。而埃尔姆伍德夫人对于被当作成年人对待则有着更加积极的反应。她的固执、缺乏原则导致了她恶劣的行为,叙述者并不宽恕这些品质,读者也不被期待这样做。在她接下来10年的忏悔及其对女儿进行的匮乏教育表明,她痛苦地获得了更大的智慧。

小说家决定快速跳过从埃尔姆伍德夫人结婚到死亡的那些年,这强调了作品更倾向看重小事件而不是大事件。引诱,通奸,逃离被忽略了;一个女孩对她父亲帽子的抚弄则受到极为细致的关注。在第三卷快结束时,重大事件再一次发生:绑架,险些发生的强奸,急速援救。这些也是以总结的方式叙述的,是一个皆大欢喜的结局的必要准备,而那是取决于表达的细微差别的。不过,皆大欢喜的结局本身——罗仕布鲁克和玛蒂尔达之间会有的婚姻——根本就没被叙述。相反,叙述者让读者思考玛蒂尔达会不会给予罗仕布鲁克的求婚一个肯定的答复。

在最后一卷,解读这一主题越发得到了重视。埃尔姆伍德勋爵看起来转变了性情。他是真的变了,变得冷酷无情,还是企图掩盖一颗受伤的心？不同的人物提出了不同的假设,尽管每个人都害怕他。毫无疑问,这个贵族经受了苦难。他所深爱的妻子的逝去给他留下了很大的影响。在此后与世人的交往中,他像他妻子以前做的那样,以风度和言谈举止作为保护自己的方法。

在一个讲述得颇为细致,几乎算不上插曲的插曲中,埃尔姆伍德勋爵在报纸上读到了他妻子的死讯。他把手中的报纸放下了几分钟。他把头支到了手上。他一口没尝他的巧克力。他在房间里来回走了两三趟,又坐了下来,静静地接着读报。叙述者长篇大论地评论,责备了假想中认为这种行为很无情的感情丰富的男男女女。评论最后说:"当他手支着头,起身踱步以求驱散他心中所想时,谁能说他和埃尔姆伍德夫人在生命最后时刻的感受不是一样的呢?"(193)这一典型绕来绕去却又没有确指的句子表明,小事件有可能透露出大的含义。当然,它没有明白地给出一个解读。远在叙述者邀请读者去判断最后发生了什么之前,叙述者一再对人物的行为进行推测,而不是解释。看起来叙述者和读者一样都一无所知。两者都有解读行为的必要,也都有犯错的可能。

《一个简单的故事》的前两卷讲述了社会背景下的生活。多里夫斯还是单身牧师时与社交界的关系不甚清楚,但自始至终,弥尔娜小姐的社会关系就很丰富。她有着朋友和崇拜者;她出入拍卖会和聚会;她去别人家拜访,也在自己家接待客人。她所做的事是她这个年龄、性别和社会阶层的人一般会做的。当多里夫斯成了埃尔姆伍德勋爵,便进入了同样的社交界,尽管他不像他的被监护人那样全身心地投入,但他也一样迎来送往,去听歌剧(或者更意味深长地不去),晚宴上列席其中。每个人的个人经历背后都存在一套社会期待。像起初出于权宜之计想与虔诚却又乏味的凡顿小姐结婚的打算一样,他游历欧洲大陆的计划也是满足传统的期待。甚至是超凡脱俗的弥尔娜小姐也发现无法从她不感兴趣的一场化妆舞会抽身,因为抛下她的同伴会被当作是"不懂礼数"。尽管文本并没有强调有一个他人组成的复杂的世界,它假定这个世界是存在的。

最后两卷中,一切都变了。几乎不再有一个"世界"的存在。埃尔姆伍德夫人逃了,完全与世隔绝。她的交际圈子里只有伍德雷小姐,桑德福德,和玛蒂尔达;他们每个人的圈子都只有彼此,尽管桑德福德为了最后可能带来的好处一直和埃尔姆伍德勋爵保持着联系。埃尔姆伍德夫人死后,其他人的社交圈子也没有扩大。悲伤中,他们把"苏格兰边界的一个孤零零的乡村中阴郁荒地边上的一间房子"(188)换成了一座乡间别墅,但在别墅里的两个女性过得像焦虑的局外人,行动很受限制。与他们交往的有仆人,但外面的人一个都没有,除了罗仕布鲁克偶尔不受欢迎地打扰他们。

玛蒂尔达和伍德雷小姐没有独立的经济来源,没有家庭赋予她们的地位,而且,作为女性,也几乎没有权利,但在这些方面恰恰与他们相反的埃尔姆伍德勋爵,却也过着几乎和她们一样离群索居的生活。尽管叙述者对他的狩猎活动和来访者都有文字交代,但读者眼中的他,除了仆人、桑德福德和罗仕布鲁克之外,总是孤身一人。无论如何,他堕入了和他妻子追求的身体上的与世隔绝一样的精神上的与世隔绝。他清楚地认为,没人有一丁点儿的权利去控制、甚至是去影响他的行动或是决定。

小说最后两卷的情感重点是放在字面或是抽象意义的桎梏上。甚至是年轻、迷人的埃尔姆伍德勋爵大笔财产的继承人罗仕布鲁克也感受不到任何自由。为他叔叔的期望与要求所束缚,与他认为自己所爱的玛蒂尔达隔绝开来,他觉得被剥夺了可能性。像他叔叔一样,他有着多过文本中提及的社会机遇,但在读者看来,他不过是又一个孤独的人。

小说趋于强调孤立和桎梏与礼仪——即社会期待的方方面面——有关。我们可能会认为,社会风俗小说明显是关于个人与社会之间的碰撞。伊芙琳娜进入社会的例子提供了常见于这类小说的典型问题与解决方式。因此,一部小说强调的是礼仪的重要性,却又使其人物处于孤立于社会之外的境况,这实在是令人吃惊。

即便在《一个简单的故事》中的前两卷,礼仪也时不时地——尽管不总是——起到刻意隐瞒的作用。最重要的例子是当埃尔姆伍德勋爵宣布俩人有必要分开之后,弥尔娜小姐和他对彼此决绝地以礼相待。表面的礼貌在这里掩藏的是炽热的爱、愤怒和绝望。它们提供了不仅是方便而且是必须的方式,去掩盖极其复杂、矛盾的感情。它们恰如其分地起到了"讨人喜欢的"作用,使一切看起来波澜不惊,避免了旁观者和参与者的尴尬。

在最后两卷中,当社会背景不复存在,礼仪仍在,但他们不再与讨人喜欢的作用有太大的关系。叙述者几次强调玛蒂尔达像她的父亲,尤其是她的"思想和举止"(207)。这一说法第一次出现时不太让人相信,尽管人物刻画进一步点出玛蒂尔达温柔的心,悲哀的处境,加上"她性别特有的柔弱",使她和她父亲一样的特征变得柔和了些。而结果她和她父亲最明显的共同点是利用举止行为去威胁的能力——不是去讨人喜欢,而是去恐吓——或者去掩饰消极情绪。埃尔姆伍德勋爵举止礼貌,但伍德雷小姐能看穿他:看得出他现在"傲慢,急躁,蛮横,而且前所未有的执拗"(215)。玛蒂尔达一时对伍德雷小姐感到很生气,但她有着"太多她父亲那种男人式的怨恨",因此当她为那年长女子的悲伤感到惋惜时,也不会流露出她的感情。她看起来庄重高贵;伍德雷小姐"很敬畏她的举止"(242)。只是当伍德雷小姐主动提出要给玛蒂尔达跪下时,这女孩才心软了。她以同样庄重的方式对待罗仕布鲁克,这样的庄重让他困惑不已,不知以什么合适的举止去应对。

行为举止与他们传统的讨人喜欢的作用的分离点明了人物所感受的孤独感。他们没有感到与他人的联系紧密到了想去讨他们喜欢的地步。玛蒂尔达尽管温柔又听话,却只能在想象中与她的父亲有真正的联系;她甚至无法想像与他的继承人有真正的联系。埃尔姆伍德勋爵现在宣称生活的目的只在于保护自己,哪怕是装作在意其他人的感受都做不到,因为不愿受到伤害。只是当罗仕布鲁克病了,他叔叔才短暂地流露出温情;只有当无人在场时,那贵族才会对他的女儿有片刻的柔情。礼仪看起来只是一个消逝了的社会机制残留下的痕迹。

不过,小说倒是有一个皆大欢喜的结局,或至少暗示会有一个皆大欢喜的结局:小说家对罗仕布鲁克和玛蒂尔达之间婚姻的模棱两可带来了不确定性。玛蒂尔达重新回到父亲身边,与他一起旅行去了伦敦——社交界中心的象征。埃尔姆伍德勋爵接纳了他的女儿,也算是与她回归了更加正常且不那么封闭的生活方式。叙述者就教育讲述了一个颇有见地的道理,赞许玛蒂尔达从匮乏中得到的教育,否定她母亲自我放纵的教育。世界的正常秩序又恢复了。

在快到结尾处,文本中有一个很奇怪的时刻,即当罗仕布鲁克向玛蒂尔达袒露心计,表示想要娶她的时候。之前他已经向她的父亲坦白了这一愿望,父亲让女儿来到他这里以决定他的命运。他跪下恳求说俩人应该结合,"至死才分开"。在那个节骨眼上,文章暗示,她重新采用了她父亲的行为举止。"她曾充分拥有的一切感情——矜持——骄傲,在那一刻都回来了。"(317) 骄傲与矜持曾是父女俩利用的傲慢举止,旨在让他人敬畏。罗仕布鲁克对这最后一次表现的回应是,宣称自己很脆弱,让她来决定他是会幸福,还是会痛苦;这时,叙述者让读者去判断玛蒂尔达会不会给她的爱人带来不幸。如果读者认为她不会,叙述者接着说,那么读者也会认为俩人会一直幸福地生活下去。

强调玛蒂尔达与她父亲有着同样的主要性格特点意味着她可能像她父亲一样,在危急时刻选择刻意逃避他人。我们能够判断她未来是否幸福的唯一依据其实只是我们自己的猜测。这样的提醒实际上重新解读了读者和人物一直参与的解读过程。毕竟,解读只是一种形式的猜测。我们手里或多或少有些数据,依据这一数据,我们就人物和含义得出结论——也就是说,我们尽可能想像这一数据意味着什么。小说写作的过程是引导读者想像的过程。像小说中描述的那样,生活的过程是人们不断想像彼此的过程。在这一过程中,由社会风俗支配的行为或者成为障碍,或者成为助力。

像大部分社会风俗小说一样,在伯尼的小说中,风俗被想当然地当作社会运作的方式。英奇鲍尔德不这样想当然。《一个简单的故事》探索了风俗一些可能的作用,结果让人不安,表明甚至是由社会制定的一个体系都能被个人利用,起的作用不是缓和而是破坏人与人之间的关系。风俗提供的是社会代码。像其他代码一样,他们需要被解读。英奇鲍尔德像研究其他形式的解读一样研究他们的解读,她强烈暗示,一切对他人及其行为的解读,不管他们是文本中构建的,还是存在外部世界中,都取决于有些可靠,但决不是不会出错的猜测形式。《一个简单的故事》开篇讲的是一个将死之人给他的女儿找了个品格高尚的监护人,以维护她的利益。小说接下来显示,这个监护人,多里夫斯/埃尔姆伍德有着弥尔娜先生想像不到的多面性。小说以家庭关系的大反转为结局,并邀请见识了一系列这种反转的读者对未来作出自己的猜测。像两个女主人公所经历的那样,它的教育意义在于告知它的研究者们人生的不可预料性。

显而易见,所有对风俗的文学处理都会呈现人们在利用社会代码时个人与社会间的交集。尤其是在《卡米拉》中,伯尼暗示,"私人化"风俗,解开传统的纽带是危险的。同时,她还揭示了社会传统是如何强加在个人身上,风俗的借口如何阻碍了情感的交流。相比之下,英奇鲍尔德指出,即使是最传统的行为,也可以有效地服务于个人。很多涉及社会行为体系的小说在提及风俗时通常都是泛泛地研究,而不去分析社会从众行为的个人意义。不过,它们也坚持认为传统行为有道德意义。

夏洛特·史密斯于1788年发表的小说《埃米琳》有着主观的、自传式的细节,但它围绕着一个本以为是私生女且贫穷的年轻女子(最后发现她是婚生的,而且很富有)构建了复杂的一个爱情小说,即使不那么可信。它人物众多，次要情节各种各样，令人头昏眼花。人物与场景急剧增多，叙事要求就读者该如何评定上场的新人物给出清楚的线索。行为举止通常会给出这些线索。人物的行为举止并没有细节描述，相反，他们只被粗略地概括为"粗俗的"，或是"单纯的"，或是"迷人的"。这类形容词足以从社会和道德的角度定位人物。

我们可能会想知道为什么这些形容词是被用于描写行为举止，而不是描写人物。说一个女人粗俗比说她的行为举止粗俗看起来要更加直接，但直接并不是头等要事，关键是衡量个人的社会尺度也可以衡量个人的道德。一个次要人物自传式的叙述里可以看出行为举止的重要性。她的母亲去世了，悲伤的父亲带着他的一些孩子在欧洲游历。最后他看到"他的大女儿得到了很好的安置，嫁给了一个爱尔兰贵族的大儿子"。下一句话解释了这桩好姻缘的由来："卡米拉夫人相貌如此出众，她的举止如此迷人，因此即使一文不名，她的夫家也无法拒绝这桩婚事"(216)。美貌与举止结合在一起——**迷人的举止**：也就是能迷倒一个人，让他成为一个追求者的举止——替代了金钱。叙述者接着说，反过来，在她姐姐结婚之后不久到来的她们的继母就没有这种吸引力，但她有钱。"她粗俗的举止，以及尴尬模仿时尚人士的种种努力，"叙述者解释道，"不停地让我乐不可支"(219)。举止决定了行为；行为决定了他人形成的印象；这些印象常常会决定个人的命运。

在漂亮姐姐和丑陋继母的例子中，举止只是相对表面化的特点，在第一个例子中明确等同于外表的美。文本对于行为模式，而不是人物作出了直接的判断。关键并不是姐姐迷人而继母粗俗，而是姐姐行为的方式迷人。继母举止粗俗，想要举止时尚，却弄巧成拙。为什么改善她行为的努力却更使她令人生厌？一部分是因为她做得不好，她没能模仿好，但一方面也是因为对举止反映性格的心照不宣，因此尝试采用不同的举止几乎就是尝试掩盖性格。当伊芙琳娜和卡米拉学会了遵循礼貌行为的准则之后,她们以传统的行为表现天生的同情心和大度。言外之意就是,继母从形式上模仿了社会地位比她高的人的行为,但缺乏举止应该传递的对他人的真正关心。

当这里讨论举止"单纯"时,举止与性格之间假定的联系变得尤其明显——我们在《大卫·辛普尔》中看到,在18世纪,"单纯"一词有着强烈的正面含义,代表着纯洁,未被污染,道德之纯粹。一个次要人物被以这种方式介绍道:"她的举止尽管单纯,但温和而迷人;她的心灵则至善至美"(337)。举止的单纯意味着不世故,不时尚,因此也就不会堕落。单纯的举止加上善良的心表现了道德上的价值。埃米琳的特点就是举止单纯。会成为她情人的男子将其当作她的魅力所在:"在埃米琳身上,他发现了一个天生高贵的灵魂,一颗博大慷慨的心,一种修炼得很好的悟性,又温柔又活泼的性情,道德纯粹,举止单纯,实在坦率。"(300)纯粹的道德,单纯的举止,两者相得益彰,而在一个句子中集聚的品质互为解释。一个举止实实在在的女子不会像《一个简单的故事》中的父女那样以其举止害人,而且她几乎一定会有一颗慷慨的心,一个修炼很好的悟性,一个温柔的性情,因为其他的心,性情,悟性,都会毁了她的举止,使她步入歧途。

《埃米琳》中有许多形容举止的词藻堆砌,简洁地点明了一个又一个人物的本质。他们有时就是对彼此的复制——不止一个人物有着粗俗的举止,同样,不止一个有着与之相悖的单纯的举止——而不会对个人举止有更为细致的描写。当然,我们在繁杂的叙事中看到很多虚构人物的具体行为。埃米琳行事庄重,大方,聪明,纯粹,但很难确定究竟是她行为的哪个方面构成了她的"举止"。我们能轻易区分一个试图将自己表现得时尚的女人和一个不刻意以任何方式表现自己的女人,但她们之间的区别涉及的要多于我们所想的举止。不过,这个词的价值和它在文学中的普遍存在可能就是因为它能被灵活使用。18世纪行为手册一再声称真正得当的举止是"与生俱来的"。他们不需要去教,因为他们源自内心,源自对他人的权利、愿望和需求的天生的关切。(另一方面,这些手册常常宣扬无数细致的行为准则。)18世纪小说佐证了对于与生俱来的行为举止的幻想。据我们所知,埃米琳在礼貌举止准则方面没有受过系统的教育,但她举止得当,让人无从挑剔,接人待物大方热情,举止淳朴。

而说到淳朴或是粗俗的举止,或是造作,或是时尚的举止,用到的是一种速记的手法。每个形容词的目的是让读者记起一组行为,并让读者想起传统上与之相对应的评价。读者受邀去辨别不同举止的性质与含义,文本甚至提供了一个失败的实例以正确地区分。埃什伍德夫人是一个一心钓上金龟婿的恶俗女人,有段时间,她的家成了埃米琳的避难所,她还去拜访了埃米琳不懈的追求者那傲慢的母亲。"夫人阁下对埃什伍德夫人的态度中有种居高临下,好像在说,'我就自贬身份,向你看齐',而事实上,这比最为无礼的傲慢还要粗鲁,但埃什伍德夫人把这当成极高的礼遇,不管怎样,能到这样一个时髦人士的家里去做客,就够让人陶醉的了。"(162)埃什伍德夫人无法区分傲慢和礼遇,一部分原因是自恋蒙蔽了她的双眼。读者则被期待心里常想着这些区别,警惕自我蒙蔽的可能性。

在像《埃米琳》这样的小说中强调涉及行为举止的所指看起来有些不合常理,因为作品明显几乎是因其情节而存在的。极其复杂的情节有时表露出对于女性不公平命运的认真关注,但总体说来,故事本身及故事的娱乐性才是关键。行为举止最多只是辅助中心情节,不过是方便的人物的参照点。然而,它们能轻易被用作参照点的事实点明了其在构建小说过程中在结构上的重要性。不同行为举止的标签的含义——单纯的,做作的,自然的,时尚的——是广为人知的。这些叫法可以确立人物在道德上的位置,并由此构建情节含义。

这一点从最后一个例子能看得更清楚,这是另一部小说,其中的行为举止只起到次要作用,而且只以概括化的形容词进行描述。艾丽莎·范维克唯一的小说,《保密,或岩石上的废墟》(1795),通过极富哥特氛围和性挑逗的故事形成了原初的女性主义的讨论。(下一章会更全面地论及此书。)尽管一开始,因为诡秘的原因被暴虐男性囚禁的年轻女子让人想起同时代的许多哥特小说,但这一作品呈现的是不同寻常的情节,其女主人公西贝拉是个天真的人,没有受到堕落社会的影响。她承诺爱一个年轻人克莱门特,他在俩人很年轻时有段时间和她关在一起。另一个年轻女子,卡罗琳·艾什伯恩身处上流社会却不认可上流社会(她寡居的母亲是社交圈子里的一个典型存在),立志要营救西贝拉。情节的发展越来越复杂,又增添了一些人物。最关键的事件落在了西贝拉对社会规则的无知。她不知道婚姻是一种社会机制。因此,因为她爱克莱门特,她把自己的身体给了他,结果怀了孕。尽管克莱门特愿意利用西贝拉的天真,却对这一性关系不甚感兴趣——他在社交生活中有很多其他发生性关系的机会——但她主动,他便也顺水推舟。最终的结果是西贝拉死了。

社会风俗的主题常常以道德定义的手段出现。西贝拉的叔叔,也就是囚禁女孩的暴君,他相信女人不需要,实际上是不能与人理论的,认为顺从是女性至高无上的美德,它保留着上个时代的繁文缛节。克莱门特发现大部分女人不能令他满意,因为她们行为举止上有着不足(无详细说明)。卡罗琳的母亲视风尚为天条,因此她教导她的女儿称她作"艾什伯恩夫人",而不是"母亲",这是她支持并践行的那种行为举止极其具体的一个例子。尤其是西贝拉的举止构成了一个反复出现的问题。"我真希望自己当时能说服韦尔蒙特先生,让他侄女受到更全面的教育",西贝拉叔叔的一个男性朋友说道,"我觉得她的举止拘谨,不优雅"(172)。她婶婶这样评价女孩:"这孩子人不错,确实不错——就是说,要是她懂规矩,不是像现在这样一个完完全全的傻子的话,我真觉得她还挺好的。"(219)

实际上,西贝拉的举止优雅大方,是自然不造作的举止。她在成长的过程中远离社交界,甚至没见过像艾什伯恩夫人那种女人那样的矫揉造作,也根本不知道那些支配社交行为的人为的规则。她优雅的举止源于她对他人的真情实感。对繁文缛节的一无所知体现在她身上就是一种优雅。

西贝拉的举止在情节上不重要,但有相当重要的象征意义。在关于卡罗琳、她母亲和克莱门特的叙事中所描述的社交界的伎俩只会使人堕落。被迫生活在这种环境中的卡罗琳看清了这一事实。另一方面,像举止一样,婚姻也是一种社会机制。人们不能自认而然地理解它的意义:西贝拉将她和克莱门特的结合理解成婚姻就披露了这一事实。西贝拉对这一机制及其社会含义的不了解,以及她对克莱门特只在他的社交行为中才能看出的本质的无知,导致了她的毁灭。

在对社会的无知导致的不同后果中体现了范维克小说作品的微妙之处。尽管她批判了现存的社会活动及其背后的设想,她也认定社会的重要性在于其提供了观察社会和发现社会的舞台。作为一种社会机制,婚姻给了女性应对男性薄情、不负责任的保障。如果我们将其视为一个神圣的誓言的话,更接近事实的是西贝拉对其直觉的理解,而不是,比如,像艾什蒙特夫人那样将婚姻当作追逐社会地位的自私的观念。作为一种机制,婚姻属于一个堕落的世界:一个伊甸园般的社会不需要任何"机制"。与克莱门特结合,西贝拉对错参半,错在她选错了人,因为在他看来,他不用为这一结合负任何责任;对在她天生的良善使她愿意献身于她爱的人。她的举止则是她更为危险的纯真的性作为的隐喻。它们当然是美好的,因为它们源于对他人的真情实感,但它们也可以被当作是(像韦尔蒙特夫人,西贝拉的婶婶一样的想法)社交上的欠缺。两种观点都是正确的。

《保密》无论如何不能算作是"社会风俗小说",《埃米琳》也不是。但两部小说都关注了在 18 世纪小说中极具重要性的社会风俗。在奥斯汀之后,"社会风俗小说"依旧盛行,但逐渐被当作相对琐碎,不甚关注严肃问题的一种形式。以诸如《伊芙琳娜》为代表的 18 世纪真正的"社会风俗小说"实际上是非常严肃的,其他以社会风俗当作参照点的小说也是如此。

第七章 哥特小说

　　哥特小说——与社会风俗小说不同,是一个表面上与日常生活几乎无关的形式——源于一场梦境。不管怎样,贺拉斯·沃普尔是这么说的。他说,在梦见了一个巨大的头盔之后,他立刻就创作出了《奥特朗托城堡》(1764)。这部篇幅短小的作品(世界经典作品丛书版只有110页)被公认开创了一个文类,它持续盛行,尽管时常形式上不够纯粹,甚至至今都取材于像是梦境中的材料,依然吸引了大量的读者,像它开始时一样。小说首次发表是匿名出版,到18世纪末已用英语出了十一版。第二版时,沃普尔增加了前言,解释了他写作的目的,至少用他广为人知的姓名首字母承认了他是作者。他揭示说,他的书"试图融合两种传奇故事,古代的和现代的。前者中的一切都是想像的,不太可能的;后者总是意图、并且有时能成功地复制自然"(7)。他所谓的"现代的"传奇故事,指的是发展中的小说这一文类,刻画人物总是力求做到逼真。沃普尔的话表明了他想把超自然的,不真实的,与人性中真实合理的部分结合在一起。他的追随者们极大地丰富了哥特形式,追求的也是同样的目的。

　　尽管篇幅短小,《奥特朗托城堡》却勾勒出了哥特体的重要因素。超自然与心理上令人信服的东西的结合,尽管对于多数哥特体很重要,但也只是最基本的。可能同样重要的——至少在后来的哥特小说中无处不在的——是要强调混乱的家庭关系。沃普尔小说中的父亲想要娶——开始明显是想要强奸——与他那死去的儿子订了婚的女子;接下来,他(意外)杀死了他的女儿。在后期的作品中,也有大量关于乱伦和非自然死亡的暗示。沃普尔小说的背景是一个城堡。之后,哥特体的尝试通常会同样让故事发生在城堡里(常常是有着秘密或是地下通道的城堡)。和沃普尔的小说一样,后来的哥特小说通常会着眼于年轻的、被凶残的男人们追逐着的女子的险境。像沃普尔小说一样,很多后来的哥特作品很大程度上依靠极端唠叨的仆人角色带来喜剧性的穿插。

哥特体最重要的是创建了一种特殊的氛围。18世纪的评论家会把那种氛围叫作"惊悚",但更加关键的是到处弥漫着一种不确定性,不仅是关于接下来要发生什么,还关于已经发生了什么。哥特小说中总有什么事情不太对劲,但我们又总是不能轻易发现其到底是什么。尽管像18世纪其他类型的小说一样,多数哥特小说也是以婚姻为结局,但寻找合适的伴侣,或是努力把握住已选好的伴侣并不串起小说的情节。相反,至少是默契地认定的叙事问题在于如何减缓总是比宣称的起因要严重的焦虑。在《奥特朗托城堡》中,父亲曼弗雷德焦虑的焦点源于一笔被侵吞的遗产,但这个事实在小说的后半部分才出现。在安·雷德克里夫的小说中,女主人公常声称一点点小挫折就会让她焦虑,但她却不知道是什么不对劲。"不对劲的"经常涉及到家庭结构,但也可能牵扯的范围更广。

对哥特小说的诠释强调的是其心理,尤其是性(所有那些阴郁的段落……),但这一形式的全盛时期,18世纪后期乱世中的英国可能吸引我们也作出政治诠释。看起来是人物和读者所经历的不安可能反映的是一个国家所经历的:刚刚被自己的殖民地打败,被政治纠纷分裂,惊恐又陶醉于海峡对面的革命形势——这个世纪还没走到尽头,有一个国王就会走上断头台。沃普尔对情节的安排让我们想起古代的政治冲突;在《尤多尔佛之谜》中,雷德克里夫影射了意大利暧昧的政治问题,以政治原因,通过国家审判的方式除掉了她小说中的恶棍;苏菲亚·李将政治作为其《隐蔽的地方》情节的主干。但即使没有这样直接的参照,家庭的不和谐也被看作国家不和谐的反映。

即使不是全部,大多数哥特小说最后一个特点是使用超自然的力量。沃普尔看起来把它们一切的荒谬反常当成了理所应当,为了方便情节发展,使用了诸如说话的骷髅和会走路的画像这种方式;雷德克里夫赋予其人物惨兮兮的外貌,尽管她在最后都为他们做了辩解;在马修·格雷戈里·刘易斯的《修道士》中,超自然力骇人恐怖;在威廉·贝克福德的《瓦赛克》中,超自然力尽管也恐怖,但在某些方面趋近于喜剧。而超自然现象与悲苦情绪是有着关联的,突出了不确定性,暗示了藏于其后的巨大的动荡。

尽管情节发展不够成熟,《奥特朗托城堡》展示了混乱与不祥的预感如何能产生叙述的推动效果。小说的开始是沃普尔梦境中无法解释的事情:不知从哪儿掉下来一个巨大的头盔,把曼弗雷德就要结婚的儿子康拉德砸死了。曼弗雷德对这一灾难的反应让人匪夷所思,没表现出忧伤,但却很活跃。而读者开始对父亲的无动于衷并没有觉得不妥,因为叙述者也没给出太多让人为这年轻人的死而感到伤心的原因,他病快快的,长得也不好看,"性格上看起来也不像能有什么出息"(15),甚至他自己的未婚妻,美丽又善良的伊莎贝拉,也没有那么深爱他。

小说开篇有一则难以理解的预言,带来死亡的头盔就成了行动上的具体体现。此后,一切都疾速发展。曼弗雷德认为他儿子的死让他有了追求伊莎贝拉的权利。他向女孩解释说,他会同他那听话的妻子离婚;他认定伊莎贝拉会为他繁衍香火。当她没有表现出要实现这一任务的愿望时,曼弗雷德就在城堡的阴暗角落追堵截她,但被一个偶然出现在那里的年轻人出手阻止了。尽管她得以逃脱,那个年轻人——显然是个仪表出众而勇敢的农民——却被曼弗雷德囚禁,受到死亡的威胁。

有许多惊人的场面:会走路的画像,会说话的骷髅,一只巨手的出现。但情节的大部分强调的是单个人物围绕着责任的矛盾冲突。曼弗雷德的妻子,西波丽塔就是个极端的例子,显示出女性没有选择的权利:"必须由上帝,我们的父亲,我们的丈夫给我们做决定。""耐心等着",她接着对她极度困扰着的女儿玛蒂尔达和烦恼的伊莎贝拉说道,"听听曼弗雷德和弗里德里克是怎么决定的"(88)。在她看来,"责任"这一概念听起来很简单:她生命中的男人怎么要求,一个女人就怎么做。但即使是西波丽塔也为矛盾所烦恼。当"上帝"和她的丈夫作出相反的要求,女人该怎么做呢?曼弗雷德命令她同他离婚;神父则告诉她离婚是一种罪恶。

伊莎贝拉和玛蒂尔达面临责任时,也是困难重重。两人爱上了同一个人——乐于助人的农民。曼弗雷德的每个要求都与她们的感情相左。曼弗雷德自己感受到了两种责任的竞争,一方面是神父的禁令,另一方面是他自己感受到的为过去的罪恶应负的责任。他服从了激情,而不是责任,这导致他杀害了自己的女儿——为此,他放弃了自己的财产和自主权,隐居一所修道院,以求赎罪。(清白的西波丽塔也终结于宗教性的退隐。)

因此,一个仅仅是以娱乐面目出现的小说(沃普尔叫它"一个哥特式故事")就有了道德含义,但很难说它到底有什么样的道德意义。关于责任的说词以及所展示的责任与激情之间的矛盾吸引人去关注父母、夫妻、子女的责任,但对这些美德的提倡在叙事中并没有占据重要的位置。勇敢的年轻农民西奥多的英勇、坚贞、诚实,这些美德也主要是以男性魅力的形式出现。一个传统的道德框架主导着小说具体的文字,但情节却惩罚了无辜的人(康拉德,玛蒂尔达,西波丽塔),对其中的不公只字未提,而曼弗雷德则尽管包藏祸心,并冲动地杀死了玛蒂尔达,但活了下来。另外,叙述者在结尾处暗示了一定程度上对小说中的真实——浪漫爱情的蔑视,其语调与情节令人吃惊地预演了《曼斯菲尔德庄园》的结局。所有活下来的人都认为西奥多娶伊莎贝拉是省事的做法:对一切混乱有一个有序的交代。但叙述者告诉我们:"西奥多(对玛蒂尔达)的悲痛难以消退,心里没法容得下另外一个爱人;在不时地与伊莎贝拉就他亲爱的玛蒂尔达交谈过之后,他才相信,除了和一个能让他永远沉浸在已经占据了他灵魂的忧郁的人在一起,否则他没法幸福。"(110)浪漫爱情忽然看起来就像一个笑话,无可避免,也因此毫无趣味,同样像一个笑话的还有曼弗雷德式的忧郁,它将是后来许多哥特式英雄/恶棍的特点。

这作用于读者身上就是制造出类似认知的不一致,也就是我们的期待和真实情况之间的差距。也是用这种方法,沃普尔早期的哥特小说一再给人不安的感觉,它充分利用了这样的氛围以求带来震撼力。

哥特小说中大都出现了唠唠叨叨的仆人,他们都平淡无奇,间接给读者带来了不安感。他们时常感到害怕,甚至是恐惧;他们不是与威胁作斗争,而更可能选择逃跑。他们通常比他们的主人还要迷信。玛蒂尔达的女仆比安卡听到了呻吟声,就把它解释为一个死去的占星家——他曾经教过康拉德——的鬼魂,她坚信,正在与他刚刚死去的学生对话。玛蒂尔达建议她们祷告之后和鬼魂说话,比安卡回答说,她无论如何不愿和鬼魂说话。当她们遇见了这些呻吟的来源,西奥多这个大活人,她立刻认定他正在为爱消得人憔悴。实际上,她看起来相信爱情是大多数人类病症的根源。

这些琐碎的细节在《奥特朗托城堡》的情节中没什么意义,他们看起来就像是温和的笑话。但沃普尔自己提醒人们注意仆人角色的重要性。在第一版的前言中,他假托一个古老意大利手稿的翻译者之口说道,"作者的技巧在他对于次要人物的处理上表露无遗",因为仆人的简单质朴不仅揭示了情节内容,还有助于情节发展(4)。在第二版的前言中,沃普尔亲口为他书中的仆人们作了更全面的辩解,声称在一群地位更高的人物中,有一些地位低下的人的存在会使语调产生更多变化,这在莎士比亚那里就有先例。谈到仆人对于读者的作用,他先是说,这些下人们"几乎让人莞尔"。然后,他又提到仆人们能制造出的悬念。"平民演员们的粗俗玩笑使读者推后了知晓他所期待的悲惨结局的时间,而恰恰是读者所感受到的不耐烦可能突出了,当然,也证实了他一直巧妙地关注着相关的事件。"(8)

雷德克里夫比沃普尔更加全面地表现出仆人们的唠唠叨叨常常会推迟重要的揭露真相的时刻,让人急不可耐,带给读者的不是悬念,而是不耐烦(小说中与仆人谈话的人总是为两种情绪所困扰)。它拖长了叙事:如果没有比安卡的话,沃普尔不长的小说篇幅会更短。但我们会想为仆人们的无处不在寻找更加严肃的解释,而且是在等级制度的社会现实中寻求解释。像沃普尔在第一版的前言中说的那样,与他们的主人们相比,仆人们的反应不是那么严肃,不那么"高尚"。而且他们的话也多得多,通常还说不到点子上。他们应对危机也不那么勇敢。(雷德克里夫的小说中有一些不同于这种总结的例外。)超自然力——真实的和未必真实的都一样:我说过,雷德克里夫为她超自然的现象辩解——检验了社会秩序。当超自然力挑战人性时,主人与仆人之间不同的表现以道德的高低为社会地位的高低作出了辩护。

尽管起到了制造悬念的作用,但哥特小说中的仆人角色也刻意地平衡了努力营造出的不安氛围。仆人们植根于平庸,他们不断地回归日常,甚至他们那单调乏味的迷信,都提醒读者,尽管想像中的另一个世界恐怖异常,还有一个平凡的世界在继续着。他们话太多,这与他们相对缺乏道德判断与道德准则有关。他们的滔滔不绝让人注意到上层和下层人士之间的区别——有益于上层人士的区别。(沃普尔小说中高贵、富有魅力的农民西奥多其实出身于上层社会。)如果与社会层面上的优越相伴的是道德层面上的优越,它也为在不同阶级间制造了不可逾越鸿沟的社会制度作了辩护。因此,像在诸如《奥特朗托城堡》这种小说中描述的现存的人类社会秩序就有着坚固的逻辑基础。在小说世界中,即使鬼魂、骷髅和巨大的盔甲代表着混乱,这一秩序也在安全地起着作用。从这种意义上说,仆人们提供的是一个安定的背景。毕竟,读者们不用觉得太过不安。罗曼史可能会泡了汤,无辜的人可能会死去,但社会的等级制度依然存在。

沃普尔在他的前言中暗示,唠唠叨叨的仆人们还带来了一种情感上的安慰:哥特小说大量引入,或者至少是试图大量引入崇高的概念。在《奥特朗托城堡》之前不久,年轻的埃德蒙·伯克已经发表了《我们关于崇高与美的观念之来源的哲学探讨》(1757),说明了一个模糊的批评术语在18世纪的含义。他解释说,与崇高联系在一起的是广阔,强大,可怕,晦暗。一场暴风雨,或是一座怪石嶙峋的山可能是崇高的。上帝自己——广大,神秘,万能,令人畏惧——是崇高的化身。因为从定义来说(伯克的定义,但也是早期评论家的阐释),崇高激发的是强烈的情绪,一些有想象力的作家忙不迭地去唤起它。超自然现象容易使人产生恐惧与敬畏,是对崇高的典型反应。在《奥特朗托城堡》的结尾,沃普尔写作时很可能膝盖上就放着打开的伯克的书,他对小说中最后的超自然现象的描述系统地借鉴了公认的关于崇高的词汇:"曼弗雷德身后城堡的墙壁轰然倒塌,阿尔方索无限放大的轮廓出现在了废墟的中央。看看西奥多吧,阿尔方索真正的继承人!这幻影说道。说完了这些话,伴随着一声响雷,它庄严地升上了天。云层拨了开来,圣尼古拉斯的身形现出;迎接了阿尔方索的幻影之后,他们很快就消失在凡人的眼力所不能及的光芒之中。"(108)

不过,哥特小说家经常尝试通过人物,也通过超自然力来制造崇高的效果。曼弗雷德只是个不甚成熟的崇高人物,他的"崇高"植根于他的力量(在他的世界里是绝对的),也在于他的沉默寡言。崇高之含糊不清的特点(我们分辨不出山的完整轮廓,看不见上帝)也适用于人类社会。哥特体中极为典型的不确定的氛围一部分就源于含糊的作用。在《奥特朗托城堡》中,许多人物感受到的混乱与焦虑主要是因为曼弗雷德拒绝透露他所知道的一切。他的目的和他了解的情况一直都没有公开。作为寡言的人——他即使说话,也多是不容置辩的命令——他利用崇高的力量塑造自己的形象。喋喋不休的比安卡就和他形成了鲜明的对比,以轻松、透明对应紧张、含糊,以平凡来缓和崇高的张力。

像感伤小说一样,哥特小说不时地提醒它的读者语言不足以表达强烈的感情。"语言无法描述公主处境的恐怖",沃普尔写道(26)。读者读的是语言,却被邀请去想像没用语言描述的"恐怖",像在感伤小说中那样,他们实际上被要求直接利用自己的情感能力去体会人物的情感。与感伤小说的这种联系并非偶然。事实上,我们可以把哥特小说当作感伤小说的一个分支。在《奥特朗托城堡》及其后继者中,像在《多情的男人》中一样,目的都是通过讲述人物的情感经历去唤起读者的感情。折磨着伊莎贝拉或是玛蒂尔达的痛苦经历在那些从纸上得知这一切的人心中也激起了痛苦的情绪,唤起了某种作为情感根本的同情心。另外,拥有极高的情感能力标志着拥有道德辨别力。这些小说的逻辑是,只有感情丰富的人,才能做出公正的判断。因此,为人物遭受的极端的、通常是可怕的厄运而受到情感折磨的读者可以私下里得益于他们与无辜善良的人的密切关系。

然而,崇高与感伤之间的关系带来了真正的难题。总的来说,与崇高相联系的是激情,像愤怒、嫉妒和渴望这样强烈的情感,感伤通常引发的是更加平和温柔的感情,最重要的是同情心,还有我们称之为同理心的,最强烈的可能就是羞耻感了。哥特小说总是力求达到崇高,却很大程度上倚重感伤。两者之间紧张的关系成就了这部小说大半的魅力。

当"哥特"这一名词用于一种特殊形式的小说时,包含了18世纪该词的两个意思:"属于中世纪或是有中世纪特色的",以及"野蛮的,粗野的,粗暴的"。沃普尔没有解释他用该词描述他的故事是什么意思,但他的后继者,克拉拉·里夫解释了,明确指出,她的《英国老男爵》(1778)"是奥特朗多城堡的文学后代","因为是哥特时代及其风俗的一幅图画,故而被称作哥特故事"(3)。尽管有些小说中故事的时代背景不清楚,而有些实际上让情节发生在了18世纪,但言明了的时代通常都在遥远的过去。(为使叙事远离当时的英国,故事通常都发生在欧洲大陆,尤其是意大利,尽管法国和西班牙也会露露脸。)小说中"崇高"的人物用18世纪英国有教养的男男女女的标准来看,野蛮又粗俗。作为人物的一个特性,崇高看起来取决于情感的缺乏——缺乏对他人情感的关心,像我们在上一章看到的那样,这种关注是被礼仪机制制度化了的。

《奥特朗托城堡》中的曼弗雷德这个人物就是这种缺乏关心的例子,尽管曼弗雷德并没有完全发展成为崇高的一种类型。沃普尔的小说为紧随其后的哥特小说最常见的一些方面提供了一个蓝本,但这一蓝本无论如何算不上全面:其后的小说家有时会朝不同的方向发展。即使是克拉拉·里夫,在宣布准备仿效沃普尔之后,承认她发现他的小说有些地方很傻。也就是说,看到其中一些超自然的现象,她想笑——21世纪的读者可能也这样(而且她知道与她同时代的一些读者也是同样的感受)。一把需要100个男人才能抬起来的剑,一个大到掉到地上会形成拱起的一个通道的盔甲,会行走的画像和骷髅鬼魂,所有这一切,里夫说道:"毁了想像力的杰作,唤起的不是关注,而是笑声。"(5)在《英国老男爵》中,她自己创造的鬼魂则是象征性的。他只出现了一次,而且只有应该受谴责的人物才能看见,尽管能断断续续地听见他的呻吟声。

比沃普尔晚了不到15年,里夫的写作展示了对哥特可能性的新设想。她可能甚至比她宣称的榜样更强调明里暗里的家庭内部乱象,而她强化阶级制度的主张看起来也决定着她的叙事选择。她不为唠唠叨叨的仆人们费心,但选择的主人公却是个据说出身农家的年轻人，他非常清楚因为自己没有上层阶级的特权，什么是他所不能做的。只是离小说结尾还有一段时间，发现了他高贵的出身之后，他所具备的骑士品格才有了用武之地，让他追求人生的道路。

这种品格提供了小说最重要的主题。里夫没有纠缠于崇高。她那飘忽不定的鬼魂按照崇高的模式只露了一脸，但她的兴趣实际在于她那所谓出身低贱的男主角身上展示出的感性、同情心与勇气。《英国老男爵》的作用几乎称得上是男人的行为手册。像真正的行为手册那样，它间接地承诺，不是生来就有贵族举止的人们也能够学会贵族的行为规则，而且能成功地做到。当然，埃德蒙不需要任何规则。他高贵的行为——比他那些所谓的贵族同龄人更英勇，更富同情心，更仁慈——明显源于他美好的天性。这样的行为为他赢得了有影响力的恩主，财富，以及他生来就该有的地位，但这也是他极有原则的行为带给他的。

小说揭示了哥特小说中常隐含的保守的含意。尽管它的主题是混乱，这类小说也表达了必然的对秩序的渴望，而秩序存在于老方法、老传统。《英国老男爵》中有忠心的、勇敢的仆人，但如果他们生来就是仆人，那么他们就一直做仆人，不想别的。上层阶级的人们体验情感"不可描述的感觉"（126），下层的人们则不。阶级等级反映并支持了情感和行为的等级。秩序比混乱更根深蒂固，这就是所有哥特小说传递的信息。对这一信息的认知展示了这类小说典型形式的重要性，它绕了一圈回来就为了创建一种披露事实的模式，这比它的情节模式重要。更好说明这一点的说法是，情节模式是为披露事实而存在的：过去发生过的比现在正在发生的重要。因此，对埃德蒙高贵出身和对他父亲的谋杀事实的披露成为恢复秩序的工具，而一旦秩序恢复了，所有的鬼魂也就消停了。

哥特小说一个更反常的例子是威廉·贝克福德的《瓦赛克》（1786），它有很多崇高的表现，大部分是恶意超自然力的体现。我对于哥特体的概括没几条适用于这个反常的故事。里夫将其小说的兴趣点放在美德上,而贝克福德的侧重点则是邪恶。与里夫和沃普尔不同,他没有兴趣要让他的人物有心理可信度。相反,他创作出有着无限力量的恶魔——一个母亲和一个儿子。儿子瓦赛克是一个不知名的东方国度的哈里发。在第一段中,我们得知,"当他生气时,他的一只眼睛变得那么吓人,没人能看它,哪个可怜人要是被它盯上了,就立刻仰面倒下,有时就断了气"(1)。而这还只是开始。故事继续讲述关于哈里发的残暴的一个又一个例子,以及造成它的原因——自私自利。他的母亲甚至比他更常在不经意间带来毁灭。他们凶残的行为达到了极致,以至于口气平淡的叙事时不时反倒成了滑稽的记录。

比如,在小说的早些时候,瓦塞克和他的母亲在一座塔顶点燃了一堆火。哈里发的臣民们以为塔着火了,跑去帮他,140个"最强壮、最刚毅的"人成功地撞开了门,爬上了梯子。邪恶的母亲加拉希斯建议说把他们作为献祭。当他们到达塔顶时,烟和火把他们给熏倒了:"真是可惜啊! 因为他们看不到那些把绳索套到他们脖子上的哑巴和女黑人脸上和善的微笑,不过,这些温和的人们看到这种场面一样的高兴。勒死人的仪式以前从没这么容易过。他们全都倒下了,没有抵抗,没有挣扎,于是,瓦塞克在很短的时间内就发现自己被他最忠诚的臣民死去的身体包围,他们都被扔到了火堆的顶上。"(34—35)

在下一句话中,这些身体就被称作"死尸"。

这一屠杀场面的无挣扎,冷漠,非现实感很典型,同样典型的还有观众和杀人犯们简单的快乐。它还邀请读者笑看道德的分崩离析——哑巴和女黑人和善的面部表情,称颂勒死人是"仪式"。但它通过暗示受害者的忠诚,刺耳地称他们为像动物尸体一样的死尸,巧妙地提醒人们可能会有其他的反应。这样的措词强化了场面的不和谐。当然,经历了20世纪可怕的事情之后,很难在读到大规模屠杀——而这里有无数大规模屠杀的场面——时不产生与小说显然希望带来的饶有趣味的不一样的情感反应。

最初的评论家们总的来说持赞同的态度,认为瓦塞克是一个道德故事。确实,母与子的恶行得到了惩罚,被放逐到——实际是自我放逐——一个描写得非常详尽的地狱里,他们的心在胸膛里不停地燃烧,他们发现自己完全与他人隔绝,包括他们在地狱中的同伴。但叙述者明显乐于将他的地狱仅看成是又一处虐待狂极端行为的发生地。表面上,在常见的哥特模式中,地狱对罪人的惩罚应该恢复秩序。但它可以被当作恢复秩序的反面:当作对美学和道德持续的颠覆,不断邀请读者将施虐狂行为仅当作美学活动来思考。

就"崇高"力量的受害者丝毫不招人同情这一点来说,瓦塞克在哥特小说中是不同寻常的,可能是独一无二的。我说过,它不涉及心理,不像沃普尔那样致力于把表面上现实主义小说的方法与虚构的传奇故事的方法相结合。贝克福德丝毫就没作出要写成现实主义小说的姿态。他的效果取决于一种反讽性的距离感。他采用了东方故事的大致轮廓,这在 18 世纪是常见的一种模式,将它夸大到极致,并且提高它的道德风险。他刻画的唯一一个有一点点吸引力的人物是一个彼得·潘式的年轻男孩,他逃离了瓦塞克的魔掌,在云端永久地、一直像个孩子似地活了下去。贝克福德间接地挑战读者,让他们去评判自己的人物,但小说本身又使评判即便可能也很难。

贝克福德反常的哥特小说直接走进了死胡同:没有任何其他小说家尝试过同样将东方故事结合超自然的恐惧,尽管那恐惧带有喜剧色彩。另外一个作家,马修·格雷戈里·刘易斯(在他的小说大获成功之后被叫作"修道士"刘易斯),在本世纪末出版了《修道士》(1795),为他的读者带来了虐待狂式的,而不是道德的满足。我稍后再考虑他的重要小说,这里先看看为哥特小说短暂开辟了新领域的另外一个小说尝试。

苏菲亚·李的《隐蔽的地方,或是别的时代的故事》(1783)探讨了伊丽莎白时期想像的可能性。和很多哥特小说不同,《隐蔽的地方》不依靠甚至是明显的超自然力。大部分时间,它并不在人物身上展示崇高,里面的仆人们说话都切中要害,但它开发了我们可以称之为"哥特氛围"的可能性,而且在手头没有明显范例的情况下,展示出哥特小说可以起到严肃的作用。

如果李缺乏"严肃"哥特小说的范例,她在18世纪最后的25年间有很多小说方面的前辈,他们发展了其他的亚文类。《隐蔽的地方》利用了我们在前面几章讨论过的几种模式。从不严格的意义上来说——从《范尼·黑尔》或是《西德尼·比道尔夫》的意义上来说——它是一个书信体小说,主要由两姐妹靠回忆写就的两封长信构建,她们的信写给彼此,也为彼此而写。像西德尼·比道尔夫有些日记体书信一样,两封信的每一封都插入了其他人的短信。《隐蔽的地方》很大程度上依靠感伤传统,将两个女主人公塑造成被她们的情感能力支配、控制的样子。小说以《鲁宾逊·克鲁索》为典范,是一个冒险故事——不是刻意去追求的冒险,通常都很痛苦,但即便是对于有钱有地位,传统上不可能有冒险行为的女性来说,却是一手经历的事实。它记录了两个女子从生到死的生命轨迹,因此符合生活经历的小说模式。李将这些亚文类的结构融合在一起,成功将他们置于哥特体的框架之下,利用感伤与崇高的张力对女性在历史上扮演的角色作出评价。

因为历史是这部小说中重要的因素,尽管事实是这部小说里的大部分"历史"都是虚构的。故事发生在伊丽莎白时期起到的作用比仅仅保持距离要重要得多。李的故事涉及到假想的苏格兰女王玛丽一场秘密婚姻中所生的两个双胞胎女儿。玛蒂尔达和埃莉诺一起渡过了童年,离群索居,对她们的血统一无所知,因为选择了不同的恋爱对象而走上了不同的道路。玛蒂尔达嫁给了她爱的人,莱斯特伯爵,并为他生了个女儿;埃莉诺一直没能嫁给她爱的人,埃塞克斯伯爵。两个女子都不断遭受各种各样的折磨。埃莉诺死的时候疯了;玛蒂尔达在小说结束时快要死了;玛蒂尔达的女儿——她重回王室的希望——被下了毒。这里没有皆大欢喜的结局。至于婚姻这种传统的解决问题的方式,它在小说中不仅主要作为实现政治目的的手段,也不能确保幸福,即便参与其中的人深爱彼此。

这部小说中的崇高在历史中得以实现,而历史被当作一系列相互关联、无法抗拒,却又高深莫测的力量。晦涩、可怕、万能、对个人毫不在意,它具备了崇高的一切特性。确切地说,这里没有"它":历史是抽象的,是追溯性的概括,是记忆、神话和欲望的不可预测的产物。显然,读者和人物在与历史的关系中处于不同的位置。李出色地利用了这一不同,不断提醒我们,我们认定什么是事实是由我们的立场决定的。几乎3个世纪之后,回过头来看,甚至是18世纪的读者都会意识到,他们所认为的历史——伊丽莎白和詹姆士,埃塞克斯和莱斯特,以及许多小人物都是历史上存在的,都是他们以前会读到的——对玛蒂尔达和埃莉诺来说只是一系列无法了解的事件。我们当然都牵扯在历史中,这部小说坚称我们对那意味着什么知之甚少。

姐妹俩几乎不断共同拥有的主要经历,都完全失控。她们可能短时间内觉得她们对什么人或是什么事能掌控,但很快生活就迫使她们认识到这种感觉是种错觉。小说名字中的"隐蔽的地方"指的是一系列复杂的坑洞一样的结构,在这里,小姑娘们形成了意识,长成了少女。她们和一个她们称之为"母亲"的女人住在一起,但她最后告诉她们,自己不是她们的母亲。她们不知道她们的父母是谁,不知道她为什么必须生活在那样的环境之下,也不知道更大一些的世界是什么样子。所有的孩子都无法掌控什么,但对于这些日常生活一成不变、对更高的认识只有非常有限能力的女孩来说,她们更缺乏掌控力。

最终她们逃离了与世隔绝的生活。她们的替身母亲死了;她们偶然遇到了逃离暗杀者的莱斯特,把他藏到了隐蔽的地方。玛蒂尔达立刻爱上了他,嫁给了他,然后和他一起走了。接下来的事情太多,太杂,太乱,没法概括。玛蒂尔达发现自己被她无法理解的力量摆布。她尝试以公认的女性行为准则行事,对自己的丈夫始终如一地忠诚顺从,但遵守不遵守这些准则看起来对她的命运没有丝毫影响。她做得好或是坏没有意义。当她试图估算她的优势时,她的估算看起来也没有意义。事情发生得很随意。莱斯特死了;一个想要成为她情人的人——一个粗俗野蛮的人——绑架了她,把她带到了牙买加;她生下了女儿;一场奴隶的暴动使她免受强暴;接下来,她与女儿在狱中度过了很多年,女儿长到八、九岁,没有书看,但她母亲给了她道德教育,之后她们被释放了。然而,这一切也只是她动荡传奇中的一章而已。无法预料的事情一件接着一件发生。很多都以一种或者是另一种方式源自伊丽莎白女王,她在幕前幕后时刻存在。

女王是小说的反面人物,是其中最有权力的人物,因为她的权力及其反复无常的运用而具有危险性。表面上,两姐妹以她们的书信构建了小说的叙事,她们先入为主地认为她被情欲与虚荣心驱动。她们除了意识到她们的家人是王位可能的继承人之外,只对国家事务有些模糊的概念。从她们自己的角度看伊丽莎白,她们并不同情她,但还是呈现出她孑然一身的凄楚:她不敢相信男人,不愿放手权力,但却在不可避免地老去,丧失了性魅力,也丧失了其他个人魅力。

一方面是极具同情的揭示,另一方面是带有敌意的企图,这一自相矛盾揭示出,《隐蔽的地方》明显是一部女性的书。一大批18世纪哥特小说的作者都是女性,而这一事实对于理解它们的实质很重要:它们通常关注的是女性的困境。《隐蔽的地方》就其形式上的复杂而言可谓与众不同——它不仅有着众多的叙述者,而且众多的叙述者对同样的话题还有着不同的视角——而它的情节也是极其错综复杂。在复杂的情节发展中,它一直强调对女性境况的关注。"啊,男人,幸福的男人!"埃莉诺想到:"你那么被造物主垂青!被赋予了学问,勇气,还有受苦遭罪的女人所没有的活动性;从你对生活无数次的失望之中生出了充满生机的希望,不知不觉中使受伤的心停止了流血,而软弱女性的生命力却就这么眼睁睁地流逝了;当宽厚的命运满足了你的愿望,你以打不垮的对快乐的渴望拥抱着高价买来的幸福;几乎没意识到你从她的面颊上沾上的冰冷的泪珠,它们那么晚才被许可参与你的人生"(213)。

如果这样的观察生动地展示了写信人的自怜自爱和她对脆弱感的远见,它们也总结了叙事所强调的两性差别。这些差别涉及到性格和境况。埃莉诺或是小说中其他任何人都没有思考男人更有希望、更有适应性的可能原因,但男性被允许有活动性而"受苦遭罪的"女性命定只能被幽禁的事实看起来并非偶然。与埃莉诺早些时候遭遇危机时对潘布鲁克夫人说的话相比,她的评价又多了些辛酸。"我天生就很矛盾",她说道,"我看起来只是以那种心理活动的方式存在"(189)。只有心理活动是女性传统上能拥有的,而"那种心理活动"毁了埃莉诺。

幽禁和逃离是哥特小说女主角传统的两种选择。李的女主角两种境况下过了很长时间,但她们在幽禁中的"心理活动"为她们成功逃离提供了些谋略。她们大胆设想,也同样大胆执行她们的设想。尽管埃莉诺容易心力交瘁,但她女扮男装来了个持续较长时间的冒险,有意冒着生命危险和失去贞操的危险寻找她的爱人。玛蒂尔达在穷途末路之际表现出了勇气和智慧。像其他哥特小说女主角一样,姐妹俩拥有巨大的忍耐力,承受着高度不确定性带来的压力——事关她们自身的前途和她们所爱的人的命运——和实实在在的危险。总之,尽管注定是幽禁和逃离的女性命运,她们从来没有逆来顺受。当我们第一次见到她们时,她们年轻,诡异地过着几乎是偷偷摸摸的生活,但她们已经忙着思考,试图(尽管白费力气)想明白她们所处的境况。从她们偶然遇见莱斯特并谋划营救他的那一刻起,她们就努力规避对她们的限制。即便当玛蒂尔达发现自己入狱多年、孤立无援时,她也拒绝认为自己无能为力:她致力于找到权宜之计,教育她的女儿。

换句话说,李把困境当成各种可能性的舞台,去展示女性在所谓的从属和奉献背景下思考,行动,感受的能力。就像我们见到的那样,尽管她的女主角可能会抱怨她们的命运,但总的说来,她们去适应或是设法改善她们所处的境况。埃莉诺说得对,她们缺乏男人所拥有的机遇,但充分利用了自己拥有的机会。

文本中没人看起来注意到这个事实,而所有人都没能发现女性的英雄行为则意义重大。小说的结构形式,它一封接一封书信的模式,使人注意到视角的问题,这在对莱斯特性格的评价上最为明显。对于玛蒂尔达来说,她的情人、丈夫是最好的男人。埃莉诺则有所怀疑。她认为莱斯特打的是政治算盘,不值得信任。直到他适时地死去,就我们所知,莱斯特待玛蒂尔达都无可挑剔,但关于他的动机或是目的却没有给出一点证据。关于他性格的相反的理解只是并排展示在那里。读者可以自行选择,或是可以说,他们没有作出评价的证据。不管怎样,他们都被迫思考截然相反的解读的可能性。

这一视角问题把我们带回了关于历史的问题。小说告诉我们,经历过的历史混乱而无法理解。如果我们对莱斯特的动机和目的没有证据的话,我们也不知道剧中其他演员的目的,但我们在读小说之前就知道他们很多人的名字;如果我们是在读历史,那么以前已经见到过对他们的解读。对一个18世纪的读者来说,很明显李在很大程度上借鉴了那个时期流行的历史书籍。如果她在她的小说中编造了不少,那她也记录了被别人记下的——实际上是编写下来的——行为和事件。

把这些被称作是事实的东西写成小说时,她将它们作为真实经历解读、再解读,从而赋予了它们神秘感。她错综复杂、令人感动的叙事目的在于让人诧异,让人惊叹,让人感受到一个女子一生的轨迹会有多么重要。

接下来的18世纪小说家没人以她为榜样。相反,哥特小说沿着沃普尔划定的轨迹前行,尽管变得详尽了,还有了很多变化。《修道士》是它在18世纪最为可怕的新变化。作为对安·雷德克里夫的

《尤多尔佛之谜》(1794)——我们随后会在这一章讨论该书——的回应,刘易斯不同于雷德克里夫的地方在于他强烈依靠超自然力,而且用性和极端的暴力充当小说的内容。像沃普尔一样,他尝试使用了乱伦,但不是让一个父亲不经意间杀了自己的女儿,而是让一个儿子无意间杀了自己的母亲。像贝克福德一样,他加入大量很暴力的章节,以至于我们会怀疑有一种虐待狂式的情调。像他所有的哥特体先行者一样,他融合了更加温和、有着更为传统的18世纪情怀的小片段。他的情节使他能够跑题:他在一个堕落的修道士的主干故事中加入了哥特式的次要情节。

修道士的堕落以超自然的方式呈现,但他自己和读者都是直到最后才知道这一重要事实。小说开始时,安布罗西奥被所有人热爱敬重,他的会众很多,离开修道院也只是去布道。在修道院里,他发现自己越来越被一个长相迷人、对他忠心的年轻的新信徒所吸引。后来发现这个新信徒实际上是个女人,她的脸长得像安布罗西奥所迷恋的一张画像上的圣母玛利亚。她用身体诱惑了他,接着又使他做了更可怕的事,包括强奸和谋杀。最后发现她不是个女人,而是个魔鬼,一开始就一心想毁了他。他的毁灭发生在肉体和道德上:安布罗西奥把自己的灵魂出卖给了魔鬼之后,魔鬼抓起他,把他从"高得可怕的"悬崖峭壁上摔下来,慢慢地在痛苦中死去。

小说刚开始时,安布罗西奥是作为一个崇高的形象出现的。他还没开始堕落,因为他的虔诚和严肃而出名。马德里人倾城而出,去聆听他每周在大教堂的布道。"他的表情和气度中有种肃穆,使所有人敬畏,他的目光如炬,能看穿人的内心,没人能禁得住他的逼视。"(20)如果他眼睛的力量让我们想起瓦赛克的话,他本人则没那么专制,因此也更有分量。当他开始讲道时,"他的声音低沉而清晰,带有雷霆之势——每个听众回想起自己过去犯下的罪恶都瑟瑟发抖:雷声轰鸣,闪电注定会击中他,他的脚下即是深渊,他万劫不复!"(20—21)。暴风雨,雷鸣,闪电,地狱:这些权力、恐怖、神秘的象征与极富魅力的修道士联系在一起,赋予了他神一般的力量。

读者对于安布罗西奥的最初印象一部分来源于年轻,可爱,纯真,易于、甚至是渴望生畏的安多尼亚的视角。换句话说,"崇高"的说法源自一个局外人的观察。想要激起人们崇高之感受的小说家可能不会过多描述崇高人物的内心,因为内省会消除神秘感和恐惧感,而这是崇高之必不可缺的特征。刘易斯没有细致、全面地探索安布罗西奥的心理,但他出色地解构了他所激起的崇高感。当他屈从于勾引他的女子,继而发现自己身陷更多恶行之中时,叙事着重记录了有限的修道士的想法与感受。刘易斯以此揭示,给任何一个人带高帽,拔高他的形象,必定是错的。

在《修道士》中,哥特小说家们一直试图系统地激起的惊恐(terror)变成了恐惧(horror):一个被勒死的老女人激起的恐惧感;一个牢狱中的母亲紧紧抓着她那爬满蛆虫的婴儿的死尸激起的恐惧感;被愤怒的人群踩成肉酱的一个女人激起的恐惧感。极端的罪恶,像安布罗西奥那般谬误到极致的道德,不仅导致了毁灭,还带来了丑恶、苦难。

性也被玷污了:本来试图私奔,结果追求者却与一个修女的鬼魂共乘一辆马车,而他所爱的人被锁在了一所女修道院的地牢里。安布罗西奥垂涎安多尼亚,于是强暴了她,还把她给杀了。对欲望的过度满足带来的只是更大的不满足。实际上,不满足是安布罗西奥所作所为的典型特征。尽管他自私、恶毒的企图使他无法成为一个让人怜悯的人物,但读者还是不得不认识到他为了满足自己的欲望而给自己带来的痛苦。

刘易斯的小说逐步披露了一种强烈的、出人意料的感伤的压力。伤感的调子主要出现在对安布罗西奥不同的女性受害者的同情上:无辜的安多尼亚,她谨慎、慈爱的母亲,特别是艾格尼斯,牧师残暴行为最栩栩如生的受难者。刘易斯尤其通过艾格尼斯使崇高与感性之间的张力成为了主题。

艾格尼斯,雷蒙德的挚爱,被强制关进了一所女修道院。尽管还没有结婚,但她怀了雷蒙德的孩子,也就因为她在性问题上的行为不检成了修道院院长嬷嬷发泄怒火的对象。院长嬷嬷和安布罗西奥一样,关心的只是她自己的名声;她担心,或者是说她担心,怕不够严苛让她在"马德里的偶像,……我最想让他知道我教规之严格的那个人"(199)的眼里丢脸。那个偶像当然就是安布罗西奥,他自己最近刚刚尝到性的乐趣,想要宽大处理艾格尼斯。玛蒂尔达,他的魔鬼情人,却要他显示出双倍的严苛,以免有人怀疑他自己品行不端。至于艾格尼斯,"她不够聪明,没能掩饰好,就不配享受爱的乐趣"(199)。

安布罗西奥听从了玛蒂尔达的建议,因为认识到它很有头脑,但他对她的"冷漠"深感震惊。同情心,他想道,"在女人的性格中是那么自然,那么合适的一种情感,以至于女人拥有它几乎不算什么美德,而要是没有它才是个大的罪过"(200)。他自己真心同情艾格尼斯,但他坚决压制了这种情感。他依然维持着给他带来很高声誉的神圣、严肃的外表;尽管他向来找他忏悔的女人们发泄着兽欲,她们却都没有怀疑这一事实。

《修道士》逐步点明,崇高完全不过就是外表的问题,尽管性格的特点有助于成功地构建外表。在安布罗西奥的例子中,这种构建一部分取决于压制同情心,克制感情。即便在他强暴了安多尼亚之后,修道士还是真心地同情她;但他在意自己的名声,更甚于任何冲动的怜悯。刘易斯的叙事安排强调,修道士接受的宗教教育使许多美德变得毫无价值——尤其是同情心和"襟怀坦白"——并且使安布罗西奥为树立自己的高大形象而"限制"了他固有的情感。真正的美德和表面上的美德间的割裂并没达到虚伪的程度,直到与玛蒂尔达之间的私通让修道士意识到自己卑鄙的欲望,但教会却是有意助长了虚伪的可能。

毫无疑问,这部小说中的崇高人物是诱惑了安布罗西奥,把他投向毁灭深渊的恶魔。他夹着风带着电而来,身体包裹在黑暗之中,头发是一条条活着的蛇,他"巨大的黑色翅膀"代表了恐惧。"他的双目闪烁着怒火,能让最勇敢的人充满恐惧"(369)。这个详尽描述的魔鬼实际上使书中崇高与邪恶的联系具体化。为崇高所拒绝的感性这种美德在人世间起作用;崇高则要求得更多。刘易斯的小说试图左右逢源:一方面,它不停地邀请读者作出赞同的反应;另一方面,它又以崇高——人为制造的恐惧来刺激读者。

对有些读者来说,《修道士》所带来的道德上的不安和《瓦赛克》所带来的可以相提并论。在这里,人们一样可以怀疑对虐待狂的细节描写太过津津乐道了。如果刘易斯期待人们同情安布罗西奥的女性受害者,他对于她们苦难经历滔滔不绝的描述(尤其是艾格尼斯在她的婴儿死去时和死去后的痛苦,以及安多尼亚在女修道院的地下墓室中经受的长期的残暴折磨)展示的是面对男性施予的痛苦表现出的几近淫秽的欣喜。尽管它很有魅力——实际上,因为它的魅力——《修道士》展示了哥特体隐含的道德层面的模棱两可。

安·雷德克里夫可能是18世纪后期最受欢迎的哥特小说家了,她看来意识到了这种模棱两可的危险性。可能她最扣人心弦的小说——《意大利人》(1796)——刻意改写了《修道士》。雷德克里夫保留了刘易斯作品中的很多因素,包括发生在一所教堂里的开篇的一幕:一个年轻人第一次见到他将会为之献身的漂亮女子。这本书中我们也会发现以严厉和美德著称的修道士,发现他表面的和实际的品质之间的出入。这里也有着不正常的家庭关系的迹象。像在刘易斯小说结尾处一样,雷德克里夫小说中,宗教法庭也是一个重要的存在。文本给出了一个高傲而邪恶的女修道院院长,以及一所有着地牢、有着永久拘禁的威胁的女修道院,但事实上没发生谋杀——不管怎样,小说情节中没有一个好人被杀——当然,也没有乱伦,没有真正意义上超自然力的介入,尽管有很多现象鼓励人物和读者相信超自然力的存在。

雷德克里夫对她那著名的先行者的改写证明了有争议的一点：暗示比描写更有效。通过极大地依靠暗示这种手法，雷德克里夫为哥特小说开辟了新天地。她还在叙事中将崇高和感性之间的关系放在了明显的位置上，同样以间接的手段强调了一个重要的问题。

像雷德克里夫所有的女主角一样，艾琳娜表现得极具感性。她对每件小事的反应都带有感情；她可能比任何一个哥特小说的女主角都更爱焦虑；她尤其同情其他女人。她的情人维瓦尔第，至少在一点上和她一样：都受情感的支配。他没有艾琳娜那种焦虑（尽管他会极容易怀疑他所爱的人是不是像他一样爱她），但他有着很强的同理心，他最明显的特点是多变的想像力，随时准备编造出虚假的解释，尤其会把暂时无法解释的现象当作是超自然力的产物。像更纯粹的感伤小说所一贯表现的那样，想像力和感性是不可分割的，因为只有想像力能带来情感上的认同，这是情感呼应的关键。

像在刘易斯小说中一样，在这部小说中，崇高是坏人而不是好人的特征。个子极高，让人捉摸不透，又很严肃的修道士斯奇德尼代表了在所有雷德克里夫小说中有些好色，但本质上很恶毒的人物形象。他具有崇高的特点；维瓦尔第却没有。小说结尾处，斯奇德尼不可避免地死去，直到最后都不屈服，不开口。（在这一点上，他与安布罗西奥非常不同，他在恐惧之中宣誓效忠魔鬼，直到最后都是个懦弱的角色。）维瓦尔第和艾琳娜结了婚，但是在维瓦尔第为他的想像力受到惩罚之后。斯奇德尼解释说，他利用了那年轻人"主要的弱点"达到了自己的目的。他进一步解释，那弱点是"易受影响的特性，尤其容易迷信"。他接着说："很明显，你的想像力高涨，强大的想像力哪会满足于听从平实的理性，或是感官给出的证据呢？"（397）。

然而，维瓦尔第和艾琳娜都有更坚强的一面，这与他们随时随地的感性并不相悖，而是有着因果关系。像索菲亚·李的女主角们一样，艾琳娜身处逆境时不仅坚忍，而且积极反抗。她利用她的智慧去了解并击败她的敌人。因此，当她被囚禁在一个孤零零的房子里，与一个凶残的男人同处一室时,她发现他想要给她下毒,就不喝他给她的牛奶。受制于邪恶的院长嬷嬷的她有两个选择,要么立刻结婚(嫁给一个她从没见过的人),要么作为一个修女献祭,她一再坚定地拒绝两个选择。维瓦尔第有同样的反抗,面对宗教法庭的操纵与指控,他坚称自己无罪,在饱受折磨,本可以只顾自己的情况下还保持着他的同情心。

　　反抗的能力和同情心之间的关系从来没有直接说出来。它一定程度上通过雷德克里夫对自然界的利用而表现了出来。我们会轻易嘲笑壮美山川、秀丽田园的固定模式,显然它们都得益于18世纪的绘画(雷德克里夫从未去过欧洲大陆,尽管她把小说的故事发生地都放在了法国和意大利),但那些固定模式起到重要的作用。它们用视觉和心理术语表现出崇高与美之间的差异,揭示了这两个概念所代表的两种截然相反的力量。

　　像诗人和小说家一样,18世纪的画家也利用了伯克关键术语的美学可能。因此,雷德克里夫对绘画的依赖原本会强化她依赖美学二分法的倾向。她的每部小说都利用了"崇高"和"美丽"的自然景色之间的对比,这种对比也说明了相应的人与人之间的对比。这一技法在《意大利人》中尤其明显,其中的女主角被劫持,坐着马车长途行驶,穿越了阿尔卑斯山,然后被囚禁到一所意大利的女修道院,她从看到的壮美景色中得到了安慰与勇气,记起了上帝的力量——她意识到,这力量可以推翻囚禁她的暴君。从一个炮塔的窗口望出去,她看到了群山,艾琳娜证实了自己拥有反抗的力量。叙述者解释说,她拥有这种能力,能使她的思想"通过自然景色得到很大提升……她能到那儿,(炮塔的)景色会使她的灵魂重新振作,获得力量,带她平静地经历等待着她的磨难"(90)。在伯克的表达中,女性与崇高无关。雷德克里夫在不损害其主人公"女性特质"(温柔,胆怯,讲规矩,渴望情感联系)的前提下,让她利用了崇高所意味着的内在力量,成功地把艾琳娜和崇高联系在了一起。

在这部小说中,美总是与非原生态相联系——从景色和心理两个层面。"河岸和一马平川的原野安睡于山脚下多美啊",艾琳娜评价道;"和俯视着、拱卫着它们的可怕的壮观山脉相比,它们就是美和雅的化身啊!"(158)。她继续列举那些平原上留下了耕种和管理迹象的地方。在小说的最后几页,艾琳娜和维瓦尔第结了婚,回到艾琳娜父亲的庄园之后,雷德克里夫让自己详细描写了自然景色,着重描写了那些盛开的鲜花,传递了这样一个信息:两个年轻人为斯奇德尼所代表的人类崇高所迫害而焦虑不安,现在可以在美好中宁静地生活了。

如果艾琳娜与崇高有些关系的话,她还表现出一种典型的女性对于依赖的渴望。她对可怕的斯奇德尼持久反抗凭借的就是这种依赖:她恳求他,叫他"父亲"(他毕竟是个修道士),在相信他就是她真正的父亲之后,她坚持渲染她对他的需要。这种策略并没有明显软化斯奇德尼,尽管有时看起来会使他不安。它们有助于定义艾琳娜自己是属于"美"的范畴,虽然她对于崇高也有所反应。

雷德克里夫强调了男女主角的反应能力,实际上美化了女性性格中的"美",尽管她所描述的是 18 世纪哥特小说中最深入人心的崇高的人物形象。和哥特小说中他多数的"崇高"的先行者不同,斯奇德尼被赋予的不仅仅只是最基本的情感生活。他拥有不断被探究的内心经历和让人印象深刻的实际经历。叙述者研究了他作为一个无法以道德标准衡量的阴谋家的动机和他自我构建的本质及原因,不断强调他对那些让自己的良心和道德感阻碍他们行动的人的鄙视。从外形上看,他比别人高出许多,同时他也是在想像中不可小觑的存在,这一定程度上是因为他在艾琳娜家中所扮演的角色不明。他含蓄地评价了刘易斯的安布罗西奥,揭示了雷德克里夫的信念,即家庭中的戏剧性事件远比超自然力的介入更有影响力。

我们看到,沃普尔以一则关于混乱的家庭事务的故事开始了哥特小说这一文类,他的继任者们则以他为例。但直到雷德克里夫,才算是有了一个哥特小说家发现能够将家庭生活中秘不可宣的事情作为叙事中跌宕起伏的来源。艾琳娜父母身份的不明确造成了与《意大利人》中相同的悬念——不是因为女孩不知道谁是她的父亲，而是因为她觉得她知道。而所谓对父亲身份的揭示则以感觉混乱的自然顺序吊着读者的胃口，造成的困扰直到小说结尾才得以缓和。

像《意大利人》这样的小说含蓄地评价了18世纪小说中广为接受、可能是不该那么轻率建立的传统，即由儿子们来发现他们真正的父母，因此解决所有的问题。从汤姆·琼斯到亨弗里·克林克（以及之后的其他人），小说主角在经历了人生的起起伏伏之后，发现他们是因为父母，甚至不是合法婚姻中的父亲的慷慨才能有稳定的社会和经济地位。雷德克里夫暗示，对一个父亲的发现可能只会让孩子过得更艰难。另外，她思考了可能会有的、超出父母-子女二元关系之外的嫉妒、对抗以及其他紧张的家庭关系。在《意大利人》中，艾琳娜和她情人的家庭都制造了种种困难。维瓦尔第的母亲因其家族野心和书中暗示的甚至是更为邪恶的动机，与斯奇德尼合谋想要杀死艾琳娜；她失却了女性特点（斯奇德尼因为她像女人一样考虑问题嘲笑过她），并最终丧失了人性。

雷德克里夫的小说总是探索家庭关系的种种可能，以求制造出哥特体神秘、恐怖的特色。她对于甚至是最令人震惊的现象都拒绝给出超自然的解释，这表明她坚信自然的解释不仅是更加可信的，还是更扣人心弦的解释规则——这种规则更会在读者中引起共鸣。再举一个例子，我们可以思考下《尤多尔佛之谜》，这可能是她最有名的小说，一定程度上是因为它大量展现了超自然现象，而最终又都把它们解释清楚了。

这部鸿篇巨著比沃普尔小说的六倍还要长，主要讲述一个名叫艾米莉的年轻女子身世的浮沉。叙事开始不久，艾米莉就成了孤儿——像多数哥特小说女主人公一样——之后，她发现自己的监护人是一个令人讨厌的姑妈，她嫁了个叫作蒙托尼的意大利贵族。他权力很大,总在沉思,拥有位于亚平宁的尤多尔佛城堡。他把两个女子带到了那里,并且在那里折磨她们。文本直接告诉我们,蒙托尼唯一感兴趣的就是权力。当年轻女孩胆敢公然反对他时,他发出的威胁就是:他在主张自己无限的权力。他不会饶恕哪怕是最轻微的蔑视,他也不会因为别人的祈求而生出同情,他无法理解这种情感。艾米莉害怕他,讨厌他,但他相较于,例如,他的追随者莫兰诺(他想要艾米莉嫁的男人)来说,是更让人不可抗拒的一个角色。

  蒙托尼始终与强烈的感情联系在一起:"怡情悦性对于他的灵魂不起任何作用。他感兴趣的是强烈感情带来的活力;生活中的困难与风雨能毁了别人的幸福,却能激发、增强他精神的所有力量,让他极度兴奋,而这正是他的天性使然。如果没有让他强烈感兴趣的目标,生活之于他与酣睡无异。"(182)这样的人物刻画中体现的矛盾情绪是雷德克里夫笔下"崇高"男性的特点。一方面,蒙托尼喜欢"活力"——在这一时期是一个重要的褒义词——追求精神的力量,而拒绝"怡情悦性"。另一方面,"他的天性使然"这一说法暗示了对这种天性持保留态度:其他的天性可能会有更高的能力。而紧接着这一段的下面就揭露了蒙托尼大部分时间都在赌博:这就是最直接的"强烈感兴趣的目标"。他是一个强大的角色,但能力却用错了地方;他总是与"生活中的风雨"联系在一起,而崇高的传统表现之一就是暴风雨;他是一个让人恐惧的人,但尽管不情愿,可能也是让人钦佩的人。对于蒙托尼常常会有这种矛盾的反应,对斯奇德尼也是一样,即便是他的外形都足以让他成为令人生畏的强大存在了,而他激烈的内心斗争则使他极其威严。

  相比之下,艾米莉天生感性,这让她的父母很担心。在她母亲去世后,以及在她父亲死前,她父亲都特意叮嘱她要增强自己的意志,抵御可能的感情折磨。他解释说,幸福"源自平和,而非喧嚣"。(换句话说,蒙托尼永远找不到幸福:他选择的是与幸福相差甚远的满足感。而艾米莉想要并最终得到了幸福。)艾米莉的父亲接着说:

"它本质上是温和的,一成不变的,它不会存在于一颗格局甚小的心灵,也不会存在于一颗情感枯萎的心灵。你看,亲爱的,尽管我会替你防范危险的感性,我却不赞成冷漠麻木"(80)。

在尤多尔佛的苦难经历中和逃离城堡之后,艾米莉不断记起这番忠告,以及类似的相关镜头。通过记忆,她证实自己能够增强意志。她行事有信心,勇气,善始善终,在这些方面强过她的情人瓦兰考特,他极强的感性使他容易堕落。叙述者欣喜若狂地汇报了这对年轻人最后有多么幸福,他们回到了"他们挚爱的家乡的山山水水,——重新得到了生活中安定、幸福,追求道德的完善,才智的提高——重享文明社会的乐趣,重新行善"(672)。社交和行善的乐趣使这一对儿有机会最好地利用有所克制的情感。蒙托尼则在幕后被处死了。

显然,因为情节的原因,艾米莉和蒙托尼需要彼此:迫害者和被迫害者,暴君和反抗者,但他们对彼此的依赖不止于情节需要。在伯克对于崇高和美的阐释中,崇高的本质主要是男性化的,与权力、恐惧和幽晦有关;美是女性化的,与温柔、开放和柔和的曲线相关。尽管这两种特性彼此独立存在,但伯克解释说人类对二者都有美学需求,美的"温柔"是对崇高的恐惧必要的慰藉。雷德克里夫小说的设计——这一点可能很多其他哥特小说就没有那么自觉——依靠找出涵盖两种力量的方法。

因此,情感在哥特人物刻画中作为一个要素这一点很重要。即便在类似《尤多尔佛之谜》这样的作品中,受人钦佩的人物都哀叹感性的力量,这种情感能力的存在不仅把幸存者和背叛,恐惧,或是司法的受害者区别开来,而且还是个人的一个标志。尽管对于后现代的读者来说,感性的反应可能看起来老套,但它们表现的是内心世界,是不同个体的个人反应。艾米莉和瓦兰考特是一路人一定程度上——可能主要是——因为两人都拥有一样的情感能力,这使他们区别于像蒙托尼和他娶的女人那样的人。感性确保会有苦难——实际上确保了远比它的起因要大得多的苦难——但它也确保了人性的优越。能生活在随时会出现无法预料的恐怖事件的哥特世界里,却依然能够从情感上作出反应的人值得、也会幸存下来:每个哥特故事都这样说。

我们这章已经讨论过的颇多的小说设计并不能穷尽18世纪哥特体的可能性。哥特小说最后一个亚文类围绕家庭主题展开,关注的是与雷德克里夫笔下的不一样女主角,她们根本就没离开过家。这种模式突出的例子包括夏洛特·史密斯的《老庄园上的宅子》(1793)和艾丽莎·范维克的《保密:或岩石上的废墟》(1795)。两本书作为家庭哥特小说的代表都回避了超自然力,目的是强调混乱的家庭中更常规性的恐怖事件。两本书都采用了传统的哥特境况:一个孤女被囚禁在一座凶险的城堡里("老庄园上的宅子"是一座老宅,除了名字之外就是一座城堡),尽管夏洛特·史密斯小说中最大的暴君不是个男人,而是个女人。不同于雷德克里夫,两位作家都公开提到了社会和政治现实。在《老庄园上的宅子》中,女主角的挚爱作为一名英国士兵在美国独立战争中作战,这明确就富有的老人挑起事端而让贫穷的年轻人去送死这一情形提出质疑。《保密》关注的主要是多数人对女性的态度和她们应起到的社会作用。

两部小说都以常见的哥特结构服务于新的目的。女主角一直处于有些凶险的囚禁之中,处在一个暴君的掌控之中。她的情人能自由地行走于世上。(但在《老庄园上的宅子》里,情人不情愿地离开了,"自由"地经历着苦难。在《保密》中,当情人面对"社会"的诱惑时却是应该受到谴责的——尽管囚禁中的女孩并不知情。)暴君最终被打败,家中秘密也大白于天下。

"新的目的"可以说比成就它们的哥特体的文学手段更加重要。尤其是《保密》,它情节曲折,结局悲惨,表现了对社会问题的迫切关注和和对人与人之间关系清楚的认识,将崇高的理念以新的方式展现。书中被囚禁的女主角西贝拉与哥特小说中典型的女性形象并不符合。她叔叔是她的监护人,他认为女性不需要接受教育,不应该有理性,只需要学会服从就行了。他把她囚禁在自己的城堡里,由两个沉默寡言的仆人服侍(其中一个确实是又聋又哑)。她能在护城河围着的院子里逛逛,但更远的地方就不能去了。尽管她身陷囹圄,但她坚定地维护她的精神自由。她"偶然"受到了教育,这得益于与她关在一起几年的男孩学习的课程,她充分利用了这个机会。不过,西贝拉更是个自然之子,她无惧风暴与黑暗,自己探索生活。她慢慢爱上了自己的伙伴克莱门特,而他从小就知道狡诈和隐瞒的用处。相比之下,西贝拉相信的是坦诚。她对世间的法律习俗一无所知,她的超凡脱俗是她的力量、也是她的软弱的来源。

尽管她自己学会了理性地思考,但西贝拉坚定拥护情感准则。她对于一个偶然结识的女性朋友(在开始书信往来之前,卡罗琳·艾什伯恩只见过她一次)的忠诚可以和她对克莱门特的承诺相媲美。卡罗琳有着和西贝拉一样的崇高理想,但她还有着世俗的经历。她是西贝拉,也是善良但却误入歧途、默默地爱着西贝拉的亚瑟·莫顿的良师。不过,即便卡罗琳竭尽全力,也没能阻止厄运降临到西贝拉和亚瑟的身上。他们死了,而道德败坏的克莱门特却活了下来,虽然不爱,却娶了卡罗琳那富有的母亲。

小说情节中最重要的一个独立事件是形成鲜明对比的西贝拉与克莱门特的"婚姻"。西贝拉天真地认为,与她所爱的人肉体上的结合就构成了婚姻。她对于这种肉体上的结合所需要的传统社会形式一无所知。在克莱门特的一再坚持下,他们对彼此的结合只字不提。因为保守了这个秘密,还因为小说中许多其他的隐瞒,悲剧就发生了。

情节中还有其他许多错综复杂的地方,但这些梗概就能表现其意识形态上的目的。大部分哥特小说支持的是保守的做法,力图恢复的是社会的等级秩序。《保密》没有恢复任何秩序,它的结局给出的只是模糊的希望:一个受到启迪的人,卡罗琳,独自继续以她个人的方式为她周围的人都没有的信仰而奋斗。小说并不支持阶级制度:其中最为他们的血统和阶层骄傲的人物不务正业,或是走上了邪路。书中展示了对经济力量和不平等状况的清楚认识,对帝国主义剥削的含蓄批评,对社会上愚蠢、无谓现象和对贬低女性的强烈谴责。《保密》在这些方面可能进行了政治抨击,但它的政治建议却隐而未发。范维克没有去设想她所谴责的丑恶现象在政治上的补救措施,而是展示了个人启迪和行动的可能性。很明显,她主要是在女性的身上看到了那种可能性。

西贝拉和卡罗琳两个主要的女性人物拥有着强大的"能量"与"活力",这两个词在文本中不断出现。男性人物看起来都很被动,无用,或是两者兼具。亚瑟加入了一个复杂的哑剧字谜游戏,要利用不同的伪装和秘密通道,但他的花招只能让他不时瞥见几眼西贝拉,说上两句话。他自己差点死掉(他总在阴冷的山洞里闲逛,得了一种致命的疾病),但成功地把西贝拉从幽禁中救了出来,却在他们停留的旅店把她给弄丢了。克莱门特生活中除了寻欢作乐没有别的目的。他一贯选择最容易走的道路。西贝拉残酷的叔叔韦尔蒙特制定了周密的计划和阴谋,但一切都化作了泡影。不名一文的年轻的费尔马勋爵是另外一个缜密的阴谋家,他的阴谋也失败了,而他要想有钱活下去还得仰仗西贝拉死后的赠金。小说中没有一个男性人物有太大作为。

当然,也没什么女性有太大作为,但两个可敬的女子代表的能量与开放的原则被小说当成了唯一微弱的希望。选择采用哥特体达到她的目的,范维克就是要写出磨难中的个人的故事。她的个人,至少是其中的贵族女性,起到的作用都令人钦佩,但却徒劳无功。她们一点儿都不相信超自然现象,它们在这个小说的叙事中都是人为的,是亚瑟·莫顿制造出来的。但不管怎样,西贝拉却屈服于甚至是假造的超自然力都暗示过的"不对劲的事儿"。这个例子反映出的不满是意识形态上的,也是家庭中的,但哥特结构并不鼓励意识形态上的解决方法。与雷德克里夫的不同,范维克暗示式的语言传递的是社会的不安,而不是引发恐惧。

即便是最强大的个人,也无法解决社会中的不满。范维克表现的是一种新式的崇高,与强有力的男性无关,却与女性的豪言壮语有关。"循着精神生活那生机勃勃的准则",西贝拉声称,"我感到我的能力每时每刻都在扩大、增长!只需教导的光芒就能赢得力量与活力"(74)。她所声称拥有的潜在的力量变得更加具体。当亚瑟提议可以悄悄地逃跑时,西贝拉宣称:"如果我觉得走是对的话,我会光明正大地走。那么韦尔蒙特先生就会竭力阻挠。但他会发现,我能跳,能游泳,能潜水;对于有着坚定意志的人,护城河和围墙就是摆设。"(104)

这是心灵的崇高,也仅仅是心灵的崇高。在故事情节中,西贝拉确实跳进了护城河里——又很不光彩地被韦尔蒙特的仆人弄了出来。她的力量只存在于她对它的想像中,直到到她险些死去。卡罗琳唱的同样是高调,声称其志向能影响他人。她给莫顿写信说:"我首先会压制你感官的纷扰,教你尊重西贝拉的价值,同情她犯的错误,无比挚爱她,但并非去化解你自己践行的美德,把你从一个男人变成一个孩子。——你们是构成伟大的人类之手足情谊的两个个体……你的福祉必须仰仗全人类,就像他们也一定程度上仰仗你一样。"(285)然而,卡罗琳的伟大设想和西贝拉的一样不起任何作用。范维克小说中两位贵族女性所有重要努力的失败透露出的言下之意,是强烈的绝望感。女性看起来是社会的唯一希望,但却无能为力。卡罗琳活了下来,她的意志也毫发无损,但她真实的力量如何却令人存疑。她一直孤身一人。

《保密》表现出了哥特小说的局限性,隐约揭示了想要成就多于、不同于这一形式所许可的东西的愿望。它丰富的情感构成、巧妙的人物刻画、独具的经济意识,以及紧张的情节使它成为一部复杂老到的小说,而且毫无疑问读起来很有趣。它和本章讨论的其他小说都强调了哥特传统各式各样调式上和实质上的方法。小说的戏谑,施虐狂式的幻想,历史传奇故事,对崇高的探讨或是对女性境遇的探讨——哥特体涵盖这一切,甚至更多。做到这些,它利用的是看似简单的结构,这通常看来是对结构松散的冒险小说的复制。

事实上,哥特小说的结构是被一个深奥的逻辑掌控着的。一个紧接着另一个发生的故事由逐步揭露真相的模式联系在一起,这一模式上构建的**真相大白的**情节主导着大部分哥特小说。神秘感笼罩着过去和现在。很难弄清楚现在为什么发生这些事,或者是过去究竟发生了什么,但情节的发展最终会揭示原因,展现事实,以详细解释动机和事件本身。读者重复了人物得知真相的过程,只在接近小说结局处才恍然大悟。这一恍然大悟与通常以婚姻为标志的秩序的恢复相呼应。

因此,哥特小说所关注的比让读者产生某种"恐惧感"要更为严肃。他们面对混乱坚持逻辑可能表现的是一群人面对巨大的政治动荡时的渴望,但他们无法满足世纪末小说家和他们的读者的所有需求。《保密》中所暗示的在一种新的政治化的小说中会得以实现,而这将是下一章的主题。

221

第八章　政治小说

18世纪的最后几年英国出现了大量政治小说。和我们所讨论过的其他亚文类不同,这种小说的例子很难轻易归入一种典型的形式模式。带有政治目的的小说家们随心所欲地利用业已发展起来的冒险叙事、发展叙事,尤其是传奇叙事的形式。通过表明政治可以被看作涵盖其他一切的观点,形式以此强化了意识形态的目的。

大部分18世纪政治小说出现在世纪末的最后10年,其时法国大革命带来了威胁,也带来了希望,大不列颠的政治高压威胁着言论自由的原则,写出或是发表激进的想法就有可能入狱。很自然,将政治信仰伪装成小说的形式表达出来的小说家们更经常宣扬激进观点,而不是保守的观点,后者不需要想像中的人物和事件作为伪装。小说想像的是理想的政治可能,或者再大胆些,现存社会的败象——"不为人的人"是《赫姆斯普朗》的小标题,或像《凯莱布·威廉姆斯》原来的标题,叫作"事情真相"。

威廉·戈德温的《凯莱布·威廉姆斯》是这种模式最为著名,可能也是最复杂难懂的一个例子。它出版于1794年,作者是一个政治哲学家,其名声主要源于他的哲学作品《关于政治公平的探讨》(1793),这是无政府主义唯心论的辩护,从理性原则出发,推断出摈弃政府的必要性。戈德温在小说中对其意图给出了不同的解释。在第一版的前言中——因出版商可以理解的担忧而撤下了——作者解释说:"以下作品的创作意图是,按照单个故事循序渐进的特性,尽量涵盖对于国内专制统治和未经记录的专制模式的综述,人们因此种专制而互相残杀。"(55)这个说法出现的背景是,早些时候,戈德温曾宣称,只是在最近,"政治原则无法估量的重要性才得到了足够的认识"(55)。把两段话放在一起可以看出,政治意图决定了小说的创作。

然而,在1832年版的《弗里特伍德》中,戈德温所写的前言回顾了小说的创作过程,暗示了一种不同的、更加复杂的创作意图。此处,他强调了《凯莱布·威廉姆斯》的情节设计,暗示他写这部小说是为了赚钱,又说在他的计划中,它是"一部虚构的冒险的书,从某些方面应该因其巨大的趣味性而与众不同"(445)——而那种趣味性具体是什么则从没说清楚。他先编出第三卷的情节,然后又往回写出了第一卷。他说,他以此成就了情节上巨大的统一,"而经过深思熟虑的一个故事,其精髓与趣味性的统一使其对于读者来说有着极大的吸引力,这是用其他任何方式几乎都无法取得同样的成功的"(446)。

想要取得这种"极大的吸引力"的愿望主导着对创作叙事的这套说法,它也同样使用了类似"无法抵抗的趣味性"(446)一类的词。戈德温提起曾对自己说过"一千次,'我会写一个故事,它在读者脑海里会代表一个时代,没有人在读过之后还会和以前的自己一模一样'"(447)。他在解释从稍早的第三人称叙事转为、并一直使用第一人称叙事形式时,承认他的想像力在"分析内心深处的隐秘活动时""最是活跃、自由"(448)。此处,戈德温的解说中无一处提及政治目的。当说起他自己的想像力在心理分析时最是活跃时,他暗示读者的想像力也可以一样活跃,而他之所以强调周密地设计情节,看起来是想吸引想像中的读者——却没明说意识形态的意图。

这是戈德温就《凯莱布·威廉姆斯》主题的定论。之前,在回应发表在一本杂志《英国评论家》(1795)上对他的攻击时,他再次坚持其政治意图是"暴露存在于当今文明社会制度中的丑恶现象;并且,在暴露它们之后,引领好奇的读者去探寻它们是,抑或不是(像通常人们所想的那样)无可救药"(451)。但《弗里特伍德》的前言看起来则暗示,随着小说距离其创作时间越来越远,它的作者记得更清楚的是我们称之为他纯粹的小说意图。

把《凯莱布·威廉姆斯》当作是18世纪英国小说长河中的一员有助于定义它极具吸引力的特点。戈德温常说它是一则冒险故事,也确实将它设计成了有悖常情的冒险叙事。像鲁宾逊·克鲁索一样,凯莱布在象征性地经历了他的雇主设计陷害他的沉船事件之后,面临的问题是创造生活。他也需要发现生存下来的办法,找到满足日常生活需求的权宜之计,面对孤立无援,但他的背景是在英国,不在一个荒岛上,敌人的追击威胁着他的生存,他的孤独源于他被别人抛弃,而不是因为没有能成为伙伴的人。凯莱布的动机不像克鲁索那样直接,他不只想活下来,而且隐隐约约还想获胜。

戈德温的叙事重点放在凯莱布以前的雇主,富有的上层人士福柯兰,和原本属于工人阶级的,福柯兰的秘书,年轻人凯莱布自己,两人的困扰上。凯莱布一再告诉我们,他开始构建、其后经历的"冒险",源自他的"好奇心",这促使他刺探关于福柯兰是否杀过人的真相。在承认他有罪之后,福柯兰宣布他能永远控制他的属下。他说,凯莱布永远无法逃离他,而且永远无法成功地玷污他的名声。他没有解释他宣称的控制力源于何处,但接下来故事的发展,当凯莱布试图逃离福柯兰却徒劳无功时,表明财富和地位总是控制着事情的发展,它们才能让人信服。如果凯莱布由好奇心掌控,福柯兰在意的则是他的名声——凯莱布是这么告诉我们的,福柯兰也是这么证实的。

凯莱布的冒险先是关于发现,然后是关于逃脱,最后是关于真相的披露。凯莱布的经历中找不到鲁宾逊·克鲁索一再战胜环境时所感受到的欣喜若狂。相反,作为他自己故事的叙述者,凯莱布一直强调的是他无可比拟的苦难。表面上他并没有说冒险有多么让人激动。叙事到了最后,他甚至都没有声明是在讲述自己的故事。他解释说,他讲完他的"回忆录",只是为了"你的(福柯兰的)故事完全被理解"(434)。他暗示说,对自己的过度关注曾是他犯过的错。

读者可能会很容易赞同说,我们如今称之为极度自恋的,是凯莱布,以及故事中其他重要人物福柯兰和蒂瑞尔的特征。由自恋导致的心理扭曲构成了情节的发展。因此,当蒂瑞尔在众人面前羞辱了福柯兰,使他颜面扫地之后,福柯兰因为在意别人怎么看待自己而杀了蒂瑞尔。蒂瑞尔迫害无辜的女孩艾米莉,并致其死亡,这则是因为他对她违背自己的意愿无法容忍,愤怒至极。蒂瑞尔对福柯兰的当众羞辱表明,这个男人竟敢让他无法继续得到邻居们的敬重,对此,他深感愤怒。

如果自恋干扰了清醒的认识和道德行为的话,它还可能会歪曲叙事。凯莱布故事的第一句话就展示了这种可能性:"我的生活好几年以来一直像个剧院,上演着各种不幸"(59)。句子以第一人称代词开始,表露了夸张的自我意识,对自我的过度关注,可能会让读者好奇,为什么作者不把他的生活当作戏剧,而是当作戏剧的发生地。如果他的生活是个剧院,那上演的剧目是什么?

开头这一说法颇为浮夸的腔调为一个悲剧冒险故事做好了铺垫,但这一比喻在展开的过程中显示出该叙事与意识小说还是有着密切的关系。"剧目"展开,讲述的是凯莱布生活中的故事,这是一出意识剧,一场心理冲突。戈德温所承认的乐于分析"内心深处的隐秘活动"奏了效。因此,同样奏效的还有他激发起"巨大的趣味性"的目的:从一个自我辩护的复杂结构中探寻真相的趣味性。

凯莱布·威廉姆斯是一个"不靠谱的叙述者",不是因为他对事情的叙述不可靠,而是因为他以自我为中心的程度和本质使他容易曲解发生在他和别人身上的事。他戏剧化的自我表现,将自己的经历看作上演种种不幸的剧院,为以他为唯一的受迫害者的故事做好了铺垫。尽管他经常表现得巧妙、有效、精力十足——**精力**一词在整个小说中是个不吝赞美的词——凯莱布将自己看作,也描述成一个受害者,而不是一个演员。在他看来,福柯兰变得几乎就是无所不能。只是在凯莱布最后领悟的一刻(这一刻也是很典型地被夸大了),他才将福柯兰看作受害者,改变了对自己的认识,坚持自己才是杀人犯。

戈德温小说的高明之处主要在于它能同时展示真相和凯莱布的叙述对真相的扭曲。该书最初的题目是《事情真相,或凯莱布·威廉姆斯的冒险》,记述的是发生在心理世界和社交界的事情真相。凯莱布心理的"冒险"比实际经历的更能令人信服。与鲁宾逊·克鲁索不同,他既没有,也没发现任何宗教信仰。他阐释的原则不是由上帝决定的,而是由自我决定的,并且他发现,这一原则远远不够。

因此,读者可能会逐渐怀疑凯莱布所说的"好奇心是困扰着他的罪恶、福柯兰对名声的看重也同样"这种说法是否恰当。我们甚至可能有些怀疑凯莱布自己是不是相信这说法。他为自己因好奇调查福柯兰、找寻一切他可能犯罪的线索而惩戒自己,但在解释他那孩子气的好奇心使他注意到隔壁木匠的所作所为时,他听上去几乎是在夸耀自己:那么做的直接后果是,他能发现逃出监狱的办法。好奇心引领他去研究了服装、口音和方言。因此,他能一再有效地伪装自己,从不重复采用一种策略。好奇心促使他开始了编写语源学词典的计划,这一计划因为他需要从刚找到的避难处逃离而中断了,但他明显对它极为满意。如果好奇心有时确实给他带来麻烦,但也给他带走了麻烦。它总是作为积极的特点存在,证明凯莱布智力高超,心智敏捷,这可能是从一开始凯莱布吸引福柯兰的原因,估计也是他吸引读者的原因。

福柯兰不可否认的对名声的看重也同样会引发矛盾的感情。它促使他杀了人,剥夺了三个人(其中两人什么错事都没做)的性命,但它也带来了值得称颂的行为。没有证据将它直接与他对别人福祉的英雄式的关切联系在一起,尽管这种关切是他好名声的最明显的原因。但凯莱布认为,看重好名声是因为福柯兰脆弱的荣誉感,他骑士般的道德准则,以及他出色的自律。至少,小说中心人物的所谓罪恶与美德有着紧密的联系。

叙事中最重要的冒险从凯莱布早先追踪福柯兰,发展到他去发掘他的秘密,从福柯兰更为长期的对凯莱布的追踪,发展到阻止他说出自己的秘密。第二个追踪最具毁灭性的结果,按凯莱布的说法,是他的被孤立。每次他找到一个像样的生存方式,福柯兰或是他的手下就散布谣言,说这小伙子犯了罪,他就会发现自己被排斥,或是因为害怕被关监狱甚至被绞死而踏上逃亡之路。"孤独,隔离,放逐!这些词常挂在人们嘴边;但除了我之外,没什么人真正体会到它们的含义"(408)。没人遭受过他那样的罪,这种想法一再出现,而且凯莱布常坚称,他遭受过的最大的罪就是他与人的隔绝。但事实上,他被很多陌生人善待着:监狱里的美德的化身,布莱特维尔;尤其是很久以来一直待他很好的那群强盗;作为他在伦敦出版小说经纪人的女子;劳拉和她的家人。诚然,福柯兰的干扰总是以某种方式使他在监狱外建立的关系戛然而止。他无法满怀信心地过上任何一种生活,也无法维持人际间的交往。不可否认,他是遭了罪。但我们也能注意到,凯莱布没能给予那些帮助过他的人什么独立的身份。可以理解,他首先考虑的是他们对他是否有用。他没有彻底**看见**他们(或者,就此而言,福柯兰)。他对一个"人人都注定多多少少是暴君或是奴隶"的制度的恐惧基于他所经历的一切;他看起来从没注意到像劳拉那样的人起到的作用:既非暴君,也非奴隶。

我并不是想否认小说中生动展现的凯莱布遭受的罪。当他宣称,他相信"没有一个人曾经历过比我现在经受的更纯粹的苦难"(267)时,我们可能会注意到他一直坚持的例外论,但还是承认他确实经受了巨大的苦难。不过,小说鼓励其读者也去关注他的苦难在多大程度上取决于他刻意的自我迫害。因为把世界看成只包含受害者和害人者,凯莱布毫不怀疑自己扮演的角色。他可以说是利用了(也就是说,欺压了)伦敦的女子,因为她帮了他,在他走后,她入了狱,但他对这事并不那么看。

在结局处,福柯兰忽然也以受害者的面目出现,他就快死了,被自己的感情耗得灯枯油尽。这种结局突出了角色对于感知能力的依赖程度。这时凯莱布的角色是个暴君,而福柯兰是奴隶。或者可能更确切地说,两个人都是以自己的暴君、自己的奴隶的形式出现的。凯莱布关于这两个角色普遍性的独创性评论是一则政治评论。到小说结尾处,它已经变成了更为深刻的一段心理分析。

考虑到它对心理的强调,把凯莱布·威廉姆斯当成一部发展小说来读也不会令人吃惊。如果小说的"冒险"有些反常,它们强调的是挥之不去的迫害,而不是对于掌控感的兴奋,那么它的"发展"模式也一样反常。凯莱布的改变是按照18世纪小说主人公典型的方式改变的:不是因为任何性格的变化,而是因为知识的增长。例如,《一个简单的故事》中的玛蒂尔达,他是在一所逆境的学校中受到了教育。他从他的苦难中"学到",首先他可以向他的敌人复仇,其次他必须厌恶他自己,美化迫害他的人。在小说结尾处他完完全全的自我否定("我现在没有任何我想要为之辩护的品格"[434])是他所获得的智慧的明证。他从自恋、自私彻底走向了它的对立面——同样事情的另一种面貌。凯莱布实际上的另一个自我,福柯兰,发生了即使没那么夸张,也类似的一种变化,他在最后审判的那场戏中投入了凯莱布的怀抱,就是为了证明他以前的秘书高尚的品格。

这一模式揭示了对于18世纪前后塑造了那么多小说的发展幻想深深的悲观情绪。在叙事过程中,凯莱布不时提及一个让他走向毁灭的满怀恶意的命运。任何关于上帝的给人安慰的想法都不能抵御关于命运的想法。小说的形式,它几乎是戏仿式的、对于常见的发展轨迹的固守,暗示"命运"是自己创造出来的。凯莱布对福柯兰的过度关注变成了暗中对控制权的竞争。一个人必须战胜另一个人:

他们生命中一切的一切,都点明了这种结局。戈德温在刻意找到为它辩解的原则之前已经写出了小说戏剧性的结局,他最终没有满足任何一个人获胜的愿望,相反,他展示了获胜即失败,在试图打败彼此的过程中,他们都毁灭了自己。

这种展示可能为一部政治小说提供了看似可信的根本,但关于《凯莱布·威廉姆斯》如何起到政治小说的作用这个问题还是很难回答。该书集中体现了这一时期所有政治小说家面临的问题:对个人的关注和对社会现实的认识之间的关系。尽管将戈德温小说作为心理研究来讨论很容易,也很吸引人,但毫无疑问,该书也关注了政治问题。它通过例如讲述蒂瑞尔对艾米莉的虐待,或是他对霍金斯一家同样触目惊心的迫害这些场景,特别关注了阶级制度的罪恶。福柯兰之所以能追踪凯莱布,不仅仅取决于他有钱雇佣一些帮手,还在于他的社会地位使得大部分人相信他对事情的叙述比凯莱布的更权威。不管他们个人的愿望如何,蒂瑞尔和福柯兰从**结构**上定义,都是暴君。

凯莱布在狱中的时光提供了大量社会和政治评论的机会。善良的人与邪恶的人在刑罚场所的背景下经历着同样的磨难,与在狱中身体所遭受的折磨相对的,是一个制度给人的精神上的折磨,它常常会毁了无辜的人,不给任何人快速裁决的权利。在那群强盗中倒是存在更大的公正,他们由一个正直可敬的头领,和一套赏罚分明的规矩管理,但他们却把精力用错了地方,即使他们想要重新回到法制生活中去,现存的社会观念也不允许他们那么做。

由于地位和财富赋予了福柯兰权力,社会阶级的问题贯穿了整部小说。凯莱布时时思考政治,将阶级制度看作暴君/奴隶二元分立的根本:上层社会的成员时时处处欺压他们眼中的下等人。小说让读者相信福柯兰的权力源自他的地位,从这一方面来说,它成功地传递了一条政治信息。

然而,它显然没能就现存的社会安排所造成的问题给出或是暗示出任何可能的解决方案。强盗头儿用社会制度的不公为他们的非法活动辩解:"看清真相的人谁还会等到他们的压迫者认为时机已到,开始下令毁灭他们呢?还是趁力所能及时拿起武器保护自己吧"(312)。不过,以寡敌众几乎一点儿也改善不了现状。凯莱布与劳拉及其家人牧歌式的插曲暗示,和谐社会的理想是人类所面临问题的解决方案。像凯莱布思考的那样,"哲学的精华教导我们要把人当成个体对待。但他不是。他必须,他一定要与他的族群在一起。他就像那些连体双胞胎,他们确实有两个脑袋,四只手;但你如果想要把他们彼此分开,他们就会痛苦不堪,慢慢死去"(408)。我们迫切需要社会,但文本暗示它或多或少是偶然的。戈德温对如何实现它没有给出计划。

另外,小说对阶级制度的谴责力度与对共同的困扰的描写力度相比,就相形见绌了。当然,福柯兰的地位为他提供了追踪工具,但这种工具只不过是达到目的的手段,不是由政治现实,而是由个人嗜好决定的。理论上,我们可能会争辩说一个社会由个人汇集而成,每一种政治制度表达的是众多个人的决定。但《凯莱布·威廉姆斯》既没有树立,也没有清楚地维护这一观点。它在个人的身世浮沉和政府的兴衰变迁之间没有建立什么联系。它对压迫的抨击有着同最后的判决一样的力度,但却没什么结果,看来最后也只是为发泄而发泄而已。

这一切都表明小说和政治主张不是紧密相连的。我认为,在戈德温的小说,或者是在其他紧紧围绕单个人物的生平的18世纪小说中,一个政治事件无法被有力地叙述出来,除非通过讲话,或是会打乱叙事推动效果的作者介入。一部小说会像《凯莱布·威廉姆斯》一样表现出政治压迫的罪恶,但这种压迫作用于想像中的个人身上的效果一定会比大而化之的结论更让读者感兴趣。至于政治建议——它们可以通过乌托邦式的想像来体现,但这一时期它们几乎没有鲜明地出现在小说情节的发展中。一个原因可能是18世纪的小说家们想像不到做出一致的政治努力的可能性。20世纪伟大的政治小说——像乔治·奥威尔的《1984》和亚瑟·库斯勒的《中午的黑暗》这些作品——体现的是在政治花招和冲突的背景下所想像的个人境遇。尽管《凯莱布·威廉姆斯》这样的小说戏剧化处理了像不公正的法庭和监狱这样的政治现象，它不包括对于群体活动的想像。18世纪后期的其他政治小说里也没有。他们的政治想像倾向于抽象的、笼统的，而不是具体的、细节的。

小说家政治想像力的局限性在不像戈德温那样能展示微妙心理的作家的小说中变得更加明显。小说家关于《凯莱布·威廉姆斯》互相矛盾的说法显示，他的作者意图是分裂的。《安娜·圣埃夫斯》的作者查尔斯·劳埃德就没有显示出这种分裂的意图。他维护的是一种保守的观念，最大的愿望是跟他将之与激进政治联系在一起的性放纵作斗争。在把戈德温列为婚外性诉求的支持者之后（戈德温与玛丽·沃斯通克拉夫特的私情众所周知，而且他曾在《调查者》上发表过一篇文章，声称这样的做法是正派的），劳埃德在《埃德蒙·奥利弗》的宣传中解释道："在非法同居的现象里，在摈弃全人类、并且也不对其中的某些人耐心解释其如何施行的模糊不清的良善中，我想我能发现会打破社会之宁静的准则，它们通过摧毁宝贵的'父亲、儿子、兄弟之慈爱'，最终无情地践踏一切感情，使我们疯狂尝试一切，并根除人性中所有我们珍视的情感"。（vii—viii）

劳埃德之所以反对类似戈德温所解释的观点看起来是因为那些观点是建立在毁灭性的原则的基础上的。在提到"模糊不清的良善"时，他指出他所憎恶的观点影响太广。显然，我们应该关注个人，而不是人类，并且我们应该回避对女性有害的观点——独立、自主的观点——因为这样的观点会剥夺男人充当骑士的机会。最后一点，激进政治错就错在它一定会是一个感情的敌人。

我不敢确定我对上述几句引文的释义是准确的。劳埃德的辩论如果说有强烈的感情的话，在结构上则看起来有些混乱，我不太肯定它是什么意思，但在复杂难懂的小说之前的这段话提供了一个有用的视角，表明作者从一开始就相信政治概念会被单个的实例否定。劳埃德认为，所有的政治都是个人化的，他讲述的故事中，一个漂亮女子因支持自由恋爱而走向毁灭，一个男人学会了走出他起初对这配不上他的女子的迷恋。故事展示"非法同居"带来的是麻烦，而婚姻则意味着救赎。宣传解释说，格特鲁德，那个做错事的美丽女子，是"一个有着温柔的情感，强烈的激情、活力与智慧的女子，她听从了这些自由的、夸夸其谈的原则，但同时她的本意又是好的，她不幸犯了错，但并非出自恶意"（x）。宣传承认小说发展过程中越来越少提供有说服力的细节，事实上，《埃德蒙·奥利弗》常常读起来更像是一则寓言，而不像是对真实存在的想像版。

这部本身几乎不能引起批评性关注的小说通过走一条相反的路，把《凯莱布·威廉姆斯》中例示的困境变得更加明晰。如果说戈德温使他的心理探索凌驾于最初的政治意图之上，劳埃德则无法让他的人物令人信服，除了让人物发表演讲也没别的办法去阐明他的观点。大部分还都不是真正的演讲：这是一本书信体小说，其中的人物写给彼此的都是冗长的、说教式的信。因为缺乏人物发展能带来的、让读者自愿产生怀疑的悬念，《埃德蒙·奥利弗》展示了一系列生活中的教训（好姑娘都有着圣洁的母亲；坏女孩因为我们现在所说的问题家庭而在其中遭罪；不正当性关系造成的情感创伤甚至可能比肉体的创伤更甚，等等），这些可能会给人启发，但更可能只会让人感到乏味。

上面引用的"教训"显示，小说的政治色彩趋于消失。有可能当代的读者认为性欲的女性表达原本就是一个政治问题。他们更可能将整本书当成埃德蒙的导师（据说人物原型是柯勒律芝），查尔斯·莫里斯所推荐的"政治不抵抗原则"（184—185）的体现。他这样解释自己的理论：

先生,我相信任何通过暴力而实现的良善,不管它多么令人向往,都无法长久存在。因为倘若通过暴力,良善就不可能通过人们的亲身经历嵌入他们的脑海之中;我要停止和任何政体扯上关系,而融入完全被动的一种体制,将自己投入我邻人的怀抱中;攻击邪恶的根源,人性中的自私自利;我会激励我的朋友们以此为榜样,相信以这种方式开始的改良进程尽管进展缓慢,但**一定**会有进展,我会将自己当成具有无限善意的合作者,会满怀希望地展望那光荣的一天的到来:所有的战争,争斗,他们不可避免的原因,地位的不同,人的差别,都从地球上抹去!(185—186)

作为一则政治纲领,这提出了明确的问题,尤其是它采用适当方法能根除"人性中的自私自利"的理念。跳转至无战争社会的幻想浮夸得让人吃惊,但考虑到人类自私自利消失了的假设,或许也是可能的。这些建议都没有明显的"政治"色彩,尽管最后一点使战争变得不可能当然是有些政治意义。

劳埃德并不支持这一策略——该书意图是去讽刺柯勒律芝式的人物——但他也没清楚地给出其他的选择。尽管他没有能力创造出合理的单个的人物,但他的想像力强烈集中在个人身上,而且他只能想像由个人、而不是集体的行动,解决世界的难题。这应该就是为什么他选择小说作为传递他信念的形式。

18世纪90年代的政治小说彼此的不同之处不在内容,而在方法。类似劳埃德的人物莫里斯宣扬的关于乌托邦社会的模糊概念一再出现,像我们可以预期的那样,它尤其出现在激进的小说中。戈德温暗示说,像凯莱布·威廉姆斯所经历的毁灭性的孤立状态在致力于大众利益的社会中不会存在。戈德温的朋友托马斯·霍尔克罗夫特在《安娜·圣埃夫斯》(1792)中,以有时不胜其烦的细节详细解释了致力于包括个人愿望在内的人类利益的道德可能性。霍尔克罗夫特自称是一个革命者,他为之辩护的观点与劳埃德的攻击对象,莫里斯的观点一致。在《赫姆斯普隆》(1796)中,罗伯特·贝奇尽管没有那么明确,却也做了同样的辩护,他展示的与该书同名的主人公是理想化了的,在同样理想化了的美国印第安族群中被培养长大。

由于很多作品都有着同样热情的想像,与现实相当不符,这一时期乐观的政治小说也都有着相同的叙事解答:一个对人类未来福祉的模糊的承诺。《安娜·圣埃夫斯》的倒数第二段集中体现了这些解答的普遍腔调。它出自弗兰克·亨里,安娜父亲庄园管家的儿子之口,他追求并赢得了继承人安娜的心,在两人脱险之后刚刚和她重逢,但他并不一心一意关注他的爱人。相反,他重申小说的理想:"我们所从事的不是一般的工作!我们的所作所为是为了社会的利益:我们找到了一个宝藏,它将因此变得更加富有。只有少数有着强大的、神助的灵魂的人,才能引导、启发、带领人类走向幸福!除了心灵之外,还有什么是宝贵的?而当像罕见大的钻石一般的心灵大到了一定程度时,它的价值是无法估量的!"(481)

大量的感叹号表达了这段话极度热烈的感情,它语无伦次,与叙事内容没多大联系,但目的是在读者心里留下说服力,或是强制力,或至少是感召力。这段例子反映出,霍尔克罗夫特和劳埃德一样对演说的节奏一点儿也不敏感。他像一个改革家而不是像一个小说家一样思考,但他的创造力远远超过了与他相似、却比他保守的那个人,这使他的情节充斥着不合理性,却又因其活力而扣人心弦。

这情节的模式来源于教育小说。确实,教育是这部书中贯穿始终的主题之一,展示了全新的人类的可能性。因此,当安娜对现存制度绝望,意识到并体验了"这自私制度的错误中"固有的竞争性与嫉妒,她想像在"另一个世纪"一切都会得以纠正。同时,我们应该带着希望生活,并说出真相。"我们要做的只是以耐心、坚韧和对所有人的仁爱来武装自己。"她为利用友情来表达自己的情感而道歉,暗示友情本身没有资格要求有着高贵品质的人去做什么,他们都是依照真理判断、行事。"我们教育的偏见"使我们赋予了友情过多的价值。写给她的朋友路易莎信的结尾写道:"再说一遍,路易莎,我们都是教育的产物,因此,我希望我们从今以后会更有智慧,更好。"(210)教育把我们变得虚弱,而它能因此使我们强大的推论为小说提供知性的基础。

霍尔克罗夫特的关键词是**心灵**、**真理**和**活力**。弗兰克这个完人按照他们所具有的或是所坚持的这些品质来判断他所遇到的所有人。安娜与他的价值观一致,尽管在他看来(显然也在作者看来),她在接受他们的含义上有些迟钝。具有最优秀和最高尚心灵的人有权利和义务去引领世界。谎言永远找不到借口。活力——像书中的其他美德一样,理论上来说男女都平等拥有——是达到高尚目的的手段。任何人,有了领导者的活力与决心,再具有宽广的"心灵",都能发现真理。心灵、活力和真理一起提供了教育原则。

尽管始终不清楚她或是弗兰克是从哪里得到的这种信念,安娜相信这一切,但在她决定要嫁给科克·克利夫顿——一个她所有的亲戚都赞同的极其合适的年轻人时,还是犯了错误。她知道他的原则有误,但因为她相信他也具有很高的智力,就觉得能改造他。她不想让家人不快;她认为她社会责任的一部分是尽力满足他们对她的期望。叙事问题是从一开始她真正爱的是弗兰克,而他的社会地位不允许他成为她的伴侣。因为尽管她爱他,她还是相信婚姻不应该是个人欲望的产物,她不仅拒绝了他主动的示爱,还在改造科克的事情上寻求他的帮助。

相比之下,弗兰克总是能将他的原则与他的愿望紧密结合。他把自己和安娜都看作是优秀的人,适合引领世界。当他提到他与安娜结合之后可能会享受的"幸福",他立刻纠正了自己:"我承认一想到要放弃这巨大的幸福,或是对自己对这世界的这种责任,我就备受折磨。"(131)考虑到与他所爱的女人结婚能被他当成是种责任,就不会奇怪他所说的他的婚姻幸福"不是因为我一个人独得了一份自私的好处,而是因为我生活的时代,曾是黑暗笼罩的地方已经见到了光明;而我自己那么幸运,能够为这伟大的共同的事业作出贡献;真理的推进,错误的根除,心灵的全面完善!"(382)他鱼和熊掌兼得:得到了他所爱的女人——和她的财产——并且坚信娶了她证明他品格高尚。

这些引文会显露出霍尔克罗夫特小说一贯的道德高尚。一个21世纪的读者可能会感觉到对于原则的声明占据了文本太多的篇幅,但小说家也为刺激的情节发展留下了空间:弗兰克英雄行为的各种展示,安娜的被拐和弗兰克的同时被抓,安娜边爬墙边对她的女仆宣称,男人能做的任何事情女人能做得一样好,并成功逃脱。(在强调两性相同的能力和相同的权利上,《安娜·圣埃夫斯》和其他革命小说与《埃德蒙·奥利弗》有很大不同。)

像这一时期许多其他的政治小说一样,《安娜·圣埃夫斯》表现得有些吃力。为了吸引读者,它必须让他们对安娜和弗兰克个人的命运感兴趣,而同时又一再宣称个人并不重要。安娜的"教育"告诉她,不能为了改造一个男人而嫁给他,但改造科克·克利夫顿的计划在她对弗兰克作出承诺之后继续让她念念不忘。小说的情节安排了愿望与责任之间的全面和解,但它在语言上则坚称一个人必须将对全人类的责任凌驾于个人愿望之上。安娜说服自己嫁给弗兰克是她对世界负的责任的过程有着潜在的心理意义,但霍尔克罗夫特含蓄地否认了任何对心理活动的关注。对他来说,重要的只有大众的福祉,尽管他设计了一系列个人的历险去吸引读者。读者也能因发现愿望与责任的契合而得到满足,但这种满足几乎不能指导人类现实。教育小说或是发展小说总是试图去教育读者和书中的人物,但霍尔克罗夫特如果屈尊去娱乐的话,就不那么容易找到教育的方法了。

尽管霍尔克罗夫特小说中充斥着对当时的社会和政治安排的影射,它对真实世界所言甚少。在这一点上,它和当时其他很多政治小说一样。"现实主义"对于我们这里所研究的作品来说就不是个有用的名称,但矛盾的是,讲政治故事看起来总是将自己放在远离现实的位置上。尽管**政治的**这一叫法揭示了和世俗权力运作的直接关系,18世纪末的政治小说更倾向于想像,而非现实。它的语气中可能缺乏我们在像布莱克和雪莱诗中看到的想像而产生的欢欣,但它总是或者像《安娜·圣埃夫斯》那样,存在于理想化的未来情境的可能性中,或是像《凯莱布·威廉姆斯》那样,存在于对当前人类困境的怪诞、讽刺的想像中。叙述者的目光通常更为敏锐地落在可预见的未来的尘世生活,而不是此时此地。霍尔克罗夫特的情节创造——他笔下的此时此地——为了重要性而回避了可能性。

因此,代表着老旧、糟糕的等级制度的科克·克利夫顿必须通过禁闭其制造者的方式除去障碍,而被金钱、地位、唯利是图者的势力围攻的自由代言人弗兰克和安娜,令人难以置信地获取了自由。邪恶、势利、诡计多端的科克完全被他对手的点子打败——这又是以可信性为代价。早前弗兰克颇为大胆地说过:"与安娜的交流使他的头脑中孕育了真理的种子。"(383)这样弗兰克就在夸赞他的对手时把他女性化了。科克最后叫道:"我一定得认输吗?你一定要让我这样一个混蛋去钦佩,去爱,去拥有美好的心灵?"(480)是的,确实如此。尽管他表面上屈服了,但科克的言辞流露,他认为在自己扮演着重要角色的权力角斗中,弗兰克和安娜不仅是他的受害者,还是他成功的对手。

与语言和行动之间的矛盾相对应的,是指称性和幻像之间的矛盾。和在《埃德蒙·奥利弗》中一样,在《安娜·圣埃夫斯》中,关于社会幻像的一套言论与旨在吸引读者并给读者带来悬念的叙事轨迹互相竞争。当发现《埃德蒙·奥利弗》中的格特鲁德怀了孕时,当弗兰克·亨里被一群歹徒拦住时,读者会对如何走出困境产生悬念,但文本一再导向强加的含义,读者因此产生的分裂的意识看来不太可能带来政治感悟或是叙事上的满足。

从像霍尔克罗夫特和劳埃德这样的小说来看,《凯莱布·威廉姆斯》的成就更为突出。尽管当凯莱布思考身陷囹圄的恐惧或是强盗的境况时也突然开始了政治反思,他这么做也是合理的,源于他的境况与性格,而戈德温就二者也都给出了大量的信息,这些信息来源于想像中的人物本身,而不是其他人的断言。心理和政治竞争主导地位,但这是在令人信服的叙事范围内展开的。《凯莱布·威廉姆斯》具有它的创作者希望取得的"巨大的趣味性",也没有破坏它的政治影响力。

这一时期政治小说中到目前为止最有趣的是《赫姆斯普隆,或与众不同的人》(作者之前发表了一部小说,名为《他那样的人》),情节、有时连语调都戏谑得不同寻常。它通过一系列叙事编排——其中很多都是关于尝试结婚或是如何步入婚姻的——教育它的读者和主要的女性人物,卡罗琳·坎普内特。婚姻安排的种种可能刺激着想像力。叙事从格利高里·格兰对贝内特小姐无望而滑稽的追求展开。卡罗琳的父亲,讨厌的葛朗戴尔勋爵,打算娶他女儿那倔犟的朋友玛丽亚,一个安娜·豪式的人物,她有着女权主义者的倾向,把他支得团团转,直到她实现了各种和婚姻无关、却又有价值的目的。玛丽亚监护人那不讨人喜欢的女儿哈里特·休姆林与一个想着发财的职员私奔去了法国。(赫姆斯普隆像救下许多其他人一样救下了她。)葛朗戴尔勋爵的同居情人斯通夫人徒劳地设计让她的情人娶她,最后将就着嫁了布里克教士,他傲慢,专制,拍葛朗戴尔勋爵的马屁。菲利普·切斯特拉姆爵士是一大笔财产的继承人,其家族历史悠久,血统高贵,他追求卡罗琳,完全有希望赢得她的芳心。他强势的母亲让他娶卡罗琳,于是他就费心费力编织俩人结合的幻想。当然,他一直没有意识到自己懦弱,愚蠢,僵化。卡罗琳对他一点儿也不感兴趣。

所有这一切错误的开端极富想像力地遮盖了卡罗琳嫁给赫姆斯普隆的可能性,而这一点从一开始就撩拨着读者。赫姆斯普隆是一个集勇气、同情心、创造力于一身的典范——简言之,本人并非如此——开始是以卡罗琳的拯救者的面目出现的。他控制住了一匹脱缰之马,使卡罗琳死里逃生。他一直是一个谜一般的人物,不缺钱花,却没有仆人,也没有马车,说是走遍了欧洲。他透露说是美国的印第安人抚养他长大的。这些印第安人在历史或是地理研究中都没有提及。他们最重要的特征是一个缺点:不是欧洲人。因此,赫姆斯普隆没有染上欧洲人的恶习,而是养成了纯朴的美德。他积极进取,乐于助人,急公好义,明辨是非。小说中冷嘲热讽的叙述者格利高里·格兰钦佩他,很多人也都有同感。只有葛朗戴尔勋爵及其马屁精们厌恶这个不为地位和金钱所动的人。

卡罗琳和赫姆斯普隆不负众望结合在了一起,但求爱的方式却不是我们所熟悉的。赫姆斯普隆宣布了他心之所属,带着热情,但也带着尊严。他要求卡罗琳也有同样的尊严。在仅仅因为她父亲错了而反抗之后,她必须作为一个成年人和他在一起。当她一度服从了她父亲的要求,并因她父亲生病而同情他时,他并没有恳求她或是表现出绝望。他流露出要离开这个国家回到美国的打算。不出所料,卡罗琳领悟并接受了他的建议:传奇故事的轨迹占主导地位。常见的 18 世纪的传奇故事,即赫姆斯普隆合宜地拥有英国的财富和头衔,以及美国的正直。不过,小说并不让人**感觉**那么常见,因为没有过多的争辩,没有像《安娜·圣埃夫斯》中那样的不可能,它揭示了两性间的平等可能意味着什么,并且承认,这样的平等甚至对它所解放的女性来说都不那么容易。

我对情节因素的概括没有表现出小说有什么政治意图,它听起来是,也确实是喜剧和传奇故事的结合体。除非我们把性政治理解成其他形式政治的基础或是象征。显然,贝奇是这么想的。传统上坚定地认为两性之间存在着贵族与农民之间那样的等级关系。道德、体质、智力上都欠缺的菲利普·切斯特拉姆爵士喜剧性地、夸张地体现了这一点,他一边是他母亲操纵着的工具,一边又完全凌驾在妻子之上。赫姆斯普隆倡导两性间的平等(尽管他对年长女性彬彬有礼,还拯救了苦难中的少女)。他反对建立在除美德之外的一切不平等。实际上,当在自己周围吸引了他所看重的一群人时,他勾勒了理想的贤能政治的图画。

那副图画比《安娜·圣埃夫斯》里相应的理想更能让人信服,因为它是以行动而不是声明来展示。像小说中其他理想化的政治英雄一样,赫姆斯普隆就他的信念发表了一些演说,但它们相对都简短,不常有,而且往往带着嘲讽,令人耳目一新。他的信念在其实践中得到了强有力的体现。葛朗戴尔勋爵和他的喽啰们极力想打败这个自命不凡的人,想要定他个叛国罪,这绝非巧合。他被人看到和一群罢工的矿工在一起;律师几乎能证明他读过《人的权利》。葛朗戴尔勋爵指控赫姆斯普隆参加的政治活动都被证实是无关痛痒的。他要娶卡罗琳的声明中所暗含的政治姿态则并非如此。从情节来看,赫姆斯普隆的出身和他继承的遗产使他更应得到一个富有的妻子;但他只因为他的正直就娶了她:这是个突破性的观点。

贝奇以这种方式构建他的传奇故事毫无疑问有着政治意图,但却无法保证政治效果。小说家在构建情节和刻画人物上显示的能力反而对他不利。《赫姆斯普隆》以其机敏的对话,快速推进的故事,出人意料的情节发展,各式各样的人物一直吸引着读者。小说把它的主人公塑造得优雅,聪明,勇敢,万分迷人。读者一定希望看到他和卡罗琳结婚,因为传奇故事就该如此发展:卡罗琳应该被一个不同凡响的丈夫从一个邪恶的父亲手中解救出来,但传奇故事的结构本身就与进步政治的含义相矛盾。典型的传奇故事中,男主人公去冒险;女主人公在等待。赫姆斯普隆的财富和男子气概使他能云游世界,拯救穷人。卡罗琳待在家里,任由一个霸道、无情的父亲摆布。为情势所迫而身处被动,她先是服从一个男人,接着又服从另一个男人。安娜·圣埃夫斯关于与男人生理上平等那些荒谬的说法的勇气及其重要性在卡罗琳·坎普内特所提供的视角下变得更为明显。贝奇的选择与读者的期待更为接近。作者为了传奇故事的要求而牺牲了一些政治紧迫感。

不过,由于《赫姆斯普隆》利用了教育叙事形式及传奇故事形式,它就为颠覆性的暗示留下了空间。小说训练它的读者和人物去了解,看起来叛国不一定真的叛国,有钱不一定傲慢,持众人平等之观念的人不一定就少了些尊严,女人能够、也应该思考自己的所作所为,而不是一味地遵从行为手册的教导。因为把这些明智但激进的暗示掩饰在传奇故事的形式下,它为政治小说提供了一个范例,甚至对于胆小谨慎的读者而言,这都没有什么威胁性。

结局处,《赫姆斯普隆》以一种很多传奇故事中常见的方式给所有的人物都作了很好的安排,但它并没有用婚姻打发掉独立的玛丽亚·弗鲁阿特。相反,它以这种方式总结了她的命运:"弗鲁阿特小姐还不愿意'给她自己买个主人',她在布鲁姆格罗夫的一所小房子安顿下来。每天她都同查尔斯爵士(化身为有爵位英国人的赫姆斯普隆)就**良好的举止和良好的习惯**吵一番;而最让她心烦、抱怨的是她没法让他生气。她叫他野蛮人;咒骂他老朽的观点;而后又叹着气和她的朋友说,她若不想死时仍是老处女,就得接受一个像他那样的野蛮人"(247—248)。

这一段清楚地集中体现了小说刻意的双重性。一方面,它提出了一个先进的理念,即一个女人不需要用婚姻来定义她自己。勇敢地嘲笑权威的女孩没必要去接受婚姻,除非那是她自己的选择。她没有选择婚姻,让她自己能随心所欲、自由地与甚至是理想的传奇故事男主角"争吵"。另一方面,她的一声叹息表明她毕竟还是渴望婚姻的,她最后的话强调的一点是赫姆斯普隆代表着完美。贝奇左右逢源的技巧是他在这部小说中的成就。

可想而知,性政治对女性和男性来说都极为重要,女性在这一时期写出了一些重要的政治小说。在她的时代和现如今这些人中最著名的是玛丽·沃斯通克拉夫特,《为女权辩护》(1792)的作者,该书对当时女性状况作出了强有力的发声,支持从男、女利益出发,改善这种状况。在这一辩论的前后,她都出版了小说作品。她的两部小说用她自己的名字命名:《玛丽,一部小说》(1788)和《女性的冤屈,或玛丽亚》(1798)。尽管它们都包含了平实的自传的成分,但其最重要的自传意味在于暗示说女性的苦难是普遍性的。像玛丽亚思考的那样,"世界不就是个大监狱,女性生来不就是奴隶吗?"(64)

沃斯通克拉夫特的认识并没有以传奇故事的形式伪装起来。她的观点有些悲观,对于她所看到的不公平状况的改善不带有明显的希望。两部小说的政治意图在于其试图让读者**看见**女性境况的实情——看见即使不够,但也是改变的必要前提。为了强调她所洞察的一切,沃斯通克拉夫特写的有些像一个反传奇故事。像情感的虚假一样,传奇故事情节的虚假是她攻击的对象之一。

《女性的冤屈》因其作者去世而未完成,其整体的形式结构也并不清晰,但《玛丽》则刻意尝试颠覆已确立的小说传统。它的主人公不幸有着追逐时尚而不负责任的父母:母亲读传奇故事,整日多愁善感;父亲对家人不管不顾。玛丽长大了,成为一个有着深沉的情感的年轻女子,她自学成才,很有思想,但按照父亲的吩咐忽然就嫁给了一个有钱的年轻人,他小她两岁,婚后很快就离开她,去国外完成他的学业去了。因此,她能给她的朋友安提供些经济援助,这让她挺高兴,但不幸和一个她既不了解,也不爱的男人绑在一起的生活看起来是什么都弥补不了的。在为了她朋友的健康而去国外的一次旅途中,她碰到了一个男性灵魂伴侣,同他建立起了柏拉图式的关系;而他其后去世了。她的丈夫回来与她一起住。"当她的丈夫牵起她的手,或是提到任何类似爱她的话,她会立刻感到恶心,心中一颤,会不自觉地希望地上能裂条缝,把她给吞下去。"(53)小说最后的几句话传递的是全书的调子:"她健康状况欠佳,估计不会长寿。在独处、忧伤的时候,心中会有一阵喜悦——她觉得她很快就会到达那个世界,**那里既不用出嫁,**也没有在婚姻中的付出。"(53)

换句话说,婚姻对于沃斯通克拉夫特的主人公来说是一场灾难,而不是一个目标,小说结构中的一切都支持这一观点。当然,玛丽渴望她所说的"爱情",但她对于爱情的概念看来并不包括性欲。她先是从她结交的朋友,那个从经济上和心理上都很匮乏的年轻女子身上寻找爱,但尽管安愿意接受玛丽的"同情",但却没有给予她什么情感回报。她生着病的灵魂伴侣亨利对她有更多的回应,但她的婚姻状况和他即将到来的死亡都约束了他。在他死后,玛丽通过帮助别人得到了满足。她出于责任,而不是发自内心的渴望,与她的丈夫生活在一起。上述引文中暗示的对死亡的渴望构成了她最强烈的情感。

玛丽蠢笨的母亲是个乏味的人物,她对感伤小说的喜好证实了她的愚蠢。她喜欢阅读想像中的情人的哀伤。她模仿一部小说中的一对种下了一丛玫瑰,遗憾的是,当她以泪水浇灌它时,没有情人与她共同洒下伤心的泪水。沃斯通克拉夫特对感伤小说明显的厌恶使她更加努力地写作一种新式小说,但它也诉诸于情感,如果不是求助于津津乐道于泪水浇灌的玫瑰这样的花样。玛丽的母亲沉浸在虚假的情感中。玛丽自己被一种更真实的情感控制,这是她渴望有"一个去爱的对象"(8)的原因,年轻的时候,她也爱"读悲伤的故事"(8),它们究竟是什么样的故事倒是没有清楚地描述过。尽管她和她母亲几乎没有一点相同之处,在阅读方面的不同不是关乎她读了什么,而在于她是怎么读的:"她不管读什么都很带劲儿,产生的情感又那么强烈,以至于它很快就成了她思想的一部分。"(11)不管是在这项活动还是在其他活动中,她都将她的情感当作精力的源泉、共鸣的基础。

关于玛丽如何阅读的总结是以概括、提纲形式定义她的性格。作为散文作家的沃斯通克拉夫特比作为小说家的她写得要更好。她很少用小说的表达方式思考。她小说的情节,尽管不是太好,展示了贯穿其中的概括性总结的用法。如果找不到概括性思考的借口,她就让玛丽在她的笔记本上写下她的想法:玛丽变成了进行概括的人,但文本中概括性的观点之所以给人以深刻印象主要是因为在叙述玛丽经历和她的反应时严肃的语气。是语气,而不是情节或是人物,使小说有了影响力,传递了它的政治要义,这是沃斯通克拉夫特坚持要传递的:任何地方的女性都一直在承受着命运的艰难。

传奇故事虚幻无聊;规矩是空泛的习俗;对女性而言,教育只能教会人受苦;而冒险也只属于男人们。18世纪小说确立的模式对沃斯通克拉夫特的作品没有意义。事实上,她的作品对它们进行了系统性的颠覆或是削弱。以概要的形式展开的《玛丽》的情节(整部小说还不及50页)揭露了除一味的仁爱之外留给女性的所有可能性的真相——也就是自我从属。但情节和围绕着情节的思考对读者是有企图的。这不是一部教育小说或是类似《汤姆·琼斯》那样的发展小说,但它比我们所讨论过的任何一部作品(可能除了《大卫·辛普尔》之外)都更明显是一部教化式的小说,目的是为了教育读者。玛丽经历中的一切都告诉她同一点:世界不会让她满意。她从很小就知道这一点,几乎不需要去获知这个,但读者必须要被反复告知才能理解,女性经历的不幸不是偶然的,反应的是一系列堕落的、并且引起堕落的社会安排。

通过这番描述,我们知道了小说的内容之后,对文本中充斥的愤怒就不会感到吃惊了。玛丽自己倒没有这种情绪,但小说潜含的争论精炼、持久,有着强大的影响力。如果故事起的主要是说明的作用,那么正是因为这个原因它传递了一个强有力的政治信息。与贝奇和戈德温不同,沃斯通克拉夫特从来不会让叙事的乐趣掩盖了她意识形态上的意图。叙事是手段,目的是简洁、有力的语句——表现愤怒和为愤怒辩解的语句。遭受那么多苦难的中心人物只发出了微弱的抗议(事后抗议强加给她的婚姻)。她相对的被动突出了女性的声音被有效压制的程度。玛丽对死亡的渴望可能反映了她可以理解的抑郁,但它也反映出女性在这世上想过上满意的生活是不可能的。

沃斯通克拉夫特的语句生硬、笨拙。她不会通过表现,只会通过说明来刻画人物。她看起来对情节的细枝末节或是结构的纵横排列毫无兴趣,但即使是在这第一次的努力中,她还是写下了令人印象深刻的政治小说,因为她有着明确的目的和饱满的激情。作为政治小说的例子,《玛丽》表现出这一亚文类的规则与其他文学形式的规则能有多显著的不同。这部小说以一再的重复代替了发展。它的力量不在于对小说技巧的熟练运用,而在于对政治能量的运用。它不在意去强调性政治与其他政治的联系,相反,只是强调在性别范畴内所见到的不公平。

　　尽管《女性的冤屈》不完整,但它在更加关注小说要求的同时,并没有减弱其强烈的政治性,也没有改变它所传递的信息。在沃斯通克拉夫特死后,该书由她的丈夫威廉·戈德温出版,显然包括了大约计划中作品的三分之一。从手法和计划的长度来看,它比上一部作品更符合 18 世纪小说的标准显示了情节的精心设计,人物刻画也更多的是通过言谈举止而不是总结性的语句。像《玛丽》一样,它着眼于表现女性生活中不可避免的可怕的事情。在小说一开始,主人公就被她的丈夫不公正地对待,关入了疯人院。这种哥特式的结构很快成为普遍的女性境况的一个象征。所有的女性发现她们自己都被象征性地关入了疯人院或是监狱,失去了只有自由才能带来的种种可能。

　　玛丽亚在疯人院中另一个被不公正关进去的人、达恩福德身上找到了爱情,或者是她所相信的爱情。她为了逃离难以忍受的家庭氛围,不明智地把自己给嫁了出去,而且——我们只是在后来出版的那部分中得知——当她意识到他想要让她去卖淫时,便有意地离开了她的丈夫。因为她从一个富有的叔叔那里继承了财产,她的丈夫不能容忍她有逃跑的可能性。他劫持并监禁了她;她还遭受了她那尚是婴孩的女儿被从怀中夺走的必然的痛苦。文本声称那孩子死了,但孩子的命运却是有些模棱两可,沃斯通克拉夫特为其后的写作所记下的一些笔记表明她还有可能活着。

玛丽亚在疯人院的看护人杰迈玛是一个很生动的次要人物。她把自己的故事讲给这对恋人听；玛丽亚记下自己的故事，想像着她的女儿能看到。这两个人生叙事构成了完整的子结构，表露出沃斯通克拉夫特对于构建一个复杂叙事的新的兴趣。同时，这一对自传式的叙述表明女性受迫害并不是由社会阶层决定的。杰迈玛是私生子，父母都是工人阶级，她遭受的苦难包括、但远不止被引诱和被背叛的传统命运。她受到的她主人的"引诱"几乎就是强奸。她遭受苦役，身体上的痛苦，情感上的抛弃，极度贫困，和其他种种不幸，她的生活中从没有过爱。她讲述自己的故事是因为玛丽亚和达恩福德把她当成一个人：以前没人这么做过。尽管他们承诺，如果她能让他们逃脱，他们会让她过上好日子，但小说却没有保证好日子是可能实现的。

玛丽亚上层阶级的身份使她没有太多物质压力，但有着至少相似的情感匮乏。她对自己的讲述强调了婚姻的磨难，实际上是婚姻的可怕，它使一个女人成为了一个男人的财产。她的丈夫是个放荡的赌徒，他不给她什么家用，却要她把从她叔叔那里得来的所有钱都给他。他把性病传染给了她。他喜欢从妓女们而不是从他自己阶层的女人们那里得到性的乐趣。玛丽亚从他那里逃脱之后，他不断地追踪着她。她因莫须有的疯癫而被囚禁，这只是她从她的配偶那里遭受的苦难中的最后一个。

插入的两个人生故事的模式在他们的发展轨迹上是一样的，而那些发展轨迹在决定故事结构的同时，强化了它们的政治意义。两个故事都颠倒了常见的发展模式。当然，杰迈玛和玛丽亚都获得了她们的经历所带来的悲哀的智慧。但与汤姆·琼斯获得的知识不同，那种智慧并不带来新的可能性或是指向一种有序的生活。相反，当她们的生活越来越混乱时，两个女人都逐步认清了她们经历中是什么在限制她们。如果玛丽亚仍在渴望浪漫，沃斯通克拉夫特的叙事强烈暗示,浪漫只是幻象,最终都会消散。上流社会的女人和她来自工人阶层的同伴一样没有真正的法定权利——没有一个男人的帮助,相信她什么权利也不能行使。这部小说传递的是,有关女性一生的故事结局都是不幸的。玛丽亚和杰米玛的经历表明,从特别的含义上来说,政治是关于权力的科学:女人们什么权力都没有,想要有任何有效的行动都不可能。

沃斯通克拉夫特就《女性的冤屈》留下了不同结局的笔记。她在很多地方暗示将以玛丽亚的自杀结束故事,尽管有一个感伤的版本将主人公从死亡线上拉了回来,为了她失而复得的婴儿活了下去。从已完成的文本中对女性苦难的强调来看,很难相信养育一个女孩长大会带来美好的结局。像《卡莱布·威廉姆斯》一样,多数女性作家的政治小说研究的是"现状"——在现存的社会安排中,有着上行轨迹的小说模式无法自圆其说。

当然,这一时期的其他政治小说(尤其是男性作家的小说)用其他的方式想像女性境况。安娜·圣埃夫斯具有、而且运用了金钱和社会地位带来的力量,及其语言能力和活力带来的魅力。如果卡罗琳·坎普内特在《赫姆斯普隆》中很多地方需要一个男人来指导她,那么她的朋友玛丽亚·弗鲁阿特则有效地利用了她的美貌和智慧得到她想要的。沃斯通克拉夫特把女性置于她们的社会背景下加以想像的特殊方法使她小说的悲惨结局不可避免,而这些悲惨的结局像之前的束缚模式一样,使她能表达出她坚持的一点:社会处处充斥着不公平。

同样严肃的语气,同样从希望到绝望,从貌似可能到公认的不可能的变化,也是其他想要通过小说传递政治信息的女性的写作特点。沃斯通克拉夫特同时代的人,也是她的朋友,玛丽·海斯为女性作家的政治小说提供了最后两个例子。在《爱玛·考特内回忆录》(1796)中,海斯通过引用沃斯通克拉夫特和戈德温两人表明了她的政治归属。她的第二部小说《偏见的受害者》(1799)从小说的角度来看,想像力更加丰富,它更有力地重复着那可怕、单调的信息:社会及其所有机构的构成,就是为了迫使女性处在往好里说是受限制,往坏里说是无法忍受的境地。像沃斯通克拉夫特一样,海斯没有给出改革的对策,甚至连像《安娜·圣埃夫斯》这种作品中含糊的理想主义都没有,但她坚称,她的读者们会把关于个人灾难的故事当作对社会规则和实践的控诉。

《爱玛·考特内》大部分包含了与小说同名的主人公写给她所爱的男人的信,而他的回信则含糊不清,从不明确拒绝,也不直接给她的示爱以鼓励。据说,这些信件采用的是海斯自己写给威廉·弗兰德的真实书信中的语言。基于自传这一点可以解释小说是如何令人信服地展示病态的痴迷的,其对精神疾病的痛苦描述预示了像夏洛特·勃朗特那同样令人痛苦的作品——《维莱特》的到来。爱玛从一开始就隐隐地意识到自己对奥古斯塔斯·哈雷的爱不会得到完全的回报,但她无力从她的痴迷中自拔。她一次又一次向自己热爱的对象解释,声明她值得他去爱,并为自己声明的合乎规矩辩护。奥古斯塔斯一以贯之笼统地回应着,当爱玛没把他的回应看作是不可更改时变得很不耐烦。他从没让她走开,别烦他。

不过,这部小说并不是打算写成我们现在所说的心理小说。海斯希望表现的是,爱玛的痴迷源于女性普遍难以忍受的境况。这个年轻的女子没有什么真正的职业(除了不幸给奥古斯塔斯那溺爱儿子的母亲作伴),也几乎没什么选择权。她有段时间负责一些小孩子的教育,这是个兼职,一点儿都不吸引人,以至于别人给了她这个职位,而她也接受了之后,就从来都没提起过。她很少,或者根本就没机会遇到其他男人,或者甚至是女人,能给她陪伴,给她启发的。考虑到她的机会有限,一切都促使她只能求助于幻想。海斯小说的伤感和力量主要源于主人公着了魔似的想让她能够进行严肃的政治性思考的能力服务于她的幻想。

爱玛相信女人天生和男人能力相同,但她认识到,性格"被境况改变:社会习俗奴化、弱化、贬低了女人"(39)。这句简洁的话对那年轻女孩其后的经历作出很多解释——她无法放弃从奥古斯塔斯那里得到全面回应的徒劳的期望,她没法做些让她分心,或是让她的精力有更好的用途的事情。当她向她的良师弗朗西斯先生解释她的态度时,她表达的愤怒与绝望确立了小说的基调。她对弗朗西斯写道:"被社会习俗束缚,也一样被我自己的偏见束缚[她认为它们也是社会造成的]——我愤怒地发现这一怪圈,却不知如何消除它的魔力。男人们随心所欲地追求利益,荣誉,乐趣,而女人们因为太敏感,太理性,太有勇气,所以不会自贬身份进行最为卑鄙的交换[也就是谋求物质利益的婚姻],她们一直处于被隔绝的状态,只能乖乖地做个旁观者,在那伟大,尽管常常是荒谬而富有悲剧色彩的戏剧人生中不扮演任何角色。……她们强烈的情感,旺盛的精力,如果能在一个足够宽阔的领域得到正确的引导,就可能——唉,还有什么是它们不能帮着做到的呢? 可它们却被逼退了,压制了,蹂躏并毁坏给予它们生命的思想!"(86)

如果《爱玛·考特内回忆录》作为一部小说,记录的是找不到合适的发泄途径的强烈情感和旺盛精力是如何被毁坏的,它还在一个不均衡的结构中采用了夸张情节的手法。小说超过五分之四的内容中都没发生什么重要的事。当然,爱玛的母亲去世了,之后他的父亲也去世了,她从一个地方搬到另一个地方,但重要的事情都发生在她的脑海里。唯一要紧的是她对奥古斯塔斯·哈雷生出的无望的爱。尽管早就能明显看出那个年轻人不会像她希望的那样回应她的爱,叙事继续滔滔不绝于爱玛的努力——写给奥古斯塔斯自己的信,写给睿智的弗朗西斯先生的信,种种解释,找种种理由——以面对自己的感情。对重复的心理活动的关注使阅读经历蒙上了幽闭恐惧症式的色彩,把读者关入了失常心理状态的循环中。看不到解决问题的希望,也看不到偏离这一问题的可能。

不过,在小说的最后几页发生了很多事。在发现奥古斯塔斯已婚,而且早就结婚了之后,爱玛嫁了人,生了个女儿,学着去爱她的丈夫(尽管只是适度的爱:"理性的尊重"和"出于感激的喜爱"定义了她的情感)。当丈夫因公事离开家时,她又一次偶遇了奥古斯塔斯。他被从马上摔了下来,有生命危险。她悉心看护他,直至他死去(在他将死之时,他承认自己一直爱着她),并答应照看他活下来的一个儿子,然后自己得了重病。在神志不清的情况下,她说自己从没爱过自己的丈夫,他相信了,先是同她的女仆瑞秋通奸,继而在杀了他和瑞秋生的婴儿之后自杀身亡。爱玛精心抚养她的女儿和奥古斯塔斯的儿子,俩人彼此相爱,她幻想俩人能最终结合,但她女儿死了。我们一直读着的第一人称叙事的小说其实是她向奥古斯塔斯的儿子,另一个奥古斯塔斯做出的长长的解释。

要概括这些事情会比全面概括该书后面部分发生的事情花更长的时间,但一系列戏剧性、灾难性事件被挤在短短的几页之中,让我想起了一个名言——我想是托马斯·斯特尔纳斯·艾略特的,但我找不到了——小说的情节就像是窃贼为了引开看门狗喂给它的肉。海斯看起来对她设计的情节没有真正的兴趣,而情节最后的展开与小说的政治意义也没有关系。《爱玛·考特内回忆录》的结构不仅与我们见过的任何模式没什么关系,而且想从叙事的角度去理解它都很难。

不过,我们能理解它的叙述者的内心世界。对爱玛来说,除了她对奥古斯塔斯半是情色,半是理想化的痴迷之外,什么都不存在,因为她将他构建成了(他母亲在这一点上帮了不少的忙)敏感,高贵,精明的完人。她身上,她周围都发生了很多事。那些都不重要。唯一重要的是她关于奥古斯塔斯的想法。

爱玛很大程度上是由她那慈爱的姑姑抚养长大的,她临死前警告了她情感的危险性。她建议道:"努力减少你的需求,只追求理性的独立,运用你的能力让你那纠缠不休的情感的建议声安静下来。我担心想像所产生的幻觉会使本来能给真理和美德以力量的能力变成激情的帮手。"(27)当然,她的"担心"被证实是有预见性的。爱玛确实运用想像力使激情成为主宰,其结果是灾难性的,但姑姑的劝诫也表现出甚至在这个关于女性的痴迷与曲解的故事中同样潜含了政治意义。"减少你的需求"的建议表达了女性在社会上的悲哀处境。男人们的需求不受限制,而需求激发了野心,也因此带来了成就。对女人们来说,野心是不合规矩、徒劳无益的。女性不被允许、也没有可能去完成宏大的愿望。她们必须减少自身的渴求。爱玛的渴求只集中在一个男人身上,而这确保了对"想像所产生的幻觉"的依赖。个人的精神疾病因此反映的是社会的畸形。

《爱玛·考特内回忆录》的特殊形式与反映了那种畸形。它反映了小说的主题,爱玛心理的扭曲,强调了枉费心力的感受,强调了"给真理和美德以力量的能力"带来了自我毁灭。在小说的最后一页,爱玛满怀希望地思考了社会的未来。"道德的殉难者可能是那些先行者们的命运,但他们慷慨的努力不会白费。"(199)她没把自己想像成先行者。那个可能性看起来属于年轻的奥古斯塔斯:只有男人能决定民族的未来。爱玛自己消沉了,她生活唯一明确的成就是对一个年轻人几年的抚养。小说给人的回味是苦涩的。

《爱玛·考特内》出版3年之后问世的《偏见的受害者》更为鲜明地关注政治问题,尽管它同样使用了一个孤僻女子的经历作为作者发表评论的手段。像上本书一样,这是一个叫玛丽·雷蒙德的女子的第一人称叙述,她以自己牧歌般的童年开始其故事,故事结束时,她在等待死亡的到来。玛丽迷人、聪明,受到过悉心教育,她一开始爱的年轻人和她一起受过一个只知道叫作"雷蒙德先生"的"一个通情达理,与人为善的人"(5)的教育。她的情人威廉·佩勒姆被他那世故的父亲从她身边带走,之后就花天酒地,很快有了一个很现实的婚姻。玛丽在几经身世沉浮之后,被很多年来不时追求她的一个贵族粗暴地强奸了。之前,她第一次知道了她母亲的身世。不仅玛丽自己是私生女,她的母亲从前也出身高贵,却沦落风尘,还因谋杀被绞死。母亲的故事,加上最近关于玛丽自愿与强奸她的男人生活在一起的谣言造成的"偏见"在女主角想要独立生活、自食其力的过程中如影随形地伴随着她。尽管她从债务人监狱的耻辱与困难中被解救了出来,但彼时她已精疲力竭,幻想破灭,极度绝望,无法去尝试创造性的生活。

玛丽的母亲在被判死刑之后,写了一封信,讲述她悲惨的一生。信的最后,她这样回顾道:"法律让不公正获胜了。男人的专制使我变得弱小,他的罪恶欺骗了我,将我带入耻辱的深渊,残暴的政策使重拾尊严的希望化为泡影,偏见夺走了我获取独立的方法……血腥的政策阻碍了改革的进程,毁坏了亲身经历买来的昂贵的教训,通过合法的程序,以无所不能的武器,摧毁那些因为它的忽视而变得一无所有、因为它的制度迫使其犯罪的人。"(68—69)她谴责"人"——她指的不是人类,而是男性成员——导致了她的毁灭,但她更强有力地谴责的是社会和它的制度,这些滋长了人们的偏见,忽视了社会最弱小的成员,"迫使"一无所有的、被欺骗的人们去"犯罪"。

玛丽对她自己生命的最后总结和她母亲的一样。"我年轻时的豪言壮语没有实现。我是野蛮偏见的受害者,社会的弃儿。我内心的柔情变成了怨恨,心灵的力量化为乌有,计划破了产,美德与磨难同样得不到回报,我白活了!"(174)她接着希望她的故事能"代表我那被压迫的性别,打动男人的心,实现对人性和公正的神圣主张"(174),但看来她没法期待这种事情的发生。相反,她最后预料到"迷信与罪恶构建的框架,有着强大的基础",它嘲弄着"空想家们的辛勤劳动"(175)。她暗示,只有一个空想家才能想像得出,对人性与公正的主张能够打动"男人的心"。

这些引起争论的段落全面表达了小说的理念和希冀,它们是小说自始至终、每个章节都在关注的。《偏见的受害者》刻画了几个"好"人,他们主要与玛丽的少女时期和青年时期有关。好人一如既往地好,坏人也从来没有从过善。只有威廉·佩勒姆不好也不坏,软弱而不邪恶,没有能抵御诱惑的道德力量。好人只在有限的个人领域起作用。坏人能让法律做他们的帮手。强奸犯彼得·奥斯本爵士知道他不会受到应有的惩罚。"谁会相信你要讲的故事呢?"他问玛丽,"你发疯似地威胁要告我,但你哪来的钱能耗得起一场官司? 谁会支持你同我这样有钱有势的人斗?"(119)他发出了好几个类似的反问,他的暗示准确无误,除了使她不至堕落之外别无它用的内心的力量,玛丽一无所有。彼得爵士是掌握权力的人,要什么有什么。

小说进程中发生的一系列事件构成了连贯的、接续的情节,但这部小说的情感冲击没有《爱玛·考特内回忆录》强烈,因为其章节都是说明性的,人物都是范例式的。尽管读者无法预知玛丽身上所发生的一切,但书中故事会有什么样的模式从一开始就很清楚。像《偏见的受害者》这种第一人称叙事看起来可能和《帕米拉》这样的小说——我把它叫作意识小说——相似。实际上,它和理查逊的作品极不相同。《帕米拉》充满了意识上的种种意外。读者可能会误以为自己比帕米拉还要更理解帕米拉,但小说中同样存在很多帕米拉忽然发现自己全新一面的时刻——例如,她分裂的心理使她一方面希望逃离她"邪恶的主人",另一方面又不希望不幸降临到他身上,使她与自己的心"对话"的同时一直意识到这颗心是帕米拉。相比之下,玛丽的意识是可以预见的。女主角总是作出品格高尚的回应,而世界却总是拒绝给她的美德以回报。海斯小说的活力在于它对现实单一而严苛的看法。其他一切都是从属性的。

政治小说意图在揭露。它们热情地采用了早期小说中常见的手法,有时会吸引读者对爱情及冒险情节的兴趣来掩藏它们的意图,但目的总是集中在揭示改变的紧迫性。这些作品总是以某种方式——我想到了例如戈德温不同的目的,以及沃斯通克拉夫特在丰富《玛丽》的情节方面表现出的不情愿——暗示了在手段和所传递信息上存在的割裂。18世纪小说强调的是个人,还没有做好服务于政治目的的准备,但一些从业者在本世纪即将结束之际,成功扭转了这一局面,完成了这种目的。

第九章 《项狄传》和小说的发展

自相矛盾的是,18世纪最异乎寻常的小说最好地体现了这一文类的发展源泉与积累下来的无限可能性。《项狄传》(1759—1767)是一部有趣的、任性的、打破常规的作品,它与其同时期的其他小说或是后现代之前的任何作品都没有明显的相似之处,但却对初期不到50年间小说的发展过程中发生的一切多有展现。俄罗斯评论家什克罗夫斯基宣称,劳伦斯·斯特恩的杰作是"世界文学中最为典型的小说"(170)——想来是说斯特恩在他的书中有意识地采用了这种形式在发展中形成的所有技巧。《项狄传》不仅是一部出色的小说,它还对小说这一文类进行了出色的评论。

在弄懂这部小说的过程中,为其他18世纪小说所作的颇有意义的分类几乎不能提供任何直接帮助。诚然,小说一开始就采用了第一人称叙事——实际上是从特里斯舛被孕育就开始了的——因此也预示着这是一部发展小说。但它给出的却并非如此。第一句话差不多有半页纸长,且语气立刻使主题变得复杂起来,值得我们全文引用:"我真希望我爸或是我妈,实际上他俩,因为他们负同样的责任,在制造出我来的时候,都意识到自己是在干什么;如果他们及时地考虑到自己当时的所作所为有多么关键;——不仅事关一个理性生命的产生,还可能事关这一生命健康体魄的形成及其性情,或许还牵扯到他的才能和心智;而且,他们不知道的是,甚至他们全家的运气都可能被当时主导性的体液和情绪左右:——如果他们当时适当地衡量、考虑了这一切,并依此行事了的话,——我真心认为我肯定和读者可能看到的、世上的我的形象全然不同"(5)。

开始的这句话精炼地说出了整部小说中占重要位置的问题,确立了从某种意义上来说构成本书主题的乖僻的腔调,暗示了大部分叙事横斜式的发展轨迹。它的开头是一句哀怨的"我真希望",接着就编了个有违事实的小故事。第一句话中什么事也没发生。相反,这句话把玩的是可能性。它关注的是性行为,但却不涉及肉体。它所起的作用是通过一系列重要的含糊不清完成的。究竟从哪种意义上来说这对父母没能意识到他们正准备干什么?他们本应该怎么继续下去?这个叙述者实际上塑造了哪种"世上的形象"?尽管这句话声称涉及到亲密行为,但却回避了细节。它声明叙述者意识到了读者的存在,暗示了一个有着三角关系的家庭剧,声称既关注"世上",也关注家庭,传递了一种不满。所有这些问题的重要性最终都会显现,但读者可能对小说将如何发展一无所知。在其冗长的篇幅中,《项狄传》从未明确回答小说叙事意图的问题。

换句话说,小说明明白白地拒绝了一个能让人理解的结构。如果我们到目前为止所研究过的结构原则都不足以描述它的话,该书也没有给出一个替代性的原则。它拒绝传统的顺序:第八章出现了一个题献。它很随意地依靠视觉辅助:代表着约里克死亡的全黑的一页,宣称解释了情节的示意图,只有空白页的两章。它反复无常地引入、剔除人物,缺乏像被早在《鲁宾逊·克鲁索》那样的作品中就普及了的人物发展(尽管它的叙述者爱宣称,而且说的也对,他在人物方面给细心的读者提供了很多证据)。把它放在其他18世纪小说的背景下阅读会使我们意识到我们在接受一部新作品时是多么依赖传统提供的线索。在不到半个世纪的时间里,小说作为一种形式已经教育了它的读者,对于不同类型的小说该有什么样的期待,但《项狄传》扰乱了那种期待。

但是说该书缺乏结构、顺序,以及常见的人物发展则误导了读者。它给予的远比它缺乏的要重要得多,其中就包括了一群生动的人物。沃尔特·项狄,特里斯舛的父亲,他的叔叔托比,和小说一开始大家就为他的死亡哀悼的牧师约里克——尽管他在最后又重新出现了:这些人跃然纸上,无法预测,却又前后一致。我们猜不出沃尔特会如何应对任何新发生的事,因为斯特恩想像他有着能满足他一切需求的理论。他的理论涉及玫瑰,名字,生殖,城市与乡村,分娩的过程。他不可思议地集学识与疯癫于一身,使他能够解读其经历,并挑战读者和他一起改变立场。

托比叔叔是最善良的一个人,但满脑子战争中的点点滴滴,他总在脑海中把新的事情与战争对应起来。总的说来,读者能预知他会作出的反应,但他具体的回应总能给人意外的惊喜。甚至像笨手笨脚解开仆人系上的产科手术包,或是对沃尔特滔滔不绝的斯洛普大夫那样的次要人物,都有着自己与众不同的腔调与态度。斯特恩展现的人类世界里的人物极具个性,其中大多数都是大嗓门、爱说话的人。他们的闲谈或是意味深长的对话构成了小说的一大部分。

大部分对话发生在项狄家人之间,戏剧化地展示了这个家庭特殊但易识别的活力。像特里斯舛说的那样,"尽管从一种意义上说,我们的家庭当然是个简单的机器,因为它有着几个轮子,但也就因此,它值得一提,这些轮子之所以能动,是因为许多不同的弹簧依照各种奇怪的原理和冲力相互作用——以至于尽管它是个简单的机器,却有着一部复杂机器应有的荣耀和优势"(323)。特里斯舛的母亲只在极端情况下才主张自己的权利,他的父亲认为自己理所应当地有着合法的统治权,这家的儿子特里斯舛掌控着所讲述的故事,处于一个强有力的地位。他可能看起来随心所欲地行使着自己的掌控权,而这一事实恰恰反映了他的权力。以特里斯舛张扬、个性化的方式讲故事,即通过解读,而非通过构建故事,决定了这个家的命运。

特里斯舛记录的对话和事件,不管最初起源于什么地方,都在他的意识中发生,并经由他的意识传递,在这一点上,特里斯舛毫不怀疑。尽管他对自己的性格从未明确讲过太多,但他却成了一个特殊群体中给人最深刻印象的人,因为他特有的想像力塑造了叙事,反映出一个各式的、强势的、充满活力的、幽默的、装载了各种知识的头脑。

特里斯舛张扬、轻快的小说结合了热情与忧郁。对死亡的暗示从来都只是一步之遥。不仅他的哥哥和可敬的约里克在叙事过程中死去,特里斯舛自己也逐步表明他觉得自己在和死亡赛跑,他倾泻而出的语言努力证实着他不渝的活力。阳痿威胁着(而且打倒了)他;他不时担心无法完成他的文学计划,这和其他事情一起,都反映出他对活下去的深深的担忧。书比人看起来更可能幸存下来,特里斯舛竭力把他自己的文学作品与从过去延续下来的作品联系到一起。

因此,《项狄传》充满了承认了的或是没承认的对以前作者的借鉴——尤其是拉伯雷和塞万提斯,罗伯特·伯顿,彼得罗纽斯,蒙田,伊拉斯谟,以及许多别的人。该书独特的韵味一定程度上源于它随意的借用、改编和模仿,这宣布斯坦恩是漫长文学传统的参与者(尽管其书的"古怪"颇受关注),并让人们注意到他对语言狂热的操纵,对语言有着丰富的可能性极为兴奋。

《项狄传》中体现出的丰富的融合的可能性不仅证明了斯特恩出色的才能——尽管当然证明了那些才能——也证明了此时小说作为一种文学形式已发展得有多么复杂了。现代的评论家们认为斯特恩的作品很奇怪,一个令人吃惊的错误预言的例子是约翰逊博士所说的:它太奇怪了,不会长久。不过,他们并不认为它是小说范畴之外的东西。它包括过去的一些片段,对现在的暗指,一些奇特的知识,结构上的反常,影射的反常,奇怪的人物,像生孩子的行为那样不可名状的事情,一系列纵情声色,所有这一切都能令人信服地包含在一部小说之中。从最开始,这一文类就兼具包容性与适应性,像我们所见到的那样,利用各种在它之前出现的虚构和非虚构的形式。斯特恩让人意识到它的包容性可能会有多么宏大。

这部小说想让我们注意到它反常的结构,因为那一结构是叙述者评论的经常性的主题。他宣称自己按照深奥的、同宇宙的原则类似的结构原则写作:他解释说,思考行星的运动,使他有了关于他故事结构的想法,尽管他组织材料的方式是"另外一回事"。他断言,"我作品的结构绝无仅有;它引入并调和了两个原本相反、彼此矛盾的叙事方式"。这两种方式是按年代顺序展开的叙事和偏离主题的叙事。为特里斯舛称道的是后者。他将"偏离主题的和顺序推进的情节"交织在一起,表现出足以自我维持发展的技巧,他声称,它能一直继续下去,而且,如果他能活那么长时间的话,它还能持续40年(63—64)。

不过,特里斯舛所宣称的原则一点儿也不清楚。《项狄传》第一卷的结尾处,叙述者情绪激动地宣布,他如果觉得读者能猜得出接下来要发生什么的话,就会把下一页从他书里撕下来(70)。毕竟,小说是如何组织的最好解释可能存在于对项狄家所有"古怪"的男性成员的分类刻画。整日模拟、重现昔日战役的托比叔叔是这种特质的突出代表(58),但特里斯舛的父亲,看起来也几乎一样的"独特"(用特里斯舛的话说),他迷信基督教名字的神奇力量,对鼻子有着超乎寻常的关注。至于特里斯舛,他宣称是自己写就的这部小说首先证明的就是他性格的与众不同。它的不可预见性、对倒叙的偏爱,以及对主题极为个性化的选择,都表明它假托的作者思维活跃,任何人都无法复制。

特里斯舛宣称对复杂的排序有着深刻的了解,同时又处在一个使他不需要为顺序费心的位置。小说的全名是《绅士特里斯舛·项狄的生平与见解》,而见解的重要性是放在首位的。因为它们源于一个稀奇古怪的头脑,像它们栖身的小说一样,采用的是稀奇古怪的形式。特里斯舛认为读者猜不出接下来要发生什么,也弄不懂只有他明白的结构,甚至在他嘲笑我们无法理解他的书所遵循的规则时,他还在含蓄地强调结构的重要性。毕竟,那是**他的**书,不是我们的。我们读其他小说所学到的一切在读这部书上帮不上什么忙,这是自鸣得意的叙述者所暗示的。在第六卷第四十章中,他声称要图解前五卷的故事发展,给出了一串歪歪扭扭的曲线。他说准备远离曲线,走向直线(426)。如果读者发现难以体会第六卷据说是直线型的发展与前几卷有什么不同的话,这一事实只能再一次证明叙述者的高明之处。他掌控着一切,可以添加任何章节——关于钮孔,关于吱吱声,关于绳结,当然,还或者关于他自己的活动——如果他愿意的话(562)。

这里节录的特里斯舛就其小说结构的评论表明,小说形式对他作品的重要性是第一位的,即便他的评论使他对于这种形式含义的理解含混不清。我们的理解没必要、事实上也不能和他的一样,但意识到这一点并不意味着我们没有必要研究这部让人困惑的小说的结构。我们前面所讨论过的模式终究还是有用的。比如,回顾一下冒险小说。《新亚特兰蒂斯》里讲述的经历至少和特里斯舛提供的一样都是任意选取的。它们表现的是共同的主题,都有政治寓言的成分,但彼此间没有任何其他的联系,除了都有着同样的想像中的旁观者觉察了这一切。相比之下,特里斯舛对他家中坎坷的持续关注看起来极易理解。《过度的爱》在它偏离主题时,戴尔蒙特这个人物一直存在,但它通过或多或少与主人公无关的故事吸引读者。在这两部早期小说中,最重要的是一直有事情发生。

《项狄传》也是一样,尽管一直发生的事情中有很多琐事(比如,项狄先生将手帕从口袋中拿出来的确切的方法),也几乎都不符合冒险的普通定义,但由于这是部关于**见解**的小说,它为自己开辟了新的领域。我们可以把它当作对一个头脑历险的记录来读,对这部书的写作构成了特里斯舛最大程度的脑力开发。这样阅读,我们就能理解那些对主题的偏离——它们数量众多,各种各样,篇幅很长,有时用的不是英语,而是其他语言——它们是一个稀奇古怪的头脑运转的产物,而且我们会把稀奇古怪当作小说的实质。

《项狄传》还描述了除叙述者之外的其他头脑的冒险。与鲁宾逊·克鲁索或是戴尔蒙特的历险不同,斯特恩的人物的冒险没实现什么。托比叔叔曾在战争史上留下了一笔,他由此痴迷其中,在有生之年都会一直模拟战场,重现战事。特里斯舛的父亲永远不会停止他关于名字、鼻子、头、教育,以及女人那些徒劳的、几乎毫无意义的思考。下士特里姆一再展示他的想像力是具体的;约里克在活着的时候,不停地想像他对别人所负的责任。这些例子表明,"头脑"包括想像力。它还包括情感,而情感常常驱动其他心理活动。

作为叙述者和人物的特里斯舛存在于他讲述的故事中。小说精心展示了他头脑里的活动:它的弹跳与跃进,它的分裂与联系,它成就的力量,毁坏的力量,它对掌控的需要。它还以绝妙的喜剧式的夸张展示了头脑作出结论的不可能性,在这一点上,特里斯舛和他的父亲以及叔叔看法相同。像《多情客游记》一样,《项狄传》也是在半截就结束了:不是在一句话中间,而是在一件事的中间。也是像《多情客游记》一样,它不可能以其他方式结束。结局之前的一切都一再表明终结是不可能的,这种不可能贯穿了整部书,但终结从来都不是重点。事实上,小说一直暗示,它从来就不应该是重点。头脑的活动能被理解成一种冒险形式取决于人类意识不断建立新世界、征服新世界这一事实。像他们之后的丁尼生的尤利西斯一样,特里斯舛和他的父亲及叔叔努力探寻,从不放弃,在各自的执念中发现新的天地,作为追求的目标。

我们研究的冒险小说都偏爱事件——快速讲述的、多种多样的事件——而不是情节。尽管它的叙述者有着相反的说法,但众所周知,《项狄传》缺乏情节。相反,它提供了很多相互联系很松散的事件,主要是特里斯舛的回忆或是联想。回忆有着明显的随意性,范围从一个主教冗长的诅咒到回忆者几近被阉割的情景,成功地图解了假定的作者的头脑。他对自己画就的一个头脑的图画有着无上的权威。他明确说自己对于头脑的理解来源于约翰·洛克。评论家们仔细展示了当斯特恩用故事解释智力的运作方式时,小说家是有多么依赖洛克的《人类理解论》。他尤为倚重联想学说,在他的叙事结构中解释了意识从一个话题转移到另一个话题时明显的任意性和深奥的逻辑。

通常我们不会把记忆看作"事件"(除非我们是精神病学家)。《项狄传》让我们几乎不可能不这么看。两个修女试图避免说脏字的故事,关于一个旅行者在法国的叙述,主教的诅咒,他父母关系的详细介绍,可能是他父亲讲述的烫栗子的插曲——这样的记忆印在他脑海中,构成了这部书。由于它们组成了小说中发生的事,它们对读者来说就成了事件。尽管每一件事都是以从容的方式讲述的,但它们以让人无法抗拒的速度接踵而至,因此,从不同寻常的角度,与传统的冒险小说的方法相似。

不过,我们在阅读《项狄传》的时候,一点儿也不觉得它是一部冒险小说,而展示它与跟它很不相同的先前其他作品有共同的特点并不能改变这一事实。如果它采用了像海伍德和笛福这样的小说家所采用的技巧,那也是为了不同的目的。因为它理论上复制了像《摩尔·弗兰德斯》这部小说的一些方面,严苛地理解了笛福的成就,使对摩尔意识的描写看起来相对肤浅,太过传统。斯特恩采用不那么离谱的小说家的方法,只是为了颠覆它们。他喜剧性的活力不时动摇文学历史的根基,戏谑其他人所重视的,暴露所谓现实主义的谬误,在确立自己的传统的同时宣告传统的不足。

斯特恩和特里斯舛戏谑的传统超出了冒险小说的范畴。至少同等重要的是感伤小说已确立的模式。如果 18 世纪的读者承认他们喜欢《项狄传》,那么他们也一再被证实曾为它潸然落泪。托比叔叔连一只苍蝇都不愿打死。"世界足够大,装得下你和我"(100),他说道,为他的善行找了个感伤的借口。特里姆下士大声读着关于良心的一篇布道文章,为宗教法庭的一段叙述激动得不能自已,因为他想像他的弟弟是文章中的受害者。项狄先生认为按分类来说,这种感情不合适:一篇布道文章又不是历史,共性和个性不一样,不需要强烈的个人回应,但特里姆下士在其时就是个感伤的男主角。

我们在这种时刻是该笑,还是该哭呢?我们能把一只苍蝇当真吗?下士把普遍的解释成特殊的,是荒谬,还是宽厚?斯特恩鼓励这样的提问。文本可能会使选择任何一种回答的读者尴尬。托比叔叔对大小生命一视同仁的爱表现了他的道德英雄主义,也表明他缺乏分辨力。和他一样感伤的话,我们就得放弃通常所理解的分寸感。斯特恩的语调中找到了巧妙的平衡,在讽刺这种放弃的同时又称赞了它,就像他在讽刺的同时又称赞了沉浸在一个或是另一个"怪毛病"(262)——他称呼托比叔叔对于战斗的迷恋和项狄先生对于鼻子和名字的热情的词——中体现出的分寸感的缺乏。

另外,特里斯舛也被证实是能够嘲讽他自己的,这体现在《多情客游记》中讲述的遭遇之前关于玛丽亚的那一段中。特里斯舛听到了她的故事(与后面一部小说中约略提到的有所不同),而且听到了她吹笛子。他坐在了她边上。她几次看看他,又看看她的山羊。特里斯舛问她发现了什么相同之处,在解释他发问的原因时,用词让人联想到**好色**(goatishness)一词。这一影射削弱了故事引发的同情,但特里斯舛立刻回到了他对于玛丽亚遭受的苦难的情感回应这一主题。他如此被她用笛子讲述的"悲情故事"所感动,以至于他"跌跌撞撞地"走回了自己的马车。下面一个句子是:"——穆兰的小旅店可真好!"(574)换句话说,特里斯舛不能将他产生的感情持续下去。甚至在请求得到感伤回应的同时,他都让我们想到了这种回应所涉及到的幻灭,还有暗含的自我满足。感伤是为了美化感情而美化感情,它不仅是小说家的手法之一,还是他讽刺的对象之一。

感伤小说给予了斯特恩叙事内容和叙事手法。它给不连贯提供了一个模式。《项狄传》不需要采用一个破碎的手稿的故事,相反,它用到了一个破碎的头脑。它那个时代的读者已经学会去理解缺乏明显连贯性的叙事,而且把缺乏连贯性当成作出情感回应的信号。这部小说给出的是一种新式的不连贯,坚称不连贯代表的是一种思维方式——大部分人都是这样的思维——和情感方式。像感伤小说一样,它含蓄地要求读者看向自己的内心,把他们自己的回应和得到这种回应的方式与书中人物的相比,尤其是最生动的人物——叙述者。

如果冒险小说和感伤小说为斯特恩提供了利用和颠覆的传统,意识小说也一样。特里斯舛对他自己心理活动的关注和帕米拉或克拉丽莎一样,尽管是以不同的方式。这位第一人称叙述者并没有将常见的书信用作表面上的模式,尽管整部小说从某些方面看起来像一封写给读者的长信或是独白。对克拉丽莎和帕米拉来说,处境为她们提供了关注自我的借口。特里斯舛既没有,也没觉得有必要找借口,而且他几乎没设定任何直接的处境,除了在欧洲大陆上的游历,而这也成为了他随后小说的主题。自我关注就是他的困境。他无法逃避。尽管他相当看重自己,但也嘲讽了成就这部书的自我关注。华兹华斯(被济慈)称作是"自负的崇高"方面的大师,像在《序曲》中反映的那样。相反,斯坦特擅长的是自负的喜剧。在《项狄传》中,他创作出的是关于自我陶醉、关于极强的自我意识的喜剧史诗,自我意识是技法,也是主题。当然,这个史诗没有意味深长的中间部分或是结局,尽管它坚持认为自己有开端,而且它的主人公没有成就什么事,但这一事实是喜剧的重要组成部分。

特里斯舛不只是谈论他自己,他的自我陶醉不同寻常。他给了其他人长篇大论,比如,托比叔叔和寡妇沃德曼之间未遂的风流韵事就占据了大量篇幅。他全面介绍了特里姆下士同样未遂的讲一个波希米亚国王故事的企图,还有他父亲打算给自己儿子做些裤子的一系列决定。这些叙述都源于他的记忆。它们最重要的在于告诉了我们特里斯舛自己是如何被塑造成现在这样的。因此,举一个突出的例子,要想理解特里斯舛对于性无能的关注,我们必须知道的背景不仅包括他很年轻的时候窗子掉下来砸了他的阴茎——特里斯舛解释说,"我们家什么东西挂得都不牢"(339)——还包括他父亲不愿发生性行为,他叔叔腹股沟神秘的伤疤,这些都得到了很多篇幅的叙述。因此,当说到"生活中的灾难"时,他用省略号打断了自己,邀请"我亲爱的珍妮""告诉世人,我在遭受一场[灾难]时是怎么做的,那是一个男人,一个有理由为他的男人气概感到骄傲的男人所能遭受的最深重的灾难了"(466)。我们对他是怎么做的一无所知,但不管怎样,行为对于特里斯舛和他所训练的读者来说,远不如意识重要。

发展的传统也为斯特恩的思考提供了一个潜在的主题。我们注意到,18世纪小说中的人物通常会"发展",主要是指他们从经历中得到的见识能让他们在世上过得更如鱼得水。汤姆·琼斯学会了谨慎,伊芙琳娜学会了礼节。他俩的性格都没有改变,但两人都改变了可能在社会上所处的位置。我们几乎无法以同样的方式描述特里斯舛。尽管事实上他讲述的自己的故事从他被孕育开始,讲到他成年,但他什么都没学到。他看起来几乎就没在这"世上"生活过:他如此关注于自己脑子里的事,以至于除了他的家人之外,就没让人觉得有社会的存在,尽管在他关于国外旅行的只言片语中遇到过其他人。像**谨慎**(prudence)、**礼节**(decorum)这种词对他来说都没有意义。通过展示个人对自我的意识可能与其发展没有任何关系,斯坦恩强势抛弃了发展小说的含意。小说对特里斯舛的想像揭示:对自己来说,每个人就是那么**存在着**,这是天地万物间的基本事实。

这种刻画小说主人公的方式否定了、而不是颠覆了人物发展的传统。读者对于中心人物以及围绕在他周围的人物的认识发展了,但奇怪的是人物本身始终如一。不过,这始终如一的意义却取决于它所否定的、为大家所接受了的传统。《项狄传》的意义只是在它之前出现的更加正统的小说的背景下才能完全体现出来。

冒险小说,感伤小说,发展小说,意识小说的传统为斯特恩提供了大量结构上的准则,他可以利用,也可以挑战。他还借鉴了不那么有深远影响的传统。可能是从菲尔丁那里,他采用了直接地、不断地对读者说话的做法。他同样把这种做法用于新的目的,其使用方式引起对他前任用法的质疑。尽管菲尔丁有时对其读者的正直与大度表示了怀疑,尽管当他认为他们是"批评家"时,甚至会直接抨击他们,他的口吻主要还是屈尊但友善的。他屈尊作了解释,因为他想像读者是需要解释的。他承认了自己在经济和文学上都仰仗读者的青睐,也一再承认读者的意识有必要多种多样。

友善很少出现在特里斯舛类似的和读者说的话中。他更常见的是去痛斥读者:有着肮脏心灵的"夫人";没注意到纸上字句的全部含义的粗心的细读者;把"珍妮"当成了特里斯舛的妻子,或是他的情人,或是不作任何判断的不经心的读者。他调动起读者,提醒我们:尽管他长篇大论地描述自己的心理活动,我们毕竟不能全面了解他的内心。除非他主动说出来,否则我们永远不会知道他和珍妮之间是什么关系。他关于项狄一家宗教信仰的暗示即使是第二次读他的文本的人也不一定能明白。读者无法得知对裂缝和覆盖住的通道的淫秽暗指是属于特里斯舛的意识,还是读者解读的产物。叙述者的看法和读者看法之间的关系对双方来说都一直是神秘的,但叙述者的介入清楚地暴露了作者在考虑到读者时带有的进攻性,这一点在菲尔丁那里远没有这么明显。

然而,说起进攻性就没法传递特里斯舛作为叙述者介入所产生的效果。特里斯舛既是他故事的主题,又是他故事的讲述者,所处的位置与菲尔丁的叙述者显著不同,后者代表了作者,但在汤姆·琼斯经历的故事中并不存在。尽管菲尔丁的叙述者有时宣称对他的读者没有把握,但他很快又会恢复了自己高高在上的姿态。像特里斯舛一样,他提醒着我们他对故事的掌控,但这种掌控已超越了个人权威:作为故事的制造者,他代表的是天意,是上帝自己。特里斯舛更为谦逊,常常强调他的脆弱,他不仅性无能,容易被窗框砸伤,咳嗽总是不好,而且还显得愚蠢,犹豫不决。这种脆弱在他的叙事中适用于他这个人物,却也是人类处境的反映。"人是多么矛盾啊!——有能力医治,但却伤病缠身!他的一生都有悖于他知识。"(183)他把自己归入这普遍的矛盾状况,有时会为此感到无限荣光,有时又会为此苦恼。

对特里斯舛来说,叙述者的位置重要的是不仅赋予了自由,还同样赋予了掌控。对他来说,有两种自由看起来很重要:就任何主题发表见解的机会,以及和读者想说什么就说什么的灵活性。他会就假发,楼梯,纽扣孔,或是栗子滔滔不绝地讲上半天;他会责骂或是嘲讽读者。但通常,即便是他的责骂都充满了欢乐与活力,以至于它们更多的是娱乐而不是斥责。例如,"我亲爱的姑娘,如果能够避免的话,在这一章里可别让撒旦占了先机,驾驭了你的想象;如果他真的身手那么敏捷,溜了上去,——我求你,像个没被驯服的小母马一样,蹦起来,喷他,跳起来,一跃而起,一蹦老高,——长蹶子短蹶子一起上,直到像缇可托比的母马那样,把牵马鞍子的腰带和兜带挣断,把他弄泥里去。——你用不着杀了他。——"(202)同往常一样,特里斯舛此处在跟一个想像中的女读者就她的色情想像的能力谈话,但起初想要去责难的冲动很快就让步于对语言可能性的兴趣,读者也无法不分享这种兴趣。自由表达的机会给读者和叙述者都带来了喜悦。整部小说开始感觉像是共同的事业了。

不管是大的还是小的结构上的传统,本身都不太能解释《项狄传》。它看起来不像是一部冒险小说,但是也不像是一部18世纪所理解的意识小说,不像感伤小说,更不像发展小说。它并不总是在讽刺模仿任何已确立的模式,对读者所说的话也不起菲尔丁那样的作用。说斯特恩嘲讽以前的传统和宣称他模仿他们一样,都不能很好地解释他小说的影响。小说的影响在于丰富的用典和自嘲喜剧。《项狄传》最突出的一点是它与之前的任何作品都截然不同。这种不同是刻意的,只是当我们意识到小说对现有模式的倚重时才会清楚地看到这一点。《项狄传》对本世纪文学常规的偏离引起人们对那些常规的本质的关注:关注它们的价值和它们的不足,也关注它自身的价值和不足。小说最后一个章节以发生在项狄先生和托比叔叔之间的一段对话开始,起因是项狄先生发现寡妇沃德曼对托比叔叔伤疤的具体位置有着不符合她淑女身份的关注。托比叔叔因此断绝了他们之间的关系。他的哥哥从寡妇的态度中看出了女性性欲的新证据。他就人类生殖方式中隐含的堕落展开了长篇大论,他宣称,它"使聪明人和傻子没什么两样,让我们从洞穴和藏身之处出来时更像森林之神和四脚野兽,而不像是人"(586—587)。他将生殖行为不恰当地与在战争中杀人的行为相比,认为后者要高贵得多,甚至是"光荣的"(587)。欧巴迪亚和他的抱怨也没能改变话题。他结婚那天把自己的母牛带到了项狄先生的公牛那里。他的妻子生了个孩子,母牛却没生,而且都没怀上孕。欧巴迪亚怀疑项狄先生的公牛不中用,公牛的主人,可能自己很认同它,极力为它辩护。最后的对话发生在项狄太太和约里克之间,他俩之前谁都没说话,尽管大家都注意到他们在场:

老天爷!我妈妈说,这是个什么故事啊?——
鸡和牛的荒唐故事呗——还是我听到过的最好的。
(588)

提到的"故事"是故意含混不清的。这里说的故事可能包括欧巴迪亚讲述的他的母牛和那玩意儿不中用的公牛,或者可能包括项狄先生的反击,或者可能指特里斯舛构建的整个复杂的、包含所有其他故事的叙事。一个鸡和牛的故事在惯用语上,指的就是荒唐的故事,它说是要传达某种含义,但里面没什么真话。特里斯舛在他的喜剧结尾处暗示,它没什么意义,也不重要。他讽刺了他成就的东西,嘲弄了它,却没有毁掉它,就像他嘲弄而不是毁掉、或是试图毁掉一系列小说传统一样。

像欧巴迪亚讲述的故事一样,特里斯舛的大框架叙事过分关注琐事,又传递了重要的事实。像感伤或冒险传统一样,它推进的模式回避了经历中的某些方面,传递了另外一些方面。因此,叙事拒绝连贯性,但这却使人忽视了每个人试图弄明白在世上作为一个特殊的自我的含义这一过程的连贯性。它坚持以人物的"怪毛病"定义人物,忽略了想像中的人物与他们在现实生活中对应的人物通常所共有的正常的特征。它极端的自我意识干扰了事件和思绪的"自然"发展。

这种自我意识从某种意义上来说构成了小说最为显著的方面。如果《项狄传》能被恰如其分地描述成一部关于自我陶醉的喜剧史诗的话,它的叙述者在展示他自己的自我陶醉上表现出的独具匠心(这种独具匠心从一定程度上又是特里斯舛自我陶醉的一个组成部分)是菲利普·罗斯之前的任何一位小说作家都比不上的。自我陶醉深藏在对小说结构无处不在的戏弄中,总在提醒着读者,特里斯舛必须,一定会我行我素。因此,在第三卷第二十章的中间,他插入了一则前言。"我把所有的主人公都抛下了",他解释道;"——第一次有了点儿空闲,——我得利用起来,写个前言"(173)。前言放在哪儿视他方便而定。像在别处一样,此处他迫使读者关注写作行为,关注作为作者的他,而后者更为重要。他的主导思想是,他的思考、情感过程的一切都值得关注。为了达到娱乐的目的,他可能会扮作傻瓜,但在他眼里,真正的傻瓜是读者,他曾把他的帽子和铃铛放到他们面前,诱惑他们关注那个章节(170)。这种关注可能真让人成了地道的傻瓜了,但没有别的选择。而特里斯舛会不停地嘲讽他的读者,明里暗里地宣称别人不可能理解他心中所想。他这样评论自己随性插入到文本中的大理石花纹插页:"读读书吧,读读书吧,读读书吧,读读书吧,我无知的读者!读读书吧,——或者借助于大圣人帕拉雷泼蒙农的知识——我事先告诉你,你最好马上把书扔下;因为阁下您知道,要是不能博览群书,这指的是知识渊博,你就没法参透下一张大理石花纹插页(我作品的杂色标志!)的寓意,如同世人穷尽智慧也无法理解依旧神秘地藏在黑色插页的黑面纱背后的许多观念、事务和真相一样"(203—204)。

全黑的一页是紧接着关于约里克的死讯的叙述出现的,因此看起来代表着哀悼。特里斯舛此处暗示,这一页暗含了许多含义,作为"世人"的替身的我们,他的读者,从来就不能,估计永远也不能猜得出来。至于大理石花纹插页,它代表他的"作品"(我们所读的这部书和他努力成就的一切),我们是不可能参透它的含义的。特里斯舛声称掌控了所有含义,他炫耀着自己掌握的高超的见识,对自己总是可以随心所欲的能力洋洋自得。他因此坚称自己是世人关注的中心(这里所说的世人指的是他的读者:他一点儿也不在乎这个圈子之外的人)。

特里斯舛让人们关注这一事实——他就俩人走下一段楼梯时间内发生的事写成了两章。然后,像他说的那样,"我忽然有了一阵冲动",他在一页纸的中间画了一道线,开始了新的一章(253)。在分章节方面,他没有任何规则可循,即便有规则,他也不遵守。他听起来很像《爱丽丝镜中奇遇》中的矮胖子,矮胖子认为话语和说话者之间的关系决定了谁是主人这个问题,特里斯舛说道:"这故事不错!是该人遵守规则呢,还是该规则服从人呢?"(253)因此,在进一步阐述之后,他将这个章节构建到了其他章节之上,他认为这是所有章节中最好的。两页纸之后,他找了个想像中的批评家帮他把他父亲和托比叔叔从楼梯上弄了下去。他还就自己和读者之间的状况进行了评价,宣称那是前所未有的:他之前没人像他这么写,他的叙述永远赶不上生活,当他试图将作品和生活完全结合在一起时,读者可读的东西会更多。

遵循规则会和他和中的宏大相冲突。他必须一直处于控制地位:规则应该服从他。他还凌驾于想像中的批评家和读者之上,使批评家们为他所用,向读者指出,如果他们想要加入他的事业的话,那他们将发现自己注定会有无穷无尽的任务要去完成。他这种超高的论调是小说中自始至终的一个笑话,但也是小说内容的组成部分。

这一内容可以、也一直被描述成偏离主题的内容,因为应该作为小说中心故事的特里斯舛的一生几乎没有出现在中心舞台上。由于对主题的偏离反映的是特里斯舛的心理活动,它实际上构成了他虚构的自传中最突出的关注点。叙述者沉迷于他自我的每一种展现,这塑造了文本,控制了读者,并且导致了小说显然是随心所欲的对主题的偏离。

叙述者的自我陶醉不仅表现在文本的结构和他对那种结构的使用上,还表现在他讲述的涉及他自己的种种关系上。他看起来对死去的约里克(尽管他在小说结尾处又出现了,使小说混乱的年代更加混乱)有着真挚的同情和喜爱,对托比叔叔也是一样,叙述说,他是个那么善良、那么人畜无害的人,以至于除了喜欢他之外,很难对他有别的感情。特里斯舛看起来也觉得自己比托比叔叔高明,他对战争的偏执阻碍了他理性地洞察、判断。叙述者对他父亲的态度常常带有半遮半掩的恼怒。他几乎就没注意过他的母亲。他对一头驴子有着强烈的同情心和认同感,玛丽亚让他感动,但他对玛丽亚和那头驴子的态度也是他一贯对他人态度的例证:他们对于他只构成了场景,是情感的借口。我们在对等的关系中见不到特里斯舛。

没有伊芙琳娜和她的朋友玛丽亚,或是戴尔蒙特与他的弟弟,或是卡莱布·威廉姆斯(短暂的)与劳拉那样的关系,因此他消极地重复着他的自我陶醉。其他人只在他们引发他的某种情感时对于特里斯舛来说才是真实的存在,但他不承认他们有明显独立的自我。他封闭在自己的世界里,能通过展现其内心活动戏剧化地展示他的自我,也能戏剧化地展示其他人的行为——他父亲的,托比叔叔的,特里姆下士的,斯洛普大夫的,欧巴迪亚的,寡妇沃德曼的——但他们只是作为怪人,对默认模式的喜剧性偏离出现的。

我说过,他所展示的自己也是个怪人,而且他颇为自己以古怪作为支配方式而感到自豪。对于其他人物来说，古怪也可以作为支配的工具：比如，项狄先生以其奇特的理论逞凶耍横。特里斯舛完全拥有话语权，即便在他制造出与读者之间是伙伴关系的假象时，也还是使他们成为专制的受害者。

分析一则笑话会使它不再有趣，分析特里斯舛的自我陶醉，会有忽略其喜剧性趣味的危险。叙述者对自己心理活动的极度关注是这部小说独特的魅力。他心理的种种活动，恼怒与愉快的交替，众多的文字游戏，偶尔的淫词艳调（伴着对读者看了淫词艳调的指责），灵动的想像力——读者在体味《项狄传》的同时，也因特里斯舛主题的这些方面而得到了极大的乐趣（可能常伴着恼怒）。极大的乐趣，但并不是全部，有一些是来自于特里斯舛所看到的其他人物荒谬的举止。但深藏在与斯特恩小说的邂逅之中的，是对心理和情感的探索，这不是通过系统的反省完成的，而是通过一个意识流写作的先驱完成的。本章所有的引文（这些是随意挑选的，因为很多其他的例子在那些情况下也会支持现有的观点）恰如其分地表现出叙述者能广泛使用语气与话题，服务于自己的目的，展示他自己。

我们对这种心理和情感的探究不仅仅以笑声应对，尽管笑声是最突出的反应。像其他 18 世纪小说一样，《项狄传》打算教育它的读者，它本来的目的是去培养自我意识。特里斯舛大部分时间并没有真正地审视他的内心，他只是把它展示在纸上。他以此提供了一个意识的模式，而作出相应反应并审视自己内心的读者可能发现类似的不协调与矛盾。他们受邀去发现人性构成的喜剧性，以及通常情况下心智健全、理性多大程度上取决于对内心的压制。特里斯舛致力于的是自我暴露的喜剧。他由此意识到：任何无保留的自我暴露必须有喜剧色彩。

最后这一点，关于人物自我陶醉式的自我表露从多大程度上鼓励了特殊形式的读者自我意识的问题，将我引向了斯特恩在他杰出的小说中颠覆的最重要的传统——现实主义的传统。小说中的现实主义必须一直是一个传统,因为要将情节或人物或甚至是文化背景看成是现实主义的话,读者必须达成默契,一致忽视所有小说手法所依靠的技巧。实际上,作为在《鲁宾逊·克鲁索》和《项狄传》之间发展起来的18世纪传统,现实主义在社会细节(《汤姆·琼斯》、《汉弗莱·克林克》)或是心理细节(《克拉丽莎》)上表现得最为清楚。《项狄传》几乎忽视了社会领域,也没有提到要揭示心理。它同样没声称有着和《克拉丽莎》一样的现实主义色彩,尽管它使用了常用的书信营造了现实主义的假象。相反,斯特恩的小说表面上展现的是它的异想天开,但它用很多方式重申了这一重要观点:人们一再创作出关于秩序的小说,还宣称它们是真的。以自我为中心的特里斯舛拒绝遵守规矩,还一直暗示规矩必须听他的。他对自己的刻画表现出他的头脑混乱。我们通常不会把他描述成一个"现实主义的"人物,但去展演、展示意识混乱的尝试所表现出的现实主义原则远比以前所确立的任何现实主义原则要深刻得多。如果把《项狄传》的含义当真的话,我们可能会思考:甚至是一个被强暴的年轻女子在现实中都绝不会像克拉丽莎那样一根筋,小说对内心世界的展示总是极大地依赖对规矩的遵守,真正内心世界的混乱无法描述,也不能达到大部分小说的目的——简单地说,小说的现实主义就是个错觉。

　　这种说法也适用于《项狄传》,甚至是这样一个表面看来散乱的、任性的叙事也遵循了一定的规则,甚至它——尤其在它创作喜剧的过程中——也塑造、歪曲了心理活动。它就那种活动的本质讲述了与它之前的作品不同的故事,而且表现出了对先前意识小说的某些背离。实际上,它通过以全新的方式利用、而不是回避这些小说的过程对它们提出了问题,它不仅得意于它的虚构性,还得意于它的真实性。

　　《项狄传》能让我们意识到文学传统的存在,以及它的局限性和它的机会,这一认识在回看我们所研究过的一些小说时提供了一个有用的视角。很明显,对复杂的小说作品来说,分门别类贴标签不一定够用。把《帕米拉》分到书信体小说一类忽略的事实是，它也是个几乎很典型的传奇故事，且不说它还是一个不寻常的发展故事（不寻常之处在于它的发展并没有止步于婚姻）。把《摩尔·弗兰德斯》当成冒险小说的风险在于会否认主人公和她表面上的编辑所声称的小说具有的发展模式。把《卡莱布·威廉姆斯》当作冒险小说而不是政治小说是否更准确一些呢？重新对各个作品进行分类对批评家们的看法会有所改变吗？事实上，所有这些小说，这段时期的大部分小说，都采用了多种体系的传统，以求达到多种叙事目的。我们必须接受这一事实。

换句话说，18世纪小说各种各样的文学体验不仅存在于小说中，也存在于小说与小说之间。每部小说都重塑了它所利用的传统，每一部在采用这些传统时都以自己的方式平衡着各种可能。为方便起见，批评家们对一部书进行这样或那样的分类，因此决定了突出文本的哪一些部分——但也必须隐藏另一些部分。《伊芙琳娜》作为一部社会风俗小说教导了它的女主角和它的读者礼仪的意义和紧要性。作为一部发展小说，它像《贝兹·索特莱斯》一样，教导了精心明辨。把它作为一部发展小说来研究，我们可能关注的是与研究社会风俗所关注的截然不同的问题。对伊芙琳娜来说，精心明辨几乎完全是口头上说说罢了。女孩在来城里之前，已然经过了这方面的训练，那种精心明辨适用于乡下。她没什么明显的叛逆的冲动，但仍需要学习一套新的自我控制。她尤其必须知道什么时候该说话，什么时候该保持沉默。

总体来说，伊芙琳娜的发展倾向于沉默。刚开始，在最早的几次舞会中，她的表现理应受到斥责，她想到什么就说什么。她学会了把想说的付之纸笔：在信中，她继续表达自己对所遇见的人和行为颇为尖锐的评判。但在她所处的社交背景中，来自一个年轻女子的尖锐评判是不被接受的。等到她住进了贝尔蒙特夫人在布里斯托尔的家中，处在时髦人士之间时，她发现最靠得住的是沉默，但她还懂得了，在可能遭到性侵害时,必须在语言上维护自己。在讲述她对一个无礼男人的训斥时,她不止一次地评价说,以前都不知道自己有这样的勇气。发现了自己在语言上自卫的能力——尽管只是针对对自己有直接威胁的男人——标志着她成长的一个重要阶段。

《伊芙琳娜》比《贝兹·索特莱斯》更生动地表现了18世纪年轻女性成长过程中面对的特殊的困难。对这样的女性的期许是:她们一定依附于一个男人——一个父亲或是一个丈夫。伊芙琳娜长期以来专注于找寻一个父亲。她不断宣称自己对维拉斯的热爱,他在她还是个孩子时担当了父亲的角色,很多次当她与奥威尔勋爵在一起时,她都声称自己需要引导。当最终见到自己真正的父亲时,她已经承诺要忠于她的追求者了:她有了一个等着娶她的丈夫。在她与贝尔蒙特勋爵的两次会面中,她极尽渲染自己的忠诚与顺从。他随即安排了她的继承事宜,并给了她1000英镑随意支配。

当一个18世纪的文本称一个女子"独立"时,通常指的是她自己有钱。因为他的慷慨资助,伊芙琳娜的父亲使她变得相对独立。她依然急于展示自己对所得到的丈夫的顺从,对抚养她长大的男人的挚爱,但她至少象征性地长大了:找到了自己在成人世界的位置。

《伊芙琳娜》作为社会风俗小说和发展小说的交叉点表明,伊芙琳娜必须在其中找到位置的那个世界是有着社会规则的社交界。学会什么时候说话,什么时候保持沉默,意味着发现如何去遵从社会条例,以及如何去保护她自己——这一事实再次揭示,各种分类从来不会是一成不变的。

《伊芙琳娜》是社会风俗小说,也是发展小说,还是传奇故事,很多——大部分——我们所讨论的小说也可以归入类似的多种分类。这一事实并不意味着把书归入根本就装不下它们的类别是没用的。恰恰相反。把18世纪小说按照他们的情节结构的方方面面——情节是小说的骨架——分门别类,使我们能够看到原本可能看不到的它们之间的密切联系。

这种安排也有助于凸显传统对于小说生命的重要性。我使用的类似"情节的方方面面"这种说法所讲述的原则实际上构成了小说实践的传统。有抱负的小说家们马上就采用，并对他们之前作家的手法稍作了改动。**改动**很重要：一个方法从一位作家传到下一位作家几乎就没有不经过重要改动的。笛福和海伍德的方法从某些方面很相似（而这两位作家写作时间如此接近，我们都没法确定谁先谁后），但没人会把一个人的小说当成是另一个人的。他们之间的区别显然和他们选择的主题及措辞有关，但也和他们处理一个主题的方式有关。

因此，传统在承袭的过程中会发生变化。早期的小说家在发展中的小说刚刚起步时，可能根本就没有意识到采用了什么传统。克拉拉·里夫承认得益于沃普尔；雷德克里夫刻意改写刘易斯：这些都是本世纪后期的发展。我们不需要假设莎拉·菲尔丁在创作她极为不同的《叫声》时脑子里想的是理查逊"意识小说"的模式，但她关于一个主人公的思想和感情能成为小说结构的这种认识从某些方面一定得益于她之前的那个作家。

对于这些小说家来说，传统是活着的形式。当新的尝试者们采用了稍前的作者所创造的，或是改变的，或是利用的形式——通常来源于其他文类，像是通俗传记，皈依叙事，游记，或是戏剧——他们表达了讲故事的新的可能性。新的可能性一部分源于传统的新的组合。因此，以多种方式对这些小说分类是恰当的。在《佩雷格林·皮克尔传》和其他小说中，斯摩莱特就模仿了《汤姆·琼斯》的发展故事。他写的同时还是一部流浪汉冒险小说（同样这样做的还有菲尔丁）。当我们关注发展的时候，我们看到的是中心人物如何成长为社会化的人。当我们关注的是冒险的时候，小说对大起大落的热衷就会引人注目。

归类法列出了彼此间的共同之处，有助于我们看清彼此间的联系，也由此看清了发展的路线。笛福、理查逊和亨利·菲尔丁，但也包括曼丽和萨拉·菲尔丁,他们为其他人的偏离与发挥建立了基础。到了18世纪60年代,当《项狄传》正在创作中时,几个不同的亚文类已经被建立了起来。在不到半个世纪的时间里,一个崭新的文类已然以不同的形式确立了。斯特恩能够假定他的读者们会意识到他与小说正在发展的传统所玩的游戏,而只有这一文类形式的相对稳定性才能使玩这种游戏变为可能。

因此,《项狄传》的戏谑不仅预示了后现代主义的戏谑——许多读者带着不同程度的惊诧,已经发现了这一点——还证实了从它作为不同于17世纪传奇故事的一个形式出现以来这些年间,小说所发生的一切。像这样一部书能在18世纪中期之后仅仅10年左右的时间出现,表明了叙事上的尝试主导着那段时间的小说写作。《项狄传》以独特的面目出现,是一个类别中的一部,同时也表明是很多类别中的一部。

后记：接下来发生了什么

接下来发生了什么：沃尔特·司各特爵士、简·奥斯丁、玛丽亚·埃奇沃斯、玛丽·雪莱的小说——都是可读性极强的作品，经久不衰。在他们之后，是勃朗蒂姐妹、狄更斯、艾略特。我们都知道19世纪小说有多么丰富，而它们的丰富一定程度上是因为18世纪小说本身就很丰富。

18世纪的一切都解释不了奥斯汀，就像菲尔丁之前的一切都解释不了他一样，尽管有些时候我们能发现他植根于何处。当然，奥斯汀也有根源，很多就存在于我们所讨论过的作品——不同种类的作品中。奥斯汀和她妹妹之间现存的书信提到了她读过的一些18世纪小说，而她写的小说则暗示了其他一些。《查尔斯·格兰迪森爵士》是她最喜欢的小说之一。《诺桑觉寺》对小说作为一种文类的维护众所周知，它提到了伯尼的《塞西莉亚》和《卡米拉》，以及奥斯汀同时代的埃奇沃斯的作品——《贝琳达》。《傲慢与偏见》这一书名可能就源于《塞西莉亚》中的一个短语，这部作品本身就同样与情节的抽象化有关。奥斯汀尊重前人的贡献，并在此基础上发展。

伯尼看起来是可能性很大的一个参照作家，因为像她的小说一样，奥斯汀的小说使人将其作为社会风俗小说来看（就这一点来说，埃奇沃斯的也是一样）。礼仪和道德间的联系主导了《傲慢与偏见》

和《爱玛》的情节,并且在其他小说中也出现过。当爱玛不经意间侮辱了贝慈小姐时,她违反了自己的礼仪和伦理标准,不仅没能"讨人欢心",实际上还造成了情感伤害。她的懊悔和为补偿及改变自己做出的努力标志着她的一个重大变化。

《爱玛》(1816)在奥斯汀小说中是唯一一部使用了18世纪常用的以女性名字作为书名的方法的,记录了一个活泼、聪明、优越的年轻女孩的成长——像《克拉丽莎》中的安娜·豪,或者是《一个简单的故事》中的米尔娜一样,爱玛也需要受到严惩。18世纪有无数这种文学典型,她们是一个活泼女性的形象,在社会许可的传统中游刃有余,或是敢于,至少以隔靴搔痒的方式挑战传统。我们已经看到,它还提供了构建情节的模式,包括发展模式和礼仪标准的模式,这是与《爱玛》最为相关的组织原则。漂亮、聪明、富有的爱玛错误地认为她能给自己定规矩,也同样可以给别人定规矩。她故意违背正常的社会预期,将一个有着明显可塑性和可疑出身的年轻女子哈丽雅特·史密斯当成了一个宠物式的人。爱玛认为自己和父亲是他们村子里的贵族,这倒有些可能,她还就自己愿意、不愿意与谁交往发号施令。她与弗兰克·丘吉尔调情,喜欢想象别人会说她些什么,但没觉得有必要避免成为大家关注的对象。相反,她对自己高高在上的社会地位很有信心,从没有意识到流言蜚语会坏了自己的名声。

爱玛知道,也践行着礼仪的种种模式。她对贝慈小姐的侮辱并不典型,实际上,读者都目睹了她听到简·费尔法克斯小姐的信和忍受着无聊对话时表现出的彬彬有礼。她不像伊夫琳娜一样,需要学习在社交场合该做什么,不该做什么,但她确实需要知道,她不能任何时候、在任何地方都说了算,尽管这和弗兰克在公开场合宣称的不一样。她得到的关于谦恭的教训,包括她在奈特利先生心里甚至都不占第一位的教训,教她认清"社会"(我们必须生活在其中的人与人之间的相互关联)的复杂性与压力。漂亮,聪明,富有,出身高贵如爱玛·伍德豪斯也不能存在于社会背景之下,或是不把社会背景当回事儿。

这一教训与伯尼的女主人公们所得到的教训不同,她们可以说是因为太过谦恭而不是不够谦恭而遭了罪,但它教导的社交界一些微妙的要求是相似的。社交界的要求有一些是爱玛从一开始就知道的(比如,需要为她父亲安排牌局,想办法让参与者吃饱吃好),它们构成了小说的结构,经由一系列社交方面的冲突推进,在求婚的一场戏中达到高潮,此时的爱玛说道:"当然,女孩子,还是要守规矩的。"(431)但到了这个时候,爱玛比刚开始时更清楚地认识到她该说什么,该做什么了。

即便是对《爱玛》寥寥几笔的介绍可能已经让我们看出,它像奥斯汀大部分作品一样,明显还是一部发展小说。它同样也可以被称为一部意识小说。由于它能被这样分门别类,故而使我们认识到奥斯汀多么依赖前人的作品。没有理查逊、海伍德、伦诺克斯和伯尼,就没有我们所知道的奥斯汀。但同等重要的,还应该认识到她对自己采用的模式做了多么重大的改变。

贝兹·索特莱斯的发展模式是:不断地为所犯错误买单,并承认错误。她的经历总是惩罚着她。将她变成一个18世纪好妻子的过程用了很长时间(海伍德的小说非常厚),涉及到逐步积累见识与审慎。奥斯汀的女主人公也经历了一系列受教育的过程,但通常这些年轻女性都是顿悟之后,获取了新的认识:爱玛被奈特利对她的责难"深深地击中了"(376),或者是电光石火间,她意识到奈特利必须娶她,而不是别的任何人;《诺桑觉寺》中的凯瑟琳·莫兰认识到哥特小说毕竟不能为日常生活提供合适的阐释标准;《傲慢与偏见》中的伊丽莎白·伯奈特被迫承认她对达西的误解有多深。这些顿悟的时刻带来的是深刻的变化,这种变化不局限于行为,尽管它影响了行为。

汤姆·琼斯从经验得知他坚决不能以某些方式行事。尽管汤姆声称他的内心也同时发生了变化,但菲尔丁没有证据表明有这种变化,索菲亚或是读者也不可能要求像汤姆这样没有丰富内心世界的人物发生什么内心变化。相比之下,爱玛开始有了宽厚待人的意识,这在小说快结束时她对待哈里特、弗兰克和简·费尔法克斯的方式就能看出来。她的内心经历了明显的变化。奥斯汀在她的小说中总是展示深刻影响人物的变化的过程。她的社会风俗小说中,社会行为准则构成了情节的大部分,但小说中社会风俗的作用则根本上是用来允许或是促成人物的发展。

奥斯汀的人物经历的变化远不止学会"谨言慎行",这一重要事实标志着18和19世纪小说巨大的区别。这一区别一定程度上取决于对小说中"人物"含义的崭新理解,而这种崭新的理解一部分源于18世纪小说中发展起来的性格刻画方式,也可能得益于1800年之前和之后出版的传记和自传。像博斯维尔的《约翰逊的一生》和卢梭令人震惊的《忏悔录》这样的作品,细节极为丰富,展示了性格的神秘之处,他们加大了对人性的特殊性进行言语上解读的可能。

奥斯汀对"人性"的认识,在这点上来说和卢梭一样,都包括内心的感受和外在的行为。因此,《爱玛》和其他小说能一部分从18世纪的含义上、一部分从新的含义上被当作意识小说来读。除了斯特恩的小说之外,我们所研究的18世纪意识小说显著的一个方面是他们对意识的理解重点在主要按逻辑顺序发展的心理过程。只有斯特恩的表达类似于我们后来说的意识流,这种意识通过松散的联想的过程,以无法预料的方式从一个主题跳到另一个主题。相比之下,《帕米拉》或是《克拉丽莎》或是《叫声》表现的意识的变化由结合了理性和感性的过程完成,而理性如果不一定是主导性的,也是显著的组成部分。

爱玛的意识,还有伊丽莎白·伯奈特的,甚至是凯瑟琳·莫兰的意识之中,同样有着强烈的理性的成分。感性使爱玛对奈特利指责她无礼作出了激烈的反应,但理性告诉她这一指责是多么有道理。凯瑟琳对哥特小说的情感反应造成了她对诺桑觉寺以及居住在里面的人的解读,但她顿悟的那一刻主要取决于理性的作用。不过,像她们之前的帕米拉和克拉丽莎一样,这种人物在展示其内心活动时,也表现出塑造认知力的强烈愿望。伊丽莎白·伯奈特发现达西的信很有说服力,因为她愿意被说服;凯瑟琳明显被亨利·蒂尔内征服,而不是被理性的力量征服。理性很容易与理性化结合在一起。尽管奥斯汀描写的种种意识从来没到杂乱无章的程度,但它们也并非遵循逻辑原则。像理查逊和莎拉·菲尔丁一样,奥斯汀展示的内心活动不是完全被它们所有者的意愿掌控,但反应的需求和冲突可能无法被公开承认。18世纪的读者能分辨得出她所描述的那种种意识。

我们所研究的18世纪意识小说作家总是用某种形式的第一人称叙事去表现心理活动的本质。奥斯汀以第三人称写作,发展了一种新的技法作为表现方式:自由的、间接叙述,即一个人物没说出来的想法和解读变成了据说是客观叙述的一部分。(其他人——尤其是戈德温——在她之前也用过这种技法,但奥斯汀极大地扩展了它的作用。)《爱玛》中一个出色的例子是,在哈丽特挑平纹布时,爱玛从商店的门口凝视村子的广场:

> 哈伊伯瑞最繁忙地区的人来车往中都没什么可期盼的;——派瑞先生匆匆忙忙走过,威廉·考克斯先生进了办公室的门,科尔先生拉车的马遛了回来,或是骑了头倔驴而迷了路的送信男孩,是她能期待的最有趣的东西了;只要她看到拿着托盘的屠户,拎着满满一篮子东西从商店往家走的利索的老太太,两只争抢一根脏骨头的野狗,围着面包师的弓形窗盯看着姜饼的一群无所事事的孩子,她就知道她挺开心,没什么好抱怨的;就那么站在门口就够了。心若灵动自在,什么都看不见也没关系,能看到的一切也皆有回应。(233)

爱玛心情不错,想要找些乐子。她的沉思告诉她,没什么可期待的,但她想像派瑞先生、考克斯先生和送信男孩,等等的可能性;然后,她真就看见了屠户、野狗和孩子,就说自己找到了乐子,但直到最后一句话,我们才看到这种技法的微妙之处。这个句子听起来像18世纪小说中盛行的道德说教,但如果把它当成爱玛思想的产物,它的作用要复杂得多。这是一个典型的自鸣得意的声明:爱玛为能无中生有洋洋自得。真是如此吗?可能相反,它源自叙述者,是对她刚刚产生的心理活动的评价。像"没什么可期盼的"这一句,它声称是一个客观的说法,但我们必须认识到,它恰恰来自形成这一说法的意识。认识了在谁有的这一想法上的含糊不清会让我们意识到——这种意识在奥斯汀小说中以不同方式反复出现——任何判断,任何解读,都取决于它的来源。

就我们的研究而言,奥斯汀的两个方面很重要:她依靠在她之前建立的模式这一事实,和她在践行中采用了新方法这一事实。这两者的真实性都是显而易见的。每一个作家都是既依靠、又改变了之前的做法。但19世纪英国小说的爱好者们常常不承认先前作家的成就对它有多么重要。没有菲尔丁,狄更斯就不会用他那样的方式写作,没有理查逊,艾略特也是如此。特罗洛普继承了伯尼。《呼啸山庄》和《德拉库拉》利用的是哥特传统。我们可以觉察到索菲亚·李和历史小说大师沃尔特·司各特爵士之间的联系。

记录文学作品阅读的文学史可以提升对这种联系的认识。它还会鼓励我们关注这一事实:尽管19世纪小说成绩斐然,但它不像18世纪小说那样从根本上有创新。尽管18世纪小说家们也有大量的样板,但他们总的来说不得不去创造写作的形式。对《唐吉诃德》和古典史诗的深厚功底使菲尔丁能构思出讲述一个想像中人物生平的方式,但他之前的任何一个人都没有写过这样的生平。认识到碎片式的结构如何能反映动荡的、令人担忧的社会状况,并因此促成感伤小说的发展,对小说发展贡献巨大。18世纪小说家们有着无数的新想法。

　　这并不是说他们19世纪的后继者们就没有新的想法。19世纪除了别的之外，还创造出了侦探小说，并大大增加了融合社会观察与评论的小说结构的新方法。小说家们的多产持续彰显，但这种多产不是在19世纪才初次出现的，而是上个世纪的努力促进的。

　　此外，奥斯汀绝不是追寻上一世纪留下的发展路线的唯一小说家。她同时代的沃尔特·司各特爵士想当然地认为讲述一个年轻人走向成熟的过程有着重要意义和紧迫性。在他的第一部小说《韦弗利》中，他把一个年轻人的成长故事——这种故事因为菲尔丁和他的后继者们变得耳熟能详——放在了极为复杂的建立在大量事实基础上的历史想像中。年轻的韦弗利从某些方面与一个典型的18世纪女主角相似。他爱好阅读传奇故事，这让人想起女版堂吉诃德，阿拉贝拉。即便他不像阿拉贝拉那样相信小说的真实性，但也从中汲取了很多理念和理想，"像一艘没有驾驶员或是船舵的船，在书海中"航行（13），还带上去了不少货物。当然，现实像教育阿拉贝拉一样地教育了他，而他的创造者则极力坚称他不仅具有男性的美德，还具有传统的女性特点。司各特把他的发展故事放在了男性冲突（以及女性阴谋）的背景之下，在利用模式化性别形象的同时，一定程度上又否定了它。

　　然而，并不是所有的19世纪小说成就都是纯粹的成功：也还是有失败。在《韦弗利》中，司各特已经熟练地运用了对苏格兰历史的大量知识，以及对早已失败了的崇高事业的感情。他的情节如果说有些缓慢，却也复杂，而且人物众多。不过，他却没能达到早先版本的历史小说、索菲亚·李的《隐蔽的地方》中所表现出的紧迫感，以及它对于身陷历史的泥沼而倍感困惑的出色的戏剧性描写。

　　实际上，我们可能在19世纪小说中找不到先前小说中常见的各种紧迫感。小说家的人物这会儿可能仍直接向读者喊话，但究竟谁才是读者这个问题，以及读者对文本的感受——以前那么紧迫的一个问题看起来已经消失了。司各特写道:"这章该长,还是该短?——亲爱的读者,这个问题你说不上话,尽管你可能对结果很感兴趣;就好像你(和我一样),除了不得不缴纳税金这种小事之外,和新增课税毫无关系是一回事。"(115)像在他之前的菲尔丁和斯特恩一样,他轻率地应付着想像中的读者。他想像中的读者相对而言甚至是无能为力的,但这只是和自己的无能为力相比。对政治的暗示既没能使叙述者居主导地位,也没对他的小说性质进行任何评价。没有涉及任何利害关系。

19世纪小说的复杂性和它之前小说的复杂性不同。我们再也见不到简·巴克那样让人眼花缭乱的多样性,也没有亨利·菲尔丁那样丰富的情节设计,以及叙述者的自鸣得意,或者就此而言,像理查逊那样错综复杂却又充满生机的心理刻画。《弗兰肯斯坦》复制的是作者的父亲的作品——《卡莱布·威廉姆斯》中那矛盾的情绪,和被强迫下的追求。它训练的读者的想像力,和它之前那部作品一样,甚至更强大,但因为缺乏戈德温恐怖小说的政治推动力,它就没能那么直接传递它与我们所在的社会之间紧密的联系。18世纪不仅为现代小说打下了基础,还探索了后来很长一段时间被忽视的种种可能性。

我们对18世纪的尝试的研究展示了这段时期小说间彼此联系的一些方式,以及它们的情节发展的一些模式。它还试图展现阅读这些小说所带来的满足感。文学史记录的不仅是人们写了什么,还有读了什么。这里研究的作品并不是每一部在当时都反响热烈,大获成功,但大部分都在过去有着热情的读者。这些书对读者来说仍然开卷有益。将他们归入像"感伤小说"或是"政治小说"——那会儿的政治现在看来可能没什么意义了——这些类别,貌似是说这类作品早就过时了,但《西德尼·比道尔夫小姐回忆录》的情节扣人心弦,主人公也有着极为复杂的心理展示,而《卡莱布·威廉姆斯》可能直至今天,对所有阅读它的人来说也都是一个里程碑,而这正是它的作者所期待的。

18世纪小说阐明的不仅仅是它所处的时代和区域,还有人类生活、思想和感情的种种可能性。它的各种模式反映了直面个人问题和社会问题的不同方式,而这在最初就成为了小说的材料。无论是其早期体现,还是其后来的形式,小说都在为彼时、今日的文化代言,并使之能隔空对话。

推荐书目

关于批判性阅读的建议按章节整理,但很多选用的书目包含诠释,理论,或是组织想法,这些能有效地运用到在其他背景下讨论的单部小说或是分类别小说中。尤其是为第一章列出的作品,通常可以在构建宏大的历史性讨论的同时为具体小说提供帮助。总体上,我只列出了书,而不是文章,但有些极其重要或是极为突出的文章也在列。有些情况是(比如弗朗西斯·布鲁克),某一特定主题找不到有用的书,因此就必须以文章代替。

CHAPTER ONE: THE EXCITEMENT OF BEGINNINGS

Armstrong, Nancy. *Desire and Domestic Fiction: A Political History of the Novel.* Oxford: Oxford University Press, 1987.

Bartolomeo, Joseph F. *A New Species of Criticism: Eighteenth-Century Discourse on the Novel.* Newark: University of Delaware Press, 1994.

Black, Jeremy. *Eighteenth-Century Britain, 1688–1783.* New York: Palgrave, 2001.

Brown, Homer O. *Institutions of the English Novel: From Defoe to Scott.* Philadelphia: University of Pennsylvania Press, 1997.

Colley, Linda. *Britons: Forging the Nation, 1707–1837.* New Haven: Yale University Press, 1992.

———. *Captives: Britain, Empire and the World, 1600–1850.* London: Jonathan Cape, 2002.

Doody, Margaret. *The True Story of the Novel.* New Brunswick, N.J.: Rutgers University Press, 1996.

Eighteenth-Century Fiction 12:2–3 (2000). This entire double issue of the journal, entitled *Reconsidering "The Rise of the Novel,"* consists of commentary on Ian Watt's study and on new understandings of the novel as genre.

Hunter, J. Paul. *Before Novels: The Cultural Contexts of Eighteenth-Century English Fiction.* New York: Norton, 1990.

Ingrassia, Catherine. *Authorship, Commerce, and Gender in Early Eighteenth-Century England: A Culture of Paper Credit.* Cambridge: Cambridge University Press, 1998.

Kernan, Alvin. *Printing Technology, Letters, and Samuel Johnson.* Princeton: Princeton University Press, 1987.

Lynch, Deidre. *The Economy of Character: Novels, Market Culture, and the Business of Inner Meaning.* Chicago: University of Chicago Press, 1998.

McKeon, Michael. *The Origins of the English Novel, 1600–1740.* Baltimore: Johns Hopkins University Press, 1987.

Nussbaum, Felicity, and Laura Brown, eds. *The New Eighteenth Century: Theory, Politics, English Literature.* New York: Methuen, 1987.

Porter, Roy. *Enlightenment: Britain and the Creation of the Modern World.* London: Allen Lane, 2000.

Richetti, John. *The English Novel in History, 1700–1780.* London: Routledge, 1999.

Richetti, John, et al., eds. *The Columbia History of the British Novel.* New York: Columbia University Press, 1994.

Salzman, Paul. *English Prose Fiction, 1558–1700: A Critical History.* Oxford: Clarendon, 1985.

Spacks, Patricia Meyer. *Desire and Truth: Functions of Plot in Eighteenth-Century English Novels.* Chicago: University of Chicago Press, 1990.

Todd, Janet. *The Sign of Angellica: Women, Writing and Fiction, 1660–1800.* London: Virago, 1989.

Warner, William. *Licensing Entertainment: The Elevation of Novel Reading in Britain, 1684–1750.* Berkeley: University of California Press, 1998.

Watt, Ian. *The Rise of the Novel: Studies in Defoe, Richardson and Fielding.* Berkeley: University of California Press, 1957.

White, Ian, and Kathleen White. *On the Trail of the Jacobites.* London: Routledge, 1990.

CHAPTER TWO: NOVELS OF ADVENTURE

Ballaster, Ros. *Seductive Forms: Women's Amatory Fiction from 1684 to 1740.* Oxford: Clarendon, 1992.

Gallagher, Catherine. *Nobody's Story: The Vanishing Acts of Women Writers in the Marketplace, 1670–1820.* Berkeley: University of California Press, 1994.

Herman, Ruth. *The Business of a Woman: The Political Writings of Delarivier Manley.* Newark: University of Delaware Press, 2003.

Lund, Roger D., ed. *Critical Essays on Daniel Defoe.* New York: G. K. Hall, 1997.

Novak, Maximillian E. *Daniel Defoe: Master of Fictions, His Life and Ideas*. Oxford: Oxford University Press, 2001.

Richetti, John. *Popular Fiction Before Richardson: Narrative Patterns, 1700–1739*. Oxford: Clarendon, 1992.

Saxon, Kirsten T., and Rebecca P. Bocchicchio, eds. *The Passionate Fictions of Eliza Haywood: Essays on Her Life and Work*. Lexington: University Press of Kentucky, 2000.

Schofield, Mary Anne, and Cecilia Macheski, eds. *Fetter'd or Free? British Women Novelists, 1670–1815*. Athens: Ohio University Press, 1986.

Seidel, Michael. *"Robinson Crusoe": Island Myths and the Novel*. Boston: Twayne, 1991.

CHAPTER THREE: THE NOVEL OF DEVELOPMENT

Brack, O M, Jr. "Smollett's *Peregrine Pickle* Revisited." *Studies in the Novel* 27: 3 (1995): 260–72.

Douglas, Aileen. *Uneasy Sensations: Smollett and the Body*. Chicago: University of Chicago Press, 1995.

Fowler, Patsy S., Alan Jackson, and Peter Sabor, eds. *Launching "Fanny Hill": Essays on the Novel and Its Influences*. New York: AMS, 2003.

Parker, Jo Alyson. *The Author's Inheritance: Henry Fielding, Jane Austen, and the Establishment of the Novel*. DeKalb: Northern Illinois University Press, 1998.

Paulson, Ronald. *The Life of Henry Fielding: A Critical Biography*. Oxford: Blackwell, 2000.

Rivero, Albert J., ed. *Critical Essays on Henry Fielding*. New York: G. K. Hall, 1998.

Rosengarten, Richard A. *Henry Fielding and the Narration of Providence: Divine Design and the Incursions of Evil*. New York: Palgrave, 2000.

Skinner, John. *Constructions of Smollett: A Study of Genre and Gender*. Newark: University of Delaware Press, 1996.

Stuart, Shea. "Subversive Didacticism in Eliza Haywood's *Betsy Thoughtless*." *SEL: Studies in English Literature, 1500–1900* 42:3 (2002): 559–75.

Thompson, Helen. "Charlotte Lennox and the Agency of Romance." *Eighteenth Century: Theory and Interpretation* 43:2 (2002): 91–114.

CHAPTER FOUR: NOVELS OF CONSCIOUSNESS

Alliston, April. *Virtue's Faults: Correspondences in Eighteenth-Century British and French Women's Fiction*. Stanford: Stanford University Press, 1996.

Altman, Janet Gurkin. *Epistolarity: Approaches to a Form*. Columbus: Ohio State University Press, 1982.

Benedict, Barbara M. "The Margins of Sentiment: Nature, Letter, and Law in Frances Brooke's Epistolary Novels." *ARIEL: A Review of International English Literature* 23:3 (1992): 7–25.

Blewett, David, ed. *Passion and Virtue: Essays on the Novels of Samuel Richardson*. Toronto: University of Toronto Press, 2001.

Bree, Linda. *Sarah Fielding*. New York: Twayne, 1996.

Castle, Terry. *Clarissa's Ciphers: Meaning and Disruption in Richardson's "Clarissa."* Ithaca: Cornell University Press, 1982.
Cook, Elizabeth Heckendorn. *Epistolary Bodies: Gender and Genre in the Eighteenth-Century Republic of Letters.* Stanford: Stanford University Press, 1996.
Keymer, Tom. *Richardson's "Clarissa" and the Eighteenth-Century Reader.* Cambridge: Cambridge University Press, 1992.
Krishman, R. S. "'The Vortex of the Tumult': Order and Disorder in *Humphry Clinker.*" *Studies in Scottish Literature* 23 (1988): 239–53.
Lamb, Jonathan. *Sterne's Fiction and the Double Principle.* Cambridge: Cambridge University Press, 1989.
Rogers, Katharine M. "Sensibility and Feminism: The Novels of Frances Brooke." *Genre* 11 (1978): 159–71.
Rosenblum, Michael. "Smollett's *Humphry Clinker.*" *The Cambridge Companion to the Eighteenth-Century Novel,* 175–97. Ed. John Richetti. Cambridge: Cambridge University Press, 1996.
Walsh, Marcus, ed. *Laurence Sterne.* London: Longman, 2002.
Warner, William Beatty. *Reading "Clarissa": The Struggles of Interpretation.* New Haven: Yale University Press, 1979.
Zomchick, John P. "Social Class, Character, and Narrative Strategy in *Humphry Clinker.*" *Eighteenth-Century Life* 10: 3 (1986): 172–85.

CHAPTER FIVE: THE NOVEL OF SENTIMENT

Barker, Gerard A. "*David Simple:* The Novel of Sensibility in Embryo." *Modern Language Studies* 12: 2 (1982): 69–80.
———. *Henry Mackenzie.* Boston: Twayne, 1975.
Barker-Benfield, G. J. *The Culture of Sensibility: Sex and Society in Eighteenth-Century Britain.* Chicago: University of Chicago Press, 1992.
Bredvold, Louis Ignatius. *The Natural History of Sensibility.* Detroit: Wayne State University Press, 1962.
Brissenden, R. F. *Virtue in Distress: Studies in the Novel of Sentiment.* New York: Barnes and Noble, 1974.
Dixon, Peter. *Oliver Goldsmith Revisited.* Boston: Twayne, 1991.
Erickson, Robert. *The Language of the Heart, 1600–1750.* Philadelphia: University of Pennsylvania Press, 1997.
Hopkins, Robert Hazen. *The True Genius of Oliver Goldsmith.* Baltimore: Johns Hopkins University Press, 1969.
Mullan, John. *Sentiment and Sociability: The Language of Feeling in the Eighteenth Century.* Oxford: Clarendon, 1990.
Nussbaum, Felicity. "Effeminacy and Femininity: Domestic Prose Satire and David Simple." *Eighteenth-Century Fiction* 11:4 (1999): 421–44.
Oliver, Kathleen M. "Frances Sheridan's Faulkland, the Silenced, Emasculated, Ideal Male." *SEL: Studies in English Literature, 1500–1900* 43:3 (2003): 683–700.
Rawson, Claude Julien. *Satire and Sentiment, 1660–1830.* Cambridge: Cambridge University Press, 1994.

Van Sant, Ann Jessie. *Eighteenth-Century Sensibility and the Novel: The Senses in Social Context*. Cambridge: Cambridge University Press, 1993.

CHAPTER SIX: THE NOVEL OF MANNERS

Boardman, Michael. "Inchbald's *A Simple Story*: An Anti-Ideological Reading." *Ideology and Form in Eighteenth-Century Literature*, 207–22. Ed. David H. Richter. Lubbock: Texas Tech University Press, 1999.

Cutting-Gray, Joanne. *Woman as "Nobody" and the Novels of Fanny Burney*. Gainesville: University Press of Florida, 1992.

Doody, Margaret Anne. *Frances Burney: The Life in the Works*. New Brunswick, N.J.: Rutgers University Press, 1988.

Epstein, Julia. *The Iron Pen: Frances Burney and the Politics of Women's Writing*. Madison: University of Wisconsin Press, 1989.

Johnson, Claudia L. *Equivocal Beings: Politics, Gender, and Sentimentality in the 1790s: Wollstonecraft, Radcliffe, Burney, Austen*. Chicago: University of Chicago Press, 1995.

Nachumi, Nora. "'Those Simple Signs': The Performance of Emotion in Elizabeth Inchbald's *A Simple Story*." *Eighteenth-Century Fiction* 11:3 (1999): 317–38.

Rogers, Katharine M. *Frances Burney: The World of "Female Difficulties."* New York: Harvester Wheatsheaf, 1990.

Ward, Candace. "Inordinate Desire: Schooling the Senses in Elizabeth Inchbald's *A Simple Story*." *Studies in the Novel* 31:1 (1999): 1–18.

CHAPTER SEVEN: GOTHIC FICTION

Clery, E. J. *Women's Gothic: From Clara Reeve to Mary Shelley*. Tavistock: Northcote House in association with the British Council, 2000.

Emsley, Sarah. "Radical Marriage." *Eighteenth-Century Fiction* 11:4 (1999): 477–98.

Gray, Jennie. *Horace Walpole and William Beckford: Pioneers of the Gothic Revival*. Chislehurst: Gothic Society, 1994.

Haggerty, George E. *Unnatural Affections: Women and Fiction in the Later Eighteenth Century*. Bloomington: Indiana University Press, 1998.

Heiland, Donna. *Gothic and Gender: An Introduction*. Malden, Mass.: Blackwell, 2004.

Kilgour, Maggie. *The Rise of the Gothic Novel*. New York: Routledge, 1995.

Lewis, Jayne Elizabeth. "'Ev'ry Lost Relation': Historical Fictions and Sentimental Incidents in Sophia Lee's *The Recess*." *Eighteenth-Century Fiction* 7:2 (1995): 165–84.

Punter, David, and Glennis Byron. *The Gothic*. Malden, Mass.: Blackwell, 2004.

Reno, Robert Princeton. *The Gothic Visions of Ann Radcliffe and Matthew G. Lewis*. New York: Arno, 1980.

Smith, Nelson C. *The Art of Gothic: Ann Radcliffe's Major Novels*. New York: Arno, 1980.

Stevens, Anne H. "Sophia Lee's Illegitimate History." *Eighteenth-Century Novel* 3 (2003): 263–91.

Wright, Angela. "Early Women's Gothic Writing: Historicity and Canonicity in Clara Reeve's *The Old English Baron* and Sophia Lee's *The Recess.*" *Approaches to Teaching Gothic Fiction: The British and American Traditions*, 99–104. Ed. Diane Long Hoeveler and Tamar Heller. New York: Modern Language Association of America, 2003.

CHAPTER EIGHT: THE POLITICAL NOVEL

Baine, Rodney M. *Thomas Holcroft and the Revolutionary Novel*. Athens: University of Georgia Press, 1965.

Clemit, Pamela. *The Godwinian Novel: The Rational Fictions of Godwin, Brockden Brown, Mary Shelley*. Oxford: Clarendon, 1993.

Faulkner, Peter. *Robert Bage*. Boston: Twayne, 1979.

Grenby, M. O. *The Anti-Jacobin Novel: British Conservatism and the French Revolution*. New York: Cambridge University Press, 2001.

Gunther-Canada, Wendy. *Rebel Writer: Mary Wollstonecraft and Enlightenment Politics*. DeKalb: Northern Illinois University Press, 2001.

Johnson, Claudia L., ed. *The Cambridge Companion to Mary Wollstonecraft*. Cambridge: Cambridge University Press, 2002.

Johnson, Nancy E. *The English Jacobin Novel on Rights, Property and the Law: Critiquing the Contract*. New York: Palgrave Macmillan, 2004.

Keen, Paul. "A 'Memorable Grave': The Abject Subtext of Charles Lloyd's *Edmund Oliver.*" *Authorship, Commerce and the Public: Scenes of Writing, 1750–1850*, 203–17. Ed. E. J. Clery, Caroline Franklin, and Peter Garside. Basingstoke, England: Palgrave Macmillan, 2002.

Kelly, Gary. *The English Jacobin Novel, 1780–1805*. Oxford: Clarendon, 1976.

Watson, Nicola J. *Revolution and the Form of the British Novel, 1790–1825: Intercepted Letters, Interrupted Seductions*. Oxford: Clarendon, 1994.

CHAPTER NINE: *TRISTRAM SHANDY* AND THE DEVELOPMENT OF THE NOVEL

Byrd, Max. *Tristram Shandy*. London: Allen and Unwin, 1985.

Conrad, Peter. *Shandyism: The Character of Romantic Irony*. Oxford: Blackwell, 1978.

Erickson, Robert A. *Mother Midnight: Birth, Sex, and Fate in Eighteenth-Century Fiction (Defoe, Richardson, and Sterne)*. New York: AMS, 1986.

Iser, Wolfgang. *Laurence Sterne: "Tristram Shandy."* Trans. David Henry Wilson. Cambridge: Cambridge University Press, 1988.

Keymer, Tom. *Sterne, the Moderns, and the Novel*. Oxford: Oxford University Press, 2002.

Lanham, Richard A. *"Tristram Shandy": The Games of Pleasure*. Berkeley: University of California Press, 1973.

引 文

Adventures of Lindamira, a Lady of Quality, The. 1702. *Foundations of the Novel,* ed. Michael F. Shugrue. New York: Garland, 1972.

Aubin, Penelope. *The Life and Adventures of the Lady Lucy.* 1726. *Foundations of the Novel,* ed. Michael F. Shugrue. New York: Garland, 1973.

———. *The Life of Madam de Beaumount.* 1721. *Foundations of the Novel,* ed. Michael F. Shugrue. New York: Garland, 1973.

———. *The Strange Adventures of the Count de Vinevil and his Family.* 1721. *Foundations of the Novel,* ed. Michael F. Shugrue. New York: Garland, 1973.

Austen, Jane. *Emma.* 1816. Ed. R. W. Chapman. Vol. 4 of *The Novels of Jane Austen.* 3rd ed. Oxford: Oxford University Press, 1933.

———. "Northanger Abbey" and "Persuasion." 1818. Ed. R. W. Chapman. Vol. 5 of *The Novels of Jane Austen.* 3rd ed. Oxford: Oxford University Press, 1933.

———. *Pride and Prejudice.* 1813. Ed. R. W. Chapman. Vol. 2 of *The Novels of Jane Austen.* 3rd ed. Oxford: Oxford University Press, 1932.

Bage, Robert. *Hermsprong, or, Man As He Is Not.* 1796. Ed. Peter Faulkner. Oxford: Oxford University Press, 1985.

Barker, Jane. *The Galesia Trilogy and Selected Manuscript Poems.* Ed. Carol Shiner Wilson. New York: Oxford University Press, 1997.

Beckford, William. *"Modern Novel Writing" (1796) and "Azemia" (1797).* Gainesville, Fla.: Scholars' Facsimiles and Reprints, 1970.

———. *Vathek.* 1786. Ed. Roger Lonsdale. London: Oxford University Press, 1970.

Behn, Aphra. *Oroonoko.* 1698. *Shorter Novels: Seventeenth Century,* 147–224. Ed. Philip Henderson. London: Dent, 1960.

Boswell, James. *The Life of Samuel Johnson*. 1791. Ed. R. W. Chapman. Corrected by J. D. Fleeman. London: Oxford University Press, 1970.
Brooke, Frances. *The History of Emily Montague*. 1769. Ed. Laura Moss. Ottawa: Tecumseh Press, 2001.
———. *The History of Lady Julia Mandeville*. 1763. Ed. E. Phillips Poole. London: E. Partridge, 1930.
Brooke, Henry. *The Fool of Quality, or the History of Henry Earl of Moreland*. 1765–70. London: Routledge, 1906.
Bunyan, John. *The Pilgrim's Progress From This World to That Which Is to Come*. 1678–84. Ed. John F. Thornton and Susan B. Varenne. New York: Vintage, 2004.
Burke, Edmund. *A Philosophical Enquiry into the Origin of our Ideas of the Sublime and Beautiful*. 1757. Ed. Adam Phillips. Oxford: Oxford University Press, 1990.
Burney, Frances. *Camilla or A Picture of Youth*. 1796. Ed. Edward A. Bloom and Lillian D. Bloom. London: Oxford University Press, 1972.
———. *Cecilia, or, Memoirs of an Heiress*. 1782. Ed. Peter Sabor and Margaret Anne Doody. Oxford: Oxford University Press, 1988.
———. *Evelina or The History of a Young Lady's Entrance into the World*. 1778. Ed. Edward A. Bloom. Oxford: Oxford University Press, 1970.
———. *The Wanderer, or, Female Difficulties*. 1814. Ed. Margaret Anne Doody, Robert L. Mack, and Peter Sabor. Oxford: Oxford University Press, 2001.
Cleland, John. *Memoirs of a Woman of Pleasure*. 1748–49. Ed. Peter Sabor. Oxford: Oxford University Press, 1999.
Davys, Mary. *Familiar Letters, Betwixt a Gentleman and a Lady*. 1725. *Foundations of the Novel*, ed. Michael F. Shugrue. New York: Garland, 1973.
———. *The Reform'd Coquet; A NOVEL*. 1724. *Foundations of the Novel*, ed. Michael F. Shugrue. New York: Garland, 1973.
Defoe, Daniel. *The Fortunes and Misfortunes of the Famous Moll Flanders*. 1722. Ed. Juliet Mitchell. New York: Penguin, 1978.
———. *Robinson Crusoe*. 1719. Ed. Michael Shinagel. 2nd ed. New York: Norton, 1994.
———. *Roxana, The Fortunate Mistress*. 1724. Ed. Jane Jack. New York: Oxford University Press, 1964.
Edgeworth, Maria. *Belinda*. 1801. London: Pandora, 1986.
Fenwick, Eliza. *Secresy; or, The Ruin on the Rock*. 1795. Ed. Isobel Grundy. 2nd ed. Peterborough, Ont.: Broadview, 1998.
Fielding, Henry. *Amelia*. 1751. Ed. Martin C. Battestin. Middletown, Conn.: Wesleyan University Press, 1983.
———. *"The History of the Adventures of Joseph Andrews And of his friend Mr. Abraham Adams" and "An Apology for the Life of Mrs. Shamela Andrews."* 1742, 1741. Ed. Douglas Brooks-Davies. Oxford: Oxford University Press, 1980.
———. *Tom Jones*. 1749. Ed. John Bender and Simon Stern. Oxford: Oxford University Press, 1998.
Fielding, Sarah. *The Adventures of David Simple. Containing an Account of His*

Travels Through the Cities of London and Westminster in the Search of a Real Friend. 1744. Ed. Malcolm Kelsall. Oxford: Oxford University Press, 1994.
———. The Cry. 1754. Delmar, N.Y.: Scholars' Facsimiles and Reprints, 1986.
Godwin, William. An Enquiry Concerning Political Justice. 1793. 2 vols. Ed. Raymond Abner Preston. New York: Knopf, 1926.
———. Caleb Williams. 1794. Ed. Gary Handwerk and A. A. Markley. Peterborough, Ont.: Broadview, 2000.
Goldsmith, Oliver. The Vicar of Wakefield. 1766. Ed. Stephen Coote. Harmondsworth, England: Penguin, 1984.
Hays, Mary. Memoirs of Emma Courtney. 1796. London: Pandora, 1987.
———. The Victim of Prejudice. 1799. Ed. Eleanor Ty. Peterborough, Ont.: Broadview, 1999.
Haywood, Eliza. The City Jilt. 1726. Selected Fiction and Drama of Eliza Haywood. Ed. Paula R. Backscheider. New York: Oxford University Press, 1999.
———. "Fantomina" and Other Works. 1725 et al. Ed. Margaret Case Croskery, Anna C. Patchias, and Alexander Pettit. Peterborough, Ont.: Broadview, 2004.
———. The History of Miss Betsy Thoughtless. 1751. Ed. Christine Blough. Peterboro, Ont.: Broadview, 1998.
———. Love in Excess, or, The Fatal Enquiry. 1719. Ed. David Oakleaf. Peterborough, Ont.: Broadview, 1994.
Haywood, Eliza, and Henry Fielding. "Anti-Pamela" and "Shamela." 1742, 1741. Ed. Catherine Ingrassia. Peterborough, Ont.: Broadview, 2004.
Holcroft, Thomas. Anna St. Ives. 1792. Ed. Peter Faulkner. London: Oxford University Press, 1970.
Inchbald, Elizabeth. A Simple Story. 1791. Ed. Pamela Clemit. New York: Penguin, 1986.
Johnson, Samuel. The Life of Pope. Introduction and notes F. Ryland. London: Bell, 1920.
———. "Preface to Shakespeare." Johnson on Shakespeare. 1765. Vol. 7 of The Yale Edition of the Works of Samuel Johnson, 59–113. Ed. Arthur Sherbo. New Haven: Yale University Press, 1968.
Johnstone, Charles. Chrysal: or, The Adventures of a Guinea. 1760–65. The Novel: 1720–1805. 4 vols. New York: Garland, 1979.
Lee, Sophia. The Recess; or, A Tale of Other Times. 1783. Ed. April Alliston. Lexington: University Press of Kentucky, 2000.
Lennox, Charlotte. The Female Quixote or The Adventures of Arabella. 1752. Ed. Margaret Dalziel. Oxford: Oxford University Press, 1998.
Lewis, M. G. The Monk. 1795. Ed. Howard Anderson. Oxford: Oxford University Press, 1973.
Lloyd, Charles. Edmund Oliver. 1798. Oxford: Woodstock, 1990.
Locke, John. An Essay Concerning Human Understanding. 1690. Ed. Peter H. Nidditch. Oxford: Clarendon, 1979.
Mackenzie, Henry. The Man of Feeling. 1769. New York: Norton, 1958.
Manley, Delarivier. The New Atalantis. 1709. Ed. Ros Ballaster. London: Pickering and Chatto, 1991.

Pratt, Samuel Jackson [Courtney Melmoth]. *The Tutor of Truth*. 1779. 2 vols. London, 1779.
Radcliffe, Ann. *The Italian, or, The Confessional of the Black Penitents*. 1796. Ed. Frederick Garber. London: Oxford University Press, 1968.
———. *The Mysteries of Udolpho*. 1794. Ed. Bonamy Dobrée. Oxford: Oxford University Press, 1980.
Reeve, Clara. *The Old English Baron*. 1778. Ed. James Trainer. Oxford: Oxford University Press, 2003.
Richardson, Samuel. *Clarissa or The History of a Young Lady*. 1747–48. Ed. Angus Ross. Harmondsworth, England: Penguin, 1985.
———. *Pamela; or, Virtue Rewarded*. 1740. Ed. Thomas Keymer and Alice Wakely. Oxford: Oxford University Press, 2001.
———. *Sir Charles Grandison*. 1753–54. 3 vols. Ed. Jocelyn Harris. London: Oxford University Press, 1972.
Robinson, Mary. *Walsingham, or the Pupil of Nature*. 1797. 4 vols. London: Routledge/Thoemmes, 1992.
Rousseau, Jean-Jacques. *Confessions*. 1781. Ed. P. N. Furbank. New York: Knopf, 1992.
Scott, Sarah. *Millenium Hall*. 1762. Ed. Gary Kelly. Peterborough, Ont.: Broadview, 1995.
Scott, Sir Walter. *Waverley; or, 'Tis Sixty Years Since*. 1814. Ed. Claire Lamont. Oxford: Clarendon, 1981.
Shaftesbury, Anthony Ashley Cooper, third earl of. *Characteristicks of Men, Manners, Opinions, Times*. 1711. 2 vols. Ed. Philip Ayres. Oxford: Clarendon, 1999.
Sheridan, Frances. *Memoirs of Miss Sidney Bidulph*. 1761. Ed. Patricia Koster and Jean Coates Cleary. Oxford: Oxford University Press, 1995.
Shklovsky, Victor. *Theory of Prose*. Trans. Benjamin Sher. Elmwood Park, Ill.: Dalkey Archive Press, 1990.
Smith, Adam. *The Theory of Moral Sentiments*. 1759. Ed. Knud Haakonssen. New York: Cambridge University Press, 2002.
Smith, Charlotte. *Emmeline*. 1788. Ed. Lorraine Fletcher. Peterborough, Ont.: Broadview, 2003.
———. *The Old Manor House*. 1793. Ed. Jacqueline M. Labbe. Peterborough, Ont.: Broadview, 2002.
Smollett, Tobias. *The Adventures of Peregrine Pickle, in which are included Memoirs of a Lady of Quality*. 1751. Ed. James Clifford, rev. Paul-Gabriel Boucé. Oxford: Oxford University Press, 1983.
———. *The Expedition of Humphry Clinker*. 1771. Ed. Lewis M. Knapp, rev. Paul-Gabriel Boucé. Oxford: Oxford University Press, 1998.
Sterne, Laurence. *The Life and Opinions of Tristram Shandy, Gentleman*. 1759–67. Ed. Melvyn New and Joan New. London: Penguin, 1997.
———. *A Sentimental Journey through France and Italy*. 1768. Ed. Ian Jack. Oxford: Oxford University Press, 1998.
Walpole, Horace. *The Castle of Otranto*. 1764. Ed. W. S. Lewis. London: Oxford University Press, 1964.

Wollstonecraft, Mary. *"Mary" and "Maria."* 1788, 1798. Ed. Janet Todd. Harmondsworth, England: Penguin, 1992.

———. *A Vindication of the Rights of Woman.* 1792. Vol. 5 of *The Works of Mary Wollstonecraft*. Ed. Marilyn Butler and Janet Todd. London: Pickering, 1989.

Wordsworth, William, and Samuel Taylor Coleridge. *Lyrical Ballads.* 1798, 1800. Ed. R. L. Brett and A. R. Jones. London: Methuen, 1963.

索 引

A

adventure novel 冒险小说 26,28—58;273;conventions of 传统 94,260,265;enlarged definition of 扩大了的冒险小说的定义 28—29,33—34,40—42,45,203,224—227,260,273;Gothic and 哥特小说和冒险小说,221;about inanimate object 关于无生命的物体,53—54;political novel and 政治小说和冒险小说 222,223,224—227;Sterne and 斯特恩和冒险小说 260,261,262,263,265,267;structuring of 的结构 259,261

Adventures of Lindamira, a Lady of Quality（anon.）《琳达米拉，一位贵妇的冒险》(匿名),32—33,34,41;multiple stories in《琳达米拉，一位贵妇的冒险》中的多重故事,88—89

Allegory 寓言 12,13—16,123,125,132,259

American Indians 美国印第安人 234,239

American Revolution 美国独立战争 11,12,217

Anxiety 焦虑 192,211

Apuleius 阿普列乌斯 2

Aristocracy 贵族 10,200

Aristotelian unity 亚里士多德式的统一性 20

Armstrong, Nancy 南希·阿姆斯特朗 4

Associationism 联想学说 261,280

Aubin, Penelope 佩内洛普·奥本 13,29,48—51;factuality claims of 佩内洛普·奥本宣称的真实性 50—51;works of：*The Life of Madame de Beau-*

mont 佩内洛普·奥本的作品:《德·布芒太太的一生》48—49,50; *The Strange Adventures of the Count de Vinevil and his Family*《德·维尼威尔伯爵及其家人的奇怪冒险》50

Austen, Jane 简·奥斯汀 60,133,277—281; forerunners of 先驱 8,277,278,279,281,282,283; innovations of 创新 281—282; novel of manners and 社会风俗小说和简·奥斯汀 175,176,190,277—280; works of: *Emma* 作品:《爱玛》60,176,277,278—282; *Mansfield Park*《曼斯菲尔德庄园》194; *Northanger Abbey*《诺桑觉寺》277,279,280—281; *Pride and Prejudice*《傲慢与偏见》277,279,280

authority, male 权威,男性; See under women 参见"女性"

B

Bage, Robert 罗伯特·贝奇 novelistic skill of 小说技巧 240,241,244; political intent of 的政治意图 12,239,240,247; works of: *Hermsprong* 作品:《赫姆斯普隆》222,234,238—241,247; *Man As He Is*《与众不同的人》238

Barker, Jane 简·巴克 13,34—42,51,57; Defoe compared with 笛福与简·巴克的对比 42,48; multiple stories and 多重故事与简·巴克 39,40,42,284; pacing and 节奏与简·巴克 18—19,35,41; physical detail and 外部细节与简·巴克 19,36,57; plotting and 情节构建与简·巴克 12,34—36,63; subgenres and 亚文类与简·巴克 33,35; works of: *The Lining of the Patch Work Screen* 作品:《拼布屏风的内衬》18,34—38; *Love Intrigues*《爱情谋略》34,35—38; *A Patch-Work Screen for the Ladies*《女士们的拼布屏风》19,34,35—38

beautiful, the sublime and 美,崇高与美 212—214,216—217

Beckett, Samuel 赛谬尔·贝克特 139

Beckford, William 威廉·贝克福德 200—202; works of: *Modern Novel Writing* 作品:《现代小说写作》158—159; *Vathek*《瓦赛克》193,200—202,210

Behn, Aphra 阿弗拉·贝恩 25; *Oroonoko*《奥鲁诺克》2,16—17

Bluestockings 才女 9

Boswell, James 詹姆斯·博斯维尔 28; *Life of Johnson*《约翰逊的一生》280

Bronte, Charlotte 夏洛特·勃朗特 277; *Villette*《维莱特》248

Bronte, Emily 艾米莉·勃朗特 277; *Wuthering Heights*《呼啸山庄》282

Brooke, Frances 弗朗西斯·布鲁克 107—111; works of: *The History of Emily Montague* 作品:《艾米莉·蒙塔古的生平》108,111,141; *The History of*

Lady Julia Mandeville《朱莉娅·曼德维尔小姐的生平》93,108—111, 142;Letters from Lady JuliaCatesby(translator)《朱莉娅·凯兹比夫人的信》(译者)107—108

Brooke, Henry: *The Fool of Quality* 亨利·布鲁克:《高尚的傻瓜》129, 157—158

Bunyan, John 约翰·班扬 2,13—16;*Pilgrim's Progress*《天路历程》2,13—14

Burke, Edmund 埃德蒙·伯克 212,216—217;*A Philosophical Enquiry into the Origin of our Ideas of the Sublime and Beautiful*《我们关于崇高与美的观念之来源的哲学探讨》197

Burney, Frances 弗朗西斯·伯尼 8,145,162—175;as Austen predecessor 作为奥斯汀的前辈作家 277,279;detail and 细节和弗朗西斯·伯尼 20,168; on power of money 关于金钱的力量 12,169;subgenres and 亚文类和弗朗西斯·伯尼 168,181,190,273—275;as Trollope influence 对特罗洛普的影响 282;works of 的作品: *Camilla*《卡米拉》169—175,176,184,186, 277;*Cecilia*《塞西莉亚》169,277;*Evelina*《伊芙琳娜》96,162—168, 169,171,172,175,176,181,186,190,264,273—275;*The Wanderer*《游历者》145,169

Burton, Robert 罗伯特·伯顿 257

C

censorship 审查制度 87,222

Cervantes, Miguel 米格尔·塞万提斯 257;*Don Quixote*《唐吉诃德》282

chapter titles 章节标题 76,84

characters 人物: as abstractions 抽象的人物 61—63;communication of consciousness by 通过人物传递意识 281—282;descriptive detail and 描述性的细节和人物 20;developmental changes in 发展性变化 60—61,264, 265,280;disconnected adventures of 互无关联的冒险 56;eccentricities of 古怪 258,259,271;emotional experiences of 情感经历 130,198;eponymous names of 书名所指的人物 127,128,132;"good"/"bad" differentiation of "好""坏"之分 252;Gothic conventions and 哥特传统和人物 192, 194,195—197,217;haphazard treatment of 对人物的随意处置 255;identification with 对人物的认同 13—16,47,136,150;idiosyncrasies of 特性 89;interpretive clues to 诠释线索 176—179,185;lack of characterization of 缺乏人物刻画 39;large casts of 庞大的人物表 162—163,169,172,185,

256—257,258;manners as markers of 风俗作为人物的标志 162—163, 175,176,182—183,185—186;mixed virtue and vice in 亦正亦邪的混合型人物 8,66—67;multiple life stories of 的多种人生故事 78,132,145;nineteenth-century changes in 在19世纪发生的变化 280;nonverbal clues about 非语言性线索 178;ordinary people as 作为人物的普通人 2;ordinary pursuits of 普通追求 13,15;plausibility and 可信性和人物 21,132—133;self-delusion of 自欺欺人 61;sentimental novel and 感伤小说和人物 132—133,145;stories of minor 次要人物的故事 20,72;as sympathetic 有同情心的人物 136,198;as types 类型人物 5,70,73—74

chastity 贞洁 74,79,82

Chaucer,Geoffrey 杰弗里·乔叟 79—80

Chesterfield,Lord 切斯特菲尔德爵士 161

Choderlos de Laclos,Pierre 皮埃尔·肖代洛·德拉克洛 107

Collins,William,"Ode to Simplicity"威廉·柯林斯,"纯真颂" 128

comedy 喜剧:Henry Fielding and 亨利·菲尔丁和喜剧 4,61—62;Gothic talkative servants and 哥特小说中唠唠叨叨的仆人和喜剧 192;Restoration theater and 复辟时期戏剧和喜剧 5;sentiment and, 情感和喜剧 152—153,155—156,157,158—159;Sterne and 斯特恩和喜剧 267,268,271,272;*See also* parody and satire 亦可参见"模仿和讽刺"

conduct books 行为手册 17,78,80,90,151,162,187,200

conformity 从众 83,169—175,186

Conrad,Joseph,*Heart of Darkness* 约瑟夫·康拉德:《黑暗的心》103

consciousness,novel of 意识小说 23,92—126;Austen and 奥斯汀和意识小说 279,280,281—282;eighteenth-century conception of 18世纪意识小说的概念 280,281;innovative structure and 创新性结构和意识小说 116,120,121—123,260;political novel and 政治小说和意识小说 225,253;Sterne and 斯特恩和意识小说 263—265,267,271—272,273,280;*See also* epistolary novel;sentimental novel 亦可参见"书信体小说;感伤小说"

conservatism 保守观念 200,219,231

conventionality 传统性 169,171,172—174,184,187

conventions 传统 23,27,55,254,256,257,261—276;Gothic 哥特传统 192,194,195—197,217

courtesy 谦恭有礼 165—166

courtship 求爱 172—173

Crane,Ronald 罗纳德·克莱恩 22

criminality 犯罪行为 6,17

D

Davys, Mary 玛丽·戴维斯 29,51—53; works of: *Familiar Letters, Betwixt a Gentleman and a Lady* 作品:《一位绅士与淑女间的私密信笺》52—53, 58,93; *The Reform'd Coquet*《改过的调情者》51—52

Defoe, Daniel 丹尼尔·笛福 41—49,66; adventure tale and 冒险故事和丹尼尔·笛福 33,34,42,45,47,203,260; detail and 细节和丹尼尔·笛福 19—20,47,48,57,160; factuality claims by 坚称真实性 1,41,50—51,57; Henry Fielding contrasted with 亨利·菲尔丁与丹尼尔·笛福对比 62—63; Haywood compared with 海伍德与丹尼尔·笛福对比 275; novelistic innovation of 的小说创新 2,276; plot chronology and 情节的先后和丹尼尔·笛福 63; "realism" and "现实主义"和丹尼尔·笛福 3,8,41,99; social mobility and 社会流动性和丹尼尔·笛福 12,43,45—46,47; Sterne and 斯特恩和丹尼尔·笛福 261; subgenres and 亚文类和丹尼尔·笛福 25,29,33,273; works of: *Moll Flanders* 作品:《摩尔·弗兰德斯》6,12,41,43,45—46,47,48,57,65,160,261,273; *Robinson Crusoe*《鲁滨逊·克鲁索》1,19,24,33,34,41—46,47,48,57,58,98,131,160,203,224,225,226,260,272; *Roxana*《洛克珊娜》41,43,45,46—47,48,56,57,65,160

descriptive detail 描述性的细节 19—22,36,47,57,168,272; sentimental novel's absence of 感伤小说缺乏的 135,144

detective story 侦探小说 283

development, novel of 发展小说 26,59—91,94,123; Caleb Williams as 作为发展小说的《卡莱布·威廉姆斯》228—229; character's education and 人物受到的教育和发展小说 11,234—235,236,275—276; conventions of 的传统 59—60,89—91,254,255,264; epistolary form and 书信体形式和发展小说 94,115,116; female narratives and 女性叙事和发展小说 16,17,73—87,89—91,273—274,278; nineteenth-century development of 19世纪发展小说的发展 279,283; parodies of 讽刺模仿 85—86; picaresque versions of 的流浪汉小说版本 87—91; political fiction and 政治小说和发展小说 222,234—235,236,241; sentimental fiction and 感伤小说和发展小说 131; sexuality and 性和发展小说 86—87; Sterne and 斯特恩和发展小说 264—265,267; *Tom Jones* as 作为发展小说的《汤姆·琼斯》26,

59,60,63—72,275；*Tristram Shandy* contrasted with《项狄传》与发展小说对比 255

Dickens, Charles 查尔斯·狄更斯 153,157,277,282；*Great Expectations*《远大前程》60

didacticism 说教 17,108,123—124,126,244

direct address 直接说话 265,267,284

domestic Gothic 家庭哥特小说 217—221

E

Edgeworth, Maria：*Belinda* 玛丽亚·埃奇沃斯：《贝琳达》277

Eliot, George 乔治·艾略特 277,282；*The Mill on the Floss*《弗洛斯河上的磨坊》60

Elizabethan history 伊丽莎白时期历史 202—205

emotion 情感：epistolary novel's revelations and 书信体小说的表露和情感 93, 100—101,103；inexpressibility trope and 不可表述性修辞和情感 133, 198；manners as disguise for 风俗作为情感的借口 184；morals based on 建立在道德基础上的情感 65；the sublime and 崇高和情感 197,198；*See also* sensibility；sentimental novel 亦可参见"敏感；感伤小说"

empathy 同情心 129,141—142,198,243

epic 史诗 4,12,61,282

epistolary novel 书信体小说 25,32,52,92—116,126,273；ambiguity and 模棱两可和书信体小说 101,102,106；authentic aura of 的真实的感觉 93；conventions of 传统 27,93—94；form/theme identity and 形式/主题之间的身份和书信体小说 94；Gothic fiction and 哥特小说和书信体小说 202—203,206—207；journal form of 日记形式的书信体小说 143—144, 203；missed communications in 沟通不畅 109—110；points of view and 观点和书信体小说 93,101,107,112—113；political fiction and 政治小说和书信体小说 232,247—248；resources of 书信体小说的来源 100,111

Erasmus, Desiderius 德西德里乌斯·伊拉斯谟 257

etiquette 礼仪 162—168,169；courtship and 求爱和礼仪 172—174；*See also* conduct books 亦可参见"行为手册"

Everyman 每个人 2

evil 邪恶 211—212

F

factuality, fiction's claim to 小说所声称的真实性 17,32,47,57,88—89; *Robinson Crusoe and*《鲁滨逊·克鲁索》和 1,41,50—51

family disorder 混乱的家庭事务 192,199,214—221

fantasy 幻想 3,21,22

fashion 风尚 169,174

female writers 女性作家; *See* women as writers 参见"女性作家"

Fenwick, Eliza: *Secrecy* 艾丽莎·范维克:《保密》188—190,217—221

Fielding, Henry 亨利·菲尔丁 4,59—72,89,160,275; character types and 人物类型和亨利·菲尔丁 61—62,70; consciousness novel and 意识小说和亨利·菲尔丁 279—280; descriptive detail and 描述性细节和亨利·菲尔丁 19,21—22,272; as Dickens influence 作为对狄更斯的影响 282; Haywood contrasted with 海伍德与亨利·菲尔丁的对比 75,81; importance to novel of 对亨利·菲尔丁小说的重要性 53,59,64,123,276,277,282,283; inexpressibility trope and, 不可表述性修辞和亨利·菲尔丁 133; introduction to *David Simple* by 对《大卫·辛普尔》的介绍 136; morality and 道德和亨利·菲尔丁 8,65—69,90; parody and 讽刺性模仿和亨利·菲尔丁 60—61,95; plot intricacy and 情节的错综复杂和亨利·菲尔丁 20,22,63,64,70,73,284; providential intervention device and 天意的介入的手法和亨利·菲尔丁 12,98,153—154; Sterne's appropriations from 斯特恩对亨利·菲尔丁的借鉴 265,267; techniques of, 的技法 61—63,284; works of: *Amelia* 作品:《阿米莉亚》12,72—73; *Joseph Andrews*《约瑟夫》4,60—62,95,156; *Shamela*《莎米拉》95; *Tom Jones*《汤姆·琼斯》8,12—13,19,21—22,24,26,59,60,63—72,75,81,87,98,123,125,131,153—54,214,264,272,275,279—280

Fielding, Sarah 萨拉·菲尔丁 28,276; chorus commentary and 齐声评论和萨拉·菲尔丁 121—122; consciousness and 意识和萨拉·菲尔丁 121—126,275,280,281; inexpressibility trope and 不可表述性修辞和萨拉·菲尔丁 133; multiple stories and 多重故事和萨拉·菲尔丁 129—130,135,138; naif protagonist and 作为主角的天真的人和萨拉·菲尔丁 128,144—145,155; sentimentalism and 感伤和萨拉·菲尔丁 12,128—136,139—140,141,142,154,158,159; works of: *The Cry* 作品:《叫声》25,28,116,121—126,275,280; *David Simple*《大卫·辛普尔》12,128—136,

139,140,141,142,144—145,154,155,244; *Volume the Last*《最后一卷》128,130,139—140

formal realism 形式上的现实主义 3

France 法国 107,199,212; the romance and 传奇故事和 2,13,17,27,33,81

free indirect discourse 自由的间接叙述 281—282

free love 自由性爱 231

French Revolution 法国大革命 11,193,222

Frend, William 威廉·弗兰德 247

G

Gallagher, Catherine 凯瑟琳·加拉赫 4

Gay, John 约翰·盖伊 51

George II 乔治二世 30

George III 乔治三世 9,108

Godwin, William 威廉·戈德温 222—231,244,247,284; adventure of discovery and 关于发现的冒险和威廉·戈德温 224—227,273; authorial aims of 作者意图 223,231; plotting and 情节构建和威廉·戈德温 20,223—224,238,253,284,285; politics and 政治和威廉·戈德温 12,222—223,229,231,233,247,273,284; Wollstonecraft and 沃斯通克拉夫特和威廉·戈德温 231,245; works of: *Caleb Williams* 作品:《卡莱布·威廉姆斯》12,20,222—231,232,237,238,247,273,284,285; *Enquiry Concerning Political Justice*《关于政治公平的探讨》223; *Fleetwood*《弗里特伍德》223

Goldsmith, Oliver: The Vicar of Wakefield 奥利弗·哥德尔史密斯:《威克菲尔德的牧师》152—157

Gothic novel 哥特小说 12,13,20,25,191—221,280—281; adaptations of 对哥特小说的采用 275; conservative agenda of 保守做法 200,219; conventions of 传统 188,192—193,195,197,199,200,214,217; domestic 家庭哥特小说 217—221; experiments with 对哥特小说的尝试 200—207; inexpressibility trope and 不可表述性修辞和哥特小说 198; logic underlying 内含的逻辑 221; luridness and 可怕和哥特小说 207,209; manners and 社会风俗和哥特小说 188—190; moral ambiguity and 道德含混和哥特小说 210,211; nineteenth-century versions of 19 世纪哥特小说的形式 282; origination of 的起源 191—192,214; sensibility vs. sublimity and 感性相对于崇高和哥特小说 197—198,202,203,207—217,220; talkative servants trope and 唠唠叨叨的仆人的修辞和哥特小说 192,195—197;women's plight in 女性的困苦 188,192,205—207,210,211,212,215,218—219,245

Great Britain:Gothic settings removed from 英国:远离英国的哥特背景 199;the romance and 传奇故事和英国 2,16—17,29,61;social/political conditions in 的社会/政治状况 6,9—11,192—193,221,222;*See also* novel 亦可参见"小说"

H

happy ending 皆大欢喜的结局 15,21—22,60,162;reader's presumption of 读者对皆大欢喜结局的推测 179,183

Hays,Mary 玛丽·海斯 247—253;works of:*The Memoirs of Emma Courtney* 作品:《爱玛·考特内回忆录》247—251,253;*The Victim of Prejudice*《偏见的受害者》247,251—253

Haywood,Eliza 艾丽莎·海伍德 1,2,51,56,60,73—81,123;active female characters and 具主动性的女性人物艾丽莎·海伍德 38—39;adventure's meaning to 冒险对海伍德的意义 41,42;as Austen predecessor 作为奥斯汀的前辈作家 279;Defoe compared with 笛福与艾丽莎·海伍德相比 41,42,46,48,275;detail and 细节和艾丽莎·海伍德 57;Henry Fielding contrasted with 与亨利·菲尔丁对比 75,81;moral issues and 道德问题和艾丽莎·海伍德 66,273;parody by 的讽刺模仿 95;plot and 情节和艾丽莎·海伍德 63,72,74,78;the romance and 传奇故事和艾丽莎·海伍德 12,29,38,39—40,41;speedy narrative of 快速推进的叙事 41,90,259;Sterne and 斯特恩和艾丽莎·海伍德 261;style change of 风格之变化 73;subgenres and 亚文类和艾丽莎·海伍德 25,33,73—81;works of:*Anti-Pamela* 的作品:《反帕米拉》95;*The City Jilt*《城市负心汉》38—39,56;*The History of Miss Betsy Thoughtless*《贝兹·索特莱斯小姐的生平》73—81,83,84,87,123,125,273,274,279;*Love in Excess*《过度的爱》1,13,39—40,72,90,259

historical fiction 历史小说 202—207,221,282,283

Holcroft,Thomas:*Anna St. Ives* 托马斯·霍尔克罗夫特:《安娜·圣埃夫斯》233—237,238,239,240,247

Home,John:*Douglas* 约翰·霍姆:《道格拉斯》150

horror 恐惧 209,215,217

human nature 人性 70,89,140—141,154,272;verbal interpretation of 语言阐

释 280
human rights 人权 11
Hume, David 大卫·休谟 65, 141
Hunter, Paul 保罗·亨特 4

I

implausibility 不可能性 33, 89, 100
incest 乱伦 192, 207
Inchbald, Elizabeth: *A Simple Story* 伊丽莎白·英奇鲍尔德:《一个简单的故事》20, 175—184, 186, 228, 278
Index of Catholic Church 天主教名单 87
individualism 个人主义 4
Industrialism Revolution 工业革命 9
inexpressibility trope 不可描述性修辞 133, 198
irony 反讽 47—48, 157, 158, 240
Italy 意大利 193, 199, 212

J

Johnson, Samuel 赛谬尔·约翰逊 28, 63, 66, 93, 257; Boswell's *Life of* 博斯维尔的《约翰逊的一生》280; moral concerns of 关注的道德问题 8, 60, 81, 83; on pace of *Clarissa* 关于《克拉丽莎》的节奏 18; on sentimental novels 关于感伤小说 143, 150, 152
Johnstone, Charles: *Chrystal: or The Adventures of Guinea* 查尔斯·约翰斯通:《克里索尔:或一畿尼历险记》25, 53—56, 131
journal-letters 日记-书信 143—144, 203
Joyce, James 詹姆士·乔伊斯 116

K

Keats, John 约翰·济慈 263
Koestler, Arthur: Darkness at Noon 亚瑟·库斯勒:《中午的黑暗》231

L

Lee, Sophia 索菲亚·李: historical fiction and 历史小说和索菲亚·李: 282, 283; *The Recess*《隐蔽的地方》25, 193, 202—207, 283

lending libraries 租借图书馆 8

Lennox, Charlotte 夏洛特·伦诺克斯 279; *The Female Quixote*《女吉河德》73—85, 87, 90, 283

letter writing 书信写作; *See* epistolary novel 参见"书信体小说"

Lewis, M. G. (Matthew Gregory "Monk") 马修·格利高里·刘易斯("修道士"): Gothic and 哥特小说和马修·格利高里·刘易斯("修道士") 12, 202, 207—210; *The Monk*,《修道士》25, 193, 202, 207—210, 211; Radcliff's redaction of 雷德克里夫对马修·格利高里·刘易斯的修订 211, 275

literacy 识字人数 5, 7

literary marketplace 文学市场 7—9

LIoyd, Charles: *Edmund Oliver* 查尔斯·劳埃德:《埃德蒙·奥利弗》231—233, 236, 237—238

Locke, John: *An Essay Concerning Human Understanding* 约翰·洛克:《人类理解论》261

London 伦敦 6

Longus 朗戈斯 2

love 爱情 5, 6, 13, 17, 23; as adventure 作为冒险的爱情 39—40, 41, 51—52; epistolary form and 书信体形式和爱情 93; as female protagonists' main concern 作为女主角关注重点的爱情 33, 243; marriage for money vs. 金钱婚姻与爱情 10—11; of self vs. others 对自我的爱与对他人的爱 140—141; *See also* romance, the lust 亦可参见"传奇故事,欲望" 40, 209

lust 欲望 40, 209

luxury goods 奢侈商品 9, 11

M

Mackenzie, Henry 亨利·麦肯齐 158, 159; *The Man of Feeling*《多情的男人》127—128, 130, 136—142, 144—145, 152, 155, 157, 198

MacKercher, Daniel 丹尼尔·麦克彻 88

Manley, Delarivier 黛拉瑞韦尔·曼丽 13, 38, 39, 41, 51, 61, 66; adventure's meaning to 冒险对黛拉瑞韦尔·曼丽的意义 40, 42; Defoe compared with 笛福与黛拉瑞韦尔·曼丽相比 42, 45, 48; multiple stories and 多重故事和黛拉瑞韦尔·曼丽 34, 39, 42, 129—130, 259; *The New Atalantis* 《新亚特兰蒂斯》 29—32, 33, 129—130, 259; notoriety of 臭名昭著 29; novelistic contributions of 对小说的贡献 276; physical detail and 外部细节和黛拉瑞韦尔·曼丽 57; political romans a clef of 黛拉瑞韦尔·曼丽政治性的（隐去真名的）真人真事小说 12, 29—32, 33; representations of women by 对女性的刻画 32, 38; subgenres and 亚文类和黛拉瑞韦尔·曼丽 25, 29, 33

manners 社会风俗 160—190; adjectival summation of, 用形容词总结的社会风俗 185—188; as characterization 用作刻画人物的社会风俗 175, 176; criteria for novel of 社会风俗小说的标准 168; as custom 作为习惯的社会风俗 169, 184, 187; definitions of 定义 161, 169; disregard of 对社会风俗的漠视 169—172; as interpretive clues 作为诠释线索的社会风俗 176—179; as intimidation, 作为恐吓手段的社会风俗 182; moral content of 道德内涵 161—167, 174, 186, 188—189, 277—280; as motives 作为动机的社会风俗 168; natural 与生俱来的礼仪 187, 189; negative uses of 负面用途 182—183; novels of eighteenth century and 18世纪小说和社会风俗 190, 278; novels of nineteenth century and 19世纪小说和社会风俗 175, 176, 190, 277—280; personalization of 的个性化 169, 170—172, 184; as protective device 作为保护性手段的社会风俗 180, 182; as reference points 作为参照点的社会风俗 187—188; as restrictions on women 作为对女性限制的社会风俗 168, 169, 174; as self-representation 作为自我刻画的社会风俗 171; sensibility and 情感和社会风俗 159, 160, 167, 187; simplicity and 单纯和社会风俗 186; social class and 社会阶层和社会风俗 162—165, 168, 173, 200; as social code 作为社会准则的社会风俗 162—168, 169, 174, 181, 184, 199, 273, 274—275

marriage 婚姻: courtship etiquette and 求爱礼仪和婚姻 172—174; Gothic fiction and 哥特小说和婚姻 188, 189, 192, 218—219, 221; importance to women of 对女性的重要性 10, 74, 75—76, 79, 81, 82, 91, 96—97, 189; money linked with 金钱与婚姻关系 10—11, 96; novel's ending in 小说以婚姻为结局 17, 60, 71, 81, 162, 192; political novel and 政治小说和婚姻 235—236, 238—239, 240, 241, 242, 246, 249; Richardson's representation of 理查逊对婚姻的刻画 99;as romance fantasy 作为传奇故事幻想的婚姻 162;sexual relations without 没有婚姻的性关系 188,189,218—219, 231,232;as social institution 作为社会机制的婚姻 188,189,218—219; without parental consent 不经父母许可的婚姻 146;woman's misery in 女性在婚姻中经历的苦难 242—243;woman's status in 女性在婚姻中的地位 9,47,96—97,145,246

McKeon,Michael 迈克尔·麦肯恩 4

melancholy 忧郁 139,195,257

Melmoth,Courtney(pseud.)考特尼·梅尔茅斯(假名)158

money 金钱 6—7,9—10;manners and 社会风俗和金钱 164;marriage and 婚姻和金钱 10—11,96;as means for women's independence 作为女性独立的手段 27;as novelistic subject 作为小说主题 6,10—11,12,13,39,46—47,128,169;social distribution of 社会分配 11;as target of satire 作为讽刺的目标 131,142;writing for 为金钱而写作 7—8,28,41,223

Montaigne 蒙田 257

moral purpose 道德目的:adventure stories and 冒险故事和道德目的 51;allegory and 寓言和道德目的 123—124;as Defoe concern 作为笛福关注的问题 41,45,48;emotion as basis of 作为道德目的基础的情感 65;Henry Fielding and 亨利·菲尔丁和道德目的 8,65—69,90;Gothic novel and 哥特小说和道德目的 194,210,211;luxury and 奢侈品和道德目的 9;manners and 社会风俗和道德目的 161—163,164—167,174,186,188—189,277—280;novel of female development and 女性发展小说和道德目的 77—78,80,81,90;novel seen as threat to 小说被当作对道德目的的威胁 8,56,60,68;the romance seen as threat to 传奇故事被当作对道德目的的威胁 2,23,56;sentimental novel and 感伤小说和道德目的 129,132,133,134,141,144,146,152,158,159;See also didacticism 亦可参见"说教"

N

naif character 天真的人物 128,144—145,155—156

narcissism 自恋 225—226,228,263,268—272

narrative multiplicity 叙事的多样性 30—35,39,40,42,50,55—56,72,88,102,129—130,135,138,145

narrator 叙述者:commentary by 叙述者的评说 258,259,260,263;dependability of 可靠性 93；details of life by 叙述者讲述的生活细节 42—43；direct address by 叙述者直接的话 265—266, 267；distancing from protagonist of 与主人公之间的距离 64—65；epistolary 书信体的叙述者 93—94, 100, 101；free indirect discourse and 自由的间接叙述和叙述者 281—282；interventions by 介入 63, 64, 74—76, 265—267；moral reflections by 的道德反思 41, 179；multiple 多重叙述者 136, 205；social clues from 给出的社会线索 176, 177, 180；summary of high drama by 对戏剧性情节的概括 130, 168, 178；as undependable 不可靠的叙述者 225—226

natural manners 与生俱来的礼貌 187, 189

nineteenth-century novel 19 世纪小说 175, 248, 277—285

nonconformity 离经叛道 169—175, 188

novel 小说：beginnings of 的开端 2, 4, 275；complex development of 复杂的发展 257；contribution of 的贡献 285；cultural context of 的文化背景 5—6；developing conventions of 的发展传统 23, 27, 56, 254, 256, 257, 261—276；deviation from norms of 对小说模式的偏离 267；differing views on aims of 对小说目的不同的看法 19；as dominant literary genre 作为主要的文类 4；dubious respectability of 暧昧名声 8, 56；factuality claims of 真实性声明 1—2, 17, 32, 41；forebears of 祖先 2, 13—14, 17—18, 29；as innovative 作为创新的小说 2—3, 23, 29, 282；morality and 道德和小说 8, 56, 60, 68；in nineteenth century 19 世纪的小说 175, 248, 277—285；organizing labels for 的整理章节的标签 25—26, 29, 274—276；*Tom Jones*'s significance to 《汤姆·琼斯》对于小说的重要性 59, 64；*Tristram Shandy*'s significance to 《项狄传》对于小说的重要性 254—276；visual detail and 看得见的细节和小说 160；*See also* specific authors and subgenres 亦可参见具体的作家和亚文类

O

Orwell, George：*Nineteen Eighty-Four* 乔治·奥威尔：《一九八四》231

P

parody and satire 寓言和讽刺：*The Female Quixote* as 作为寓言和讽刺的《女吉诃德》82, 85；*Joseph Andrews* as 作为寓言与讽刺的《约瑟夫·安德鲁

斯》60—61;naif as stock figure in 言与讽刺中天真的人作为常见的角色 128;of novel of development 发展小说中的寓言和讽刺 85—86;of *Pamela* 《帕米拉》中的寓言和讽刺 60—61,86—87,95;sentiment mixed with 混杂于寓言和讽刺之中的情感 3,128,130—132,142,153,158—159

Petronius 彼得罗纽斯 257

picaresque novel 流浪汉小说 26,87—91,275;definition of 定义 87

plausibility 可能性 21—22,57,99,132—135,144;Gothic and 哥特小说和流浪汉小说 200,202

political novel 政治小说 12,16,29—30,32,108,222—253,273,284;allegory and 寓言和政治小说 259;Gothic and 哥特小说和政治小说 192—193,200,203—204,207,217,219,221;manners and 社会风俗和政治小说 175;of twentieth century 20世纪的政治小说 231;women's status and 女性地位和政治小说 231,236,239—53,241—253

Pope, Alexander 亚历山大·蒲伯 9,51,93;*The Rape of the Lock*《夺发记》111

pornography 色情文学 5,86,210

postmodernism 后现代主义 254,276

power 权力 204—206

Pratt, Samuel Jackson: *The Tutor of Truth* 赛谬尔·杰克逊·普拉特:《真理之师》158

prison conditions 监狱的状况 11,12,229

property 财产 10;women as 作为财产的女性 79—80,246

propriety 规矩 162,171

prostitution 卖淫 7

Proust, Marcel 马塞尔·普鲁斯特 18

Providence 天意 12,98,153—154,228

prudence 人情世故 81—82,125,264,273,279

psychological analysis 心理分析:Sarah Fielding and 莎拉·菲尔丁和心理分析 123—124,125;Godwin and 戈德温和心理分析 223,228,229,231,232;Gothic form and 哥特形式和心理分析 192;Hays and 海斯和心理分析 248,250—251;Richardson and 理查逊和心理分析 12,160,272,284;Sheridan and 谢里丹和心理分析 144,148,151;Sterne and 斯特恩和心理分析 261

publishers 出版商 7

R

Rabelais 拉伯雷 257

Radcliffe, Ann 安·雷德克里夫 193, 207, 215—217, 220; beautiful/sublime dichotomy and 美/崇高二分法和安·雷德克里夫 212—214, 216, 217; Gothic and 哥特小说和安·雷德克里夫 12, 20, 192, 196, 207, 210—217, 275; painting aesthetic and 绘画美学和安·雷德克里夫 212—213; plot and 情节和安·雷德克里夫 20—21; popularity of 的流行 210—211; settings and 背景和安·雷德克里夫 13, 193, 212; super-natural and 超自然和安·雷德克里夫 193, 196, 211, 214, 215; works of: *The Italian* 作品：《意大利人》211—217; *The Mysteries of Udolpho* 《尤多尔佛之谜》193, 207, 215—217

radicalism, 激进的观念 222, 231, 233

readers 读者 4, 13—16, 81; active responses of 主动回应 23—25, 36—37, 69—70, 135, 136; ambiguity of text and 文本的模糊性和读者 74; challenges to 对读者的挑战 63, 93; chapter titles and 章节名称和读者 76, 84; details of daily life and 日常生活的细节和读者 57; direct address to 与读者直接说话 265, 267, 284; distancing of 与读者之间的距离 126; education of 对读者的教育 244 (*see also* didacticism 亦可参见"说教"); engagement of 对读者的吸引 224; epistolary form and 书信体和读者 93—94, 100—101, 106, 113; expectations of 期待 137, 256; fictional artifice and 小说技巧和读者 272; identification with characters of 与人物的认同 13—16, 47, 136, 150; inconclusive narrative and, 138; 叙事的不足和读者 increased literacy and 增大的识字人群和读者 5, 7; interest span of 兴趣时长 30; invention by 的创造 135; lending libraries and 租借图书馆和读者 8; manipulation of 对读者的掌控 76—78, 121, 130, 145; nineteenth-century novel and 19 世纪小说和读者 284; pleasure derived by, 得到的乐趣 63, 70, 83, 284—285; plot plausibility and 情节的可信性和读者 21; response to Gothic uneasiness of 对哥特小说产生的不安 195—196, 197, 198, 221; response to *Millenium Hall* of 对《千年厅》的反应 91; response to *Pamela* of 对《帕米拉》的反应 97, 113; response to *Pilgrim's Progress* of 对《天路历程》的反应 13—15; response to *The Cry* of 对《叫声》的反应 123—124, 126; response to *The Female Quixote* of 对《女吉诃德》的反应 83, 84; response to *Tristram Shandy* of 对《项狄传》的反应 118, 119, 256, 262, 271—272; sentimental novel's effects on 感伤小说对读者的影响 129, 132, 133—134, 135, 138—139, 145, 150, 152, 156, 157, 198; unabridged *Clarissa* and 未删减版《克拉丽莎》和读者 101—102; vicarious suffering by 间接体验到的困难 150; women as 作为读者的女性 2, 8, 56

realism 现实主义:common definition of 普通定义 21,71—72;eighteenth-century novel and 18 世纪小说和现实主义 2—4,8,37—38,62,130—131,132,272;epistolary form and 书信体形式和现实主义 99;Gothic form and 哥特形式和现实主义 202;as illusion 作为幻像的现实主义 272;implausibility and 不可信性和现实主义 33,89,100;political novel's lack of 政治小说之缺乏现实主义 237;*See also* factuality,fiction's claim to;plausibility 亦可参见"真实性,小说所宣称的;可信性"

Reeve,Clara 克拉拉·里夫 275;The Old English Baron《英国老男爵》198,199—200

religion 宗教 44—45,46,98,104—106,107,226;allegory and 寓言和宗教 13—16

Restoration plays 复辟时期戏剧 5

Riccoboni,Marie-Jeanne 玛丽-让·瑞克伯尼 107—108

Richardson,Samuel 赛谬尔·理查逊 94—110;as Austen predecessor 作为奥斯汀的前辈作家 277,278,279;characterization and 人物刻画和赛谬尔·理查逊 99;descriptive detail and 描述性细节和赛谬尔·理查逊 19,272;as Eliot influence 作为对艾略特起到影响的赛谬尔·理查逊 282;epistolary form and 书信体形式和赛谬尔·理查逊 93,94—107,109—110,115,273;importance to novel of 的小说的重要性 53,276;parodies of works of 对赛谬尔·理查逊作品的讽刺模仿 61,86—87,95;as printer 作为印刷商的赛谬尔·理查逊 8,95;psychological analysis and 心理分析和赛谬尔·理查逊 12,160,272,284;"realism" and "现实主义"和赛谬尔·理查逊 3,99,272;religious allusions and 宗教典故和赛谬尔·理查逊 98,104—106,107;slow pacing and 缓慢的节奏和赛谬尔·理查逊 18;social class and 社会阶层和赛谬尔·理查逊 13,95—96;stir caused by 引起的轰动 1—2,87;subgenres and 亚文类和赛谬尔·理查逊 94,273,275,280,281;works of 的作品:*Clarissa*《克拉丽莎》18,19,93,96,101—107,109—111,115,263,272,278,280,281;*Pamela*《帕米拉》1—2,13,26,27,61,86—87,93,94—101,102,106,113,115,116,146,162,253,263,273,280,281;*Sir Charles Grandison*《查尔斯·格兰迪森爵士》107,277

Richardson,Tony 托尼·理查逊 59

Robinson,Mary:*Walsingham* 玛丽·罗宾逊:《沃尔辛厄姆》158

roman a clef(隐去真名的)真人真事小说 12,29—30

romance,the 传奇故事 12,13,27,62,242,276;adventure and 冒险和传奇故事 28—29,33,38,51;continued interest in 对传奇故事持续的兴趣 56;conventions of 的传统 162；English adaptations of 对传奇故事的英语改编 16—17,29,61；English readership of 的英语读者群 2；epistolary form and 书信体形式和传奇故事 94,99,273；fairy tale plots and 童话故事情节和传奇故事 71,99,162,168；female development narrative and 女性发展叙事和传奇故事 81—85,283；fixed patterns of 固定模式 28,71；Gothic form and 哥特小说形式和传奇故事 191,202；historical 历史传奇故事 202—207,221；implausibility of 传奇故事的不可信性 33；manners and 社会风俗和传奇故事 168,175；moralists' objections to 道德家对传奇故事的反对 2,23,56；parody of 对传奇故事的讽刺模仿 82,85；political novel and 政治小说和传奇故事 222,240,241,246；women's delusions from 女性从传奇故事得到的错觉 75,82,83,84；*See also* love 亦可参见"爱情"

Roth, Philip, 菲利普·罗斯 268

Rousseau, Jean-Jacques 让·雅克·卢梭 93,107；works of: *Confessions* 让·雅克·卢梭:《忏悔录》280；*La Nouvelle Heloise*《新爱洛伊丝》18

S

sadism 虐待狂 202,207,209,210,221

salons 沙龙 9

satire 讽刺；*See* parody and satire 参见"讽刺性模仿和讽刺"

Scott, Sarah; *Millenium Hall* 莎拉·司各特:《千年厅》89—91

Scott, Sir Walter 沃尔特·司各特爵士 277,282,283,284；*Waverly*《韦弗利》283

self-absorption 自我关注 263

self-development 自我发展；*See* development, novel of 参见"发展小说"

self-examination 自省 105—106,115,116

self-knowledge 自我认识 93,97,105,228,253,264,271—272

self-publishing 自己出版 7

sensibility 感性：backlash against 对感性的激烈反应 141—142,159；changed understanding of 对感性理解的变化 159；class hierarchy and 阶级等级和感性 200；definition of 对感性的定义 141；emotion and 情感和感性 140,149—150,198；English culture of 英国的感性文化 140—141；expressions of 的表达 141；false 虚假的感性 242；Gothic and 哥特小说和感性 26,198,203,207,209,211,217；manners as 被当作社会风俗的感性 159,160,167,187；as moral virtue 成为美德的感性 141,159；Sterne's panegyric to 斯特恩对感性的赞颂 116—119; sublimity vs. 崇高与感性相对 198, 210,211,216; sympathy and 同情心与感性 129,141—142,198,211,212, 243; warning on dangers of 提醒感性的危险 250

sentimental novel 感伤小说 12,25,26,127—159,284; aesthetic of feeling and 情感审美和感伤小说 133—139,140,148,154; comedy and 喜剧和感伤小说 152—153,155—156,157,158—159; at end of eighteenth century 18 世纪末 158—159; episodic structure of, 片断式的结构 20,26,116,129, 136; as evoking feeling without action, 激发情感而不是行动 129,132, 134; exaggeration and 夸张和感伤小说 3,23,138; exemplification of 举例 127—130; as fragmentary 片断化的感伤小说 116,120—121,129,136, 137,143,158,282—283; Gothic as offshoot of 哥特小说作为感伤小说的分支 198,203—204,209; inexpressibility trope and 不可表述性修辞和感伤小说 133,198; as manipulative 对人的摆布 130,145; satire and 讽刺和感伤小说 128, 130—132, 142, 153; sexuality and 性和感伤小说 119; Sterne and 斯特恩和感伤小说 116—121,262—263,265,267; "telling" over "showing" in "讲",而不是"展示" 130,131,178; twenty-first century responses to 21 世纪对感伤小说的反应 129—135,157; Wollstonecraft's distaste for 沃尔斯特克拉夫特对感伤小说的恶感 243; See also sensibility 亦可参见"感性"

servant characters 仆人角色 192,195—197,200,202,217; Gothic function of 哥特作用 195—196

sexuality 性: development narrative and 发展叙事和性 86—87,88; as extension of sentimentality, 作为感情之延伸的性 119; female vs. male characters and 女性角色相对于男性角色和性 74,78,79,91,164—165,178—179, 232,246,251,252; Gothic fiction and 哥特小说和性 188,192,207,209, 219; political conservatism and 政治保守主义和性 231,232; woman's death as punishment for 女性的死亡作为对性的惩罚 179,188

sexual politics 性政治 241—253

Shaftesbury, Anthony Ashley Cooper, 3rd earl of 安东尼·阿什利·库伯,沙夫茨伯里伯爵三世 65,141

Shelley, Mary 玛丽·雪莱 277; *Frankenstein*《弗兰肯斯坦》284

Sheridan, Frances 弗朗西斯·谢里丹 130,142—150,159; *Memoirs of Miss Sidney Bidulph*《西德尼·比道夫小姐回忆录》25—26,111,130,140,142—152,155,202,284—285; storytelling skill of 讲故事的技巧 145,284—285

Shklovsky, Victor 维克多·什克罗夫斯基 254

Smith, Adam 亚当·斯密 65, 141; *Theory of Moral Sentiments*《道德情感理论》141

Smith, Charlotte 夏洛特·史密斯: *Emmeline*《埃米琳》184—188, 190; *The Old Manor House*《老庄园上的宅子》12, 217—218

Smollet, Tobias 托比亚斯·斯摩莱特 10, 13; interpolated stories and 插入的故事和托比亚斯·斯摩莱特 20, 88—89; picaresque form and 流浪汉小说形式和托比亚斯·斯摩莱特 87, 275; "realism" and "现实主义"和托比亚斯·斯摩莱特 8, 89, 272; works of: *The Adventures of Peregrine Pickle* 托比亚斯·斯摩莱特的作品:《佩雷格林·皮克尔传》87, 275; *Humphry Clinker*《汉弗莱·克林克》93, 111—116, 214, 272

snobbery 势利 163—164

social class 社会阶层 4, 10—14; *Caleb Williams* on 《卡莱布·威廉姆斯》关于社会阶层 229, 230; Defoe's concern with 笛福对社会阶层的关注 12, 42—43, 45—46, 47; epistolary voice and 书信体的声音和社会阶层 100, 108; of fictional characters 小说中人物的社会阶层 2, 3, 39; Gothic novel and 哥特小说和社会阶层 196, 199, 219; *Humphry Clinker* and《汉弗莱·克林克》和社会阶层 115; manners code and 社会风俗的准则和社会阶层 162—166, 168, 172—173, 200; mobility and 流动性和社会阶层 11; Richardson's fiction and 理查逊的小说和社会阶层 13, 95—96; sensibility and 感性和社会阶层 200; sentimental novel's reinforcement of 感伤小说对社会阶层的赞同 129; women's position and 女性的地位和社会阶层 9, 10, 164, 245—247; writers and 作家和社会阶层 6

society 社会 3, 5—6, 9—12, 16, 81; conformity and 从众和社会 83, 172; descriptive detail and 描述性细节和社会 20, 21—22, 272; Sarah Fielding's commentary on 莎拉·菲尔丁对社会的评价 124—126; Gothic and 哥特小说和社会 196, 217, 220; interpretive clues from 社会中的阐释线索 176—178; manners as code of 社会风俗作为社会准则 184, 274—275, 277—278; marriage and 婚姻和社会 188, 189, 218—219; natural manners and 与生俱来的礼貌和社会 187, 189; nineteenth-century novel and 19 世纪小说和社会 283; nonconformity and 离经叛道和社会 169—170; political novel and 政治小说和社会 229—230; prudence and 人情世故和社会 82; sentimental novel's approach to 感伤小说对社会的探讨 127, 129, 142—148, 156, 159; spirited woman's adaptation to 活泼女性对社会的适应 278; understanding of 对社会的理解 161—164, 168; women's lesser status and 女性低下的地位和社会 248—249; *See also* manners 亦可参见

"社会风俗"

South Sea Bubble 南海泡沫 10

Sterne, Laurence 劳伦斯·斯特恩 12,116—121; borrowings by 借鉴 257,265; as clergymen 作为神职人员的劳伦斯·斯特恩 8,119; eccentricity of 劳伦斯·斯特恩的怪癖 116; fragmentary style and 片断式风格和劳伦斯·斯特恩 116,120—121,137,255,261; imitators of 模仿者们 121,126,158; nonconclusive endings of 无结局式结尾 260; sensibility and 感性和劳伦斯·斯特恩 116—119; sexual innuendo and 性暗示和劳伦斯·斯特恩 119; stream of consciousness and 意识流和劳伦斯·斯特恩 116,261,280; subversion of conventions by 对传统的颠覆 262—273,276,284; works of: *A Sentimental Journey* 作品:《多情客游记》25,116,118—121,127,137,260,262; See also *Tristram Shandy* 亦可参见《项狄传》

stream of consciousness 意识流 116,261,280

structure 结构: arbitrary sequences and 随意的顺序和结构 129; chronological events and 按时间发展顺序的事件与结构 63; fragmentary 片断式的结构 116,120—121,129,136; subplots and 次要情节和结构 40; suspense building and 构建悬念和结构 63,64; unifying 统一的结构 20—21,63,78; *See also* narrative multiplicity 亦可参见"叙事多样性"

sublime, the 崇高 197—198,199,202,208,210,211,215,217; beautiful and 美与崇高 212—214,216—217; definition of 定义 197; history and 历史和崇高 203—204; mind and 心灵和崇高 220; tempest as figure for 表现崇高的暴风雨 216

subscription novels, 订阅小说 6—7,51

supernatural 超自然力 192—202,207—208,211,214; Beckford and 贝克福德和超自然力 193,200—202; domestic Gothic vs. 家庭哥特小说相对于超自然力 217; Radcliffe's explanations for 雷德克里夫对超自然力的解释 215

suspense 悬念 195,196,214

T

Tennyson, Alfred, Lord: "Ulysses" 阿尔弗莱德·丁尼生爵士:"尤利西斯" 260

terror 惊恐 192,194,195,197,198,208—209,217,221

theater 剧院 5

theme-form relationship 主题-形式的关系 94

third-person narrator 第三人称叙述者 59,64—65,281—282

Tom Jones（film）《汤姆·琼斯》（电影）59

travalogue 游记 111,112,113—114

Tristram Shandy（Sterne）《项狄传》（斯特恩）19,26,27,118,119,254—276; basis of impact of 影响的基础 267; black page in 全黑的一页 269; cast of characters of 人物表 256—257,258; concluding episode of 最后一个章节 267—268; digressions in 题外话 260,267; eccentricity in 古怪 254,255, 256,257,258,259,260,271; first sentence of 第一句话 254—255; fragmentary style of 片断式风格 137,255,261; literary appropriations in 文学借鉴 257; marbled page in 大理石花纹插页 269; mid-episode ending of 章节中间的结局 260; narcissism and 自恋和《项狄传》268—272; novel as genre and 作为文类的小说和《项狄传》254,262—276; postmodernism and 后现代主义和《项狄传》254,276; reception of 对《项狄传》的接受 257—258; sensibility and 感性和《项狄传》118,119; uniqueness of 与众不同之处 267,276

Trollope, Anthony 安东尼·特罗洛普 282

U

unconventionality 离经叛道 169,170—172,184

undependable narrator 不可靠的叙述者 225—226

uneasiness 不安 195—196,197,206

unspoken, the 未说出来的 211

utopias 乌托邦 233,234,237

V

Vane, Lady 范恩夫人 88

virtue, 美德 74,81,100,115,200

visual detail 看得见的细节 160

voice 语调: development novel and 发展小说和语调 59; epistolary novel and 书信体小说和语调 94,100,102,107,111,112; idiosyncratic 怪异的语调 255

W

Walpole, Horace 贺拉斯·沃普尔 12,13; *The Castle of Otranto*《奥特朗托城堡》191—192,193—198,199,215; as Gothic originator 作为哥特小说的开山之作 191,207,214,275; nominal plausibility and 名义上的可信性和贺拉斯·沃普尔 200,202; on servant characters 关于仆人角色 195—196,197; supernatural and 超自然力和贺拉斯·沃普尔 193,197

Watt, Ian 伊恩·沃特 3; *The Rise of the Novel*《小说的起源》4

wealth 财富; *See* money 参见"金钱"

Whig Party 辉格党 10,29

Wilde, Oscar 奥斯卡·王尔德 157

Wollstonecraft, Mary 玛丽·沃斯通克拉夫特 11,142,241—247,253; Godwin and 戈德温和玛丽·沃斯通克拉夫特 231,245; on woman's universal misery 关于女性普遍存在的困难 242,243—244; works of 的作品:*Mary, a Fiction*《玛丽,一部小说》241—245,253; *A Vindication of the Rights of Women*《为女权辩护》142,241; *The Wrongs of Woman*《女性的冤屈》142,241—242,245—247

Women 女性 11—12,231,239—253; adventure stories and 冒险小说和女性 32,34; compliance of 顺从 151—152,174—175; conformity expected of 期待女性的循规蹈矩 82,90,169,172,175,231,248—249,250; constraints on 对女性的束缚 145,204—206,217,245—246; dependency of 依赖性 213; development novel and 发展小说和女性 73—87,89—91,123,273—274,278,279; epistolary form and 书信体形式和女性 92,93—107,109—113; eponymous titles and 以小说人物命名小说和女性 278; equality and rights of 平等和权利 236,239—242,248—249; female "histories" series and 女性"生平"系列和女性 89—91; Gothic conventions and 哥特传统和女性 188,192,205—207,210,211,213—221,245; heroism of 女性英雄主义 72—73,206—207; historical fiction and 历史小说和女性 203—207; importance of marriage to 婚姻对于女性的重要性 9,10,47,75—76,79,81,82,91,96—97,145,189,242—243,246; independence and 独立与女性 141,169,241,248—249,250,251,274,278; injustices against 对女性的不公 251—252; lack of power of 缺乏权力 204—206,215; limitations on 对女性的限制 10,33,34,74,75,78—85,145,168,204—206,217,220—221,231,244,246,248—249,250,274; male authority over 男性之于女性

的权威 79—80, 142, 147—148, 150—151, 163, 205, 246, 274; manners and 社会风俗和女性 162—169, 172—173, 183, 186, 188—190, 278; money and 金钱和女性 10, 169, 274; political novel and 政治小说和女性 231, 236, 239—253; as property 作为财产的女性 79—80, 246; punishment for sexual sin of 对女性性犯罪的惩罚 179; sensibility and 感性和女性 142, 216; social class and 社会阶层和女性 9, 10, 164, 245—247; stereotypes of 的模式化类型 283; suffering of 苦难 143—144, 145, 146, 148, 150—152, 203, 210, 217, 244, 245—247, 251; unconventionality and 离经叛道和女性 169—175, 184, 188; victimization responses by 对受迫害的反应 38—39; will and ability 意愿和能力 32, 38—39, 47, 79, 216, 219—221, 247; Wollstonecraft on universal oppression of 沃斯通克拉夫特关于女性受到的普遍压迫 242—247, 248

women as readers 作为读者的女性 2, 8, 56

women as writers 女作家; adventure and 冒险和女作家 40—41; earnings and status of 收入和地位 7—8, 9; epistolary form and 书信体形式和女作家 107—111; experimentation by 尝试 8; Gothic novel and 哥特小说和女作家 205—207, 210—217; grouping of 分类 25; novel's alleged triviality and 小说所谓的琐碎无聊和女作家 8; political novel and 政治小说和女作家 241—253; proportion to male writers 和男作家的比例 56; women readers of 女性读者 8, 56; *See also* names of specific writers 亦可参见具体作家姓名

Wordsworth, William 华兹华斯 6; *The Prelude*《序曲》263

图书在版编目(CIP)数据

新开端:18世纪英国小说实验/(美)帕特里夏·迈耶·斯帕克斯著;苏勇译.
--上海:华东师范大学出版社,2018
ISBN 978-7-5675-7965-1

Ⅰ.①新… Ⅱ.①帕…②苏… Ⅲ.①小说研究—英国—18世纪 Ⅳ.①1561.074

中国版本图书馆CIP数据核字(2018)第153472号

华东师范大学出版社六点分社
企划人 倪为国

Janus译丛
新开端:18世纪英国小说实验

著　　者　(美)帕特里夏·迈耶·斯帕克斯(Patricia Meyer Spacks)
译　　者　苏勇
责任编辑　徐海晴
封面设计　蒋浩

出版发行　华东师范大学出版社
社　　址　上海市中山北路3663号　邮编　200062
网　　址　www.ecnupress.com.cn
电　　话　021-60821666　行政传真　021-62572105
客服电话　021-62865537　门市(邮购)电话　021-62869887
地　　址　上海市中山北路3663号华东师范大学校内先锋路口
网　　店　http://hdsdcbs.tmall.com

印 刷 者　上海盛隆印务有限公司
开　　本　890×1240　1/32
印　　张　10.25
字　　数　240千字
版　　次　2018年8月第1版
印　　次　2018年8月第1次
书　　号　ISBN 978-7-5675-7965-1/I·1911
定　　价　78.00元

出 版 人　王焰

(如发现本版图书有印订质量问题,请寄回本社客服中心调换或电话021-62865537联系)

Novel Beginnings: Experiments in Eighteenth-Century English Fiction
By Patricia Meyer Spacks
Copyright © 2006 by Patricia M. Spacks
Originally published by Yale University Press
Published by arrangement with Yale University Press through Bardon Agency
Simplified Chinese Translation Copyright © 2018 by East China Normal University Press Ltd.
All Rights Reserved.
上海市版权局著作权合同登记 图字:09-2016-274 号